Pour un regard de toi

Délicieux souvenirs

CHRISTINE RIMMER

Pour un regard de toi

Passions

éditions HARLEQUIN

Collection : PASSIONS

Titre original : THE LAST SINGLE MAVERICK

Traduction française de MARION BOCLET

HARLEQUIN®
est une marque déposée par le Groupe Harlequin
PASSIONS®
est une marque déposée par Harlequin S.A.

Photo de couverture
Femme : © VLADIMIR GODNIK/FSTOP/ROYALTY FREE/CORBIS
Réalisation graphique couverture : E. COURTECUISSE (HARLEQUIN SA)

83-85, boulevard Vincent-Auriol, 75646 PARIS CEDEX 13.
Service Lectrices — Tél. : 01 45 82 47 47
www.harlequin.fr
ISBN 978-2-2802-8267-3 — ISSN 1950-2761

- 1 -

Jason Traub n'était pas un adepte des réunions de famille. Il s'en rendait compte, à présent... Pourtant, quelques jours plus tôt, il avait décidé de se rendre dans le Montana pour retrouver sa famille au grand complet, comme tous les étés.

Peut-être avait-il simplement cherché à fuir Midland, le Texas, et surtout la pression que ses proches exerçaient constamment sur lui pour qu'il réintègre l'entreprise familiale. Seulement, il aurait dû se douter que la situation serait exactement la même dans le Montana, puisque tout le monde y était réuni.

Pourquoi ce rassemblement durait-il plus longtemps chaque année ? Cette fois, il commençait le samedi qui précédait la fête nationale, le 4 juillet, et se prolongeait toute la semaine, pour ne se terminer que le dimanche suivant. Et chaque jour il y avait quelque chose de prévu.

Pour lancer les festivités, un barbecue était organisé en début de soirée au Rib Shack de DJ. DJ, le cousin de Jason, possédait des restaurants de grillade dans tous les Etats de l'Ouest, mais celui-ci se trouvait au Thunder Canyon Resort, sur le flanc de Thunder Mountain, qui dominait la charmante petite ville de Thunder Canyon.

— Jace ! s'écria une voix grave derrière lui. Je suis content que tu sois là.

Jason, assis à l'une des longues tables rustiques du Rib Shack, jeta un coup d'œil à son frère aîné, Ethan, par-dessus son épaule.

— Belle soirée, répondit-il.

Son frère se pencha vers lui.

— Il faut qu'on parle.

Jace fit semblant de ne pas l'entendre et prit un morceau de viande dégoulinant de la sauce secrète du Rib Shack.

— Les côtelettes sont toujours aussi bonnes.

Le restaurant résonnait du brouhaha des conversations et des rires des invités… Comment Ethan aurait-il pu savoir que Jace l'avait bel et bien entendu ?

Ethan grommela quelque chose, et se pencha encore davantage pour lui dire à l'oreille :

— Je sais que maman et Pete veulent que tu restes à Midland, mais tu as le choix. Il y a une place pour toi ici, au sein de Traub Oil Industries.

Traub Oil Industries était l'entreprise familiale. Le siège de la société se situait à Midland, au Texas, où Jason, ses quatre frères et sa sœur étaient nés et avaient grandi. Claudia, leur mère, était P.-D.G. de l'entreprise, et Pete, leur beau-père, était président du conseil d'administration. L'année précédente, Ethan avait ouvert une succursale de Traub Oil Industries à Thunder Canyon. Jackson, le frère jumeau de Jason, leur sœur Rose et son mari, Austin, travaillaient tous avec Ethan.

— Non, merci, dit Jace.

Puis, comme il le rappelait à tous les membres de la famille, il rappela à son frère :

— Je ne suis plus dans le pétrole.

Ce fut au tour d'Ethan de faire semblant de ne pas avoir entendu. Il lui posa une main sur l'épaule.

— On en reparlera.

— C'est inutile, répondit Jace avec lassitude, ma décision est prise.

Ethan balaya ses paroles d'un revers de la main et se mit à parler avec la vieille dame corpulente à sa droite. Jace n'entendit pas ce qu'ils se dirent, pour la bonne raison qu'il ne les *écouta* pas.

Quelques instants plus tard, Ethan s'éloigna. Jace se concentra alors sur son repas. Son assiette était pleine de côtelettes, de maïs et de coleslaw. Le dîner était délicieux et valait la peine de supporter les questions incessantes de sa famille sur son travail et sa vie sentimentale inexistante.

Shandie Traub, la femme de son cousin Dax, s'approcha soudain de lui.

— Jason, je voudrais te présenter quelqu'un…

Le quelqu'un en question était une jeune femme aux cheveux blonds et aux yeux bleus, qui souriait timidement.

— Ma petite-cousine, Belinda McKelly. Belinda est de Sioux Falls.

Les joues de Belinda rosirent de façon charmante.

— Bonsoir, Jason. Je suis ravie de te rencontrer.

Il serra la main qu'elle lui tendait. Elle paraissait très gentille, mais il suffisait à Jace de voir ses grands yeux bleus pour deviner ce qu'elle voulait : un mari. Dès qu'elle lui eut lâché la main, il s'empara d'un épi de maïs et baissa la tête vers son assiette. Quand il se risqua à relever les yeux, elle était partie. Et Shandie semblait profondément irritée.

— Franchement, Jace, tu pourrais faire un effort !

— Désolé…

Il n'était pas désolé du tout. Au contraire, il était soulagé de ne pas avoir eu à faire la conversation à la jolie Belinda McKelly.

— Quelle charmante jeune femme ! remarqua la dame avec laquelle Ethan avait parlé quelques instants plus tôt. Mais je vois que vous n'êtes pas intéressé, ajouta-t-elle d'un ton froid à son intention.

Il ne répondit pas, espérant qu'elle se tournerait vers la dame à sa gauche pour discuter avec *elle*, mais il n'eut pas cette chance.

— Je m'appelle Melba Landry, je suis la grand-tante de Lizzie.

Lizzie était la femme d'Ethan.

Résigné, Jace la salua d'un hochement de tête.

— Enchanté, madame. Je suis Jason Traub, le beau-frère de Lizzie.

— Je sais très bien qui vous êtes, jeune homme.

Elle le toisa un long moment.

— J'ai été mariée au grand-oncle de Lizzie pendant plus de cinquante ans, reprit-elle. Oliver, paix à son âme, est mort en octobre dernier. Nous n'avons pas eu d'enfants… Je suis venue m'installer à Thunder Canyon au mois d'avril pour me rapprocher de Lizzie. La famille est ce qu'il y a de plus important dans la vie. Vous ne trouvez pas, Jason ?

— Si, bien sûr…

Du coin de l'œil, il vit quelqu'un s'asseoir à sa

gauche, sur la chaise qui venait de se libérer. Melba n'en avait pas encore fini avec lui.

— Vous savez que nous nous faisons tous du souci pour vous, Jason ?

— C'est ce que j'ai cru comprendre, oui.

Il continua à manger, imperturbable, dans l'espoir que cela la ferait fuir. Après tout, cette stratégie avait fonctionné avec Belinda… Hélas, Melba ne se laissa pas décontenancer.

— Je vois que vous traversez une crise existentielle.

Il avala difficilement sa bouchée de coleslaw, puis but une gorgée d'eau.

— Une crise existentielle ? Non, madame, pas du tout.

— Appelez-moi Melba, je vous en prie. Et inutile de mentir. J'ai soixante-seize ans, jeune homme ! Je sais reconnaître un homme en crise quand j'en vois un.

— Je vous assure, madame… Je ne traverse aucune *crise*.

Peut-être s'en irait-elle s'il continuait à nier.

— Je vous ai demandé de m'appeler Melba, dit elle, plus sévèrement.

— Pardon, Melba… Mais croyez-moi, je vais très bien, et je…

— Il y a une petite église charmante ici, tout le monde y est très chaleureux. Je m'y suis tout de suite sentie à l'aise, et vous y serez très bien accueilli, vous aussi, Jason.

— Je, euh…

— C'est la Thunder Canyon Community Church, sur Cedar Street. Venez à l'office de 10 heures, demain matin. Je vous attendrai. Il n'y a aucun problème que le Seigneur ne puisse résoudre.

— Eh bien, merci de l'invitation, Melba. J'essaierai d'être là.

— Impliquez-vous, jeune homme, dit-elle avec un hochement de tête enthousiaste. C'est le premier pas… Ne restez pas dans les coulisses de la vie !

Elle s'apprêtait visiblement à ajouter quelque chose, mais la dame aux cheveux blancs à côté d'elle lui tapota le bras et se mit à lui parler, et Melba se tourna vers elle pour lui répondre.

Jace retint son souffle quelques instants.

Ouf ! Les deux dames entamèrent une conversation. Il commençait seulement à se détendre quand il sentit une main se refermer sur sa cuisse.

— Alors, Jace, lui murmura une voix sensuelle à l'oreille, tu ne vas même pas me dire bonsoir ?

Un parfum suffocant vint lui chatouiller les narines. Il tourna lentement la tête et croisa les yeux verts et brillants d'une jeune femme. Elle avait des cheveux d'un noir de jais et portait un pull-over sans manches rouge.

— Bonsoir, dit-il platement.

Elle rit.

— Non ! Ne me dis pas que tu as oublié l'été dernier ? L'enterrement de vie de garçon de ton frère Corey, au Hitching Post…

— Je…

— Theresa, Theresa Duvall.

— Ah, oui !

Il se força à sourire. Elle lui disait vaguement quelque chose, maintenant. Il n'avait que des souvenirs imprécis du week-end du mariage de Corey. A l'époque, son frère jumeau, Jackson, était encore célibataire, et ils avaient fait la fête trois jours de suite, tous les deux. Ils avaient beaucoup bu et, le soir de l'enterrement de vie de garçon, Jace était rentré avec Theresa… Pour une raison obscure, cela lui avait paru être une bonne idée, sur le moment.

— Comment vas-tu, Theresa ?

Elle fit glisser sa main un peu plus haut sur sa cuisse.

— Bien, Jace, très bien… Je suis contente de te voir, roucoula-t-elle. J'ai passé un *très* bon moment avec toi…

Si sa mémoire ne le trompait pas, Theresa n'avait pas du tout envie de se ranger. D'ailleurs, à en juger par la façon dont elle le regardait, elle n'avait envie que d'une nuit comme celle qu'ils avaient passée ensemble, l'été précédent.

Il fallait *vraiment* qu'il s'en aille, à tout prix. Il retira la main de Theresa de sa cuisse avec douceur.

— Excuse-moi, Theresa…

— Oh ! allez… Ne t'en va pas, murmura-t-elle d'une voix un peu rauque.

— Les toilettes ? demanda-t-il, même s'il savait pertinemment où elles se trouvaient.

Theresa les lui indiqua du doigt.

— Là-bas…

Elle lui lança un regard aguichant et, alors qu'il se levait, ajouta :

— Reviens vite.

Il dut prendre sur lui pour ne pas s'enfuir en courant. L'air faussement décontracté, il s'éloigna en direction des toilettes. Cependant, dès qu'il ne fut plus dans le champ de vision de Theresa, il fit un brusque détour et sortit du Rib Shack.

Et maintenant ? Il avait besoin d'un endroit calme, où il pourrait être un peu seul. Il pensa tout de suite au Lounge, le bar de l'hôtel, qui ressemblait un peu à un de ces clubs d'autrefois. La lumière y était tamisée, le long bar était en loupe de noyer, et de confortables fauteuils de cuir étaient disposés autour des petites tables de bois sombre. Les femmes évitaient généralement ce bar, et préféraient celui, plus moderne, du très chic Gallatin Room, ou encore le bar de style western du Rib Shack.

Oui, le Lounge conviendrait très bien à son humeur. Comme il l'avait espéré, l'endroit était presque désert. Il n'y avait qu'une seule personne assise au bar : une femme, étonnamment. Elle lui plut instantanément, ce qui le surprit. Ces derniers temps, peu lui importait qu'une femme soit belle et séduisante : il ne s'y intéressait pas.

Cependant, celle-là était différente des autres, spéciale… Il le sentit tout de suite. Ses longs cheveux bruns tombaient en cascade sur son dos et, dans le miroir au-dessus du bar, il pouvait apercevoir ses grands yeux noisette et ses lèvres pulpeuses. Elle portait des vêtements décontractés, un jean et une immense chemise blanche, et était maquillée très légèrement.

Le plus frappant était qu'elle semblait parfaitement détendue, comme si elle n'était là que pour savourer sa margarita, apprécier le confort du lieu, et rien d'autre.

L'espace d'un instant, leurs regards se croisèrent à travers le miroir. Puis elle détourna les yeux. Aussitôt, il eut envie qu'elle reporte son attention sur lui. Il se surprit même à éprouver une petite pointe d'excitation, le désir de la voir lui accorder un deuxième regard. Ces émotions lui étaient pourtant devenues étrangères…

Bien sûr, il avait été assez coureur, par le passé, mais depuis six mois environ il était las de tout. Il en avait assez d'être un homme à femmes, mais il n'avait pas non plus envie de chercher une femme bien avec laquelle faire sa vie. Car il avait essayé… Ou, du moins, il avait *voulu* essayer, avec Tricia Lavelle. Cela n'avait pas fonctionné. D'ailleurs, toute l'expérience avait été démoralisante.

Le portable de la jeune femme sonna, sur le bar, le rappelant à la réalité. Elle regarda l'écran du téléphone d'un air contrarié avant de décrocher.

— Qu'est-ce que tu veux ?

Elle poussa un profond soupir.

— Tu plaisantes… Oh ! par pitié, Kenny, ressaisis-toi ! C'est *terminé*, passe à autre chose.

Elle raccrocha et reposa le téléphone sur le bar.

Jace s'assit sur le tabouret à côté du sien et fit signe au barman.

— Un Jack Daniels, s'il vous plaît, avec des glaçons… et une autre margarita pour la demoiselle.

— Non, merci…, fit-elle en secouant la tête.

Comme le barman s'éloignait, elle posa sur Jace ses grands yeux noisette.

— Ne le prenez pas mal, ajouta-t-elle.

— Il n'y a pas de mal.

— Et n'y pensez même pas, d'accord ? Je suis en vacances en solo et en ce moment je déteste tous les hommes.

Il l'observa attentivement. Elle était belle et mystérieuse…

— Vous me plaisez déjà.

— Je viens de vous dire que je détestais tous les hommes, non ?

— Justement, vous représentez un défi… Les hommes adorent les défis, vous ne le saviez pas ?

— Je suis sérieuse. Ce n'est même pas la peine d'essayer, vous n'arriverez à rien avec moi.

Reportant son attention sur les rangées de bouteilles d'alcool devant lui, il haussa les épaules négligemment.

— D'accord, puisque vous le dites…

Mais elle le regardait toujours.

— Oh ! allez ! Vous n'avez rien de mieux ?

Il appuya la tête dans le creux de sa main pour admirer les reflets auburn que la lumière tamisée donnait à ses épais cheveux bruns.

— Je manque d'imagination, hein ?

Elle esquissa un sourire.

— Oui, effectivement !

— C'est l'histoire de ma vie, ces derniers temps… Je n'ai plus de goût pour le jeu.

— Quel jeu ?

Il haussa de nouveau les épaules.

— Tous les jeux.

— Eh bien ! C'est triste, fit-elle, l'air songeur.

— Oui…

Elle fronça les sourcils.

— Attendez une minute ! Je vous vois venir…

— Ah ?

— Vous êtes assis là, beau et découragé, je me rends compte que j'ai soudain envie de vous redonner le goût de vivre, je vous laisse m'offrir une margarita, finalement… Je repars avec vous et nous faisons l'amour toute la nuit, mais au petit matin vous avez de nouveau l'air découragé, et je me sens minable.

Il décida de se concentrer sur le positif.

— Vous me trouvez beau ?

— C'est tout ce que vous avez retenu de mon scénario catastrophe ?

— Moi, je vous trouve très belle, dit-il avec sincérité, et c'est une grande première.

Elle ne se laissa pas impressionner.

— Une *grande première* ? Vous plaisantez ?

— Je suis très sérieux. Vous êtes la première femme qui m'attire depuis des mois. Qui est Kenny ?

Elle leva les yeux au ciel.

— Vous avez écouté ma conversation téléphonique !

— Pas exactement… Je l'ai *entendue*.

— C'était une conversation personnelle, et je ne connais même pas votre nom.

— Jason Traub. Appelez-moi Jace.

— Jocelyn Marie Bennings. Appelez-moi Joss.

Elle serra la main qu'il lui tendait. Ce simple contact, apaisant et électrisant à la fois, le troubla. Il n'avait pas envie de la relâcher, mais elle libéra sa main de son étreinte.

— Mon mariage devait avoir lieu il y a une semaine jour pour jour. Kenny était mon fiancé.

— *Devait avoir lieu ?* Vous ne vous êtes pas mariée ?

— Non, et j'aurais dû le quitter bien avant le mariage. Cela faisait cinq ans que nous étions ensemble… Notre mariage allait être magnifique. Si vous voyiez ma robe ! Je l'ai encore, je n'ai pas pu m'en débarrasser.

Elle est tellement belle… Elle est en taffetas, en tulle, et en broderie perlée. Après la cérémonie, la réception devait se faire dans mon restaurant.

— Vous êtes propriétaire d'un restaurant ?

— Non… Je voulais dire, le restaurant que je gérais avant de démissionner pour épouser Kenny. J'ai abandonné le travail que j'aimais pour lui, et j'ai quitté mon joli petit appartement, parce que je pensais ne plus en avoir besoin.

— Mais finalement vous n'avez *pas* épousé Kenny ?

— Je viens de vous le dire.

— Je voulais juste en être sûr. Alors, que s'est-il passé ? Pourquoi ne vous êtes-vous pas mariée ?

Elle suivit le bord de son verre de margarita du bout du doigt.

— Qui raconte l'histoire, Jace ?

— Vous, Joss. Allez-y.

— Ce mariage allait être parfait…

Il hocha la tête pour lui montrer qu'il l'écoutait attentivement, mais ne l'interrompit plus.

— Après la réception, nous devions partir en lune de miel ici, au Thunder Canyon Resort, avant d'aller nous installer à San Francisco. Kenny fait une brillante carrière dans la publicité, il vient d'être promu et muté là-bas.

Elle marqua un silence, faisant tourner son verre entre ses doigts. Il avait envie de lui redemander ce qui avait mal tourné, mais il attendit patiemment qu'elle continue.

— Je suis allée à l'église, samedi dernier, reprit-elle enfin, la Camellia City Methodist, à Sacramento. C'est une très belle église… Je suis née à Sacramento et j'y ai vécu toute ma vie. J'adore cette ville. A vrai dire, je n'avais pas vraiment envie d'aller vivre à San Francisco, mais je voulais soutenir mon futur mari. Et j'allais quand même me marier, malgré mes doutes…

— Quels doutes ? ne put-il s'empêcher de demander.

Elle secoua la tête.

— Kenny était tellement gentil, avant…, mais plus il s'investissait dans son travail, plus il changeait. Peu à peu, il est devenu quelqu'un que je ne reconnaissais même plus. Et puis, je l'ai surpris avec ma cousine Kimberly dans le vestiaire.

— Je suis perdu… Quel vestiaire ?

Elle secoua de nouveau la tête, comme si elle n'arrivait toujours pas à y croire.

— A l'église !

Il écarquilla les yeux, abasourdi.

— Kenny et Kimberly se faisaient des mamours dans le vestiaire de l'église le jour de votre mariage ?

— Oui, et ce n'était pas seulement des *mamours*. La robe de demoiselle d'honneur de Kimberly était retroussée, et la ceinture de Kenny était ouverte, ils étaient tous les deux essoufflés… C'était horrible !

— Je veux bien le croire !

Elle prit son téléphone et le regarda un moment, avant de le reposer.

— Je lui ai jeté sa bague de fiançailles au visage, je me suis enfuie… et me voilà, en lune de miel, sans le mari !

Il indiqua le téléphone d'un signe de tête.

— Mais Kenny n'arrête pas de vous appeler.

— Exactement.

— Quel imbécile !

Elle but une gorgée de margarita.

— C'est aussi mon avis.

— Je déteste ce genre de types. Il a tout gâché, il pourrait au moins avoir un peu de dignité et vous laisser tranquille, mais au lieu de cela, c'est : *Joss, je t'en supplie, je t'aime ! Reviens ! Je suis désolé, d'accord ? Ce qui s'est passé entre Kimberly et moi ne veut rien dire, cela ne se reproduira jamais…*

Joss éclata de rire. Elle avait un beau rire, grave et chaleureux.

— Comment avez-vous fait ? Vous avez même réussi à imiter son ton blessé et pleurnichard. Comme si c'était *moi* qui avais un problème !

Il regarda sa bouche pulpeuse, fasciné.

— J'aime votre rire.

Elle lui jeta un coup d'œil sévère.

— Je vous ai déjà dit de ne pas vous aventurer sur ce terrain.

Il s'apprêtait à lui dire qu'il ne *s'aventurait* sur aucun terrain, mais avant même qu'il en ait eu le temps Theresa Duvall entra dans le bar et vint s'asseoir à côté de lui.

— Jace…, fit-elle en lui posant une main sur le bras.

Il regarda ses longs ongles vernis aux couleurs du drapeau national, avec des bandes rouges et de petites étoiles brillantes.

— Je suis une femme très déterminée, tu ne m'échapperas pas comme ça…

Bon. Certes, il ne pouvait s'en prendre qu'à lui-même, si Theresa le considérait comme le parfait partenaire pour une aventure sans lendemain, mais Joss lui plaisait *vraiment*, et il n'aurait plus aucune chance avec elle maintenant que Theresa était pendue à son bras et le dévorait des yeux.

D'ailleurs, il ne voulait même pas de ce genre de *chance* avec Joss... Il l'appréciait sincèrement, aimait discuter avec elle, aimait l'entendre rire. Il ne voulait pas qu'elle s'en aille.

Etrangement, elle ne bougea pas. D'une façon ou d'une autre, elle comprit le regard désespéré qu'il lui lançait, et elle lui passa un bras autour des épaules.

Ce geste et son parfum fleuri et délicat le troublèrent délicieusement.

— Désolée, dit-elle à Theresa d'un ton plein de regret, cet homme est déjà pris !

Visiblement décontenancée, Theresa cligna les yeux, puis elle lui lâcha le bras.

— Mais enfin, Jace ! dit-elle en fronçant les sourcils. Tu aurais dû me dire que tu étais accompagné... J'aime bien m'amuser, mais je n'essaierais jamais de voler l'homme d'une autre.

Embarrassé, il resta là, silencieux, jusqu'à ce que Joss lui indique par un petit coup dans les côtes qu'il devait répondre.

— Euh... oui, tu as raison, Theresa. Je suis un imbécile, j'aurais dû dire quelque chose.

Joss leva les yeux au ciel.

— Nous nous sommes disputés, il boude.

Theresa émit un gémissement plaintif.

— Oh ! je connais la chanson ! Les hommes... Je ne m'implique même plus avec eux, ils n'en valent pas la peine.

Comme pour la contredire, Joss attira Jace vers elle et lui déposa un baiser sur la joue, du bout des lèvres, mais tout de même… Il en aurait presque oublié qu'il ne s'intéressait plus aux femmes. Si seulement cet instant avait pu se prolonger éternellement !

— Je vous comprends, dit Joss en reportant son attention sur Theresa, mais quand c'est le grand amour… que faire ?

Theresa se contenta de secouer la tête, l'air perplexe. Puis, sans un mot, elle s'en alla.

Joss le relâcha aussitôt. Jace le déplora, mais s'efforça d'exprimer sa reconnaissance : elle lui avait rendu un grand service en le débarrassant de Theresa.

— Merci, dit-il en levant son verre, je vous revaudrai ça.

Elle fit tinter son verre contre le sien.

— Qui était-ce ?

— Theresa Duvall. L'année dernière, elle travaillait au Hitching Post, un super-restaurant du centre-ville, à l'angle de Main Street et de Thunder Canyon Road.

— Elle semblait bien vous connaître.

— Pas vraiment…

Il n'avait pas envie d'en dire plus, mais Joss le regardait intensément, comme si elle voulait entendre la vérité.

— Il y a eu quelque chose entre nous, l'été dernier, ajouta-t-il. Très brièvement.

— Quelque chose.

— Oui.

— Quel genre de chose ?

Il fit la grimace.

— J'étais sûr que vous me poseriez la question.

— Vous avez couché avec elle, dit Joss d'une voix douce.

— Juste une fois !

Elle rit. Elle avait *vraiment* un rire très agréable à entendre…

— Jace, je crois que vous êtes un mauvais garçon !

Il but sa dernière gorgée de whisky et regarda le fond de son verre.

— C'était peut-être vrai avant, mais ce n'est plus le cas. J'ai changé.

Elle émit un petit rire railleur.

— Bien sûr…

— Je suis sérieux ! Je ne suis plus le même homme. Malheureusement, je ne sais pas vraiment qui je suis devenu. Je manque de… buts. Tout le monde me le dit. Je ne m'intéresse plus aux femmes, je ne veux plus d'aventure d'un soir, je ne veux pas non plus me marier… J'ai abandonné mon poste au sein de l'entreprise familiale, ce qui inquiète beaucoup mes proches.

— Vous vivez ici, à Thunder Canyon ?

— Non, j'habite à Midland, au Texas, ou plutôt j'y *habitais*. Je déménage, mais je ne sais pas encore *où* je vais m'installer. En attendant, je suis ici pour une réunion de famille d'une semaine… qui commence ici, au Rib Shack, en ce moment même.

— J'ai une autre question, Jace.

— Je vous écoute.

— Y a-t-il une chose dont vous avez bel et bien envie ?

— Ça, Jocelyn Marie, c'est la question du jour ! S'il vous plaît… Venez avec moi au Rib Shack.

Elle passa de nouveau son doigt sur le bord de son verre.

— Vous n'avez pas répondu à la question du jour.

— Très bien… J'ai envie d'une seule chose : que vous veniez avec moi au Rib Shack.

Elle fronça légèrement les sourcils.

— Pourquoi est-ce que je voudrais venir avec vous à cette réunion de famille ?

— Parce que vous me protégeriez de mes proches et de toutes les femmes qui attendent de moi quelque chose que je ne veux pas leur donner.

Elle secoua la tête d'un air pensif et se redressa sur son tabouret.

— J'ai besoin de mettre quelque chose au clair avant de décider si oui ou non je vous accompagne.

— D'accord.

— Je veux que vous m'écoutiez très attentivement, Jace.

Il prit une expression grave de circonstance.

— Je vous écoute.

— Je ne vais pas coucher avec vous.

— Oh ! ce n'est que ça ! dit-il, balayant ses paroles d'un geste de la main. Ne vous inquiétez pas, ce n'est pas ce que je cherche.

— C'est ce que vous dites *maintenant*.

— Ecoutez, Joss… Vous me plaisez. Vous êtes le premier rayon de soleil dans ma vie depuis des mois. Je veux simplement passer un moment avec vous, discuter, rire un peu, en toute simplicité.

Elle l'observa attentivement pendant quelques secondes. A en juger par son expression, elle n'était pas sûre de pouvoir le croire.

— Alors, vous voulez juste que nous soyons… *amis* ? C'est tout ? Honnêtement ?

— J'adorerais !

Il posa un billet sur le comptoir.
— Alors… on va au Rib Shack ? dcmanda-t-il.
Elle finit sa margarita.
— Pourquoi pas ?

- 2 -

Joss se surprit à accepter la proposition de Jace. Il lui avait dit qu'elle lui plaisait, et elle devait reconnaître qu'il lui plaisait aussi. Pas seulement parce qu'il était grand, mince et beau, qu'il avait de beaux cheveux noirs et épais et des yeux de velours… Pas seulement parce qu'il sentait délicieusement bon… Pas seulement parce qu'il était incroyablement séduisant.

Elle se moquait qu'il soit séduisant. Tous ses espoirs s'étaient effondrés une semaine plus tôt, et elle ne cherchait absolument pas à rencontrer un homme.

Jason lui plaisait parce qu'il la faisait rire, parce que, même s'il avait fière allure, elle lisait dans ses yeux qu'il avait récemment reçu une leçon d'humilité. De toute évidence, il ne savait pas vraiment qui il était lui-même, et elle était bien placée pour comprendre la confusion dans laquelle il semblait être plongé, car elle éprouvait exactement le même sentiment.

Elle entra à son bras dans le restaurant bondé. Apparemment, Jason Traub avait une très grande famille.

— Jason, te voilà ! s'écria une dame élégante, aux cheveux châtain clair. Je commençais à me demander si tu étais parti.

Le sourire charmant de Jace masqua à peine sa méfiance.

— Non, maman, je suis toujours là.

Sa mère se tourna vers elle.

— Bonsoir, dit-elle d'un ton affable.

— Maman, je te présente Jocelyn, dit Jace. Joss, je te présente ma mère, Claudia.

Joss la salua en souriant.

— Vous habitez ici, Jocelyn ?

— Non, je suis de Sacramento.

— Joss séjourne à l'hôtel, intervint Jace.

— Avec votre famille ? demanda sa mère.

Elle avait ce regard aussi intéressé que curieux qu'a toute mère à l'endroit de la jeune femme qui accompagne son fils.

— Non, je suis venue seule, répondit Joss. Et je passe d'excellentes vacances ! Je profite du spa, je fais du shopping, et j'apprends à jouer au golf.

Le tout aux frais de la princesse !

Un homme d'aspect assez ordinaire s'approcha de Claudia et lui prit le bras. Il paraissait un peu plus âgé qu'elle. La mère de Jason le regarda en souriant, rayonnante.

— Chéri, je te présente Jocelyn, une amie de Jason… Jocelyn, voici mon mari, Pete. Nous sommes aussi à l'hôtel, dans la suite Gouverneur… C'est tellement romantique !

Joss occupait la suite nuptiale, mais elle se garda bien de le préciser. Cela n'aurait fait que soulever d'autres questions, auxquelles elle n'était pas prête à répondre pour l'instant. La situation avait quelque chose d'ironique : elle n'avait pas hésité à dire à Jace qu'elle s'était enfuie le jour de son mariage, mais elle n'avait envie d'en parler à personne d'autre. Elle appréciait la discrétion de Jace à ce sujet…

Il semblait vraiment être un homme bien, et ses parents étaient adorables. Ils avaient l'air très amoureux, très attentifs l'un à l'autre.

— J'espère que vous vous joindrez à nous demain soir, Jocelyn, dit Claudia, l'arrachant à ses pensées. Nous allons dîner chez le frère jumeau de Jason, Jackson, et Laila, sa femme. Ils habitent une maison charmante, pas très loin d'ici.

— Oui, dit Jace avec enthousiasme, tu devrais venir ! Je t'emmènerais.

Joss le regarda d'un air lourd de sous-entendus, pour lui faire comprendre qu'il ne devait pas aller trop loin.

— Tu as un frère jumeau ? demanda-t-elle.

Claudia rit.

— Un faux jumeau. Jackson est plus vieux d'une heure, ce qui fait de Jason mon plus jeune fils. J'ai trois autres fils, Dillon, Ethan et Corey, et une fille, Rose. C'est la petite dernière.

— Eh bien, six enfants… Je suis jalouse ! Je suis fille unique, ma mère m'a élevée seule.

Claudia lui posa une main sur le bras avec tendresse.

— Raison de plus pour venir dîner avec nous demain soir, cela nous ferait vraiment plaisir.

— Merci, se contenta de dire Joss.

Quelques instants plus tard, Jace l'emmenait sur la terrasse. Ils trouvèrent un endroit relativement calme, où ils pourraient discuter tranquillement.

— Ma mère t'aime bien, dit Jace.

— Tu dis ça comme si tu n'étais pas sûr que ce soit une bonne chose.

— En fait, ma mère croit que j'ai eu le cœur brisé et elle veut vraiment que je sois heureux. Elle pense que, pour ça, il me suffirait de rencontrer une femme bien et de me marier, comme mes frères et ma sœur. Maintenant, elle va chercher à nous réunir par tous les moyens !

— Nous résisterons, bien sûr.

— Bien sûr.

— Qui t'a brisé le cœur, Jace ?

— C'est une longue histoire, soupira-t-il.

— Je t'ai raconté la mienne.

Il paraissait vraiment mal à l'aise.

— Oui, mais ce n'est ni le lieu ni le moment…

Elle n'insista pas davantage.

— Tu ne veux pas me le dire, et tu sais quoi ? Ce n'est pas grave.

Il fit mine de s'essuyer le front, comme s'il l'avait échappé belle.

— Ouf ! Enfin… même si je ne veux pas donner de faux espoirs à ma mère, je crois que tu devrais venir chez Jackson, demain soir. Juste pour être sociable, tu vois…

Elle le regarda avec méfiance. De toute évidence, il manigançait quelque chose, mais quoi ? Il ne tarda pas à s'expliquer.

— Et puis, ta compagnie me ferait plaisir.

— Oui… mais encore ? Sois franc, Jace.

— Très bien ! Si tu viens, tout le monde pensera que nous sommes ensemble, *vraiment* ensemble… et ma famille arrêtera d'essayer de me trouver une femme.

— Tu veux que je fasse semblant d'être ta petite amie ?

— Tu n'auras pas besoin de faire quoi que ce soit. Il suffira que tu sois avec moi pour que tout le monde pense qu'il y a quelque chose entre nous. Peu importe que tu dises à mes proches que nous sommes juste amis, ils ne te croiront pas ! Et si je le leur dis aussi, ils penseront que nous refusons d'admettre la vérité.

— Peut-être, mais tout de même... cela me semble assez malhonnête.

— Est-ce notre faute si les gens tirent des conclusions hâtives ?

Curieusement, elle avait *envie* d'aller dîner chez son frère.

— Je vais y réfléchir.

— Parfait ! Et ne laisse pas ma mère t'alpaguer toute seule, elle se mettrait tout de suite à te parler de l'entreprise familiale, elle te dirait que j'y suis indispensable, et qu'elle espère que tu viendras t'installer à Midland, parce qu'elle nous imagine déjà mariés...

— Quelle est l'entreprise familiale, au fait ?

— Je ne te l'ai pas dit ? Le pétrole... A l'exception de mon frère aîné, Dillon, qui est médecin, nous sommes tous dans le pétrole.

Elle rit.

— Jusqu'au cou ?

— Oh oui ! Notre entreprise est Traub Oil Industries. J'étais vice-président, à Midland. J'ai démissionné le 1er avril. Je devais m'en aller fin mai, mais ma mère et Pete ont trouvé tout un tas de raisons pour me faire rester plus longtemps. J'ai *enfin* réussi à m'enfuir mercredi dernier, et je n'ai pas l'intention d'y retourner !

— Tu sembles déterminé.

— Je le suis.

— Comment se fait-il que tu appelles ton père Pete ?

— C'est mon beau-père. Mon père, Charles, était une légende dans le pétrole… Il est mort dans un accident de derrick quand j'étais petit. Ma mère s'est remariée avec Pete environ deux ans plus tard, elle a pris le nom de Wexler. A l'époque, cela ne nous a pas plu qu'elle l'épouse. Nous étions fidèles au souvenir de notre père et nous en voulions à Pete.

— *Nous ?*

— Mes frères, ma sœur et moi. Mais Pete est un homme bien, et il a été très patient avec nous. Il a fini par gagner notre affection à tous. Et quand il a fait un infarctus, il y a quelques années, et que nous avons failli le perdre, nous nous sommes rendu compte à quel point nous lui étions attachés.

— On voit qu'il est très amoureux de ta mère.

— Oui, c'est vrai… Ce serait difficile de ne pas aimer un homme comme lui !

Il lui prit le bras.

— Viens, je veux te présenter mes frères.

Joss rencontra Dillon, Ethan, Corey, et Jackson. Les jumeaux se ressemblaient beaucoup ; comme Jason, Jackson était grand, beau et ténébreux, mais on les différenciait très facilement. Elle rencontra également leur sœur, Rose, et son mari, Austin, et elle bavarda avec les épouses respectives des frères de Jason. Elle les apprécia tous beaucoup, particulièrement Lizzie, la femme d'Ethan. Grande et énergique, cette jolie blonde paraissait très franche. Elle était propriétaire de la boulangerie Mountain Bluebell, au centre-ville.

Tout le monde disait qu'elle faisait les meilleurs muffins du Montana.

Les cousins de Jason étaient présents aussi : DJ et Dax et leurs épouses, Allaire et Shandie, ainsi que Clay et Forrest, deux ranchers de Rust Creek Falls, une ville située à trois cents miles environ de Thunder Canyon.

Joss commençait à se demander si elle allait réussir à se souvenir de tous les prénoms, quand une dame du nom de Melba Landry, qui se présenta comme étant la grand-tante de Lizzie Traub, les aborda. C'était une femme corpulente à la mine sévère. Joss se retint de rire quand l'énergique vieille dame accapara Jace et insista pour qu'il aille à l'église le lendemain matin.

— Bien sûr, intervint Joss, il viendra. Il n'y a rien que Jace apprécie plus que la messe du dimanche.

A côté d'elle, Jace émit un gémissement plaintif. Melba posa sur elle son regard perçant.

— Je veux vous y voir aussi, jeune fille !

— Eh bien, je ne sais pas vraiment si…

— Nous serons là, promit Jace avec un sourire.

Joss lui donna un coup de coude dans les côtes, mais il fit semblant de rien.

— Merveilleux ! s'écria Melba. La messe commence à 10 heures.

Là-dessus, elle s'éloigna, se dirigeant vers un autre pratiquant potentiel sans méfiance.

La fête se poursuivit. Joss passa une excellente soirée et en oublia même ses ennuis. Elle dansa avec Jace, qui tint sa promesse, se comportant avec elle en ami, sans la serrer trop étroitement. Elle se laissa aller dans ses bras avec plaisir… On aurait dit qu'ils avaient dansé ensemble toute leur vie, tant ils étaient synchrones. C'était un homme bien, et dans des circonstances différentes elle aurait été séduite. D'ailleurs, plus ils dansaient, plus elle se disait que cela ne la dérangerait peut-être pas, après tout, s'il la serrait tout contre lui… Mais non, ce n'était pas une bonne idée.

Elle n'avait vraiment pas besoin d'un homme dans sa vie en ce moment. Jace lui plaisait en tant que personne, mais il demeurait un homme, et elle ne ferait confiance à *aucun* homme pendant très, très longtemps.

La fête battit son plein jusqu'à 22 heures. Jace et elle furent parmi les derniers à partir. Ils regagnèrent le hall, et se dirigèrent vers l'ascenseur ensemble, tout naturellement. Ils montèrent jusqu'au dernier étage, où se trouvait la suite nuptiale. Ils sortirent ensuite dans le couloir et, une fois devant sa porte, elle s'arrêta, la carte magnétique à la main.

— Si je te laisse entrer, dit-elle, il va falloir me promettre de ne pas tenter de me séduire.

Il parut blessé.

— Joss, je t'en prie… Comment puis-je te le faire comprendre ? J'ai besoin d'une amie, tu as besoin d'un ami… C'est tout, ni plus ni moins.

Elle se mordilla la lèvre inférieure un moment, hésitante.

— D'accord, je te crois.

Elle ouvrit la porte et entra. Il la suivit dans le vestibule, puis dans le salon, dont la baie vitrée offrait une vue spectaculaire.

— Très joli !

— Tu l'as dit ! Tout ce qu'il y a de mieux pour la fiancée fugitive de Kenny Donovan…

Elle se dirigea vers le minibar.

— Que dirais-tu d'un peu de champagne et de caviar ? C'est Kenny qui paie, bien sûr.

— Tu n'aurais pas plutôt une bière ?

Elle lui en donna une, et prit du ginger ale dans le réfrigérateur pour elle-même.

— Mets-toi à l'aise, dit-elle.

Il s'assit dans un fauteuil, tandis qu'elle enlevait ses chaussures et s'installait sur le canapé.

Ils se mirent à discuter, de sa famille, de la soirée, de Lizzie, de Melba, qui les avait beaucoup amusés.

— Combien de temps restes-tu à Thunder Canyon ? demanda-t-il.

Elle adorait sa voix. Elle était grave et chaude, et lui donnait envie de se blottir contre lui… ce qu'elle n'allait pas faire, bien sûr.

— Une semaine de plus. Tant que Kenny ne fait pas opposition sur sa carte platinum, je profite de ma non-lune de miel !

— Et ensuite ?

— Je retournerai à Sacramento, je trouverai un travail et un appartement.

— Nous avons tellement de choses en commun… Moi aussi, je suis ici pour une semaine.

— Oui, pour la réunion de famille, tu me l'as dit tout à l'heure. Et après ?

— Eh bien, je présume que je devrai faire quelque chose de ma vie. Mais je ne veux même pas y penser, pour l'instant.

— Jace, j'adore ta façon d'éviter tout ce qui ressemble de près ou de loin à des responsabilités ! Melba désapprouverait totalement…

— Merci, Joss, je fais de mon mieux ! Je suis content que nous soyons amis… Et si nous étions *meilleurs* amis ?

— Bonne idée, je suis partante !

— Meilleurs amis pour une semaine.

Elle leva l'index et précisa :

— Sans avantages en nature.

— Tu me tues… T'ai-je fait des avances, de quelque façon que ce soit ?

— Non.

— Alors, ce n'est peut-être pas la peine de me rappeler à l'ordre sans arrêt.

Elle porta une main à son front pour lui faire un salut militaire.

— C'est d'accord ! Je te crois, tu ne vas pas tenter de m'attirer dans ton lit, même si tu es un homme.

— Cette preuve de confiance est très touchante.

Leur conversation fut brusquement interrompue par la sonnerie du téléphone. Elle décrocha.

— Quoi ?

— Jocelyn, vraiment ! Est-ce une façon de répondre au téléphone ?

— Maman ! Bonsoir… Ça va ?

— Comment peux-tu me demander ça ? Tu sais très bien que je me fais un sang d'encre pour toi !

— Je vais bien, je t'assure… Ne t'inquiète pas.

— Quand rentres-tu à la maison ?

— Je te l'ai déjà dit, dans une semaine.

Elle lança à Jace un regard penaud et articula en silence le mot *désolée*.

Il haussa les épaules négligemment, comme pour lui faire comprendre qu'il n'y avait aucun problème, puis il se leva et alla regarder par la fenêtre. Elle en profita pour l'observer attentivement, des pieds à la tête, admira ses bottes de cuir, ses longues jambes, ses hanches étroites sur lesquelles tombaient son jean, ses larges épaules et sa chemise bleu nuit. Ses cheveux noirs étaient épais, et elle était sûre qu'ils étaient soyeux au toucher. C'était vraiment un homme très séduisant, et prévenant.

— Toute cette histoire est un malentendu, dit sa mère, l'arrachant à ses pensées. Tu t'en rends compte, n'est-ce pas ? Kenny ne ferait jamais…

— Maman, l'interrompit-elle, s'efforçant de garder une voix calme et posée, il n'y a aucun *malentendu*, je l'ai *vu* avec Kimberly.

— Kimberly est bouleversée, elle aussi. Elle est très blessée que tu puisses penser d'elle des choses aussi horribles.

— Oh ! par pitié, ne me parle pas de Kimberly ! Je ne veux plus entendre parler de ça, maman.

— Kenny est venu me voir, ce soir.

— *Quoi ?* s'écria-t-elle, stupéfaite.

Jace lui jeta un coup d'œil par-dessus son épaule, l'air soucieux. Elle secoua la tête pour le rassurer, et il se tourna de nouveau vers la fenêtre.

— Il n'a pas le droit de te déranger, dit-elle à sa mère.

— Il ne me dérange pas, ma chérie. Il t'aime ! Il est très blessé que tu l'aies abandonné à l'autel, tu l'as humilié devant tout le monde, mais il te pardonne et veut arranger les choses avec toi.

Il y avait un bol en cristal plein de chocolats délicieux sur la table basse. Joss résista à l'envie de le lancer contre le mur.

— Maman, écoute-moi, écoute-moi *bien* : je ne me remettrai *jamais* avec Kenny, *jamais*. C'est *fini* entre lui et moi, pour toujours.

— Si seulement ton père ne nous avait pas quittées, tu ne te méfierais pas tant des hommes, et tu ne gâcherais pas cette occasion d'être avec un homme bien, en mesure de t'offrir le style de vie que tu mérites.

— Il y a tellement de raisons pour lesquelles je n'ai rien à répondre à ça.

— Rentre à la maison, ma chérie. Rentre à la maison, maintenant.

— Je vais raccrocher, maman. Je serai de retour dans une semaine. Je t'aime.

— Jocelyn ! Jocelyn, attends…

Joss n'attendit pas. Elle raccrocha et regarda fixement le téléphone, craignant qu'il se remette à sonner, mais apparemment sa mère avait décidé de la laisser tranquille, du moins pour la soirée.

— C'est mauvais ? demanda Jace en se tournant vers elle.

Elle se couvrit le visage des mains.

— Oui, plus que mauvais, même.

Elle l'entendit s'approcher d'elle.

— Tu veux en parler ?

— Pas vraiment.

— Allez…

Elle laissa retomber ses mains et croisa son regard. Il attendait, face à elle, les mains dans les poches, manifestement prêt à l'écouter. Elle indiqua d'un signe de tête le coussin du canapé à côté d'elle. Il contourna la table basse et vint s'asseoir, tendant le bras sur le dossier du canapé, comme en une invitation. Incapable de la décliner, elle posa sa tête sur son épaule avec un petit soupir triste. Alors, il lui caressa doucement les cheveux, puis passa son bras autour d'elle. Cette étreinte la réconforta tout de suite. Il était tellement musclé, tellement viril, sentait tellement bon… Elle avait vraiment besoin d'être consolée, juste quelques minutes.

— C'était ma mère.

— Oui, j'avais compris…

— Je t'ai dit qu'elle m'avait élevée seule, n'est-ce pas ?

— Oui.

— J'avais deux ans quand mon père a disparu. Un jour, il a annoncé de but en blanc à ma mère que c'était fini, et il est parti. Nous ne l'avons plus jamais revu.

Jace lui pressa l'épaule tendrement.

— C'est horrible, Joss, *vraiment* horrible. C'est traumatisant de perdre son père si jeune… On voit tous ses amis heureux, en famille, et on grandit en sachant que c'est ce que les *autres* ont qui est *normal*.

Elle comprit qu'il parlait d'après son expérience personnelle.

— Quel âge avais-tu quand ton père est mort ?

— Jackson et moi avions six ans.

— Au moins, tu l'as connu…

— Un peu. Il travaillait tout le temps, mais c'est vrai que nous l'admirions tous beaucoup. Il était très charismatique. Rose dit toujours que c'est pour elle que cela a été le pire… Elle n'a aucun souvenir de lui, elle avait deux ans quand il est mort.

— Comme moi quand mon père est parti. Je ne me souviens pas de lui non plus… Tout ce dont je me souviens, c'est… de son absence.

Elle s'écarta juste assez pour le regarder.

— Je ne devrais pas te raconter toutes ces histoires… C'est vraiment gentil de ta part de te montrer aussi compréhensif, mais c'est vieux, tout ça, et cela n'a aucun rapport avec toi.

Il l'attira de nouveau à lui. Elle songea à résister, mais à quoi bon ? Après tout, s'il était disposé à l'écouter… Elle se laissa aller contre lui et reposa sa tête sur son épaule.

Certes, elle s'était juré de ne pas se blottir contre lui, mais elle n'était pas *blottie*, juste *appuyée*, et il n'y avait rien de mal à cela, puisqu'elle avait besoin d'être réconfortée par un ami.

— Continue, dit-il. Comment s'appelle ta mère ?

— RaeEllen. Son nom de jeune fille était Louvacek, mais elle ne l'a jamais repris, elle a gardé le nom de mon père. Elle a toujours dit qu'elle avait besoin d'un homme bien à ses côtés, mais je crois qu'elle n'a jamais cherché à rencontrer quelqu'un d'autre. Je ne l'ai jamais vue sortir avec qui que ce soit, en grandissant. Elle travaillait chez Safeway, et elle a fini par gérer son propre magasin, ce qu'elle fait encore aujourd'hui. Elle a toujours pris soin de moi. Elle était stricte, mais c'est une bonne mère, et elle a toujours voulu ce qu'il y avait de mieux pour moi. A ses yeux, Kenny est l'homme idéal.

— Alors, pour une raison ou pour une autre, elle estime pouvoir lui faire confiance ?

— Il a toujours été gentil avec elle. Avec le recul, je dirais même qu'il la flattait. Quand elle nous invitait à dîner, il lui apportait systématiquement des fleurs et s'extasiait sur sa cuisine. Et puis, elle a toujours été admirative de sa réussite professionnelle. Il lui a joué la comédie, et cela a marché, voilà tout ! Elle refuse de croire ce qui s'est passé avec Kimberly. Il l'a persuadée que j'avais mal interprété quelque chose de parfaitement innocent.

— Il l'a *persuadée* ? Tu veux dire qu'elle lui parle encore, après ce qu'il t'a fait ?

— Elle croit sincèrement qu'il n'a rien fait de mal, alors elle n'a aucune raison de ne plus le voir.

— C'est ta mère et je ne dirai pas de mal d'elle, mais je crois qu'elle devrait être plus loyale envers toi.

— Ah, ça ! Quand il s'agit de Kenny, elle voit tout en rose, et cela va être difficile de la convaincre qu'elle a tort. J'essaie de voir les choses de son point de vue à *elle*… Elle a enfin décidé de faire confiance à un homme, dans *mon* intérêt, et elle ne peut pas supporter l'idée d'avoir de nouveau été dupe.

— C'est compréhensible mais, tout de même, tu es sa fille, elle devrait te soutenir.

— Oui. Je t'ai dit que j'avais des doutes au sujet de Kenny avant même de le surprendre avec Kimberly, tu te rappelles ?

— Oui.

— Eh bien, j'en ai fait part à ma mère. Je lui ai dit que Kenny n'était plus l'homme dont j'étais tombée amoureuse, que j'avais parfois l'impression de ne plus le connaître, qu'il avait changé... Elle m'a convaincue que mes craintes étaient infondées, que j'avais peur parce que j'étais sur le point de me marier, que Kenny était un homme merveilleux et que tout allait bien se passer.

Jace lui caressa les cheveux, avec une infinie douceur.

— Alors, tu l'avais percé à jour, mais ta mère ne le voyait, et ne le voit toujours pas, tel qu'il est vraiment. Je suis sûr qu'elle finira par se rendre à l'évidence.

— Je l'espère.

— Ce qui compte, c'est que tu ne te sois pas mariée avec lui. Tu as eu le courage de tourner les talons. Tu es une femme forte, tout va finir par s'arranger pour toi, tu verras.

Elle aurait pu rester dans les bras de Jace toute la nuit, mais cela faisait déjà quelques minutes qu'elle avait la tête sur son épaule, et elle devait se ressaisir. Elle se redressa à contrecœur et s'écarta. Cette fois, il ne la retint pas, et elle en fut soulagée. S'il était vraiment son ami, ne serait-ce que pour une semaine, c'était une bonne chose qu'il sache quand la prendre dans ses bras et quand reprendre ses distances.

— Dans l'ensemble, je vais plutôt bien, tu sais ?

Il hocha lentement la tête, son regard pénétrant posé sur elle.

— J'ai l'impression de surmonter ce qui s'est passé samedi dernier, mais chaque fois que ma mère m'appelle elle me replonge là-dedans. Son refus de voir les choses en face me fait prendre conscience de l'énorme erreur que j'ai faite. J'ai été à deux doigts de me marier avec un type qui m'a trompée le jour du mariage, avec ma propre cousine, en plus !

— Mais tu ne t'es *pas* mariée… Concentre-toi là-dessus, Joss.

Elle s'appuya à l'accoudoir du canapé.

— Tu as raison, l'important, c'est que je ne me sois pas mariée, mais j'ai quand même quitté mon travail et mon joli petit appartement pour ce traître. Je serai obligée de repartir de zéro quand je rentrerai à Sacramento.

— Tu pourras peut-être récupérer ton travail.

— Peut-être… On verra.

Elle se redressa. Elle avait envie de prendre un bon bain chaud et de se laisser aller à une crise de larmes.

— Merci de m'avoir écoutée, ajouta-t-elle. Il faut vraiment que j'arrête de me lamenter.

Il eut un sourire en coin.

— J'ai la curieuse impression que tu me mets dehors…

Il prit sa bière sur la table basse et la termina.

— C'est juste que, ces derniers temps, le simple fait de parler à ma mère me déprime un peu.

Elle essaya de trouver quelque chose de spirituel à dire pour terminer la soirée sur une note positive, mais rien ne lui vint à l'esprit.

— C'est ce qui est bien, avec un ami…, dit Jace en se levant. On n'est pas obligé de se justifier auprès de lui, il suffit de lui dire bonne nuit.

Jace pensa à Joss tout au long du trajet jusque chez Jackson et Laila. Il espérait qu'elle allait bien, et qu'il avait fait ce qu'il fallait en s'en allant quand elle le lui avait demandé. Qu'aurait-il pu faire d'autre ? Il avait vu à son expression qu'elle avait envie d'être seule, afin de se coucher et de remonter les couvertures sur sa tête. Il s'était dit que s'en aller était la meilleure chose qu'il puisse faire pour elle.

Jackson et Laila habitaient une grande ferme de deux étages, sur un magnifique terrain boisé d'environ cinq hectares, et possédaient en outre une grange et un enclos avec quelques chevaux. Jace se gara devant la maison. Toutes les lumières étaient éteintes à l'étage, mais une faible lueur filtrait à travers les stores du salon. Son frère devait regarder la télévision en l'attendant.

Jace ne s'était pas trompé. Jackson était assis dans un fauteuil, le chien endormi à ses pieds. Il éteignit la télévision quand il l'aperçut.

— Tu veux une bière ?

— Non, merci.

Jace se laissa tomber dans l'autre fauteuil.

— C'était une bonne soirée, au Rib Shack.

— Ethan a fini par te mettre le grappin dessus ? demanda Jackson.

— Oui.

— Il croit pouvoir te convaincre de continuer à travailler pour Traub Oil Industries.

— Il se trompe.

— Je sais, dit Jackson en posant la télécommande sur la petite table à côté de son fauteuil. C'est ce que je lui ai dit, et plus d'une fois, mais tu sais comment il est quand il a une idée dans la tête…

Jace ferma les yeux. Il était bien, détendu. Jackson et lui étaient toujours à l'aise, ensemble. Même quand ils se battaient, ce qui leur arrivait souvent quand ils étaient plus jeunes, il y avait toujours une certaine complicité entre eux. Ils n'avaient pas besoin de beaucoup de mots pour se comprendre, et ils s'acceptaient tels qu'ils étaient.

Le chien se gratta, faisant cliqueter son collier. Jackson et Laila l'avaient appelé Einstein : il ne payait pas de mine, mais apparemment il était très intelligent.

— Tu sais, reprit Jackson, je croyais que tu avais renoncé aux femmes, mais cela fait à peine vingt-quatre heures que tu es à Thunder Canyon et tu t'es déjà trouvé quelqu'un !

— Non, répondit Jace, décontracté, sachant pertinemment que son frère ne le croirait pas.

— Tu devrais avoir honte, Jason. Mentir à ton propre frère jumeau…

— J'aime beaucoup Joss, elle m'a plu dès que je l'ai vue, mais nous sommes amis, c'est tout.

Jackson rit.

— Bien sûr ! Si tu penses que je vais te croire, tu te trompes !

— Je suis sérieux… Nous sommes amis. Elle est encore là pour une semaine. Je vais passer du temps avec elle si elle veut bien de moi, mais il ne se passera rien entre nous.

— Si tu le dis ! En tout cas, je suis content de voir que tu t'intéresses de nouveau à une femme. Joss a l'air d'être quelqu'un de bien. Elle a plu à Laila, et aussi à maman.

Jace réprima un sourire. Ses proches, y compris son jumeau, étaient tellement prévisibles ! Il leur suffisait de le voir en compagnie d'une femme pour en conclure qu'il avait une petite amie.

Pour cette fois, cela lui convenait très bien…

— C’est une bonne chose que tu sois enfin revenu dans le Montana, dit Jackson d’un ton bourru.

Jace savait qu’il avait blessé son frère en n’assistant pas à son mariage qui avait eu lieu à Thunder Canyon. Il était grand temps d’essayer de se faire pardonner.

— Jackson, je regrette de ne pas être venu quand tu m’as invité pour les vacances, et le pire a été de rater ton mariage. J’aurais dû être là.

Il y eut un long silence.

— J’ai été très vexé à l’époque, grommela enfin son frère. Je voulais que tu sois mon témoin, mais je m’en suis remis.

— Pendant un moment, je ne savais plus du tout où j’en étais, expliqua Jace. Je ne suis pas venu à Noël à cause de Tricia.

Il s’était attendu à se sentir mal en prononçant son prénom, mais il s’aperçut qu’il allait parfaitement bien. Apparemment, il commençait vraiment à tourner la page.

— Tricia ne voulait pas « aller s’enterrer en pleine cambrousse pour les vacances », poursuivit-il. Ce sont ses mots, pas les miens. Je n’ai même pas cherché à la faire changer d’avis ! J’étais fou amoureux, elle obtenait tout ce qu’elle voulait de moi… Mais, à partir de ce moment-là, tout a commencé à aller de travers. Un mois plus tard, je marchais au radar : j’allais travailler, je rentrais à la maison… C’est tout. A l’époque où Laila et toi avez décidé de vous marier, j’étais complètement déboussolé, je ne me sentais pas la force de venir.

— Eh bien, tu es mieux sans Tricia Lavelle.

— Oui, beaucoup mieux ! Je m’en rends compte

maintenant, mais à l'époque j'étais sûr que c'était le grand amour, entre elle et moi. Tu me connais… Je n'ai jamais eu de relation sérieuse avec aucune femme, alors quand j'ai cru avoir rencontré la bonne, j'ai foncé, sans me soucier des conséquences. Le réveil a été brutal, crois-moi… Ce n'était même pas de l'amour. D'ailleurs, je ne sais même pas ce que c'est que l'amour.

Jackson le regarda d'un air circonspect.

— Tout le monde se demande si tu t'es vraiment remis de votre rupture.

Jace essaya d'imaginer Tricia. Pour une raison obscure, il ne se rappelait pas très bien son visage. Il pensa alors à Joss, à son rire communicatif, aux bons moments qu'ils avaient passés ensemble, à ses grands yeux noisette et à sa cascade de cheveux bruns.

— Oh ! oui, je m'en suis remis ! Je suis prêt pour un nouveau départ.

Jackson rit.

— Tant mieux ! Parce que tu as démissionné et que tu ne veux plus vivre à Midland… Alors tu vas bien devoir prendre un nouveau départ !

- 3 -

Le téléphone sonnait sur la table de chevet. Joss souleva la tête de l'oreiller avec un gémissement plaintif et jeta un coup d'œil au réveil. Il était 9 h 15. Ce n'était pas particulièrement tôt, mais elle était restée éveillée une bonne partie de la nuit à se demander ce qu'elle allait faire de sa vie…

Le téléphone continuait à sonner, pourtant elle n'avait pas du tout envie d'y répondre. Qui cela pouvait-il être sinon sa mère, qui la supplierait de rentrer, ou Kenny, qui lui dirait d'arrêter d'être *mesquine* et de faire toute une histoire d'un incident insignifiant ?

Elle tendit le bras pour décrocher.

— Je ne veux plus en entendre parler ! cria-t-elle dans le combiné. C'est compris ?

— Melba va être très déçue, répondit la voix de son nouveau meilleur ami. Tu sais combien elle a hâte de te voir à l'église !

Joss se redressa brusquement et écarta ses cheveux de son visage.

— Euh… attends une minute ! Je lui ai dit que j'irais ?

— Non, répondit Jace, tu t'es dérobée, mais *moi*, j'ai dit que tu irais !

— C'est tellement gentil de ta part…

— J'ai précisé que je t'avais apporté un café ?

— *Apporté ?* Où es-tu ?

— Dans le couloir, derrière ta porte.

Elle ne put s'empêcher de sourire.

— Ce n'est pas juste…

— C'est un café au lait à la vanille, mais je dis ça comme ça.

— Très bien, très bien, tu as gagné !

Elle raccrocha, enfila son peignoir et alla lui ouvrir. Il lui tendit un gobelet Starbucks. Elle le prit et but une gorgée de café tout en lui faisant signe d'entrer, puis elle referma la porte derrière lui et s'y adossa avec un soupir de contentement.

— Hmm ! C'est délicieux, merci.

— Je t'en prie, répondit-il avec un sourire irrésistible.

Il était beau et élégant. Il s'était rasé, portait des bottes de cuir, différentes de celles de la veille, un pantalon brun clair, une chemise impeccable et une veste sport bien coupée.

— Au moins, l'un de nous deux a bien dormi, marmonna-t-elle.

Il regarda ses pieds nus, son peignoir, ses cheveux emmêlés.

— Je suis désolé de t'avoir réveillée.

— Tu n'es pas du tout désolé !

— Non, pas du tout.

Il la prit par les épaules, la fit pivoter sur ses talons, et la poussa doucement vers la chambre.

— Va te préparer ! Nous ne pouvons pas nous permettre d'être en retard, Melba ne nous le pardonnerait jamais.

— Comment ça, *nous*, cow-boy ?

Cependant, elle s'exécuta, emportant son café avec elle.

Un quart d'heure plus tard, elle ressortait de la chambre, prête à aller à l'église dans sa jupe nacrée, son chemisier de soie rose et ses escarpins d'un rose légèrement plus clair. Elle s'était attaché les cheveux et avait mis les boucles d'oreilles de perles que sa mère lui avait offertes pour ses dix-huit ans.

— Tu es superbe, dit Jace.

Elle se rendit compte qu'elle se sentait mieux, beaucoup mieux. Jace semblait avoir un effet bénéfique sur elle : il lui remontait le moral, l'incitait à voir le bon côté des choses, lui donnait l'impression que quelque chose d'exaltant pouvait se produire d'un instant à l'autre.

Elle prit son sac à main, et ils s'en allèrent.

Pendant le trajet, Jace lui expliqua que la Thunder Canyon Community Church se trouvait dans ce que les habitants du coin appelaient la Vieille Ville, avec ses rues bordées d'arbres et ses bâtiments datant du temps des colonies.

Joss aima l'église dès qu'elle la vit. Elle était charmante et pittoresque, avec ses bardeaux blancs, ses hautes fenêtres et son petit clocher. Un vieil érable projetait son ombre sur les marches du porche.

La double porte était ouverte et la cloche carillonnait. A l'intérieur, l'organiste jouait un air solennel adapté aux circonstances. Les gens souriaient et se saluaient. Melba était là, dans sa robe bleue à fleurs et son petit chapeau assorti, montant la garde auprès du livre d'or.

Elle les accueillit avec un sourire approbateur et leur indiqua où signer.

Joss écrivit son nom, puis *Sacramento, Californie* en guise d'adresse. Elle éprouva une petite pointe de mélancolie en songeant qu'elle n'avait plus de chez-soi et que toutes ses affaires étaient empaquetées dans des cartons et entreposées au garde-meuble.

Cependant, ce sentiment de tristesse se dissipa dès que Jace lui prit le bras pour l'entraîner dans l'église. Ethan leur fit signe d'approcher. Lizzie, à ses côtés, se pencha devant lui pour leur dire bonjour tandis qu'ils s'asseyaient.

L'office fut aussi charmant que la petite église elle-même. Le pasteur, un homme au visage agréable, fit un sermon sur la grâce de Dieu, et Joss eut soudain l'impression que ses propres problèmes étaient insignifiants.

Après le service, Lizzie leur rappela qu'elle serait ravie de leur offrir des muffins s'ils allaient la voir à la boulangerie. Ethan, quant à lui, proposa à Jace de lui faire visiter les bureaux.

— Non merci, répondit-il, je dois y aller.

Et il entraîna Joss vers la sortie. Melba était à son poste, à côté de la porte.

— Je suis ravie que vous soyez venus, leur dit-elle. Et maintenant, je compte sur vous pour venir à l'Historical Society Museum très bientôt. J'y donne un coup de main plusieurs fois par semaine. Thunder Canyon est une ville fascinante, qui a une histoire très riche. Puisque vous êtes ici, autant en profiter pour apprendre quelque chose !

Joss se contenta de hocher la tête en souriant, mais

Jace finit par promettre à Melba qu'ils passeraient prochainement.

Lorsqu'ils eurent quitté l'église, ils se rendirent à la boulangerie de Lizzie, où ils se partagèrent un muffin aux myrtilles et prirent chacun un croissant au jambon et un verre de jus d'oranges pressées. Jace semblait connaître tout le monde. Il lui présenta un certain Connor McFarlane et son épouse, Tori, qui était enceinte de quelques mois.

Joss rencontra aussi Grant Clifton, sa femme, Stephanie, et leur petit garçon, AJ. L'enfant avait dix-sept mois et était adorable, avec ses boucles blondes et son sourire radieux. Stephanie la laissa le prendre dans ses bras. Il était tellement mignon ! Ses joues se creusèrent de deux fossettes quand il la regarda, et il posa son petit poing potelé contre sa joue. Elle le rendit à sa mère avec une pointe de regret. Elle aurait tant aimé avoir des enfants, elle aussi. Un jour, peut-être…

Elle avait déjà vu Grant Clifton quelque part. Quand il lui expliqua qu'il gérait le Thunder Canyon Resort, elle se rendit compte qu'elle l'avait vu une fois à la réception de l'hôtel, et une fois au Gallatin Room.

C'était ce qu'il y avait de bien dans une petite ville comme Thunder Canyon : on pouvait faire connaissance avec presque tout le monde et, dans la rue, les gens se souriaient naturellement et se disaient bonjour.

Quand elle quitta la boulangerie avec Jace, il lui prit la main, et ils remontèrent Main Street sans se presser, profitant du soleil et regardant les vitrines des petites boutiques. C'était tellement agréable d'avoir sa main dans la sienne… *trop* agréable, peut-être.

Elle se laissa guider pendant encore quelques

minutes, avant de s'apercevoir qu'ils allaient dans la mauvaise direction. Elle s'arrêta net.

— Hé ! Ta voiture est par là-bas, dit-elle en pointant le doigt par-dessus son épaule.

Il la tira par la main.

— Et alors ? Elle sera toujours là tout à l'heure. Je veux te montrer le Hitching Post, tu sais, le vieux bar-restaurant dont je t'ai parlé hier ?

Elle libéra sa main de son étreinte.

— Oui, celui où tu as rencontré Theresa Duvall, fit-elle un peu trop sèchement.

Il la regarda d'un air étonné.

— Qu'est-ce que j'ai fait ?

Elle baissa la tête et regarda fixement ses escarpins.

— Rien. Je suis désolée, c'était mesquin.

— Oui, mais je m'en remettrai. Hé ! Regarde-moi…

Elle releva la tête à contrecœur. Une lueur brillait dans les yeux de Jace. Il lui suffisait de le regarder pour qu'elle ait envie de sourire, mais elle se retint.

Au coin de la rue se trouvait un restaurant charmant aux rideaux à fleurs. Comme il était fermé, Jace se plaça sous la porte cochère. Elle le rejoignit à contrecœur.

— J'adore le Hitching Post, lui murmura-t-il à l'oreille.

— Sans blague…, dit-elle, ironique.

— Joss ?

— Oui ?

— Détends-toi.

— Très bien… Pourquoi est-ce que tu *adores* le Hitching Post ?

Il s'assit sur le rebord de la fenêtre, à côté de la porte.

— Parce que j'y ai de bons souvenirs, voilà pourquoi. Quand j'étais petit, nous y allions chaque fois que nous venions en ville. Mon père nous y emmenait : nous mangions des frites et des hamburgers, nous buvions des milk-shakes, et nous partagions un bon moment tous ensemble, en famille. Mon père était détendu, il était vraiment *avec* nous, tu vois ce que je veux dire ? J'ai l'impression que nous sommes allés au Hitching Post plein de fois, même si je sais que c'est impossible… Je n'avais que six ans quand il est mort, et nous ne venions que l'été à Thunder Canyon.

Il marqua un silence, avant de poursuivre :

— Ce dont je me souviens très bien, c'est que, lors de notre dernière visite ici avant sa mort, il m'a emmené au Hitching Post tout seul. Pour une raison ou pour une autre, même Jackson n'est pas venu avec nous. Nous n'étions que tous les deux, mon père et moi, et j'étais le gamin le plus heureux du monde…

Il se leva et, soutenant son regard, lui écarta une mèche de cheveux du visage. Elle fut parcourue d'un frisson et eut aussitôt envie de s'approcher de lui, alors même qu'elle savait qu'elle devait reculer.

— D'accord, murmura-t-elle, je comprends maintenant pourquoi cet endroit est si particulier pour toi.

— Tant mieux, dit-il d'une voix douce. Je n'ai rien contre Theresa, mais ce n'est pas à elle que je pense quand je vais au Hitching Post.

Joss se sentait minable, non seulement parce qu'elle l'avait tourmenté au sujet de Theresa, mais aussi parce qu'elle commençait à se demander comment ce serait de l'embrasser.

Heureusement inconscient de son trouble, Jace souriait de nouveau.

— Allez, viens, allons au Hitching Post !

— Je ne sais pas… Il est déjà plus de midi, je ferais peut-être mieux de retourner à l'hôtel.

Son sourire s'évanouit, il soupira.

— Très bien, Joss, qu'est-ce qui se passe ?

— Je… Je n'ai pas le moral, c'est tout.

— Pourquoi ? Tu avais l'air de bien t'amuser, il y a quelques minutes à peine.

— Oui…

— Alors que s'est-il passé ? Tu t'es rendu compte que tu passais un *trop* bon moment ?

Elle s'apprêtait à lui dire qu'il racontait n'importe quoi, mais elle s'aperçut qu'il y avait du vrai dans ses paroles.

— Je n'arrête pas de me dire que je ne peux pas rester éternellement dans le Montana à ne rien faire.

— C'est vrai, mais ce n'est pas un problème : tu vas rester ici à ne rien faire pendant encore une semaine, et ensuite tu pourras retourner en Californie et t'amuser à trouver un travail et un appartement.

Cette remarque la blessa. Décidément, elle était très émotive, aujourd'hui…

— Comment peux-tu plaisanter là-dessus, Jace ? Ce n'est pas drôle…

— Je sais, répondit-il avec douceur.

Il y eut un bref silence, puis il lui demanda :

— Est-ce que tu t'ennuies ?

— Non ! Pas du tout ! Je passe un très bon moment, ou du moins je *passais* un très bon moment. Mais tout à coup je me suis sentie déprimée et grincheuse… Je ne sais pas pourquoi.

Il mit ses mains dans ses poches et resta là, immobile, à la regarder.

— D'accord, s'exclama-t-elle soudain, ma vie est une vraie pagaille, et pour l'instant je me sens coupable ! Au moins, quand je suis à l'hôtel, j'ai l'impression de relever un défi, tu vois ce que je veux dire ? Je suis en lune de miel toute seule, à détester tous les hommes… Mais ici, avec toi…

Elle ne parvenait pas vraiment à expliquer ce qu'elle ressentait.

— Ici, avec moi, tu passes du bon temps, et tu as l'impression que tu n'as pas le *droit* de passer du bon temps. En plus, tu passes du bon temps avec un *homme*…

Il écarquilla les yeux et ajouta dans un murmure sinistre :

— … un homme que tu as rencontré *hier* !

Elle ne savait pas si elle avait envie de rire ou de le frapper. C'est alors qu'il prit un air faussement désapprobateur.

— Regarde les choses en face, Joss… Ta mère serait très mécontente !

— Il ne s'agit pas de ma mère, dit-elle avec impatience. Je veux vraiment rentrer, maintenant… s'il te plaît.

Il l'observa en silence un moment, puis hocha la tête.

— D'accord, mais peux-tu m'accorder une petite faveur, d'abord ?

— Laquelle ? demanda-t-elle, agacée.

— La Grand-Place est à deux rues d'ici… C'est là que se trouve le petit parc devant lequel nous sommes passés tout à l'heure.

— Oui, et alors ?

— Nous nous assiérons sur un banc et discuterons encore un moment, et ensuite je te reconduirai à l'hôtel.

Elle croisa les bras sur sa poitrine et le regarda avec méfiance.

— De quoi veux-tu parler ?

— Je ne sais pas… De la pluie et du beau temps, des cow-boys de Dallas, du sens de la vie…

— Oh ! très drôle !

— Nous parlerons de tout ce qui nous viendra à l'esprit, pendant une demi-heure, maximum, et ensuite je te raccompagnerai.

— Je sais que tu essaies de tout faire pour me remonter le moral, dit-elle d'un ton accusateur, ce n'est pas la peine de le nier.

— Je plaide coupable ! Oui, Jocelyn Marie, c'est la triste vérité : j'essaie de te remonter le moral. C'est mon plan maléfique. Alors, qu'en dis-tu ? Une petite demi-heure de ton temps au parc ?

Sans attendre sa réponse, il lui prit de nouveau la main.

Le parc était un petit endroit charmant, où l'herbe était ombragée par les arbres. Ils trouvèrent un banc sous un saule, dont les branches tombantes formaient une sorte de voile les isolant du reste du monde. Jace enleva quelques feuilles tombées sur le banc et, avec galanterie, lui fit signe de s'asseoir la première.

— C'est joli, tu ne trouves pas ? demanda-t-il en prenant place à côté d'elle. C'est un petit coin tranquille, ajouta-t-il dans un murmure. Si nous chuchotons, personne ne saura que nous sommes là !

Elle rit. Il était vraiment charmant…

— Tu as quel âge, dix ans ? fit-elle avec un sourire.

— Au fond de moi, seulement. Dis-moi un secret.

— Toi d'abord.

Il réfléchit, avant de hausser les épaules négligemment.

— Un jour, j'ai embrassé un crapaud.

— Berk ! Pourquoi ?

— Jackson m'avait mis au défi de le faire. Mon frère a toujours été un fauteur de troubles ! Il suggérait toutes sortes d'idées folles, et je me sentais tenu par l'honneur de l'aider à les mettre en pratique. Pourtant, si cela impliquait quelque chose de dégoûtant, il parvenait toujours à me faire agir le premier, et ensuite il se moquait de moi ! Quand j'ai embrassé ce crapaud, il m'a affirmé que j'allais avoir des verrues sur les lèvres.

— Oh ! c'est méchant ! dit-elle en riant.

— Peut-être un peu, mais Jackson est aussi… le meilleur.

— Comment ça ?

— Il donnerait sa vie pour moi, pour n'importe qui dans la famille. Il est comme ça, on peut compter sur lui. Même quand il était plus jeune et qu'il préparait un coup, on pouvait toujours être sûr qu'il serait là pour assurer nos arrières.

— Il s'est assagi depuis l'époque où il t'a poussé à embrasser un crapaud ?

Jace hocha la tête.

— C'était le mauvais garçon de la famille. Il buvait trop, était un vrai don Juan, et jurait qu'aucune femme ne réussirait à lui passer la bague au doigt. Puis il a rencontré Laila, et il a vite changé de refrain…

Aujourd'hui, il est marié, et je ne l'ai jamais vu aussi heureux.

Il posa sur elle un regard plein de tendresse. Elle était contente qu'il ait insisté pour l'emmener au parc. Etre avec lui la mettait vraiment de bonne humeur.

— A ton tour de me confier un secret !

— J'ai toujours voulu me marier, se surprit-elle à dire. Depuis toute petite, j'ai envie de fonder la famille que je n'ai jamais eue, de rencontrer un homme que je pourrai aimer et en qui je pourrai avoir confiance, d'avoir des enfants. Nous étions souvent seules, ma mère et moi. Notre maison était toujours bien rangée, mais un peu trop silencieuse. Je rêvais d'une de ces grandes maisons de style Craftsman, avec des colonnes en façade et un grand porche… Tu vois ce que je veux dire ?

— Très bien.

— Je rêvais de vélos couchés sur la pelouse, de jouets traînant dans le salon, de lait renversé et de gribouillages sur les murs, parce que les enfants qui vivraient dans cette maison seraient exubérants, aventureux, et qu'ils ne pourraient pas résister à un pan de mur entier sur lequel dessiner. Je rêvais d'enfants riant, criant, bavardant, parlant tous en même temps, de musique trop forte, et je me voyais au milieu de tout cela, savourant chaque instant. Je voyais mon mari rentrer, éviter les jouets éparpillés par terre, me prendre dans ses bras et m'embrasser avec fougue…

— Eh bien ! C'est bien mieux que d'embrasser un crapaud.

Une feuille tomba sur ses genoux.

— Je me suis toujours sentie coupable de rêver de

tout ça…, avoua-t-elle. Ma mère a toujours fait de son mieux, et moi, j'avais hâte de grandir, de rencontrer un homme stable, patient et facile à vivre pour avoir plein d'enfants chahuteurs.

Il lui effleura les cheveux du bout des doigts.

— Joss… Je commence à croire que tu te sens coupable de trop de choses.

— Oui, probablement, mais ma mère a travaillé si dur pour que je ne manque jamais de rien et que j'aie une belle vie.

— Ce n'est pas parce que tu rêvais d'un autre style de vie que celui de ta mère n'était pas bon.

Elle eut un petit rire.

— Tu es vraiment étonnant, tu le sais ?

— En bien, j'espère…

— En *très* bien. Quand je t'ai rencontré, j'ai cru que tu n'étais qu'un beau mec qui cherchait à avoir une aventure, mais en fait tu es à la fois un fin psychologue et un philosophe !

Il haussa les sourcils.

— Ne le dis pas à Jackson, d'accord ? Il m'en rebattrait les oreilles sans fin !

Elle décroisa les jambes et regarda d'un air malheureux ses mains jointes sur ses genoux.

— J'ai un autre secret, un secret horrible.

— Vraiment horrible ? la taquina-t-il.

— Oui, vraiment. C'est affreusement embarrassant.

Il n'insista pas, attendant en silence.

— Les deux premiers jours après mon arrivée ici, j'avais l'intention de faire tout mon possible pour arranger les choses avec Kenny, de me marier quand même avec lui, malgré ce qu'il a fait.

Elle s'interrompit, attendant que Jace lui dise qu'il n'arrivait pas à croire qu'elle se soit apprêtée à donner une deuxième chance à ce minable. Cependant, l'air toujours aussi impénétrable, il garda le silence.

— Une heure après m'être enfuie, reprit-elle sombrement, je me disais déjà que j'allais le faire souffrir un moment, le laisser ramper un peu et me supplier de lui accorder une autre chance. Puis, quand il aurait reconnu qu'il s'était comporté comme un parfait imbécile et juré de ne jamais recommencer, je l'aurais repris. Je me disais qu'il pouvait me donner la maison et tous les enfants que je désirais, m'aider à réaliser mes rêves. Je me disais que j'aurais bientôt trente ans, et que je ne trouverais jamais personne d'autre si je ne me contentais pas de lui.

Elle se tut, honteuse. Jace resta silencieux, lui aussi. Elle entendit des enfants rire, au loin, et un petit garçon crier :

— Maman ! Regarde-moi me balancer très haut !

— Je suis là, répondit la maman, je te regarde…

— Qu'est-ce qui t'a fait changer d'avis ? demanda enfin Jace.

Elle lui avait avoué le pire, autant tout lui dire.

— Kenny ne s'est *pas* mis à plat ventre, il ne m'a *pas* suppliée. Il m'a appelée six fois au cours de ces deux premiers jours et, chaque fois, il m'a expliqué que j'étais déraisonnable, que je l'avais humilié et que je me trompais complètement, qu'il n'y avait absolument rien entre Kimberly et lui, que je devais m'en rendre compte et arrêter de me comporter comme si c'était *moi* qui avais été bafouée.

Elle croisa de nouveau les jambes.

— Au bout de deux jours, j'ai fini par admettre que c'était impossible d'arranger quoi que ce soit avec lui, que c'était bel et bien fini entre Kenny et moi, et que j'allais devoir commencer une nouvelle vie.

— Alors… le reprendrais-tu *maintenant*, s'il se ressaisissait, s'il regrettait sincèrement de t'avoir trompée, s'il se mettait à genoux et s'il te jurait que tu es la femme de sa vie ? S'il te promettait de ne plus jamais regarder une autre femme et de faire tout ce qui est en son pouvoir pour avoir droit à une seconde chance ?

Elle n'eut pas besoin de réfléchir pour répondre.

— Non, certainement pas. Je ne veux plus entendre parler de lui. C'est terminé, entre nous, définitivement.

— Eh bien, tant mieux !

Il se leva et lui tendit la main. Elle le regarda, perplexe.

— Quoi ?

— Je vais te raccompagner à l'hôtel.

Elle éprouva soudain une pointe de mélancolie.

— Maintenant, tu veux te débarrasser de moi… Je t'ai déçu.

— Sûrement pas ! Tu as été avec ce gars pendant des années, c'est normal que tu aies eu besoin de temps pour accepter l'idée de votre rupture, et en fin de compte tu as pris la seule bonne décision, après lui avoir donné l'occasion de se rattraper. Cela n'a rien de décevant…, mais je t'ai promis de te raccompagner après avoir passé un moment à discuter avec toi.

Comme il lui tendait toujours la main, elle la prit dans la sienne. Ils regagnèrent Main Street, et firent le chemin en sens inverse jusqu'à la voiture.

Une vingtaine de minutes plus tard, il s'arrêtait devant l'hôtel. Le portier s'avança pour ouvrir la porte à Joss. Elle descendit de voiture et se retourna vers Jace, troublée.

— Il faut que je te pose la question… Tu as étudié la psychologie, à l'université ?

— Tu plaisantes ? J'ai fait des études de commerce et d'ingénierie pétrolière, grommela-t-il.

— Merci de m'avoir incitée à rester quand je t'ai dit que je ne me sentais pas bien, dit-elle d'une voix douce, et merci de m'avoir écoutée.

— C'est à ça que sert un meilleur ami !

— J'ai vraiment passé un bon moment, dans cette charmante petite église, à la boulangerie… et même sous le saule, à te raconter des choses que tu n'avais pas vraiment besoin de savoir. Ce n'était pas forcément *drôle*, mais c'était très… libérateur.

— Je suis ravi d'avoir pu t'être utile.

Elle fut soudain absolument certaine qu'il voulait à tout prix se débarrasser d'elle. Comment aurait-il pu en être autrement ? Elle avait tout gâché, en s'apitoyant sur son sort, et avec ses révélations sordides : elle lui avait avoué qu'elle avait envisagé d'épouser Kenny malgré tout, parce qu'il avait les moyens de lui offrir le style de vie dont elle rêvait. Elle sentit sa gorge se serrer.

— Bon, eh bien… à plus tard ! fit-elle.

— A plus tard.

Elle réajusta la bandoulière de son sac sur son épaule et, gagnée par un sentiment d'abandon, regarda Jace s'éloigner.

Sa Range Rover avait disparu au coin de la rue

quand elle eut une prise de conscience épouvantable : la famille de Jace était dans le pétrole, il conduisait une voiture à quatre-vingt mille dollars, et portait des chaussures dont le prix devait largement dépasser le loyer qu'elle versait pour son appartement. Certes, comme elle, il avait quitté son travail, mais leurs situations étaient *très* différentes.

Jason Traub était un homme riche, *très* riche. Elle en était convaincue. Il devait avoir hérité de son père, et posséder des actions dans l'entreprise familiale. Il n'était pas *obligé* de travailler.

Maintenant qu'elle lui avait parlé de ses rêves, il allait penser qu'elle cherchait un homme riche qui lui achèterait une grande maison pour y élever plein d'enfants… Imaginait-il qu'elle espérait lui mettre le grappin dessus ? Cette idée la glaça. Peut-être la prenait-il pour une comédienne, qui prétendait en vouloir à tous les hommes alors qu'elle ne cherchait qu'à remplacer celui qu'elle avait abandonné à l'église le jour de son mariage…

Elle tenait beaucoup à Jace et à son amitié. Elle s'était réjouie à l'idée de passer le plus de temps possible avec lui avant de repartir pour Sacramento, mais elle avait tout gâché. Elle poussa un gémissement plaintif.

— Mademoiselle ? appela le portier, visiblement inquiet.

Elle se força à sourire.

— Tout va bien.

Et, avec un profond soupir, Joss franchit la porte vitrée qui donnait sur le hall de l'hôtel.

- 4 -

Dans sa suite, Joss posa son sac à main sur la table du salon et alla directement dans sa chambre, où elle se laissa tomber en arrière sur le lit.

Tout en regardant fixement le plafond, elle essaya de décider si elle devait appeler Jace pour lui assurer qu'elle ne cherchait pas à lui mettre le grappin dessus, ou si cela risquait d'empirer les choses. Elle finit par se rendre compte que la question ne se posait pas, puisqu'elle n'avait pas son numéro.

Le téléphone sonna sur la table de chevet, l'arrachant à ses pensées. Elle n'avait pas du tout envie d'entendre un autre sermon de sa mère, ou les jérémiades de Kenny mais, comme toujours, elle ne put s'empêcher de décrocher.

— Qu'y a-t-il, encore ?

— Tu es ma meilleure amie pour toute une semaine et je n'ai même pas ton numéro de portable… C'est n'importe quoi !

— Jace, murmura-t-elle dans un souffle, la gorge serrée. Salut…

Il y eut un silence, puis il lui demanda d'un ton bourru :

— Tout va bien ? Que s'est-il passé ?

Elle poussa un soupir de soulagement et décida de lui dire la vérité.

— J'ai cru que je t'avais fait peur, que tu pensais que j'étais une sorte d'opportuniste.

— Holà ! Attends… Pourquoi ?

— Bon, d'accord, maintenant que j'entends ta voix, je me rends compte que c'était ridicule de ma part…

— Pourquoi, Joss ?

— Parce que je t'ai dit que j'avais eu l'intention d'épouser Kenny malgré tout ce qui s'était passé, parce qu'il aurait pu… m'offrir le style de vie que je voulais.

— Oh ! ça ! La grande maison désordonnée et les enfants indisciplinés qui ne devraient pas avoir le droit de dessiner sur les murs…

Il souriait, elle le devina à sa voix.

— Voilà, c'est ça, répondit-elle, mais il existe des feutres spéciaux, tu sais, lavables à l'eau.

— Ecoute-moi, Joss… Tu m'écoutes ?

— Oui.

— Je ne te prends pas pour une opportuniste. Pas *du tout*. C'est compris ?

— Oui.

— Alors, est-ce que je peux avoir ton numéro de portable ?

Elle le lui dicta.

— Je peux avoir le tien ?

— Bien sûr ! Au fait, à propos du dîner chez Jackson et Laila, ce soir… Je passerai te prendre à 17 h 30.

Elle sourit. Elle ne lui avait jamais dit qu'elle l'accompagnerait, mais elle en avait envie.

— Très bien, je t'attendrai devant l'hôtel.

*
* *

La maison de Jackson et de Laila était pleine à craquer. Jace avait l'impression que tous les Traub du Montana et du Texas étaient réunis. Des amis étaient là aussi : les Cates, les Clifton et les Pritchet.

Les invités étaient rassemblés dans le grand salon, dans la cuisine, jusque sous le large porche et dans le jardin de derrière. Jackson faisait des grillades au barbecue, et une odeur alléchante flottait dans l'air.

Jace était arrivé avec Joss une demi-heure plus tôt. Elle était magnifique, dans son jean qui mettait en valeur ses formes et son chemisier prune de soie. Il l'avait sifflée quand elle était montée dans la voiture, devant l'hôtel. Après tout, même un ami peut manifester son admiration…

Il avait eu l'intention de rester auprès d'elle toute la soirée, pour que sa mère ne puisse pas l'accabler de questions au sujet de leur *relation* mais, un quart d'heure après leur arrivée, Laila avait entraîné Joss à l'écart pour lui montrer des albums de photos. Il avait tenté de rester avec elles mais, Jackson l'avait appelé pour qu'il l'aide à s'occuper du barbecue.

Ethan s'approchait maintenant.

— Il faut qu'on parle, viens avec moi.

Jace n'avait aucune envie de le suivre, mais il allait bien devoir discuter avec son frère à un moment ou à un autre. Autant en finir tout de suite.

Ethan l'emmena dans un coin tranquille du jardin, à l'écart des autres invités, sous un peuplier.

— Je veux juste que tu passes quelques heures au bureau demain, dit-il d'un ton enjôleur. Je te ferai visiter… Tu verras tout ce que nous avons fait cette année. Les exploitations d'huile de schiste ont dépassé nos espérances !

— Je sais que tu fais du bon travail, Ethan, j'ai vu les rapports, mais la journée va être chargée, demain… Tu te rappelles ? Nous partons tous ensemble dans la matinée pour faire une randonnée à cheval et pique-niquer dans la montagne.

Ethan fronça les sourcils.

— Ah oui, c'est vrai… J'avais oublié. Viens mardi, alors… ou tôt, demain matin. La randonnée ne commencera pas avant au moins 10 heures. Nous n'aurons pas beaucoup de temps devant nous, mais je pourrai au moins te montrer ton bureau.

Jace aurait aimé faire la visite qu'Ethan lui proposait mais, s'il acceptait, son frère croirait pouvoir le persuader de recommencer à travailler pour Traub Oil Industries.

— Je ne travaille plus dans le pétrole, Ethan. Je me tue à te le dire.

— Oh ! allez, Jace ! Tu n'es pas sérieux… Tu es fait pour ça.

— J'*étais* fait pour ça, mais je ne le suis plus.

Ethan lui passa un bras autour du cou et lui frotta le crâne du poing, comme s'il avait de nouveau dix ans.

— Secoue-toi, petiot, grommela-t-il, utilisant le surnom que leur père leur donnait toujours. Que pourrais-tu bien faire d'autre ?

— Lâche-moi, Ethan.

Jace avait prononcé ces mots d'une voix calme, mais il bouillait intérieurement. Son frère le lâcha.

— Je ne voulais pas te mettre en boule.

Jace passa une main dans ses cheveux ébouriffés.

— Non, bien sûr ! dit-il avec ironie.

— J'essaie juste de t'aider à reprendre le dessus.

— J'ai *déjà* repris le dessus.

— Je voudrais simplement que tu viennes voir ce que nous avons fait ici, dit Ethan d'une voix plus douce.

— Je serais ravi de le faire, si tu n'avais aucune idée derrière la tête.

— Tu insinues que je mens, gamin ?

Jace avait envie de lui mettre son poing dans la figure, mais il parvint à se retenir.

— Au cas où tu l'aurais oublié, j'ai trente-trois ans. Je ne suis plus un *gamin* depuis longtemps.

— Dans ce cas, arrête de te comporter comme tel. Depuis cette histoire avec la fille de Jack Lavelle, tu te morfonds, et tu fiches ta vie en l'air. On dirait que tu n'as plus de goût à rien…

— Tu ne sais pas de quoi tu parles, Ethan.

— Bien sûr que si !

— Tu es ici, dans le Montana, alors que je vis au Texas… Maman et Pete t'ont fait part de leurs suppositions sur ce qui se passe, et ils t'ont convaincu.

— Alors donne-moi ta version. Qu'est-ce qui se passe ?

— Rien de bien mystérieux. Je veux changer de travail, c'est tout.

— Tricia Lavelle ne t'a pas brisé le cœur ?

— C'est une longue histoire, je n'ai pas envie d'en parler.

— Ah ! Elle t'a chamboulé. Tu es le dernier Traub célibataire, et cela commence à te peser.

— Tu vas arrêter ? Je n'ai plus dix ans, et tu n'es pas papa.

— Tu es tombé amoureux de Tricia, tu pensais avoir enfin trouvé l'âme sœur, mais elle t'a quitté et t'a brisé le cœur. Admets-le !

— Je n'admettrai rien du tout. Fiche-moi la paix, maintenant.

Ethan ne tint pas compte de l'avertissement et poursuivit :

— Tu adores ton travail, tu l'as toujours adoré !

— Les gens changent.

— Je n'y crois pas, pas une seule seconde. Tu as eu le cœur brisé, et maintenant tu es dans une spirale infernale. Tout ce que j'essaie de faire, c'est de t'en tirer !

— Ecoute, Ethan… Combien de fois vais-je devoir te le répéter ? Tu te trompes. Tu as écouté maman et Pete, mais ils ne savent pas de quoi ils parlent.

— Ils savent que tu t'apprêtais à épouser Tricia Lavelle, que brusquement vous vous êtes séparés, et que depuis tu erres comme une âme en peine.

— Cela ne regarde que moi. Ne t'en mêle pas.

— Je t'explique simplement que je comprends. Tu es complètement déboussolé, Jason, et ce dont tu as besoin, c'est de te remettre au travail.

— J'ai travaillé jusqu'à mercredi dernier, et je suis resté bien plus longtemps que prévu parce que maman et Pete ont tout fait pour me forcer à rester, mais maintenant c'est terminé.

— Tout le monde a besoin de travailler.

— Je vais travailler, mais plus pour Traub Oil Industries.

— Où, alors ?

— Je vais peut-être monter ma propre entreprise.

— Traub Oil Industries est notre propre entreprise.

— Ecoute, Ethan, je ne sais plus comment te le dire : je ne travaillerai plus pour Traub Oil Industries, même si je ne sais pas encore ce que je vais faire.

— Tu ne le sais pas encore, dit Ethan d'un ton narquois. Eh bien, ce n'est pas grave, parce que *moi*, je le sais : tu vas venir travailler pour moi, ici, à Thunder Canyon.

Cette conversation n'allait vraiment nulle part. Comme d'habitude, Ethan croyait tout savoir, mais Jace n'allait pas se forcer à faire quelque chose qu'il n'avait plus du tout envie de faire.

— Arrête, Ethan. Je suis sérieux.

— Tu es mon frère, je t'aime, et je ne te laisserai pas gâcher ta vie.

Il n'y avait plus rien à ajouter, et Jace tourna les talons. Apparemment, Ethan comprit enfin le message.

— Oh ! allez, Jacc…

Jace avait envie de continuer à marcher, mais à quoi bon ? Ethan pouvait être arrogant et autoritaire, mais il avait bon cœur. Il prit sur lui et se tourna de nouveau vers son frère.

— Tu sais que j'essaie juste de t'aider, dit Ethan d'un air contrit.

— Oui, eh bien, tu ne m'aides pas du tout.

Ethan secoua la tête.

— Lizzie m'avait dit de ne pas m'en mêler… Je n'aime pas quand elle a raison !

Jace réprima un sourire.

— Pourquoi ? Parce qu'elle a *tout le temps* raison ?

— Je l'adore, mais elle est un peu trop intelligente !

Entendre son frère parler de Lizzie lui fit penser à

Joss. Il fallait vraiment qu'il la rejoigne avant que sa mère ne la trouve.

— En fait, dit-il, cela fait un moment que j'ai envie de changement. L'idée me travaillait bien avant que je rencontre Tricia, à vrai dire.

— Je… Je ne savais pas.

— Eh bien, maintenant, tu le sais ! Maman et Pete n'ont pas envie de me voir partir. Ils vont se retrouver seuls à Midland, et même s'ils ont bien l'intention de continuer à tenir les rênes là-bas, cela leur fait de la peine que nous ayons tous déménagé.

— Oui, dit Ethan d'un ton bourru, je comprends. Ils n'étaient pas contents non plus quand je suis parti.

— Quoi qu'ils aient pu te dire, j'ai vraiment envie de quitter l'entreprise familiale, de faire quelque chose de complètement différent, même si je ne sais pas encore quoi. Et maintenant il faut vraiment que j'aille chercher Joss…

Ethan sourit.

— Tu crois que maman l'accapare ?

— J'espère que non. Bon, je te laisse…

Jace se dirigea vers la maison tout en jetant un coup d'œil autour de lui. Apparemment, ni Joss ni sa mère n'étaient dans le jardin. Il remonta les marches de derrière et entra dans la cuisine.

— Tu sais où est Joss ? demanda-t-il à Laila, qui préparait le buffet sur une grande table recouverte d'une nappe à rayures rouges et blanches, décorée de drapeaux, de bougies rouges, blanches et bleues, et de petits chapeaux de l'oncle Sam.

Elle lui adressa son sourire éclatant.

— Je t'ai dit qu'elle me plaisait beaucoup ? Elle est marrante, et elle a les pieds sur terre.

— Oui…

— Elle a adoré regarder toutes vos photos, et elle m'a dit qu'elle était contente d'en voir quelques-unes de ton père… Charles, je veux dire. Elle m'a aussi dit que tu avais un sourire irrésistible.

— Bien sûr, dit-il d'un ton pince-sans-rire, mais où est-elle *maintenant* ?

— Je l'ai vue dans la salle à manger il y a quelques minutes, elle discutait avec ta mère.

Il réprima un gémissement.

— Merci.

Il se rua dans la salle à manger, mais Joss n'y était pas, et sa mère non plus. Il alla donc dans le salon, et les aperçut tout de suite, assises sur le canapé, penchées l'une vers l'autre. Sa mère dit quelque chose, et Joss hocha la tête en riant. Elle paraissait à l'aise… Cependant, Joss avait de bonnes raisons d'être émotive, et il ne voulait pas que sa mère l'effraie avec des questions trop personnelles et des suppositions sur ce qu'il y avait entre eux. Il alla à sa rescousse.

Quand elle l'aperçut, sa mère lui adressa un grand sourire.

— Jason, dit-elle d'un air bien trop innocent, Ethan veut te parler, il te cherche partout…

— Il m'a trouvé. Nous avons eu une petite conversation, et je pense avoir dissipé certains… malentendus.

Sa mère haussa les sourcils.

— Ah oui ? Quels malentendus ?

— C'est une longue histoire, maman, mais l'important, c'est qu'il ait compris que je ne resterai pas à

Midland et que je ne travaillerai plus pour Traub Oil Industries, ni au Texas, ni ici, dans le Montana.

Sa mère le regarda, visiblement nerveuse.

— Ce n'est ni l'endroit ni le moment pour en discuter, Jason…

Bien sûr ! Maintenant qu'elle se rendait compte que les choses ne se passaient pas comme elle le souhaitait, elle changeait de sujet.

Apparemment imperturbable, Joss ne se laissa pas troubler par la conversation tendue.

— Je voulais juste te mettre au courant, maman, dit-il d'un ton enjoué.

Comme il lui déposait un baiser sur la joue, elle l'attira à elle.

— Je t'aime, Jason, murmura-t-elle d'une voix douce. Tu le sais, n'est-ce pas ?

— Oui, je le sais, et je t'aime aussi, maman.

Il se redressa et regarda Joss.

— Tu as faim ? Le buffet est prêt !

Il lui tendit la main pour l'aider à se lever. Ce simple contact lui donnait un profond sentiment de bien-être.

— Merci de m'avoir fait visiter, Claudia.

Sa mère était tout sourires.

— Je suis ravie que nous ayons pu discuter un peu. N'oubliez pas que nous serions enchantés si vous veniez pique-niquer avec nous, demain. La vue depuis Thunder Mountain est superbe…

— Eh bien, merci pour l'invitation, mais… vous m'avez dit que vous y alliez à cheval, n'est-ce pas ?

— Oui, c'est une randonnée magnifique.

— Je ne suis jamais montée à cheval de ma vie.

— Il y a une première fois à tout ! Et il y a toujours des chevaux placides pour les débutants.

— Je… J'en parlerai avec Jace !

— Merveilleux ! dit sa mère, rayonnante.

— Tu viens manger, maman ? demanda-t-il.

— Je vais chercher Pete, d'abord.

— A tout à l'heure, alors !

Et il entraîna Joss avec lui.

— Alors, tu emménages à Midland ? lui murmura-t-il à l'oreille.

Elle rit.

— On me l'a suggéré…

Ils entrèrent dans la salle à manger. Là, il l'emmena dans un coin tranquille pour qu'ils puissent discuter quelques minutes sans être dérangés.

— Que t'a-t-on *suggéré* d'autre ?

— Ta mère m'a dit que j'étais *charmante* et que je lui avais fait très bonne impression. Elle est ravie que nous nous soyons rencontrés.

— Eh bien, voilà un sujet sur lequel ma mère et moi sommes d'accord !

— Hé ! Ne te plains pas… Au moins, ta mère a *conscience* de se mêler de tes affaires.

— Je n'en suis pas si sûr.

— Oh ! mais c'est pourtant vrai ! Elle veut que tu restes au Texas, mais elle sait qu'elle ne devrait pas te le demander. Elle sait que tu es adulte, que c'est *ta* vie.

— Elle t'a dit tout ça ?

— Pas exactement, mais je l'ai comprise à demi-mot.

— Pourquoi est-ce que cela ne me rassure pas ?

— Tu devrais être rassuré, je t'assure. Elle finira par te laisser tranquille.

Il n'était pas convaincu.

— Maman a raconté n'importe quoi à Ethan à mon sujet. Il s'est cru obligé de faire preuve de fermeté et d'autorité pour mon bien…

— Mince ! A l'instant ?

Il hocha la tête, admirant la courbe de ses sourcils, ses lèvres parfaitement dessinées. Elle était vraiment agréable à regarder… Il n'avait jamais eu de meilleure amie aussi belle.

— Ça s'est bien passé ? ajouta-t-elle.

— Oui, même si j'ai eu envie de lui mettre mon poing dans la figure.

Elle écarquilla les yeux.

— Mais tu as gardé ton sang-froid ?

— Etonnamment, oui. Ethan et moi sommes d'accord, maintenant. Maman comptait sur lui pour me convaincre de ne rien changer à ma vie et, comme ça n'a pas marché, elle va devoir renoncer. Mais ne t'imagine pas pour autant qu'elle en a fini avec toi !

Elle le prit par le col de sa chemise et l'attira doucement vers elle.

— Si elle savait la vérité à mon sujet, lui murmura-t-elle à l'oreille, elle croirait peut-être que nous ne sommes qu'amis.

— Je lui ai dit la vérité, je lui ai dit que nous étions amis, rien d'autre. Est-ce ma faute si personne ne me croit ?

— Non…

— Je suis content que tu le voies comme ça.

Penché vers elle, à respirer son parfum enivrant, il aurait pu désirer plus que son amitié…

— Pour ce qui est de *ta* vérité, ajouta-t-il à voix basse, eh bien… ce n'est pas à moi de la divulguer.

Elle le regarda en souriant, et il sentit son cœur faire un bond dans sa poitrine.

— C'est gentil, Jace. D'autant que je préfère n'en parler à personne, c'est trop embarrassant.

— Je ne dirai rien.

— Merci.

Elle avait confiance en lui, cela se lisait dans ses yeux. Il se sentait vaguement coupable, car il la trouvait terriblement attirante. Et il savait que, si elle changeait d'avis et décidait d'être plus qu'une amie, il se laisserait facilement convaincre.

— C'est étrange, je n'ai eu aucun mal à te confier mes secrets, même les plus honteux.

Elle rougit et baissa les yeux. Il ne put résister à la tentation de lui poser un doigt sous le menton pour lui faire relever la tête. Alors qu'il fixait sa bouche, il eut soudain une envie folle de l'embrasser. Mais il ne le ferait pas.

— Il n'y a rien de honteux à envisager des compromis pour réaliser ses rêves.

— Tout dépend des compromis. Avoir imaginé que je pourrais retourner avec Kenny alors qu'il m'avait trompée… *Ça*, c'était *vraiment* honteux.

— Ecoute-moi, Joss. Je veux que tu arrêtes de culpabiliser.

— C'est juste que…

Il lui posa un doigt sur les lèvres.

— Crois-en ton nouveau meilleur ami : tu n'es *pas* retournée avec lui, c'est tout ce qui compte.

Du coin de l'œil, il vit tout le monde se diriger vers

la cuisine. Son frère Corey et son épouse, Erin, les regardèrent. Erin murmura quelque chose à l'oreille de Corey. Jace était sûr de pouvoir deviner de quoi il s'agissait : elle était heureuse qu'il ait rencontré quelqu'un.

C'était parfait, son plan se déroulait comme prévu : Joss et lui passeraient de bons moments ensemble, appréciant la compagnie l'un de l'autre et profitant de l'instant présent, et sa famille le laisserait enfin tranquille.

— Tout le monde va dans la cuisine, remarqua Joss. Ne devrions-nous pas suivre le mouvement ?

Il lui passa un bras autour des épaules.

— Si, allons-y !

- 5 -

— Certainement pas ! Je n'irai nulle part à cheval, répéta Joss pour la énième fois.

Ils étaient de retour dans sa suite, et mangeaient les chocolats mis à disposition dans un bol sur la table basse. Elle ajouta, d'un ton qui se voulait sans réplique :

— Le pique-nique en famille, je passe, si ça ne te dérange pas.

— Oh ! mais justement, ça me dérange !

Jace la regarda d'un air implorant. Il n'avait décidément aucun scrupule quand il voulait arriver à ses fins.

— Tu vas me briser le cœur si tu ne viens pas, ajouta-t-il.

Elle fouilla dans le bol de chocolats et y trouva ce qu'elle cherchait, un petit carré de perfection douce-amère. Elle le mit dans sa bouche avec un petit gémissement de plaisir. Ces chocolats étaient absolument délicieux… Leurs papiers d'emballage brillants jonchaient la table devant eux.

— Ton cœur est bien trop fragile.

Cette fois, il prit un air majestueux, terriblement séduisant.

— C'est vrai. Je t'en prie, ne me blesse pas plus qu'on ne l'a déjà fait. Viens avec moi au pique-nique demain, protège-moi de ma famille… Je t'en supplie, Joss.

— Qu'a-t-on fait pour te blesser, au juste ?

La femme qui l'avait quitté l'intriguait.

— Je ne peux pas en parler, c'est trop douloureux, répondit-il avec une moue boudeuse.

Elle le regarda d'un air patient.

— Tu ne me le diras pas, hein ?

— Je te le dirai un jour ou l'autre, répondit-il en prenant un autre chocolat dans le bol.

— Quel jour ? Je m'en vais dans cinq jours…

— Oui, mais nous sommes amis depuis seulement vingt-quatre heures, j'ai besoin d'un peu de temps pour… baisser ma garde.

— Ah… Demain, alors ? Tu me le diras demain ?

— Tu as vraiment *besoin* de savoir ?

— Je suis curieuse, d'accord ?

Plus elle passait de temps avec lui, plus elle l'était…

— Et puis, qu'est-ce que ça peut faire si tu me racontes tout de ta récente rupture ?

— As-tu *vraiment* besoin de savoir ce qui s'est passé ?

Elle abandonna.

— Non, Jason, je n'ai pas besoin de le savoir.

Il eut un sourire rayonnant.

— Tant mieux !

Elle s'apprêtait à prendre un autre chocolat, mais elle se ravisa et lui tendit résolument le bol.

— Ne me laisse plus en prendre un seul ce soir.

— Tu peux compter sur moi pour te protéger contre toi-même. Viens avec moi au pique-nique, demain.

— Tu n'abandonnes jamais, à ce que je vois ?

— Non. Ce n'est pas dans ma nature.

Il prit un chocolat à la noisette et au caramel.

— Qu'est-ce qu'ils sont bons ! marmonna-t-il.

— Tu étais obligé de me le rappeler…

Elle tendit la main pour se servir, mais il écarta brusquement le bol.

— Non, non… Tu n'as plus le droit d'en prendre, tu te souviens ?

— Juste un…

— Tu n'auras plus aucun respect pour moi si je cède.

Il mit ses mains sur le bol, comme si elle allait essayer de prendre quand même un chocolat… ce qu'elle s'apprêtait justement à faire.

— Tu es vraiment agaçant, parfois. Tu le sais ?

— C'est pour ton bien, répondit-il, magnanime. Tu m'as dit de t'empêcher d'en manger.

— Oui, eh bien, je voulais dire : empêche-moi d'en manger jusqu'à ce que j'en aie *de nouveau* envie.

Il leva les yeux au ciel.

— Ah, les femmes ! Elles ne savent jamais ce qu'elles veulent.

— Ah, les hommes ! Ils croient toujours tout savoir !

Elle ramassa une poignée d'emballages vides et commença à les lui jeter au visage.

— Hé ! Arrête !

Il esquiva les projectiles et se servit du bol comme d'un bouclier. Elle lui envoya d'autres petits papiers. L'un d'eux se prit dans ses cheveux.

— Donne-moi ces chocolats ! ordonna-t-elle d'un ton qui se voulait effrayant.

— Désolé, c'est impossible.

Cette fois, il évita le papier qu'elle lui lançait en

mettant ses mains devant son visage. Elle était à court de munitions. Elle se jeta sur le bol en riant, mais il lui attrapa les poignets avant qu'elle n'ait pu s'en emparer.

— Sois sage !

— Lâche-moi…

Elle se débattit pour se libérer de son étreinte, mais en vain.

— Promets-moi d'être sage.

— Non !

— Promets-le-moi.

— Certainement pas !

Ils riaient tous les deux, elle continuant à se débattre et lui la tenant toujours aussi fermement. Enfin, elle parvint à dégager une main de son étreinte, la plongea dans le bol, et la ressortit avec une pleine poignée de chocolats.

— J'ai réussi ! s'écria-t-elle d'un ton triomphant, tenant son trophée bien haut au-dessus de leur tête.

— Repose ça tout de suite, gronda-t-il.

— Quoi, *ça* ?

Elle ouvrit la main et laissa les chocolats lui tomber en pluie sur la tête. L'espace d'un instant, il resta parfaitement immobile, tandis que les chocolats rebondissaient sur ses cheveux et sur ses larges épaules, pour retomber ensuite sur les coussins du canapé et par terre. Il fronça alors les sourcils d'un air grave et jeta un coup d'œil autour d'eux.

— Regarde-moi ce bazar…

— C'est ta faute, tu aurais dû me donner les chocolats quand je te les ai demandés.

Il lui lâcha l'autre poignet, mais seulement pour la prendre par les épaules.

— Tu es une sale gosse, Jocelyn Marie. Tu le sais ?

— Oui, et j'en suis fière !

Joss rejeta ses cheveux en arrière et leva le menton. Il se pencha vers elle, faussement menaçant… Et, soudain, tout changea. Une seconde plus tôt, ils se battaient comme des enfants turbulents, elle riait, le taquinait, et la seconde d'après tout était différent.

Son cœur s'emballa, sa respiration se fit plus saccadée. Elle avait pleinement conscience des mains puissantes de Jace sur ses épaules, de son regard de braise et de ses lèvres parfaitement dessinées, qu'elle avait tant envie d'embrasser, de son parfum, épicé et un peu électrique, comme l'odeur de l'air avant un orage…

Elle suivit son regard, qui se posa sur sa bouche, pour plonger de nouveau dans le sien.

Elle savait ce qui allait se passer. Il allait l'embrasser. Elle avait *envie* qu'il l'embrasse… Elle avait envie qu'il la renverse en arrière sur le canapé, envie de sentir son corps puissant sur le sien, envie qu'il la serre contre lui et l'embrase fougueusement, jusqu'à ce qu'elle oublie… *tout.*

Elle avait envie de le déshabiller, de se débarrasser de ses propres vêtements, de sentir sa peau contre la sienne.

— Joss ? murmura-t-il alors, d'une voix très douce.

Son regard avait changé. Il l'observait sans ciller, comme s'il attendait une réponse de sa part. En cet instant précis, elle eut pour lui un élan d'affection, plus fort encore que le désir qui la tenaillait. En lui offrant une échappatoire, il agissait pour son bien. Il lui laissait le temps de la réflexion, pour qu'elle puisse faire son choix.

La gorge serrée, elle se mordilla les lèvres et secoua la tête, presque imperceptiblement. Cela suffit. Jace la relâcha aussitôt et se laissa retomber en arrière sur le canapé. Elle l'imita, tandis que son cœur continuait à marteler sa poitrine. Sa respiration était encore irrégulière, mais elle finirait par se calmer.

Il ne se passerait rien entre eux, et c'était une bonne chose.

Pendant un long moment, ils restèrent assis là sans rien dire, sans se regarder, au milieu des papiers d'emballage vides et des chocolats. Puis, sans un mot, par une sorte d'accord tacite, ils se levèrent et commencèrent à tout ramasser.

Enfin, Jace fit quelques pas vers la porte, puis se retourna vers elle.

— Tu viens demain, dit-il. Ne discute pas. Mets un vieux jean, des baskets si tu n'as pas de bottes, et prends une veste. Tu as un chapeau ?

Un sentiment d'euphorie la submergea. Elle avait soudain désespérément envie d'aller à ce pique-nique.

— J'étais sérieuse, tout à l'heure, je ne sais pas monter à cheval…

— Alors il est grand temps que tu apprennes.

Sa voix était douce, tendre, et pourtant l'air vibrait de passion inexprimée. Elle plongea ses yeux dans les siens et regretta presque… Non, c'était mieux ainsi, plus sûr.

— J'ai acheté des bottes et un chapeau le jour de mon arrivée ici, et une jolie chemise.

— Je passerai te prendre à 9 heures.

*
* *

— C'est une mauvaise idée, dit Joss le lendemain matin, en ouvrant la porte à Jace.

Il avait l'allure d'un vrai cow-boy, avec son jean délavé, ses bottes de cuir, sa chemise d'un bleu passé, son foulard bleu, et son chapeau à la main. Il eut un sourire en coin qui la troubla instantanément.

— Tu vas bien t'amuser, tu vas voir.

Elle prit un air dubitatif, puis jeta un coup d'œil à son chapeau, les sourcils froncés.

— C'est un vrai Stetson ?

— Un Resistol.

Elle supposa qu'il s'agissait d'une marque.

— Ah, d'accord…

Il regarda sa chemise rouge à carreaux incrustée de strass.

— Eh bien ! Tu es très élégante.

Elle releva la jambe de son pantalon sur sa chaussure.

— Que dis-tu de ces bottes ?

Elles étaient rouges aussi, en cuir vieilli orné de fioritures et de cœurs brodés.

— Très chic !

— Tant qu'à faire de me ridiculiser, autant le faire avec classe…

— Tu es magnifique.

A en juger par son regard, il était sincère. Le souvenir du baiser qu'ils avaient failli échanger la veille au soir sembla soudain se raviver. Un peu intimidée, elle détourna les yeux.

— Merci.

— Joss, dit-il avec douceur, ça va aller… Tu es prête ?

Elle prit son blouson en jean et son chapeau.

— Non, mais puisque je ne réussirai apparemment pas à te convaincre que c'est une mauvaise idée, allons-y !

Ils arrivèrent aux écuries avant la famille de Jace, ce qui était une bonne chose, songea Joss. Cela lui laisserait le temps de s'entraîner un peu avant de commencer la randonnée. Le garçon d'écurie guida vers elle un cheval blanc avec des taches brunes. Il était déjà sellé et doté d'une bride. Il semblait très patient : il se tenait là, agitant paresseusement la queue et soufflant doucement, tandis que Jace ajustait les sangles de la selle.

Elle resta tout de même à distance de l'animal.

— Comment s'appelle-t-il ?

— Cupcake, répondit le garçon d'écurie.

Celui-ci devait avoir une vingtaine d'années, avait la peau mate et plein de taches de rousseur.

Elle s'éclaircit la voix.

— C'est une jument ?

— Non, un hongre.

— Ah, d'accord…

Jace remercia le jeune homme, qui retourna dans les écuries, puis il se tourna vers elle.

— Viens, dit-il en lui tendant la main.

Elle le regarda avec méfiance.

— Je ne sais pas… J'ai un mauvais pressentiment.

— Viens, insista-t-il, refusant de laisser retomber sa main.

Elle finit donc par la prendre dans la sienne. Il lui montra de quel côté du cheval se placer, et l'aida à monter en selle. Cupcake hennit doucement, mais ne bougea pas. Elle tapota son cou chaud et soyeux avec précaution.

— Bon… On peut arrêter, maintenant ? demanda-t-elle d'un ton plein d'espoir.

Jace ne répondit pas. Il ajusta les étriers, puis lui donna quelques instructions : comment tenir les rênes, comment se servir de ses jambes pour guider le cheval, et tout un tas d'autres choses qu'elle rangea dans la catégorie *Choses Que Je Suis Bien Trop Nerveuse Pour Retenir.*

Il prit ensuite les rênes et la fit avancer en cercle pendant un moment, juste pour qu'elle voie quel effet cela faisait d'être sur le dos d'un cheval au pas. En fait, ce n'était pas si terrible. Cupcake était adorable. Il avançait calmement, ne se dérobait jamais, et n'essayait pas d'aller ailleurs que là où Jace l'emmenait.

Une demi-heure plus tard, elle tenait les rênes elle-même et guidait Cupcake en cercle, utilisant ses jambes comme Jace le lui avait expliqué. Après tout, elle s'en sortait plutôt bien.

Quand sa famille commença à arriver, Jace alla seller son propre cheval, et elle continua à s'entraîner, apprenant à tourner à gauche et à droite, à s'arrêter et à repartir. Peu à peu, elle s'améliorait. Avec un amour de cheval comme Cupcake, elle arriverait peut-être même à se laisser aller et à passer un bon moment.

La mère de Jace, élégante dans son jean moulant et sa chemise jaune, la salua de loin. Joss lui rendit son sourire et lui fit signe de la main.

Un peu après 11 heures, tout le monde était en selle et prêt à partir. Ils prirent la route qui montait un peu plus haut dans la montagne. Dax Traub, en tête, s'engagea bientôt sur un chemin à l'ombre des arbres, et tous le suivirent.

C'était vraiment agréable, de chevaucher tranquillement dans la pénombre tachetée de lumière… Une brise légère soufflait, et l'air embaumait le pin. Joss était juste derrière Jace, qui montait un impressionnant cheval noir appelé Major. L'animal agitait la tête énergiquement et ne cessait de caracoler. Elle n'aurait jamais su le diriger, et préférait de beaucoup le paisible Cupcake. Avec lui, elle n'avait qu'à rester en selle et tenir délicatement les rênes. De temps en temps, Jace lui jetait un coup d'œil par-dessus son épaule, et elle lui souriait pour lui montrer que tout allait bien.

Elle avait pris le coup de main ! Qui l'aurait cru ?

Jocelyn Marie Bennings, cavalière… Cela lui plaisait bien !

Le sentier se resserra, mais cela ne sembla pas décontenancer ce cher Cupcake. A sa gauche, le flanc de la montagne paraissait dangereusement escarpé. A sa droite, la vue donnait le vertige, malgré les nombreux arbres qui auraient pu les retenir en cas de chute. Elle s'efforça de ne pas regarder en bas.

— Tout va bien ? lui demanda Jace.

— Oui, très bi…

Elle n'eut pas le temps de finir sa phrase, car le sol s'effrita sous les sabots du cheval. Elle poussa un cri perçant et se cramponna à la selle. Elle vit l'expression pétrifiée de Jace, juste avant d'entamer une glissade terrifiante sur le dos de Cupcake, dans un nuage de poussière.

- 6 -

Cramponnée au pommeau de la selle, Joss sentait son cœur marteler sa poitrine, tandis qu'un bruissement sinistre résonnait à ses oreilles. Paniquée, elle ferma les yeux.

A quoi bon regarder ? Elle était fichue. Le pauvre Cupcake finirait par perdre l'équilibre, après avoir un moment dérapé sur le flanc de la montagne. Il basculerait, s'effondrerait, et elle roulerait avec lui, *sous* lui…

Le brave cheval trébucha. Secouée, elle se sentit décoller mais, par miracle, elle parvint à rester agrippée. Elle retomba lourdement sur la selle, le choc se répercutant le long de sa colonne vertébrale. Un cri de douleur lui échappa.

Tout se passait tellement vite qu'elle ne savait pas comment réagir… Au moins, pour l'instant, Cupcake était encore sur ses quatre pattes et elle était encore en selle. Lorsqu'elle se risqua à entrouvrir les yeux, elle vit les formes indistinctes des arbres défiler. Elle entendit alors le martèlement des sabots du cheval qui, comme par miracle, ne dérapait plus. Apparemment, il avait retrouvé un certain équilibre et galopait maintenant en zigzag, descendant toujours, filant entre les troncs des arbres.

Se pouvait-il qu'il ralentisse un peu ? La tête lui tournait… Elle se rendit compte qu'elle retenait son souffle. Inspirant profondément, elle se força à ouvrir complètement les yeux. Elle regrettait d'avoir laissé tomber les rênes lorsqu'elle s'était agrippée à la selle, mais elle n'osait pas lâcher prise pour les récupérer. Elle ne pouvait s'aider que de sa voix…

— Holà ! Holà, Cupcake !

Le cheval sembla l'entendre. Un sentiment de joie la submergea quand il ralentit. Apercevant un endroit assez plat entre deux sapins, elle lâcha le pommeau de la selle, saisit les rênes et tira dessus de toutes ses forces.

— Holà !

Cupcake s'arrêta net, juste entre les deux sapins, peut-être même un peu trop brusquement… Elle avait dû tirer trop fort sur les rênes. Il poussa un hennissement sonore et se cabra. Avant qu'elle n'ait eu le temps de se cramponner de nouveau à la selle, elle glissa sur le dos du cheval et tomba par terre avec un gémissement de douleur. Etalée sur le dos, elle regarda fixement le ciel bleu entre les branches des arbres, attendant d'avoir un peu moins mal pour se relever. Cupcake fit demi-tour, s'approcha d'elle et fourra son museau contre sa tempe, tout doucement.

Elle tendit le bras et lui caressa la tête.

— C'est bien, c'est bien…

Apparemment rassuré, le cheval recula un peu et se mit à manger l'herbe maigrichonne qui poussait entre les arbres.

Soudain, la voix de Jason s'éleva derrière elle :

— Joss ! Oh mon Dieu, Joss !

A en juger par le bruit des sabots qui résonnaient sur le sol, il l'avait suivie. Elle devait absolument s'asseoir pour lui montrer qu'elle allait bien. Elle allait le faire, d'un instant à l'autre… Mais pas *tout de suite*, car elle avait horriblement mal aux fesses et n'avait pas le courage de bouger pour l'instant.

Quelques secondes plus tard, il s'arrêtait près de l'endroit où elle était allongée, descendait de son cheval et s'agenouillait à côté d'elle, visiblement très inquiet.

— Joss… Joss, tu es…

— Je vais bien.

Il n'avait pas l'air convaincu.

— Tu peux… bouger tes bras et tes jambes ?

Elle lui posa une main sur la joue.

— Honnêtement, tout va bien… à part mes fesses.

Il semblait épouvanté.

— Je suis désolé. Je t'ai forcée à venir, aujourd'hui. Je n'aurais jamais dû…

— Chut, murmura-t-elle en lui posant un doigt sur les lèvres.

Elle adorait sa bouche… Finalement, elle aurait dû l'embrasser la veille au soir, même si l'idée était mauvaise.

— Tout va bien. Je vais bien, Cupcake va bien, et… je dois t'avouer que c'était exaltant ! ajouta-t-elle avec un petit rire.

— Oui, *trop* exaltant.

Elle mit sa main dans la sienne, et il l'aida à se redresser. D'autres chevaux approchèrent. La voix d'Ethan s'éleva derrière elle :

— Tout va bien ?

Joss tourna la tête vers lui. Lizzie était à côté de lui.

— Je n'ai rien de cassé, répondit-elle, mais j'aurai sûrement quelques bleus.

Elle s'appuya sur Jace, qui passa un bras autour d'elle. Elle se sentait en sécurité, protégée, tout contre lui.

— Il y a un médecin au Thunder Canyon Resort, dit-il. Tu te sens capable d'y retourner à cheval ?

Elle porta une main à sa tête.

— Mon chapeau…

— Tu l'as perdu en route, dit Lizzie, nous le récupérerons en remontant.

Joss regarda tour à tour Lizzie et Ethan.

— Je n'arrive pas à croire que vous soyez descendus pour venir me chercher !

Ethan rit.

— Ce n'est pas si terrible !

— Ça l'est seulement quand le sol s'effondre en dessous de toi, dit Lizzie. Heureusement que tu montais un cheval calme.

Joss jeta un coup d'œil reconnaissant à Cupcake, qui continuait à brouter l'herbe clairsemée.

— C'est un cheval du tonnerre !

— Vous pourrez bavarder plus tard, intervint Jace, nous devons aller voir le médecin.

— Je n'ai rien, je t'assure.

— Joss, tu aurais pu…

— Ne le dis pas. Ce n'est pas le cas, c'est tout ce qui importe. Cupcake m'a sauvé la mise. Je vais sûrement avoir quelques hématomes, mais je ne raterai pas le pique-nique après avoir fait tout ce chemin.

— Mais tu…

Elle leva le doigt pour l'interrompre.

— Attends. Regarde…

— Joss…

— Je suis sérieuse, regarde.

Elle s'écarta un peu.

— Tu vois ? Je tiens debout toute seule.

Elle fit un pas, puis un autre. Elle avait un peu mal, et elle souffrirait certainement le lendemain, mais elle était sûre de n'avoir rien de grave.

— Je vais bien, je t'assure ! Tu vois ?

— Je n'aime pas ça, marmonna-t-il.

— Eh bien, tant pis pour toi ! Ce sont *mes* fesses, et je te dis qu'elles vont très bien.

Ethan rit et échangea avec Lizzie un regard entendu.

— Abandonne, Jace… Cette femme ne changera pas d'avis.

La montée pour regagner le sentier fut, heureusement, loin d'être aussi inquiétante que la descente. Ils trouvèrent effectivement son chapeau à mi-chemin. Jace descendit de son cheval pour le ramasser et le lui tendit, la mine renfrognée.

— Tu es *sûre* de ne pas vouloir aller chez le médecin ?

Joss sourit et remit le chapeau sur sa tête.

— Absolument sûre, et d'ailleurs tu n'es pas obligé de me le redemander… Si je change d'avis, je te le dirai.

— Et si tu avais des lésions internes ?

— Arrête de t'inquiéter, tu veux ?

— C'est juste que…

Il s'interrompit un instant, l'air grave.

— … je ne me le pardonnerai jamais et je t'en voudrai éternellement si tu finis dans le coma.

— Dans le coma ? Tu ne l'as peut-être pas remarqué, mais ce n'est pas sur la tête que je suis tombée…

— Tu vois très bien ce que je veux dire.

— Ohé, vous deux ! leur cria Ethan. Remuez-vous !

Jace fit signe à son frère, mais ne la quitta pas des yeux. Il paraissait presque en colère.

— Je ne pourrai pas le supporter, s'il t'arrivait quelque chose.

Ces mots lui allèrent droit au cœur. Il était sincère, elle le voyait. Il tenait à elle. Elle avait beau être un peu perdue, en ce moment, elle avait au moins eu la chance de rencontrer Jason, qui se comportait vraiment en ami.

— Chut…

Elle se pencha et déposa un baiser sur ses lèvres parfaites. Ce contact fut encore plus délicieux que ce à quoi elle s'était attendue.

— Arrête de t'inquiéter, murmura-t-elle. C'est un ordre.

L'espace d'un instant, il la regarda sans rien dire. Une lueur intense passa dans ses yeux.

— Tout va bien, tu en es sûre ? demanda-t-il en fronçant les sourcils.

— Oui, sûre et certaine.

Il secoua la tête, avant de remonter sur son cheval. Sur le sentier, le reste de la famille les attendait. Tout le monde la félicita d'avoir bien géré une situation aussi dangereuse. Elle répondit en riant que c'était grâce à Cupcake qu'elle s'en était sortie, puis ils se remirent tous en route.

C'était une randonnée magnifique. Elle l'apprécia encore davantage après cette chute vertigineuse. Elle se sentait aussi beaucoup plus à l'aise sur le dos de

Cupcake, sûre que le cheval saurait toujours faire face à l'adversité.

Un peu plus haut dans la montagne, ils finirent par émerger d'entre les arbres. Le vent était frais, et on pouvait voir la vallée s'étendre sur des kilomètres. De là, la vue de Thunder Canyon avait tout d'une carte postale. Joss voyait même la petite église où elle s'était rendue avec Jace, deux jours plus tôt. C'était vraiment une jolie petite ville…

Ils sortirent le pique-nique des sacoches de leurs selles, étalèrent des couvertures par terre, au soleil, et déjeunèrent tranquillement. Joss mangea de bon appétit, à côté de Jace. Chaque fois qu'elle le regardait, elle le surprenait en train de l'observer attentivement, l'air inquiet. Chaque fois, elle se sentait choyée, protégée.

Peut-être était-ce grâce à cette journée ensoleillée et pleine de promesses, mais elle commençait à croire que tout irait bien, avec le temps. Elle était jeune, maligne, forte, et avait assez d'argent pour subvenir à ses besoins en attendant de trouver du travail. Et puis, sa rencontre avec Jace lui prouvait qu'il y avait encore des hommes bien.

Plus tard dans l'après-midi, alors qu'ils étaient de retour au Thunder Canyon Resort, Joss confia Cupcake au garçon d'écurie, avec une pointe de tristesse.

— J'ai l'impression que tu aimes ce cheval, dit Jace.

— Je l'adore !

Comme il lui passait un bras autour des épaules, elle se blottit contre lui en soupirant.

— Nous pourrons de nouveau monter à cheval, tu sais, d'ici à la fin de la semaine.

Elle leva les yeux vers lui, ravie.

— Bonne idée !

Le soir même, toute la famille était rassemblée chez Ethan et Lizzie pour un grand barbecue. A peine les avait-elle aperçus que Melba Landry annonça à Joss et à Jason qu'elle voulait les voir à l'Historical Society Museum dès le lendemain.

Joss passa une excellente soirée. Elle aida Lizzie et Rose Traub-Anderson à préparer le repas. Elle savait déjà que Lizzie était une excellente pâtissière, mais elle découvrit qu'elle était aussi très bonne cuisinière. Elle lui parla du restaurant dont elle était gérante, à Sacramento.

— J'adorais ce travail, dit-elle, cela a vraiment été dur pour moi de le quitter. Il se passait quelque chose de nouveau tous les soirs, dans ce restaurant… C'était un endroit assez chic, tous les clients y étaient élégants, la vaisselle était magnifique, et sur chaque table il y avait un tout petit vase avec une orchidée et des bougies flottantes.

— Pourquoi as-tu démissionné ? demanda Lizzie.

Joss fut tentée de tout lui raconter, mais entrer dans les détails l'aurait déprimée.

— J'avais besoin de changement, j'imagine, répondit-elle en haussant les épaules. Mais cela me plaît vraiment de diriger un restaurant, et j'espère trouver le même genre de poste quand je retournerai à Sacramento.

Bien plus tard, après le départ des invités, Joss resta avec Jason pour aider Ethan et Lizzie à tout ranger.

Il était plus de 23 heures quand ils montèrent dans la Range Rover de Jace pour retourner à l'hôtel.

— Tu as passé une bonne soirée ? lui demanda-t-il.

— Très bonne !

— Ça t'ennuierait de faire un petit détour ?

Elle lui jeta un coup d'œil curieux, tandis qu'une douce chaleur l'envahissait.

— Pas du tout… Allons-y !

Jace sentit sa gorge se nouer en se garant à l'angle de Main Street et de Thunder Canyon Road. Le bâtiment de deux étages était plongé dans l'obscurité. Il coupa le contact et le regarda fixement à travers le pare-brise, incrédule.

— C'est impossible… Personne ne m'a rien dit !

— A quel sujet ? lui demanda Joss.

— Le Hitching Post… On dirait qu'il est fermé.

— Juste pour la soirée, peut-être ? Il est plus de 23 heures, tu sais…

Il secoua la tête.

— L'été, c'est toujours ouvert du lundi au samedi jusqu'à 2 heures du matin.

— Les horaires ont peut-être changé… Il y a de la lumière à l'étage.

Il se pencha et vit une lueur dorée à l'une des fenêtres.

— Il y a des appartements, au premier.

— Viens ! fit Joss en ouvrant sa portière. Allons voir…

Ils traversèrent la rue déserte ensemble, leurs pas résonnant tristement dans la nuit. La grande enseigne de bois, qui se balançait entre deux des fenêtres de l'étage, indiquait le *Hitching Post* en lettres un peu passées mais encore lisibles. Soudain, le cœur de Jace manqua un battement. Sur une grande affiche punaisée à la porte d'entrée étaient écrits, en lettres majuscules rouges, ces mots terribles : A VENDRE.

Il resta planté là, sur le trottoir, les bras ballants.

— *A vendre ?* Mais comment est-ce possible ? Tout le monde adorait cet endroit, pourquoi ont-ils fermé… ? Je n'arrive pas à croire que personne ne me l'ait dit !

Joss glissa sa main dans la sienne, et il se sentit tout de suite un peu mieux. Il était content qu'elle soit là, avec lui.

— On dirait que tu viens de perdre un vieil ami…

Elle avait levé son beau visage vers lui, et ses grands yeux noisette brillaient d'une lueur ambrée à la clarté de la lune.

— C'est un peu l'impression que j'ai, avoua-t-il d'un ton bourru. Mince alors ! J'avais hâte de voir le barman, Carl, et de te faire découvrir cet endroit… Je voulais te montrer Lily Divine.

— Lily Divine ?

— Une légende locale. Elle vivait à Thunder Canyon à l'époque où la ville a été bâtie. Elle était propriétaire d'un saloon qui s'appelait The Shady Lady et qui se trouvait juste ici, à la place du Hitching Post. Viens…

Il la prit par la main et monta avec elle les marches jusqu'au seuil.

— Dis-moi que tu n'as pas l'intention d'entrer par effraction, murmura-t-elle.

Il rit.

— Cela m'a traversé l'esprit, mais non ! Je veux juste regarder cette pancarte de plus près.

Quelque chose était écrit en petits caractères en dessous des mots A VENDRE. Apparemment, l'agent immobilier qui s'occupait de la vente était Bonnie Drake. Ce nom lui disait quelque chose… Ethan ne lui avait-il pas déjà parlé d'elle ? C'était peut-être à elle que son frère avait fait appel lorsqu'il avait acheté les bâtiments où il avait installé les bureaux de Traub Oil Industries, sur State Street.

— Pourquoi ? Tu vas acheter le restaurant ?

— Ne ris pas, cela se pourrait !

Elle le tira par la main pour qu'il se tourne vers elle.

— Tu plaisantes ?

— Oui. Qu'est-ce que je ferais d'un restaurant ? A moins que tu me montres comment le gérer…

Elle esquissa un sourire.

— Ça me plairait assez ! Vivre dans cette charmante petite ville, m'occuper de l'endroit où tous les gens du coin aiment passer du temps…

Le vent agita ses cheveux, et son parfum vint lui chatouiller les narines. Elle sentait tellement bon…

— Quoi ? demanda-t-elle en fronçant les sourcils.

Il se pencha vers elle et chuchota d'un air taquin :

— Je n'ai rien dit.

Elle l'observait attentivement.

— Tu avais une expression tellement étrange…

— Je me disais que tu sentais délicieusement bon, c'est tout. J'aime beaucoup ton parfum.

Il lui sembla qu'elle rougissait, mais c'était difficile à dire, dans la pénombre.

— Oh… Eh bien, euh… merci.

— Je t'en prie, tout le plaisir est pour moi.

— Jace ? murmura-t-elle, d'une voix un peu fébrile.

— Oui ?

— Tu sais, aujourd'hui, quand tu es venu me chercher à cheval et que tu m'as trouvée allongée par terre…

— Oui ?

— J'ai regretté de ne pas t'avoir embrassé, hier soir.

A peine eut-elle prononcé ces mots qu'une vague de désir le submergea. Elle ajouta, presque timidement :

— La vie est trop courte, non ? On ne sait jamais ce qui peut se passer…

Qu'essayait-elle de lui faire comprendre, au juste ? Il lui effleura la joue du bout des doigts. Sa peau était tellement douce…

— Tout va bien, Joss ? Tu souffres, tu veux voir un médecin ?

Elle eut un adorable petit rire.

— Ne t'inquiète pas, je vais très bien. C'est juste qu'on a toujours l'impression d'avoir tout le temps devant soi, poursuivit-elle, son expression de nouveau sérieuse. Mais… est-ce bien vrai ? Et si j'étais morte sans t'avoir embrassé ?

Il aurait voulu ne jamais détacher les yeux de son visage. Quelques instants plus tôt, il s'était senti abattu en voyant que le Hitching Post avait fermé, mais il se sentait soudain beaucoup mieux. Le monde lui semblait plein de promesses, d'espoir…

— Je ne veux pas que tu aies de regrets, dit-il d'une voix un peu rauque.

— Mais *j'ai* des regrets, *plein* de regrets, tu le sais bien. J'ai fait beaucoup d'erreurs, je…

— Chut, murmura-t-il en lui posant un doigt sur les lèvres. Débarrasse-toi de ces regrets.

— J'y travaille.

— Quant au fait que nous ne nous soyons jamais embrassés…

— Oui ?

— Cela peut s'arranger très facilement.

— C'est vrai, dit-elle dans un souffle, levant vers lui ses lèvres si tentantes, comme en une offrande. Très facilement…

— Nous pouvons y remédier ici, maintenant.

Une lueur malicieuse passa dans ses beaux yeux.

— Oui, je crois que nous devrions.

— Joss…

Ce n'était pas une question, pas cette fois, mais elle y répondit néanmoins :

— Oui. Oh ! oui…

Il inclina la tête et, pour la première fois, posa ses lèvres sur les siennes.

- 7 -

Joss savait pertinemment qu'elle n'aurait pas dû embrasser Jason. Elle savait que rien ne gâche une belle amitié autant que le sexe. Or, qu'est-ce qui conduit au sexe ? Les baisers comme celui qu'ils échangeaient en ce moment même, les baisers qui commencent avec une douceur infinie, par l'effleurement des lèvres… Elle sentait la chaleur qui émanait du corps de Jace, si près du sien. Il lui posa une main sur la joue, puis la fit glisser lentement sur sa nuque.

Elle aurait facilement pu s'habituer aux baisers de Jace. Pendant cinq ans, elle n'avait embrassé personne d'autre que Kenny… Où avait-elle eu la tête ? Elle était passée à côté de tant de choses.

Les mains de Jace se refermèrent sur ses épaules, et il l'embrassa avec plus d'insistance. Elle savait ce qu'il voulait : elle voulait la même chose. Elle entrouvrit les lèvres et leur baiser se fit aussitôt plus passionné. Lorsqu'il émit un râle viril, elle sentit une vague de désir la submerger. Alors, elle se laissa aller entre ses bras, tandis qu'il pressait son torse musclé contre sa poitrine. Elle se sentait bien, désirée et en sécurité…

Il finit par détacher ses lèvres des siennes, lui arrachant un petit gémissement plaintif. Elle ne voulait pas que cela se termine, pas encore… Soudain, il l'embrassa de nouveau, et elle replongea dans une délicieuse torpeur.

Blottie contre lui, elle se consumait de désir. Elle voulait plus, elle voulait faire l'amour avec lui… mais que se passerait-il ensuite ?

La question résonnait dans sa tête, lui rappelant que sa vie était bouleversée et qu'avoir une aventure en ce moment n'était pas une bonne idée. Les choses étaient déjà bien assez compliquées, elle n'avait vraiment pas besoin d'en rajouter.

Jace dut sentir sa réticence, car il la regarda avec un sourire plein de tendresse.

— Tu t'es mise à réfléchir, n'est-ce pas ?

— Oui…

Elle posa les mains sur son torse. Sous ses doigts, elle sentait les battements de son cœur.

— Ça va ?

Elle hocha la tête.

— Tu embrasses très, *très* bien.

Il sourit.

— Toi aussi.

— J'aurais voulu ne jamais m'arrêter, mais…

Elle s'interrompit, et il finit sa phrase pour elle :

— Ce ne serait pas une bonne idée.

Il s'écarta un peu et lui offrit son bras.

— Allez, je te raccompagne à l'hôtel.

— Tu ne montes pas ? demanda Joss quand ils furent arrêtés devant le Thunder Canyon Resort.

Jace avait très envie de monter mais, après le baiser qu'ils avaient échangé, cela aurait été trop dangereux. Tenir Joss dans ses bras lui avait semblé parfaitement naturel, tout comme sentir son corps blotti contre le sien… Ils avaient beau avoir décidé d'être amis, il devait bien admettre qu'il éprouvait pour elle un désir intense. Il avait besoin de prendre un peu de distance. Il ne pourrait résister à la tentation de lui faire des avances s'il montait avec elle.

— Pas ce soir, répondit-il dans un murmure. On prend le petit déjeuner ensemble, demain matin ? Nous pourrions aller à la boulangerie de Lizzie et…

— Oui, dit-elle avec enthousiasme.

Il se sentit aussitôt soulagé. Ils avaient échangé un baiser torride, mais cela n'allait pas tout gâcher entre eux.

— Tu passes me prendre vers 9 heures ? demanda-t-elle.

— D'accord !

Elle tourna les talons et, tandis qu'elle entrait dans l'hôtel, il admira le balancement de ses hanches, ses longs cheveux qui tombaient en cascade sur son dos.

Tout au long du trajet jusque chez Jackson et Laila, Jace repensa au baiser, aux sensations qu'il avait éprouvées quand il avait pris Joss dans ses bras, quand elle s'était collée contre lui, pressant ses seins contre son torse, quand elle avait entrouvert les lèvres…

La maison était plongée dans l'obscurité lorsqu'il entra chez son frère. Il monta tout de suite prendre une douche fraîche. Quand il en sortit, il était frigorifié, mais au moins il était calmé et ne pensait plus à faire l'amour avec Joss. Ou presque.

Le lendemain matin, avant d'aller chercher Joss, Jace rejoignit Jackson et Laila dans la cuisine.

— Alors, depuis combien de temps le Hitching Post est-il fermé ? demanda-t-il à son frère jumeau.

— Depuis le mois de mars.

— Tu ne m'en as même pas parlé, dit-il d'un ton accusateur. *Personne* ne m'en a parlé. J'y suis passé avec Joss hier soir.

Jackson but une gorgée de café avec un haussement d'épaules négligent.

— Nous avons tous été très surpris quand c'est arrivé, mais à ce moment-là tu refusais plus ou moins de communiquer.

C'était vrai. En mars, Jace était encore sous le coup de sa déception amoureuse. La plupart du temps, quand on l'appelait, il trouvait une excuse pour écourter la conversation. Il n'avait envie de parler à personne, et refusait de répondre à ses proches quand ils lui demandaient ce qui n'allait pas.

— Je suis désolé, dit-il avec sincérité.

— Hé ! Tu es de nouveau comme avant, c'est tout ce qui compte, fit Jackson avec un grand sourire.

— Tu veux des œufs et du bacon, Jace ? demanda Laila, qui s'affairait devant la cuisinière.

— Non merci. Je vais chercher Joss et nous allons prendre le petit déjeuner au Mountain Bluebell… Alors, que s'est-il passé ? Je croyais que le Hitching Post rapportait beaucoup d'argent. Pourquoi a-t-il brusquement fermé ?

— Lance O'Doherty est mort, dit Laila d'un air sombre.

Jace cligna les yeux, stupéfait.

— Non…

Lance O'Doherty et sa femme, Kathleen, étaient

propriétaires du Hitching Post depuis son ouverture, dans les années 1950. Kathleen était morte quelques années plus tôt.

— Si, renchérit Jackson. Lance avait plus de quatre-vingts ans, et il est resté en pleine forme jusqu'à la fin. Il paraît qu'il est allé se coucher le 1er mars et qu'il ne s'est jamais réveillé. Il n'y avait personne pour prendre sa suite.

— Je croyais qu'il avait une fille…

Jackson hocha la tête.

— Noreen, elle a une cinquantaine d'années. Elle joue de la harpe dans un orchestre de San Diego. Elle ne s'est jamais mariée, n'a pas d'enfants, et elle n'a pas du tout envie de revenir à Thunder Canyon pour diriger le restaurant de ses parents. Elle l'a mis en vente, à bas prix, en plus. Au début, nous pensions tous que quelqu'un allait se jeter sur l'occasion. Il paraît qu'il y a eu quelques offres, mais aucune n'a été concluante.

Jason secoua la tête.

— Le Hitching Post, fermé… Ce n'est pas normal.

— Quelqu'un finira par l'acheter, dit Laila. Cela ne fait que quelques mois qu'il est en vente. Il est très bien situé. J'ai entendu dire qu'un cousin des Cates envisageait de l'acheter pour en faire un magasin de matériel agricole.

— De *matériel agricole* ? répéta Jace, dégoûté.

Jackson rit.

— Les gens ont besoin de tracteurs, Jace.

— Oui, et cette ville a besoin du Hitching Post.

— Pourquoi tu ne l'achèterais pas, toi ? lui demanda Jackson avec une lueur malicieuse dans les yeux.

Jace repensa à la veille au soir, quand Joss et lui

s'étaient tenus dans l'ombre, devant la pancarte A VENDRE. Il l'avait taquinée en lui disant qu'elle pourrait lui expliquer comment diriger le restaurant, s'il l'achetait… Mais ce n'était qu'un rêve.

Laila déposa le bacon sur une assiette.

— Oui, ce serait merveilleux si tu venais vivre ici ! dit-elle. Tu manques à ton frère, tu sais ? Tu nous manques, à tous. C'est important, la famille…

Jace regarda son frère. Lui aussi lui manquait… Il se rendait compte qu'il sortait peu à peu de la torpeur dans laquelle il avait été plongé pendant des mois. Cela lui plairait de vivre à Thunder Canyon. Il y avait encore des endroits très sauvages dans le Montana, il aurait aimé les découvrir. Il serait proche d'une partie des gens auxquels il tenait le plus, et puisqu'il avait l'intention de déménager, de toute façon… Cependant, il n'était pas encore prêt à décider de l'endroit où il s'installerait. Quant au Hitching Post…

— Je ne sais pas du tout comment diriger un restaurant.

— Rien ne t'interdit d'apprendre, dit son frère en se resservant un café.

Joss marchait avec une certaine raideur quand Jace passa la prendre à 9 heures, mais elle lui assura qu'elle se sentait bien.

— Tu aurais dû me voir quand je me suis levée ! dit-elle en riant. Ce n'était pas joli-joli… Mais je me sens mieux, maintenant que je me suis dégourdi les jambes.

Après avoir pris le petit déjeuner à la boulangerie de Lizzie, ils allèrent à pied à l'Historical Society

Museum, sur Pine Street. Melba était là, à l'accueil de la petite entrée du vieux bâtiment.

— C'est agréable de voir deux jeunes visages souriants, dit-elle.

Ils payèrent chacun trois dollars, et elle leur servit de guide dans le musée. Les pièces étaient petites, sombres, et pleines d'une foule de trésors du passé. Il y avait toute une vitrine dédiée à Lily Divine, propriétaire du Shady Lady Dance Hall dans les années 1890.

Jace ne put s'empêcher de se demander si son portrait était toujours accroché au-dessus du bar, au Hitching Post. L'idée que quelqu'un fasse du lieu un magasin de matériel agricole lui déplaisait souverainement. L'acheteur démonterait-il le long bar en merisier brillant, construit plus d'un siècle plus tôt ? Il préférait ne pas y penser… Il se concentra sur l'instant présent, décidant de savourer le temps qui lui restait à passer en compagnie de Joss.

Cet après-midi-là, ils allèrent faire une promenade à cheval. Jace emprunta Major à Jackson et Joss monta Cupcake. Il l'emmena au bord d'un petit lac qu'il aimait bien. Il faisait trop froid pour se baigner, mais ils étalèrent une couverture sur le sol et s'y allongèrent un moment, au soleil.

— Ces quelques jours m'ont fait beaucoup de bien, fit Joss, l'air songeur. L'avenir me semble beaucoup moins sombre, à présent.

— J'en suis heureux.

— Et puis, ajouta-t-elle avec un sourire, grâce à toi, je ne déteste plus tous les hommes !

Il l'écouta parler et rire, songea à l'embrasser… mais

ne le fit pas. Il était son ami, et avait bien l'intention de le rester.

Ce soir-là, la réunion familiale avait lieu chez Dax et Shandie. Jace y alla avec Joss, et ils passèrent une excellente soirée.

Le lendemain était le jour de la fête nationale. Il y avait un défilé le matin, un rodéo dans l'après-midi, et un bal à la salle des fêtes le soir. Joss et lui passèrent toute la journée ensemble. Il eut plusieurs fois envie de l'embrasser, pendant le bal, surtout. Quand il la tenait dans ses bras, le souvenir de leur baiser, du goût de ses lèvres, s'imposait à lui. D'une façon ou d'une autre, il parvint à se maîtriser, même si, parfois, il lui semblait voir une invitation dans les yeux de Joss. Quelque chose lui disait qu'elle aussi aurait aimé l'embrasser de nouveau…

Jace prit une autre douche froide avant d'aller se coucher, mais cela ne servit à rien : il rêva d'étreintes torrides avec Joss.

Le jeudi, ils jouèrent au golf au Thunder Canyon Resort.

— Je suis encore plus mauvaise au golf que sur un cheval ! dit Joss en riant.

Jace ne put la contredire. Elle était plutôt douée pour l'équitation, mais se révélait un danger ambulant avec un club de golf dans les mains. Chaque fois qu'elle essayait de frapper la balle, une motte de gazon s'envolait. La balle, en revanche, bougeait rarement.

Après avoir dîné chez Corey et Erin, ils retournèrent passer un moment dans la suite de Joss.

— Je n'arrête pas de penser au Hitching Post,

avoua Jace. A vrai dire, je suis tenté de l'acheter, de venir vivre à Thunder Canyon et même d'apprendre à diriger un restaurant !

— Et pourquoi pas ? fit Joss avec un sourire.

Contre toute attente, elle ne semblait pas trouver l'idée incongrue. Il s'apprêtait à insinuer qu'elle pourrait peut-être envisager de travailler comme gérante d'un restaurant dans une charmante petite ville comme Thunder Canyon, quand le téléphone sonna.

C'était la mère de Joss, il le devina aisément. Sans doute essayait-elle de convaincre sa fille de rentrer à Sacramento pour arranger les choses avec Kenny. Quand Joss raccrocha, ses épaules s'étaient affaissées, et ses yeux étaient teintés de tristesse. Il avait envie de la prendre dans ses bras pour la réconforter, de lui promettre que tout allait s'arranger.

— J'aimerais être un peu seule, murmura-t-elle, l'air abattu.

— Je comprends, répondit-il en se dirigeant vers la porte. Appelle-moi si tu veux parler.

Jace retourna alors chez Jackson. Cette nuit-là, il rêva qu'il était au Hitching Post, devant la photo de Lily Divine, qui prit peu à peu les traits de Joss. Elle était belle, voluptueuse, allongée sur le côté, à demi nue. Elle lui tournait le dos et le regardait par-dessus son épaule d'un air tentateur. Soudain, elle se releva, les voiles qui cachaient ses seins et ses hanches ondoyant autour d'elle. Elle sortit de la photographie, ses longs cheveux flottant autour de son visage, et tendit les bras vers lui, la promesse de délices sensuels brillant dans ses yeux.

Il se réveilla en sursaut. Allongé dans le noir, il

regarda fixement le plafond un long moment, furieux contre lui-même. Comment avait-il pu croire qu'être *ami* avec Joss lui suffirait ?

Le vendredi matin, Joss l'appela à 7 heures.

— Je suis désolée d'avoir fait la rabat-joie, hier soir.

Jace aimait sa voix, douce et rauque à la fois.

— Hé ! Ce n'est rien, dit-il d'un ton un peu plus bourru qu'il n'en avait eu l'intention, tu le sais bien.

— Je voudrais aller faire une dernière balade à cheval avant de partir…

Ses mots lui firent l'effet d'un coup de poing. *Avant de partir.*

Le temps qui leur était imparti était presque écoulé. Elle partait deux jours plus tard, le dimanche. La semaine était passée tellement vite… Il s'y était attendu, non ? Pourtant, le départ imminent de Joss lui paraissait soudain insensé, injuste. Il s'efforça de prendre un ton désinvolte :

— Bonne idée. Aujourd'hui ?

— Oui. J'ai pensé que nous pourrions prendre le petit déjeuner au Grubstake… Je suis déjà passée aux écuries pour demander à ce qu'on selle Cupcake pour moi.

— Prends un maillot de bain.

— Je croyais que les lacs étaient trop froids…

— Je connais une petite vallée traversée par un ruisseau. Il n'est pas très profond, nous devrions pouvoir nous y baigner.

— D'accord !

— Rendez-vous au Grubstake, alors… Donne-moi une heure.

Sa propre voix lui parut un peu rauque, légèrement altérée par une émotion que lui-même ne comprenait pas très bien.

— A tout à l'heure !

Joss l'attendait, comme promis, au coffee shop. Elle portait un jean, une chemise à carreaux bleus et blancs, et ses santiags rouges. Ils commandèrent des pancakes, des œufs brouillés et du bacon. Elle était joyeuse et souriante, et ne laissait plus rien transparaître de la tristesse qui s'était emparée d'elle la veille au soir.

— Demain et après-demain, annonça-t-elle, une lueur malicieuse dans le regard. C'est tout ce qu'il nous reste !

Avait-elle besoin de le lui rappeler ?

— Je compte bien en savourer chaque minute, ajouta-t-elle.

Ne pars pas… Il brûlait de prononcer ces mots, mais se retint.

Il ne connaissait rien aux relations, comme en témoignait son histoire avec Tricia. Et Joss n'avait vraiment pas besoin d'un homme dans sa vie en ce moment. Elle voulait un ami, rien de plus.

Ils finirent leur petit déjeuner et se dirigèrent vers les écuries. A 10 h 30, ils étaient en route, à cheval. Ils prirent plusieurs sentiers qui grimpaient dans la montagne, puis une série de virages en épingles à cheveux, jusqu'à la petite vallée dont il avait parlé à Joss.

Les terres sur lesquelles ils se trouvaient appartenaient à Grant Clifton et à sa femme, Steph.

— C'est magnifique ! dit Joss en étalant une couverture sous un peuplier, au bord du ruisseau.

Il eut beaucoup de mal à rester concentré sur les arbres, le ruisseau et le paysage vallonné : Joss avait retiré ses bottes, son chemisier et son jean. Elle portait un petit Bikini noir, sur lequel étaient imprimées des sortes de pois, qui se révélaient être en fait de minuscules cœurs blancs. Il lui allait très bien, et il ne put s'empêcher de repenser au rêve qu'il avait fait la nuit précédente, dans lequel Joss lui tendait les bras, lascive…

— Jace ? Ça va ? demanda-t-elle d'une voix douce.

— Euh… oui. Pourquoi ?

Elle rit.

— Tu as la bouche grande ouverte !

— C'est faux.

Riant de nouveau, elle tourna les talons pour courir vers le ruisseau. Il la regarda s'éloigner, le cœur serré. Il voulait bien plus que ce qu'il n'aurait jamais, avec elle. Et il devait s'y faire

— Elle est froide ! fit-elle en entrant dans l'eau, les bras croisés sur sa poitrine.

— J'entends tes dents claquer d'ici, dit-il, moqueur.

Ses longs cheveux se déployaient autour d'elle, tandis qu'elle s'agenouillait. Elle avait maintenant de l'eau jusqu'au cou.

— C'est glacial, je t'assure !

— Ne fais pas ta poule mouillée.

— Tu avais dit que l'eau serait bonne, ici…

— Elle *est* bonne, comparée à l'eau des lacs, un peu plus haut.

Lorsqu'elle se leva, l'eau ruissela sur son corps, tandis

que ses cheveux mouillés se collaient à ses épaules et à ses seins. Il sentit sa gorge se nouer.

— Eh bien ? Tu viens, oui ou non ? demanda-t-elle.

Il s'éclaircit la voix.

— Oui, madame !

A peine s'était-il déshabillé que Joss le siffla.

— Je n'avais encore jamais vu de cow-boy en bermuda orange fluo !

Il fit mine de contracter ses biceps et elle se mit à rire de nouveau. Alors, il s'élança vers elle en courant et se jeta à l'eau en l'éclaboussant. Comme elle l'aspergeait à son tour, il plongea pour lui saisir les chevilles. Déséquilibrée, elle glissa sous l'eau, mais se libéra aussitôt de son étreinte et se sauva le plus loin possible. Elle essayait de se hisser sur la rive lorsqu'il la rattrapa. Sans perdre une seconde, il la prit par les épaules et l'attira de nouveau vers lui, lui arrachant un cri suraigu. Loin de se laisser faire, elle se débattit et parvint à le pousser. Surpris par l'attaque, il tomba à la renverse.

Ils recommencèrent à s'éclabousser, riant aux éclats. Enfin, les cheveux collés au visage, dégoulinante d'eau, Joss leva les deux mains en signe de paix.

— C'est bon, je me rends ! Tu as gagné, tu es le champion !

Il sourit.

— Le champion de l'éclaboussement ?

— Oui.

Elle ramena ses cheveux par-dessus son épaule et les tordit pour les essorer.

— Tu ne veux pas être le champion de l'éclaboussement ?

— Tout dépend du prix que je remporte…

Elle émit un petit rire railleur.

— Je t'en prie ! On ne remporte aucun prix parce qu'on est celui qui éclabousse le plus fort.

Il s'approcha d'elle, incapable de résister à la tentation. Le ruisseau était peu profond à l'endroit où ils se tenaient, non loin de la rive où leur couverture était étalée et où les chevaux paissaient tranquillement. Elle leva les yeux vers lui. Des gouttes d'eau scintillaient dans ses cils comme de minuscules diamants. Elle était tellement belle…

— Jace ? murmura-t-elle.

Il ne parvenait pas à détacher son regard de ses lèvres douces et pulpeuses.

— J'ai envie de t'embrasser.

— Oh ! Jace…

— Si tu n'en as pas envie, tu ferais mieux de me le dire. Tout de suite.

- 8 -

Fébrile, Jace était suspendu aux lèvres de Joss.

— Je n'ai aucune envie de te dire d'arrêter…, balbutia-t-elle.

Il la prit par les épaules. Sa peau était douce et fraîche.

— Ça veut dire oui ? demanda-t-il, submergé par le désir.

— Oh ! Jace…

— Réponds-moi.

— Oui, dit-elle avec ferveur. Ça veut dire oui.

Alors, il l'embrassa pour la deuxième fois, lentement, langoureusement. Elle entrouvrit les lèvres et il goûta à sa douceur, la serrant tendrement contre lui. Le soleil lui réchauffait le dos, et il se sentait merveilleusement bien, avec Joss dans ses bras.

Il n'avait pas envie de la lâcher mais, hélas, il le devait… Détachant à contrecœur ses lèvres des siennes, il ouvrit les yeux. Elle l'observait attentivement.

— Tu sais à quel point tu vas me manquer ? fit-elle timidement.

Ne pars pas.

— Hé ! Tu n'es pas encore partie…

Elle lui effleura les lèvres du bout des doigts.

— C'est vrai. Je suis encore là, et je suis tellement contente…

Elle s'interrompit, et une larme roula sur sa joue. Il la sécha avec douceur.

— Je suis tellement contente de t'avoir rencontré, murmura-t-elle.

— Moi aussi.

Il la prit par la main.

— Viens…

Il l'entraîna sur la rive, prit la couverture étalée à l'ombre des arbres et la tira au soleil. Ils s'y allongèrent côte à côte, le visage tourné vers le ciel. Le cri d'un faucon retentit dans le lointain, puis le silence s'installa de nouveau. On n'entendait que le murmure du ruisseau et le bruissement des feuilles dans le vent.

Jace ferma les yeux. C'était un de ces moments, simples et parfaits…

Ils finirent par se lever, se rhabillèrent, et mangèrent le pique-nique qu'il avait apporté. Puis ils se remirent en selle et reprirent la route du Thunder Canyon Resort.

Ce soir-là, ils dînèrent avec le reste de la famille chez Rose et Austin. Vers 23 heures, ils retournèrent à l'hôtel. Dans la suite de Joss, ils discutèrent et rirent jusqu'à 3 heures du matin, se gavèrent de chocolats, et regardèrent deux films : une comédie romantique pour elle et un western pour lui.

Durant toute la nuit, les mots « ne pars pas, ne pars pas » résonnèrent dans l'esprit de Jace, comme s'ils faisaient écho à chaque battement de son cœur, mais il ne les prononça pas à voix haute. Il n'embrassa pas non plus Joss, ce qui lui fut aussi pénible que de lui cacher ce qu'il avait sur le cœur.

Plus troublé que jamais, il retourna chez Jackson avant l'aube et alla se coucher. Après s'être tourné et retourné dans son lit, il s'endormit enfin, pour rêver de Joss.

Il se leva tôt le lendemain, prit une douche rapide, s'habilla et alla tout de suite au Thunder Canyon Resort. La chance lui sourit : il trouva Grant dans son bureau et s'occupa de ce qui le tracassait depuis un moment. Il passa ensuite au Starbucks prendre deux cafés, et se dirigea vers la suite de Joss. Il dut frapper deux fois avant qu'elle vienne lui ouvrir, ébouriffée, pieds nus dans sa robe de chambre, irrésistible.

— Je vois que tu as apporté du café, dit-elle d'une voix un peu rauque. Malin !

Ne pars pas.

— Bonjour !

Il lui tendit son café. Elle en but une gorgée, tout en s'écartant pour le laisser passer.

— J'ai un aveu à te faire, fit-il en la suivant dans le salon.

— Rien de trop affreux, j'espère…

— Je crois que tu vas m'en vouloir.

Elle se retourna vers lui.

— Vas-y, je t'écoute.

Il avait un pincement au cœur quand il la regardait. Il n'arrivait pas à croire qu'elle serait partie le lendemain.

— Je suis passé voir Grant, tout à l'heure… Tu sais, le directeur du Thunder Canyon Resort ?

— Je me souviens de lui.

— J'ai réglé ta note.

Elle s'apprêtait à boire une autre gorgée de café, mais abaissa son gobelet avant de l'avoir porté à ses lèvres.

— Jace, non.

— Ecoute, ce n'est rien…

L'air déterminé, elle fronça les sourcils.

— C'est beaucoup d'argent, dit-elle en lui tendant la main, et c'est hors de question.

— Si tu m'offres ta main, c'est que tu n'es pas *trop* fâchée, n'est-ce pas ?

— Je ne suis pas du tout fâchée, répondit-elle d'une voix douce.

Elle entrelaça ses doigts aux siens. Une vague de désir le submergea aussitôt, et il dut se faire violence pour ne pas la prendre dans ses bras et l'embrasser sauvagement.

— Viens…, dit-elle en l'entraînant vers le canapé. Asseyons-nous.

Ils s'assirent côte à côte. Elle posa son gobelet sur la table basse.

— Cela me touche vraiment que tu sois prêt à faire ça pour moi.

Il posa son café à côté du sien sans y avoir touché.

— Alors dis-moi que tu es d'accord…

Elle soupira.

— Mais je ne suis *pas* d'accord, ce ne serait pas correct.

— Bien sûr que si, dit-il d'un ton qu'il espérait catégorique. Je peux me le permettre, je t'assure.

— La question n'est pas là… Je comprends pourquoi tu voudrais faire ça pour moi, *vraiment*, et je trouve ça très gentil de ta part.

— Ce n'est pas *gentil*, crois-moi, marmonna-t-il. Je ne suis pas du tout sûr que tu comprennes…

— Si… C'est à cause de Kenny, n'est-ce pas ?

Comment le savait-elle ?

— Je ne veux pas que ce sale type paie pour ton séjour ici, avoua-t-il. Je ne veux pas…

— Jace.

Elle lui posa une main sur le bras. Pour la deuxième fois depuis qu'il était arrivé dans sa suite, il dut se retenir de la serrer contre lui et de l'embrasser avec fougue.

— Ecoute, dit-elle. Je suis d'accord avec toi. J'y ai réfléchi, moi aussi, et je ne veux pas que Kenny paie ma note. Je ne veux plus *rien* venant de lui.

— Tant mieux ! Il n'y a aucun problème, alors. Ta note est payée.

Elle poussa un gémissement plaintif.

— Tu ne m'écoutes pas… Ce n'est pas la note de Kenny, ce n'est pas *ta* note, c'est la mienne, et je la paierai moi-même.

Il aurait presque préféré qu'elle soit en colère plutôt qu'inflexible.

— Ecoute… Tu m'aimes bien, n'est-ce pas ?

— Evidemment, répondit-elle d'un ton lourd de reproches.

— Tu me fais un peu confiance ?

Elle esquissa un sourire.

— Je te fais totalement confiance.

— Alors ne peux-tu pas voir cela comme le cadeau d'un ami ? Quand tu te seras installée, quand tu auras un nouvel appartement et un travail passionnant, tu pourras me rembourser, si tu y tiens *vraiment*. Mais, avec le temps, tu verras peut-être les choses sous un jour différent. Tu comprendras que j'avais *envie* de faire cela pour toi. Je ne veux pas que tu doives quoi que ce soit à Kenny, je veux que tu sois débarrassée de lui pour de bon, et je refuse que tu dépenses tout ce que tu as pour être libre.

Avec un petit rire nerveux, elle ramassa ses jambes sur le canapé et serra sa robe de chambre plus étroitement contre elle.

— Ce ne serait pas *tout* ce que j'ai, enfin, pas tout à fait.

— Laisse-moi faire ça pour toi, Joss, s'il te plaît.

— Je ne devrais pas…

— Si, tu devrais.

Elle ferma les yeux un instant.

— Merci, murmura-t-elle.

Il eut envie de la toucher, mais se retint. Ce serait trop risqué…

— Merci, répéta-t-elle en se laissant aller contre lui.

Que pouvait-il faire d'autre que ce qu'il avait justement envie de faire ? Il la prit dans ses bras et, quand elle leva les lèvres vers lui, il y déposa un baiser furtif. Puis il prit son gobelet et le lui tendit.

— Allez ! Va t'habiller et allons petit déjeuner…

Joss avait envie que cette dernière journée en compagnie de Jace dure éternellement, mais hélas, elle sembla passer encore plus vite que les précédentes. Ils prirent le petit déjeuner à la boulangerie de Lizzie, puis passèrent à l'Historical Society Museum pour saluer Melba, avant de faire une promenade en voiture tout le long du canyon qui avait donné son nom à la ville.

Comme ils se rendaient au Gallatin Room pour dîner, ils aperçurent, en entrant dans le restaurant, la mère de Jace et son mari.

— Nous devrions aller leur dire bonsoir, je présume, marmonna Jace d'un air résigné.

— Oui, bien sûr.

Claudia leur apprit que Pete et elle resteraient à l'hôtel pendant encore une semaine au moins, et Joss avoua qu'elle repartait pour Sacramento le lendemain.

— J'espère que vous viendrez voir Jason à Midland très bientôt.

Mal à l'aise, Joss se contenta de répondre qu'elle avait adoré passer du temps avec eux.

Lorsqu'ils se furent installés à leur propre table, dans un petit coin intime, Jace commanda une bonne bouteille de vin, et le repas se révéla particulièrement délicieux.

— Vous ferez nos compliments au chef ! dit Jace au serveur.

— Avec plaisir, monsieur. La Gallatin Room a justement un nouveau cuisinier.

Quelques instants plus tard, le chef venait les voir. Il s'appelait Shane Roarke, avait les cheveux noirs et des yeux bleus perçants.

— J'ai l'impression de le connaître..., dit Joss quand il se fut éloigné de leur table.

— Je me disais exactement la même chose !

Jace posa sur elle un regard doux et chaleureux à la fois.

— Je t'ai dit que tu étais magnifique ? fit-il avec un sourire.

Elle frissonna de plaisir.

— Oui, deux fois… trois, en comptant cette fois-ci.

— J'aime beaucoup cette robe.

C'était une robe bustier, noire et moulante.

— Tu me l'as dit aussi…

Il fronça les sourcils.

— Je ne suis pas content que tu partes.

— Je sais… Moi non plus.

— Mais nous ne pouvons pas continuer comme ça éternellement.

Elle sourit.

— Tu as raison, nous nous amusons bien trop !

— Cela doit cesser.

Tout en riant, elle leva son verre de vin.

— A une nouvelle vie et à un travail passionnant, pour nous deux !

Il fit tinter son verre contre le sien.

— A tes rêves, pour qu'ils se réalisent tous !

— Nous devrions aller en ville, suggéra Jace après le dîner, je crois qu'il y a un autre bal, ce soir.

Joss secoua la tête.

— Allons plutôt dans ma suite, fit-elle en lui prenant la main.

Il dut comprendre ce qu'elle avait en tête, car une lueur intense passa dans son regard.

— Ce n'est peut-être pas une bonne idée, Joss.

Il essayait d'agir honorablement, comme d'habitude. Elle le savait très bien.

— Jace…

— Quoi ?

Sa voix était rauque et grave.

— C'est notre dernière soirée ensemble. Je pars demain matin, nous ne nous reverrons peut-être jamais.

— Pas besoin de me le rappeler !

— Monte dans ma suite avec moi.

Elle soutint son regard. Elle refusait de détourner les yeux, d'être timide… Car elle n'était pas timide avec lui, elle arrivait toujours à lui dire ce qu'elle ressentait.

Il grommela quelque chose, un juron, peut-être.

— Viens avec moi, insista-t-elle, entrelaçant ses doigts aux siens. S'il te plaît.

Il lui caressa la joue, écarta une mèche de cheveux de son visage.

— Tu es sûre de toi ? Je ne veux pas que tu regrettes un seul des moments que tu auras passés avec moi.

Elle l'observa attentivement.

— Je suis sûre de moi, mais peut-être que *toi*, tu n'es pas sûr d'en avoir envie.

Il émit un grognement railleur.

— Bien sûr que si ! Ce n'est pas la question.

— Je ne suis pas d'accord. Si je suis sûre d'en avoir envie et que tu en es sûr aussi, où est le problème ? Et ne me parle pas de regrets… Je ne regretterai jamais d'avoir passé la nuit avec toi. Pourrais-tu supporter de me laisser partir sans m'avoir fait l'amour ? murmura-t-elle. Moi, je ne le supporterai pas.

Il porta sa main à ses lèvres et y déposa un baiser.

— Allons-y, murmura-t-il tout contre sa peau.

Dans sa chambre, ils se tinrent l'un en face de l'autre, au pied du lit. Elle était nerveuse, et pourtant elle n'avait aucun doute.

Les draps étaient déjà retournés, et des chocolats étaient posés sur les oreillers.

— Ce sont tes préférés, dit-il, noirs et amers.

Elle les prit et les posa sur la table de chevet.

— Je ne les mangerai jamais, je les garderai en souvenir de cette nuit…

Il sourit, et elle sentit son cœur se serrer. Comment ferait-elle pour se passer de ce sourire ?

— Tu devrais les manger… Je te les mettrai moi-même dans la bouche.

— Maintenant ?

— Plus tard, répondit-il d'une voix rauque.

— Je… Je prends la pilule, balbutia-t-elle, mais j'aurais dû acheter des préservatifs.

Il en sortit quelques-uns de sa poche.

— Je n'avais pas l'intention de te faire des avances, je te le promets…

— Mais tu voulais être préparé, le taquina-t-elle, au cas où je te ferais monter dans ma chambre pour que tu me fasses l'amour passionnément.

— Exactement, dit-il, une lueur malicieuse dans le regard. Tu es une telle bête sauvage !

Elle lui prit les préservatifs des mains et les posa sur la table de chevet.

— Bon ! Nous avons du chocolat et des préservatifs, nous sommes parés…

Il la regarda droit dans les yeux.

— Joss.

Son cœur fit un bond dans sa poitrine.

— Oui ?

Sans rien ajouter, il la prit par les épaules et la fit pivoter. Puis il dégagea ses cheveux pour ouvrir la fermeture Eclair de sa robe, qui tomba à ses pieds dans un bruissement de tissu. Elle ne portait plus que sa petite culotte, son soutien-gorge sans bretelles, et ses chaussures à talons.

— Joss... Je n'ai jamais eu une meilleure amie comme toi.

Il fit glisser un doigt le long de son dos, jusqu'au creux de ses reins.

— Magnifique, dit-il dans un souffle.

Elle se tourna vers lui, émue. Il la dévorait des yeux.

— Je suis heureuse que tu sois là, avec moi.

Elle dégrafa son soutien-gorge et le laissa tomber par terre.

— A ton tour..., murmura-t-elle.

Avec empressement, il se déshabilla, jetant de côté tous ses vêtements, l'un après l'autre. Il fut bientôt nu devant elle, beau et puissant... Il l'attira vers lui et l'embrassa avec fougue. Son torse était brûlant contre ses seins, ses bras l'enserraient avec force.

Frémissant de plaisir, elle lui rendit son baiser avec ardeur. Les battements de son cœur, déchaînés quelques instants plus tôt, se firent plus lents, plus langoureux.

Il fit glisser ses doigts dans ses cheveux, jusqu'au creux de ses reins, puis il referma ses mains sur ses fesses et la serra étroitement contre lui. Sans cesser de l'embrasser, il l'entraîna sur le lit, la fit asseoir sur le bord et s'agenouilla entre ses jambes. Alors, il prit ses seins en coupe avec une douceur infinie, les caressa avec tendresse, titillant ses tétons.

Submergée de désir, elle oscilla vers lui pour l'embrasser. Comme il était bon de se laisser enivrer par ses mains brûlantes, le goût de ses lèvres, le contact râpeux de sa barbe sous ses paumes quand elle caressait son beau visage...

Son cher visage...

Comment était-ce arrivé ? En l'espace d'une semaine,

Jace lui était devenu si cher qu'elle ne pouvait plus imaginer sa vie sans lui.

Non, pas ce soir. Ce n'était pas le moment de ressasser le fait qu'elle allait le perdre. Elle y songerait demain, dans la lumière crue du jour. Cette nuit serait dédiée à la magie, à la beauté, au plaisir.

Ce soir, elle était presque contente que sa vie ait été bouleversée, que son fiancé l'ait trahie, que son rêve d'avenir ait été brisé… Tout ce qu'elle avait construit avait été détruit, elle allait devoir tout recommencer, mais au milieu de ce chaos elle avait rencontré Jason. Il l'avait débarrassée de son amertume, lui avait redonné le sourire. Il lui avait offert une semaine parfaite, dont elle se souviendrait toute sa vie et, maintenant, il allait lui faire un dernier cadeau : une nuit d'amour entre ses bras.

Comme il détachait ses lèvres des siennes, elle poussa un gémissement plaintif et lui offrit de nouveau sa bouche, mais il referma ses mains sur ses épaules pour la maintenir en place. Elle rouvrit les yeux : il la regardait intensément, souriant presque. Lentement, il fit glisser ses mains sur ses bras, et elle fut parcourue d'un frisson.

— Oh ! Jace…

— J'ai rêvé de toi.

Elle sourit.

— Raconte-moi.

— Tu étais la femme de la photo au-dessus du bar, au Hitching Post. Nous en avons vu une reproduction au musée, tu te souviens ?

— Oui, murmura-t-elle.

Il lui posa les mains sur la taille, les fit glisser sur

ses hanches, pour enfin les refermer sur ses cuisses. Elle gémit tout bas.

— Tu vas me faire perdre la tête…

— Tant mieux. Dans mon rêve, tu sortais de la photo et tu venais dans mes bras. Le vent soufflait, soulevait tes cheveux et les voiles qui flottaient autour de toi…

— Qu'est-ce qui se passait ensuite ?

Il referma ses mains sur ses mollets et les caressa doucement. Elle se consumait de désir… Saisissant sa cheville, il lui enleva sa chaussure.

— Je me suis réveillé.

Elle soupira.

— Oh ! non… Quel dommage.

— Oui.

Après lui avoir ôté sa deuxième chaussure, il recommença à lui caresser les jambes. Retenant son souffle, elle le regarda glisser ses doigts sous les bords en dentelle de sa petite culotte, et la caresser voluptueusement.

C'était tellement bon… Elle se laissa tomber en arrière sur le lit et s'abandonna à ses caresses, savourant les sensations grisantes qui la submergeaient. Elle gémit, se cambra, soupira, murmura son prénom, s'agrippa à ses avant-bras, le plaisir qu'elle éprouvait s'intensifiant de plus en plus.

Comme il tirait sur l'élastique de sa petite culotte, elle leva le bassin, et il fit glisser le sous-vêtement sur ses jambes. Il se plaça tout près d'elle, entre ses cuisses.

— Jace… Oh ! Jace !

Il se pencha encore davantage et l'embrassa, la caressant avec sa langue. Le plaisir qui la submergeait était tellement intense que c'en était presque insoutenable…

Ivre de volupté, elle glissa ses doigts dans ses cheveux pour l'attirer tout contre elle... Elle aurait voulu que ce moment dure toujours, mais elle ne pouvait se maîtriser plus longtemps. Avec un cri rauque, elle laissa éclater sa jouissance, tandis que tout son corps était secoué de spasmes délicieux.

Pendant une seconde ou peut-être une éternité, elle resta là, tremblante, étourdie.

— Jace ? murmura-t-elle, comme il se relevait.

Elle se redressa pour l'observer. Avec ses cuisses fuselées, son sexe fièrement dressé, ses abdominaux parfaitement dessinés, son torse puissant, il était d'une beauté à couper le souffle.

C'était étrange : elle l'avait toujours vu comme quelqu'un de doux, et pourtant ce n'était plus du tout l'impression qu'il lui faisait. Elle discernait à présent une force sauvage en lui, une passion qu'elle ne lui connaissait pas, quelque chose de terriblement viril.

Elle tendit les bras vers lui, mais elle était plongée dans une torpeur si merveilleuse qu'elle les laissa presque aussitôt retomber le long de son corps. Lascive, elle le regarda enfiler un préservatif.

Lorsqu'il s'allongea enfin au-dessus d'elle, elle enserra ses larges épaules et il enfouit le visage au creux de son cou pour l'embrasser et mordiller sa peau brûlante.

— Je t'en supplie, Jace..., fit-elle en enroulant ses jambes autour de lui. Maintenant.

Alors, d'un mouvement fluide, il la pénétra, lui arrachant un gémissement de plaisir. C'était tellement bon de le sentir en elle... C'était *parfait*.

Elle resserra son étreinte et se mit à bouger en

rythme avec lui. Ils entamèrent un lent va-et-vient, avant d'accélérer la cadence. Le plaisir monta de nouveau en elle, toujours plus intense, et elle se laissa entraîner là où il voulait l'emmener, au cœur de l'extase.

- 9 -

Plus tard dans la nuit, ils prirent un bain dans le Jacuzzi de la suite, et Jace lui donna à manger les chocolats que la femme de chambre avait laissés sur les oreillers. Appuyée en arrière contre son torse, Joss savoura les bouchées douces-amères fondant sur sa langue.

— Je pourrais m'habituer à ça…

— Moi aussi, dit-il d'une voix grave.

Dans son dos, elle sentait sa poitrine se soulever au rythme de sa respiration. Elle tourna la tête vers lui, et il se pencha pour l'embrasser.

— J'ai envie de toi, murmura-t-il en lui faisant boire une gorgée de champagne.

Elle rit et tortilla des hanches contre lui.

— Je le sens…

Il gémit.

— Tu vas me tuer.

— De plaisir !

Elle se retourna et, tout en l'embrassant, referma la main sur son sexe en érection pour le caresser. Il se laissa faire quelques minutes, puis il la prit dans ses bras et, sans se soucier de l'eau qui dégoulinait sur leur passage, l'emmena dans la chambre pour y prendre un préservatif.

— Nous mettons de l'eau partout ! fit-elle en riant.

Il la ramena dans la salle de bains et la déposa sur la tablette entre les deux lavabos.

— Oh ! Jace, murmura-t-elle dans un souffle alors qu'il la pénétrait d'un mouvement brusque.

Il l'embrassa avec passion et lui fit de nouveau l'amour.

Plus tard, blottie contre lui dans le lit, elle murmura :

— Je n'ai pas envie de dormir… Je ne veux pas rater une seule seconde du temps qui nous reste à passer ensemble.

Ils évoquèrent leur enfance. Il lui en dit plus sur sa sœur et sur ses frères, lui raconta les disputes qu'ils avaient eues et les bons moments qu'ils avaient partagés. Elle lui parla de Jane Ackerman, son ancienne meilleure amie.

— Elle m'a laissée tomber en seconde pour traîner avec des élèves plus populaires.

— Tu n'étais pas populaire, au lycée ? Je n'arrive pas à le croire, dit-il en secouant la tête d'un air incrédule.

— J'étais timide.

— Tu plaisantes ?

— Pas du tout. J'étais assez solitaire, comme je te l'ai dit le soir où nous nous sommes rencontrés.

— C'est vrai, reconnut-il d'un ton plein de tendresse, je m'en souviens.

— Je n'arrivais pas à m'intégrer. J'étais un peu… sauvageonne, disons.

— Et regarde-toi maintenant ! dit-il d'un ton approbateur.

Elle appuya la tête sur son torse chaud et musclé. Elle entendait les battements réguliers de son cœur.

— Je me sens tellement bien, avec toi… Tu me donnes l'impression de pouvoir tout faire.

— Parce que *tu peux* tout faire.

Comme il déposait un baiser sur ses cheveux, elle ferma les yeux, juste pour quelques instants…

Lorsque Joss ouvrit les yeux, la lumière du soleil filtrait à travers les rideaux. Jason, un bras passé autour d'elle, la regardait en souriant, l'air endormi.

— On dirait bien qu'on s'est endormi, finalement…

Elle se blottit tout contre lui, parfaitement détendue.

— Quelle heure est-il ?

— 9 h 15.

— Mince !

Elle se redressa brusquement et passa une main dans ses cheveux emmêlés.

— Il faut que je fasse ma valise… Mon avion part de Bozeman à 12 h 10.

— Je vais nous faire monter un petit déjeuner pendant que tu fais tes bagages, et je te conduirai à l'aéroport.

— Ce n'est pas la peine, j'ai une voiture de location.

Il parut étonné.

— C'est vrai ?

Elle haussa les épaules négligemment.

— Je sais… J'ai abusé de toi sans vergogne, tu m'as servi de chauffeur depuis mon arrivée ici.

Elle avait à la fois envie de le serrer dans ses bras et de fondre en larmes.

— Que vais-je faire sans toi ? ajouta-t-elle.

Appuyé sur un coude, Jace était irrésistiblement séduisant.

— Reste, murmura-t-il de sa belle voix grave.

Oui ! eut-elle envie de crier. Mais elle pensa à sa mère, à son mariage raté, à tous ses projets tombés à l'eau… Elle ne pouvait pas fuir sa vie éternellement.

— Oh ! Jace, j'aimerais tant pouvoir…

Il l'observa un long moment, avec une tendresse évidente.

— Eh bien, dit-il enfin, tu ferais mieux de te préparer.

Elle avait envie de lui dire une foule de choses, et pourtant elle ne trouva pas les mots. En fin de compte, elle s'éclaircit la voix et repoussa les couvertures.

— Oui, tu as raison, fit-elle, penaude. Je vais prendre une douche.

Une demi-heure plus tard, elle avait pris une douche, s'était habillée, et remplissait sa valise dans le salon.

Elle ne pouvait s'empêcher de jeter des coups d'œil à Jace, assis à la table, à côté de la baie vitrée. Pieds nus, il portait le pantalon qu'il avait la veille et sa chemise de soirée était déboutonnée sur son torse parfait.

— Viens, Joss, ça va être froid, dit-il en désignant un plat chargé d'œufs et de bacon. Assieds-toi et mange.

Elle sourit, admirant le spectacle qu'il lui offrait. Y avait-il sur Terre un homme aussi merveilleux que lui ? Il était intelligent, drôle, attentionné, gentil, généreux, extrêmement séduisant, et, bien sûr, c'était un amant merveilleux.

Elle avait plusieurs paires de chaussures dans les mains et n'avait qu'une envie : les lâcher pour s'élancer vers lui, l'entraîner au lit et y passer la journée, entre ses bras.

— Viens manger, insista-t-il, rompant le charme.

Elle ne pouvait fuir sa vie plus longtemps, elle devait

revenir à la réalité. Elle allait rentrer à Sacramento, comme prévu.

— J'arrive, promit-elle en déposant les chaussures dans la valise avant de repartir dans la chambre.

Debout devant le placard grand ouvert, elle se trouva face à sa robe de mariée, tellement belle… C'était une vraie robe de bal, garnie de perles et de diamants fantaisie, en taffetas, avec un long voile en tulle.

C'était la robe de ses rêves, qui allait avec le mariage de ses rêves… Ce mariage dont elle s'était enfuie en courant.

Elle aurait dû la laisser là, mais quelque chose l'en empêchait. Cette robe lui avait coûté tellement cher… Et puis, elle représentait la vie qu'elle voulait avoir, cette vie qu'elle n'aurait probablement jamais, finalement.

Soudain, on frappa à la porte de la suite.

— J'y vais ! lui cria Jace. Ce doit être le garçon d'étage, j'ai demandé plus de pain grillé.

Elle enleva la robe de son cintre, prit le voile, plaqua une main sur les couches de taffetas, et sortit de la chambre.

Ce ne fut qu'une fois dans le salon qu'elle reconnut la voix de Claudia.

— Je suis désolée, Jason, disait-elle, je ne voulais pas… vous déranger.

Joss s'immobilisa et jeta un coup d'œil en direction de l'entrée. De là où elle était, elle voyait Jace de dos, face à la porte, et apercevait le visage de sa mère.

— Joss est occupée, maman. Elle ne va pas tarder à partir, et elle n'a pas encore fait ses valises.

— Je veux juste lui dire un mot.

Un mot ? Oh mon Dieu ! Quel genre de mot ? Elle

ne se sentait pas le courage de voir la mère de Jace, pas ce matin…

Il avait ouvert la porte pieds nus, sa chemise ouverte sur son torse : Claudia avait certainement compris qu'ils avaient passé la nuit ensemble, et elle risquait de se faire des illusions, de tirer des conclusions hâtives, d'y voir une preuve supplémentaire du sérieux de leur relation.

Joss se sentit soudain horriblement mal. La nuit qui venait de s'écouler avait été extraordinaire, et maintenant elle faisait ses valises… Que faisait-elle de sa vie ? Deux semaines plus tôt, elle s'apprêtait à se marier avec un homme et, la nuit précédente, elle avait fait l'amour avec un autre homme, le plus merveilleux qu'elle eût jamais rencontré, certes, mais tout de même… Elle n'avait pas l'habitude d'avoir des aventures sans lendemain.

Va-t'en avant qu'elle ne te voie, avant qu'elle ne voie la robe… Elle aurait été bien incapable d'expliquer ce qu'elle faisait avec cette robe dans les bras. Elle se hâta de tourner les talons, mais Claudia l'aperçut.

— Jocelyn, s'écria-t-elle avec un sourire éclatant, vous voilà !

Jace regarda Joss par-dessus son épaule et articula silencieusement le mot *désolé*.

Elle prit une profonde inspiration pour se donner du courage, s'efforçant de ne pas imaginer à quel point elle devait avoir l'air ridicule, enfouie sous une montagne de taffetas et de tulle, immobilisée dans une posture indiquant clairement qu'elle s'apprêtait à battre en retraite.

— Entrez, Claudia, je vous en prie !

La mère de Jason sembla hésiter. C'était compréhensible.

— Je ne veux vraiment pas vous déranger…

Jace grommela quelque chose, et sa mère lui lança un regard furibond.

— Eh bien, Jason, je ne m'attendais pas à te trouver ici ! Il n'y a rien de mal à cela, bien sûr… Vous, les jeunes, vous êtes impulsifs, je le sais très bien. J'ai grandi dans les années soixante-dix, je ne suis pas complètement dépassée, tu sais !

L'air résigné, Jace s'écarta pour la laisser passer. Claudia entra, visiblement mal à l'aise.

— Tu veux du café, maman ?

— Oh ! non, je ne vais pas rester longtemps, je dois retrouver Pete au Grubstake dans dix minutes.

Avec un sourire un peu forcé, elle s'approcha de Joss.

— Jocelyn, je voulais seulement vous redire que nous serions ravis de vous recevoir à Midland. Je suis très heureuse d'avoir fait votre connaissance, et j'espère que nous resterons en contact, même si vous retournez à Sacramento. Vous viendrez nous voir, et peut-être que vous et Jason…

Son sourire s'évanouit.

— Oh ! mon Dieu, murmura-t-elle en clignant des yeux.

Elle tendit la main pour toucher d'un geste hésitant la robe de mariée que Joss avait toujours contre elle.

Jace, apparemment perplexe, restait immobile entre l'entrée et le salon. Affolée, Joss les regarda tour à tour, sa mère et lui. Claudia semblait stupéfaite.

— Est-ce que c'est… ? Oh ! j'en étais sûre ! s'écria-t-elle, les larmes aux yeux.

Elle poussa un cri de joie et la serra dans ses bras de toutes ses forces.

— Oh ! Jocelyn, murmura-t-elle, le visage enfoui dans la robe, je suis tellement heureuse ! Vous êtes faits l'un pour l'autre…

— Je… euh… eh bien…, balbutia Joss.

— C'est une très belle robe, dit Claudia avec ferveur. Superbe ! Rassurez-vous, je ne crois pas à la superstition qui dit que cela porterait malheur que le futur marié voie la robe avant le mariage. Je suis tellement heureuse que vous vous soyez rendu compte si rapidement que vous êtes faits l'un pour l'autre ! Jason vous attendait, Jocelyn, il vous attendait depuis si longtemps… Je crois qu'il commençait à perdre espoir, mais vous voilà ! Vous voilà, ensemble, amoureux, prêts à vous marier et faire votre vie…

— Je… euh…

Joss était désespérée. Que pouvait-elle dire ? Par où commencer ? *Non, c'est la robe que je devais porter pour épouser un autre homme. D'ailleurs, je suis ici en lune de miel, toute seule ! Vous avez peut-être remarqué que nous sommes dans la suite nuptiale…*

— Merci, maman, dit soudain Jace d'un ton qui semblait sincère.

Joss tourna brusquement la tête vers lui. Leurs regards se croisèrent, et il sourit. Son expression déroutée avait laissé la place à un air parfaitement assuré.

— Nous sommes très heureux, nous aussi, ajouta-t-il.

Ah bon ?

Tout cela n'était pas *réellement* en train d'arriver, elle rêvait ! Elle allait se pincer et se réveiller…

Claudia la serra dans ses bras.

— J'ai hâte de vous faire visiter Midland !

— Nous ne vivrons pas à Midland, maman, dit Jace d'un ton ferme.

Ah bon ? Joss cligna des yeux, abasourdie.

— Et je ne travaillerai plus pour Traub Oil Industries, ajouta-t-il.

Claudia la relâcha et se tourna vers son fils.

— Nous en reparlerons.

— Non. Je vais changer de travail, et nous allons vivre ici, à Thunder Canyon.

Claudia soupira.

— Oh ! Jason…

— Tu devrais être heureuse pour nous, maman.

Il s'approcha de sa mère et la prit dans ses bras. Elle lui rendit son étreinte.

— C'est vrai, dit-elle d'une voix chargée d'émotion. Eh bien, si c'est vraiment ce que vous voulez…

— C'est le cas.

Par-dessus l'épaule de sa mère, il lança un autre regard déterminé à Joss, qui restait muette de stupeur.

— Alors je suis heureuse pour vous, dit Claudia, *très* heureuse.

— Merci, maman.

Il relâcha sa mère et s'écarta un peu. Joss continua à les regarder, complètement désorientée.

— Oh ! je suis tellement contente ! fit Claudia en s'essuyant les yeux. J'ai hâte d'annoncer la nouvelle à Pete…

Elle se tourna vers Joss, l'air curieux.

— Le mariage aura lieu à Sacramento, alors ?

— Nous n'avons pas encore tout prévu, intervint Jace.

— Non, bien sûr, dit sa mère en agitant son mouchoir.

Elle eut un petit rire à travers ses larmes de joie.

— Regardez-moi, qui m'immisce dans vos affaires ! Je vois que vous étiez en train de petit déjeuner…

— Oui, répondit Jace.

Elle se mit sur la pointe des pieds pour déposer un baiser sur la joue de son fils.

— Eh bien, je vais vous laisser en tête à tête, alors !

— Merci, maman.

Elle se tourna vers Joss et la gratifia d'un sourire éclatant.

— A très bientôt, Jocelyn, dit-elle, rayonnante.

— Euh… oui, à bientôt.

Joss resta clouée sur place, tandis que Jace raccompagnait sa mère.

— Ne dis rien, lança-t-il quand il fut de retour auprès d'elle.

Elle ne dit rien, mais parvint à émettre un petit rire railleur.

— Je t'assure, Joss…, fit-il en levant une main. J'ai un plan, et je crois qu'il est bon. Laisse-moi te l'expliquer.

Elle n'arrivait toujours pas à croire ce qui se passait.

— *Un plan ?* Tu as… *un plan* ?

— Ne me regarde pas comme ça… s'il te plaît. Laisse-moi t'expliquer, écoute-moi jusqu'au bout.

Elle prit soudain pleinement conscience de la situation. Jace avait annoncé à sa mère qu'ils allaient se marier et s'installer à Thunder Canyon, et elle l'avait laissé faire.

- 10 -

Quand Jace vit les yeux noisette de Joss s'écarquiller, il sut qu'elle ne rentrait pas dans son jeu. Il se sentait stupide, mais il n'était pas question d'abandonner.

— Viens, dit-il d'un ton enjôleur, pose cette robe et mange quelque chose, nous parlerons.

— Je n'ai pas le temps de parler, j'ai un avion à prendre.

— Non, tu n'es pas obligée de partir. Tu peux rester ici, avec moi.

Elle secoua la tête, visiblement incrédule.

— Je n'arrive pas à croire que tu… Je ne… Tu viens juste de…

Il fit un pas vers elle.

— Joss…

— Ne t'approche pas !

Elle s'écarta brusquement, et faillit se prendre les pieds dans le voile qui pendait par terre. Cramponnée à sa robe, elle continuait de le dévisager. Puis, soudain, ses épaules s'affaissèrent et elle se mit à pleurer.

— Oh ! Jace… Qu'est-ce qu'on fait ? Nous sommes en train de devenir fous ! Que se passe-t-il ?

Il se sentait minable. Et dire que, l'espace d'un instant, il avait cru avoir une idée géniale…

En fait, c'était bel et bien une idée géniale, le seul problème était d'en convaincre Joss.

— Joss, ne pleure pas… Je t'en prie, ne pleure pas.

Il s'approcha de nouveau. Cette fois, elle ne chercha pas à l'éviter. Elle resta là, laissant les larmes couler sur ses joues.

— Donne-moi ça, dit-il avec douceur.

— Ma… Ma robe ? demanda-t-elle entre ses larmes.

— Oui. Allez…

Elle continua à pleurer, tandis qu'il prenait la robe et le voile pour les déposer délicatement sur sa valise.

— Pourquoi as-tu fait ça, pourquoi as-tu menti à ta mère ? interrogea-t-elle, l'air profondément malheureux. Ce n'est pas bien, pas bien du tout…

Il prit plusieurs mouchoirs en papier dans une boîte posée sur la table et les lui tendit.

— Tiens, sèche tes larmes…

Elle leva les yeux vers lui avec une expression désemparée.

— Tu vas m'expliquer ce qui se passe, maintenant ?

Il prit sa main dans la sienne et, comme elle ne la retira pas, la guida vers la table et la fit asseoir. Il lui servit du café et retira le couvercle qui recouvrait son assiette.

— Mange.

Elle prenait sa fourchette quand on frappa de nouveau à la porte.

— Qui est-ce, cette fois ? marmonna-t-elle.

Il lui posa une main sur l'épaule dans un geste réconfortant.

— Ça doit juste être le room service. Mange, répéta-t-il.

Il alla ouvrir, prit les tartines grillées qu'il avait commandées, donna un pourboire au garçon d'étage et retourna dans le salon. Joss buvait son café et regardait le sommet enneigé de Thunder Mountain à travers la baie vitrée.

— J'attends, dit-elle sans le regarder. Tu as intérêt à avoir une bonne explication.

Elle n'avait pas l'air contente mais, au moins, elle avait arrêté de pleurer. Il posa le pain sur la table et s'assit en face d'elle.

— Eh bien ? dit-elle en le regardant enfin.

Il décida de ne pas y aller par quatre chemins.

— Epouse-moi. Nous achèterons le Hitching Post, tu m'apprendras à le diriger. Nous aurons une grande maison avec un large porche, comme tu en as toujours rêvé, un beau terrain, un chien aux oreilles tombantes et des chevaux, et d'ici quelque temps des enfants bruyants et chahuteurs.

Elle posa sa tasse de café et lui jeta un regard soupçonneux.

— Tu veux coucher avec moi.

Il n'avait pas l'intention de le nier.

— Oui, évidemment ! C'était parfait… *Tout* est parfait, entre nous. Réfléchis… Tu veux te marier et avoir des enfants, et moi, je veux que tu restes ici, à Thunder Canyon, avec moi. Quand ma mère a commencé à penser mariage, tout est devenu clair : pourquoi n'aurions-nous pas tous les deux ce que nous voulons ? Pourquoi devrais-tu partir ? Tu n'en as pas vraiment envie, n'est-ce pas ?

Elle tourna la tête vers la fenêtre.

— Regarde-moi, Joss.

Elle reporta son attention sur lui. Elle paraissait abasourdie.

— Quoi ?

Sa voix était un peu rauque. Il se leva et se pencha par-dessus la table pour l'embrasser.

— Epouse-moi.

Elle le regarda fixement pendant un moment qui lui sembla durer une éternité. Enfin, elle soupira.

— Je crois que ta mère était vraiment enchantée à l'idée de nous voir nous marier.

— Oui, et alors ?

— Nous venons juste de nous rencontrer. Elle aurait plutôt dû nous conseiller d'y aller doucement…

— Elle voit l'effet que tu as sur moi, Joss. Elle est soulagée de me voir revivre, alors que j'ai passé des mois à errer comme une âme en peine. Elle trouve que nous avons l'air heureux ensemble. Pourquoi ne se réjouirait-elle pas ?

Elle secoua lentement la tête.

— Elle est tellement différente de ma mère ! Si nous… Si nous faisons ça, ma mère va sortir de ses gonds. Cela ne va pas être marrant, tu peux me croire.

— Ne te fais pas de souci à l'avance… Nous y penserons le moment venu.

— Mais nous marier… Ce serait vraiment insensé ! Enfin, tu as raison, tout est parfait entre nous, *tu* es parfait pour moi, en tout point.

Un sentiment de triomphe l'envahit.

— Et tu es parfaite pour moi !

— D'accord, mais sois réaliste… Ce n'est pas comme si c'était l'amour éternel, ou quelque chose comme ça.

— Et alors ?

Elle lui donna un coup de pied sous la table, pas très fort, mais dans le tibia. Il grimaça de douleur.

— Aïe ! Ça fait mal…

— Ne sois pas méprisant, Jace. Je crois que l'amour a de l'importance, figure-toi.

— D'accord, ça a de l'importance… si tu le dis. Mais qu'est-ce que c'est, au juste ?

Elle lui lança un regard furibond.

— Comment ça, *qu'est-ce que c'est* ?

— Eh bien, tu aimais Kenny Donovan, non ?

L'espace d'un instant, elle resta parfaitement immobile, l'air sombre. Puis, avec un profond soupir, elle se laissa aller en arrière sur sa chaise.

— Je croyais aimer Kenny, dit-elle en secouant la tête, mais maintenant… Maintenant, je me demande comment j'ai pu penser une chose pareille. Avec le recul, la seule chose positive que je puisse dire sur lui est qu'il avait l'air gentil, au début.

— Exactement ! Je croyais aimer Tricia Lavelle, mais je me trompais. En fait, je ne la connaissais pas *vraiment*. Quand je l'ai rencontrée, elle se tenait à côté d'un piano à queue dans une robe rouge et brillante ; ses cheveux blonds avaient des reflets dorés à la lumière du lustre… Tout à coup, je me suis cru amoureux, dit-il d'un ton incrédule. Moi, *amoureux* ! Enfin, franchement… Où est-ce que j'étais allé pêcher une idée pareille ? Je n'avais jamais cherché à avoir de relation sérieuse auparavant.

Joss sembla se détendre un peu.

— Ta mère a dit que tu cherchais la bonne personne.

— Ma mère a dit que je te cherchais, *toi*.

— Elle voulait dire que tu cherchais la bonne personne.

— C'est vrai que j'ai cherché quelqu'un qui me corresponde, qui ait les mêmes valeurs que moi, mais de là à dire que je cherchais *l'amour*... Je suis sérieux quand je dis que je ne sais pas ce que c'est, et je n'ai pas envie de me poser la question. Je veux simplement faire de mon mieux pour avoir une belle vie et faire des choses constructives.

Joss esquissa un sourire. Une lueur de défi brillait dans ses beaux yeux de velours.

— Alors comme ça, la femme mystérieuse s'appelle Tricia Lavelle...

— Oui.

Elle lui posa une main sur le bras. Ce simple contact le troubla, il eut aussitôt envie de la prendre dans ses bras et de l'emmener dans la chambre pour passer la journée au lit avec elle... Mais il devait la convaincre qu'ils formeraient toute leur vie une bonne équipe.

— Je veux que tu me parles de Tricia Lavelle, dit Joss, que tu me racontes tout ce qui s'est passé.

Il poussa un gémissement plaintif.

— Maintenant ?

— Maintenant.

Il repoussa son assiette.

— C'est horriblement embarrassant... Je me suis comporté comme un imbécile.

— Je te rappelle que tu parles à la femme qui s'apprêtait à épouser Kenny Donovan...

Il soutint son regard.

— Tu es loin d'être une imbécile. Tu as toujours su ce que tu voulais... Ce sale type t'a persuadée qu'il pouvait te l'apporter, c'est tout et, d'après ce que tu m'as dit, *il le pouvait*, du moins au début.

— Merci, dit-elle d'une voix douce.

Il y eut un silence, puis elle ajouta :

— Alors, Tricia et toi…

Résigné, il se lança.

— Ce qui s'est passé, c'est que j'ai vu une jolie fille en robe rouge et que j'ai eu une réaction stupide. Au lieu d'admettre que je voulais une aventure d'un soir, je me suis imaginé que j'étais amoureux. C'était ridicule de ma part… Je ne sais pas ce que c'est que l'amour, et il vaut bien mieux que je ne prétende pas le contraire, je m'en rends compte maintenant.

Elle lui pressa tendrement le bras.

— Parle-moi d'elle.

— Tu plaisantes ! Tu veux en entendre davantage ?

— Oui.

Il essaya de négocier :

— Promets-moi d'abord que cela ne gâchera pas mes chances de te convaincre de m'épouser.

Un sourire dansa sur ses lèvres, mais elle ne perdit pas son sérieux.

— Je t'écoute.

— Je l'ai rencontrée par l'intermédiaire de son père, Jack Lavelle. Jack travaille dans le pétrole, il est richissime… Mon père et lui étaient associés, autrefois.

— Et Tricia, est-ce qu'elle travaille dans le pétrole, elle aussi ?

— Non ! Elle a fait un peu de mannequinat, mais elle n'a jamais *eu* à travailler, elle est née avec une cuillère en argent dans la bouche. Quand je l'ai vue en train de chanter *The Yellow Rose of Texas* pour son père, en adoration devant elle, et pour tous ses invités, j'ai été sous le charme. Nous sommes partis en vacances dans le monde entier, dans des hôtels luxueux… Pour la première fois, j'ai cru être amoureux. Je lui ai acheté une bague de fiançailles avec un énorme diamant et, la veille du jour de l'an, je lui ai demandé sa main.

Il s'interrompit, espérant que Joss ne lui en demanderait pas davantage.

— Et ? fit-elle d'une voix douce.

— Tricia s'est montrée… réticente.

— Comment ça ?

— Elle m'a dit qu'elle était folle de moi, mais qu'elle n'avait que vingt-quatre ans, qu'elle était bien trop jeune pour se ranger. D'après elle, nous pouvions continuer à nous amuser et, d'ici à quelques années, quand elle serait *vieille*, comme elle l'a dit elle-même, songer à nous marier. Elle m'a dit que je pourrais m'installer à Dallas et travailler avec son père… Elle n'envisageait pas de s'éloigner de lui, à part bien sûr temporairement, pour une séance de photos à New York ou pour se faire bronzer sur le yacht d'un ami sur la Côte d'Azur.

— Et tu n'avais pas du tout envie de travailler pour le père de qui que ce soit…

Il eut un rire sans joie.

— Exactement. Et puis, comme je te le disais, Lavelle travaille dans le pétrole, et à ce moment-là j'envisageais déjà de faire autre chose, de faire…

Il s'interrompit, les sourcils froncés.

— De faire quoi ?

— Eh bien, en fait, je ne savais pas encore ce que

je voulais faire, mais je ne voulais pas passer cinq ou dix ans de plus à parcourir le monde en jet privé avec une fille à papa. Je voyais soudain la soi-disant femme parfaite sous un tout nouveau jour. Je commençais à me demander où j'allais, dans tous les domaines. J'avais envie de changement : ma place au sein de l'entreprise familiale, mon style de vie, j'ai tout remis en question… Je m'étais imaginé que Tricia était la réponse à toutes les questions qui me préoccupaient, mais quelques jours après lui avoir demandé sa main j'ai compris que cela ne marcherait jamais, avec elle, et je me suis rendu compte que je ne tenais pas tant que cela à elle.

— Qu'as-tu fait ?

— Je me suis senti stupide ! Je lui avais dit que je l'aimerais toute ma vie, et je n'avais plus qu'une hâte : me débarrasser d'elle. J'ai essayé d'être subtil, je lui ai dit que nous devrions peut-être calmer le jeu pendant quelque temps.

— Qu'a-t-elle répondu à cela ?

— Elle a dit que c'était une bonne idée, que depuis que je l'avais demandée en mariage ce n'était plus drôle du tout, de toute façon.

— Eh bien ! C'est un peu méchant…

— Tricia veut seulement s'amuser, et vivre près de son père.

— Alors, cela s'est terminé comme ça ?

— Oui. Cela m'a vraiment déprimé, mais pas pour les raisons que ma famille imagine. Elle ne m'a pas brisé le cœur, comme tout le monde semble le croire. J'étais soulagé que cela se termine sans esclandre, mais toutes les questions que je me posais sur mon travail, sur ma vie, me tourmentaient plus que jamais. Je me suis aperçu que je n'avais pas la moindre idée de ce que je voulais vraiment. Je savais seulement que je ne voulais plus de la vie que j'avais. J'ai traversé une période très dure.

— Tu as fait une dépression ?

— Je ne sais pas si on peut appeler ça comme ça… Disons que je n'avais plus de goût à rien. J'étais tellement démoralisé que je n'ai pas assisté au mariage de Jackson et de Laila. Je le regrette amèrement. C'est aussi à ce moment-là que j'ai donné ma démission. Je me désintéressais de toutes les choses que j'aimais, avant…

— Comme… les aventures d'un soir ?

— Oui. Tu te rends compte ? Même le sexe ne m'intéressait plus.

Elle sourit.

— Tu n'avais pas l'air de t'ennuyer, cette nuit…

Il admira ses grands yeux noisette, ses lèvres pulpeuses, les reflets cannelle de ses cheveux épais.

— Non… Mon intérêt pour le sexe a enfin resurgi. C'est un miracle. C'est arrivé il y a à peu près une semaine, le jour où je t'ai rencontrée.

Elle le regarda d'un air entendu.

— Oh ! je t'en prie ! Ce jour-là, tu m'as dit que tu voulais seulement que nous soyons amis.

— Non, j'ai dit que *j'adorerais* que nous soyons amis, et que j'acceptais l'idée que tu ne coucherais pas avec moi. Cela ne veut pas dire que je n'en avais pas envie, j'en ai eu envie dès que je t'ai vue. C'était un moment magique, pour moi… Cela fait six mois que j'ai rompu avec Tricia, et depuis je n'étais sorti avec aucune femme, je n'avais *désiré* aucune femme.

— Tu me fais marcher, n'est-ce pas ? Pour m'inciter à accepter ta proposition insensée… Tu vas bientôt me dire que tu as eu le coup de foudre dès que tu m'as vue !

Il leva une main, comme s'il prêtait serment.

— Non, non, je te l'ai déjà dit : je ne connais rien à l'amour, et j'ai accepté cette dure réalité. Je préfère ne pas parler d'amour, le sujet me rend nerveux. Tu vois ce que je veux dire ? Je n'y comprends rien.

Elle l'observa attentivement pendant quelques secondes.

— Alors, en fait, ce que tu me proposes est un arrangement pratique ?

Il voyait bien qu'elle commençait à être intéressée. Il s'efforça de ne pas paraître trop sûr de lui, mais ne parvint pas à cacher son excitation.

— C'est ça, exactement ! Nous formerions une équipe, toi et moi. Nous mettrions nos expériences et nos ressources en commun, nous fonderions une famille…

— Attends un peu. Tu veux fonder une famille ?

— C'est ce que je viens de dire.

— Non, tu sous-entendais que *je* voulais une famille et que tu étais prêt à m'aider à en avoir une.

— Dans ce cas, je vais m'exprimer autrement : je *veux* fonder une famille, avec toi. Tu te souviens de la fois où tu m'as parlé de la vie dont tu rêvais ?

— Oui… C'était horriblement embarrassant.

— Pourquoi ? demanda-t-il, perplexe.

— Eh bien, parce que je t'ai avoué que j'avais envisagé de reprendre Kenny, alors qu'il m'avait trompée…

— Mais je t'ai déjà dit que je comprenais. Tu avais un rêve, c'était dur d'y renoncer.

L'expression de Joss s'adoucit.

— C'est vrai, tu as dit que tu me comprenais.

— Ce que j'essaie de te dire, c'est que, quand tu m'as décrit ta vie idéale, j'ai pensé que cela me plairait *vraiment*, que ce serait merveilleux d'être père, d'être marié à une femme comme toi, d'avoir une grande maison et plein d'enfants… J'ai pris conscience de quelque chose : j'en ai assez d'être célibataire, je veux le genre de vie que tu m'as décrite. Il m'a fallu du temps pour l'admettre, et c'est sans doute ce qui m'a tant tracassé ces derniers mois. Mais je suis prêt, à présent. Je te le promets, Joss. Je veux une grande famille.

Une lueur intense passa dans les yeux de Joss.

— Mais c'est insensé…

— Au contraire, c'est tout à fait raisonnable de se marier parce qu'on attend la même chose de la vie, parce qu'on va parfaitement bien ensemble.

Elle prit sa tasse de café, mais la reposa sans avoir bu.

— Et si nous faisions ça, *quand* le ferions-nous ?

— Quand est-ce que nous nous marierons, tu veux dire ?

Elle paraissait un peu fébrile.

— Oui… Je voudrais un vrai mariage, tu comprends ? Je voudrais pouvoir mettre ma robe.

Il jeta un coup d'œil méfiant à la robe blanche posée sur la valise.

— Cette robe-là ?

Elle se mordit la lèvre inférieure.

— Ce serait vulgaire, hein ? De me marier avec toi dans la robe que j'avais choisie pour épouser Kenny ?

Cela le contrariait un peu mais, après tout, quelle importance ? Ce n'était qu'une robe, et si Joss l'aimait tant, pourquoi pas ?

— Si tu as envie de la mettre, mets-la !

— Jace… Tu es sûr ?

Il réprima le sentiment de gêne qu'il éprouvait à l'idée de la voir remonter l'allée centrale dans cette robe.

— Absolument. Tu mettras ta robe, et nous nous marierons ici, au Thunder Canyon Resort, le dernier samedi du mois.

— De ce mois-*ci* ?

— Oui. Je sais que c'est rapide, mais pourquoi pas ? D'ici là, nous organiserons une réception pour nos familles respectives et nos amis.

Elle se leva d'un bond et se rua dans la chambre. Il la regarda, trop surpris pour lui demander ce qu'elle faisait. Quelques instants plus tard, elle réapparaissait avec son téléphone portable. Elle appuya sur plusieurs touches.

— Le dernier samedi du mois… Le 28 ?

— Oui, ça doit être ça.

Elle reporta son attention sur son téléphone.

— C'est dans trois semaines. C'est juste.

— Joss…

— Hmm ?

— Ça veut dire oui ?

Elle posa les yeux sur lui.

— C'est insensé, je l'ai déjà dit ?

— Plusieurs fois.

— Ça veut dire oui ? demanda-t-il en se levant à son tour.

Elle fronça légèrement les sourcils.

— Ce serait un *vrai* mariage ? Nous nous engagerions à tout faire pour que ça marche ?

Il soutint son regard sans ciller.

— C'est l'idée.

— Tu me serais toujours fidèle ?

Elle eut soudain les larmes aux yeux. Il savait qu'elle pensait à ce sale type de Kenny, à ce qu'il lui avait fait endurer.

— Oui, répondit-il. Je te le promets. Dis oui…

Elle refoula ses larmes d'un battement de cils.

— Oh ! Jace… Nous ne nous connaissons que depuis une semaine ! Il y a quinze jours, je devais épouser un autre homme.

— Nous en avons déjà parlé.

— Oui, mais…

— Stop !

Elle cligna les yeux, visiblement décontenancée.

— Quoi ?

— Tu viens juste de dire *oui*. C'est le mot que je veux entendre. Répète-le, sans le *mais*.

— Mon Dieu, ma mère va devenir folle !

— Joss, je suis sérieux. Oui ou…

Elle poussa un petit cri et posa un doigt sur ses lèvres pour le faire taire.

— Chut ! Attends.

Il laissa échapper un gémissement plaintif, mais attendit sans rien dire. Enfin, elle s'éclaircit la voix.

— C'est complètement insensé, et je n'arrive pas à croire ce que je suis sur le point de dire, mais… oui, Jace. Oui, oui, oui !

- 11 -

Dès que Joss eut dit *oui*, Jace la prit dans ses bras pour l'emmener dans la chambre.

— Tu as besoin de repos, dit-il d'une voix rauque.

Elle rit. Il avait visiblement autre chose en tête.

Il se mit en effet à l'embrasser et, bien sûr, elle lui rendit son baiser avec passion. Faire l'amour avec Jace était tellement plus agréable que se reposer !

Ils restèrent au lit jusqu'à environ 11 heures, puis elle appela la réception et demanda à prolonger son séjour. Le réceptionniste lui dit que la suite était à elle jusqu'au jeudi, mais qu'elle devrait ensuite changer de chambre.

Elle raccrocha et se tourna vers Jace.

— Bon ! Et maintenant ?

Il était encore allongé, appuyé sur un coude, terriblement viril et séduisant.

— Nous devons essayer de trouver une salle de réception pour le mariage.

Ils prirent une douche, s'habillèrent, et descendirent à la réception, où le directeur les aida bien volontiers. Par chance, une des deux salles de bal était libre, et ils s'empressèrent donc de la réserver.

Le directeur leur assura qu'il serait facile de préparer la salle pour la cérémonie, puis de faire venir du personnel pour ajouter des tables et tout réorganiser pour la réception. Cependant, cela leur parut un peu compliqué. Devraient-ils demander aux invités de s'en aller et de revenir plus tard ?

— Nous pourrions peut-être demander à DJ s'il est possible de donner la réception au Rib Shack, dit Jace. Si l'atmosphère informelle ne te dérange pas, bien entendu.

Joss sourit.

— Nous nous sommes donné notre premier rendez-vous au Rib Shack… en quelque sorte. Tu te souviens ?

— Comment pourrais-je l'oublier ? répondit-il en riant. Cela fait une semaine !

— Ça me plaît.

— Que ça ne fasse qu'une semaine ?

— Non, que nous nous soyons rencontrés au Rib Shack… C'est l'endroit idéal pour donner notre réception, parce que c'est un lieu symbolique, pour nous.

Il prit un air faussement inquiet.

— Je suis nerveux quand une femme se met à parler de symboles.

Elle lui donna un petit coup de coude.

— Remets-toi ! Et disons que ce serait surtout plus… pratique.

Il fit mine d'être soulagé.

— C'est ce qui m'intéresse : l'aspect pratique.

— J'ai bien compris. Où en étais-je ? Ah, oui… Nous pourrions décorer la salle pour la cérémonie, et emmener ensuite nos invités au Rib Shack pour la réception.

— Parfait ! Je vais en parler à DJ.

Ils décidèrent aussi de s'entretenir avec Shane Roarke,

le nouveau chef du Gallatin Room, pour élaborer un menu spécial pour le dîner.

— Nous pourrions le mettre en relation avec Grant Clifton, le chef du Rib Shack, fit Jace.

— Pourquoi pas, répondit Joss, mais je ne suis pas sûre que les deux chefs accepteront de travailler ensemble…

Ils déjeunèrent au Rib Shack, puis allèrent à Bozeman pour déposer la voiture de location de Joss à l'aéroport. Jace insista ensuite pour qu'ils passent à la bijouterie pour choisir une bague de fiançailles. Ce ne fut pas difficile : ils eurent un coup de cœur pour un solitaire enchâssé dans un anneau en platine. Joss eut le souffle coupé en voyant le prix, mais Jace la lui fit essayer et, bien sûr, il décréta qu'elle était faite pour elle. Il tendit sa carte de crédit au vendeur et l'acheta, ainsi que les alliances assorties, des anneaux de platine incrustés de petits diamants.

De retour à Thunder Canyon, ils se rendirent chez Jackson et Laila, pour leur annoncer la nouvelle de leurs fiançailles. Le hasard voulut que DJ et Allaire, Ethan et Lizzie, Corey et Erin soient là, ainsi que les sœurs célibataires de Laila.

Ils accueillirent tous la nouvelle avec joie, les félicitèrent chaleureusement, et se réjouirent de voir Joss intégrer la famille. Elle exhiba fièrement sa bague de fiançailles, et tout le monde s'extasia.

Cependant, Joss se sentait un peu coupable. Tout le monde semblait penser que Jace et elle étaient follement amoureux.

Mais cela avait-il de l'importance ?

Ce qu'il y avait entre Jace et elle était merveilleux,

ils auraient une belle vie, ensemble, la vie dont ils rêvaient tous les deux.

DJ leur dit qu'il serait honoré qu'ils donnent leur réception au Rib Shack, et qu'il veillerait à ce que ses employés fassent de leur mieux pour assister Shane Roarke si celui-ci acceptait d'élaborer le menu du dîner. Quant à Lizzie, elle insista pour faire elle-même leur gâteau de mariage.

Ce fut bientôt l'heure du dîner. Laila les invita tous à rester : elle avait fait cuire deux rôtis, il y en avait bien assez pour tout le monde. Après le repas, ils prirent le café et mangèrent un morceau de la tarte à la fraise et à la rhubarbe que Lizzie avait faite.

Joss savoura chaque instant de la soirée. Elle avait peine à croire qu'elle allait épouser Jace, mais elle s'habituerait bien volontiers à la compagnie de ses proches, qui se comportaient avec elle comme si elle faisait déjà partie de la famille.

Avant de partir, Jace monta chercher ses affaires : à partir de maintenant, il resterait avec elle. Il remercia son frère et sa belle-sœur pour leur hospitalité. Jackson le prit dans ses bras et lui répéta qu'il était heureux pour eux, puis ils s'en allèrent et regagnèrent l'hôtel.

Joss était maintenant blottie contre Jace. Ils venaient de faire l'amour et, la tête posée sur son torse, elle s'endormait lentement, comblée.

Elle sursauta quand la sonnerie du téléphone retentit. Jace passa un bras autour d'elle pour la retenir.

— Ne décroche pas…

Elle lui déposa un baiser sur la joue.

— Je suis obligée.

— Non, tu n'es pas obligée.

— Si, je t'assure ! Je ne peux pas m'en empêcher : si le téléphone sonne, je réponds.

Il rit et la relâcha.

— Allô ?

— Je t'ai appelée deux fois sur ton portable, dit Kenny d'un ton accusateur. Tu n'écoutes pas tes messages ?

Elle s'assit.

— Laisse-moi tranquille, Kenny.

Jace se redressa, lui aussi. Il n'avait pas l'air content.

— Cet imbécile ne comprend donc pas ?

— Qui est-ce ? demanda Kenny. J'ai entendu une voix d'homme.

— Dis-lui d'aller au diable, lança Jace d'un ton catégorique.

Elle lui posa un doigt sur les lèvres pour le faire taire. Il lui embrassa le bout du doigt.

— Dis-lui, murmura-t-il.

— Tu es avec un homme ! s'écria Kenny, indigné. Dans ta *chambre* ? Jocelyn, qu'est ce qui t'arrive ? Pourquoi y a-t-il un homme dans ta chambre ? Pourquoi n'es-tu pas rentrée ? Tu as raté ton avion, c'est ça ?

Il poussa un profond soupir.

— C'est ridicule. J'en ai assez. Je croyais que, si je… cédais à tes caprices, tu finirais par revenir à la raison, mais cette fois c'est trop. Je vais appeler ma banque et faire opposition sur ma carte de crédit.

— Vas-y, j'ai déjà payé ma note, de toute façon.

— Comment ça ? Je refuse, tu m'entends ? Je ne paierai pas ta facture pour que tu invites un homme dans ta chambre ! Je vais appeler la banque tout de suite et…

— Je n'ai pas utilisé ta carte de crédit.

— Quoi ? Mais…

— Je ne pouvais pas supporter l'idée de prendre ton argent, finalement.

Kenny émit un grognement railleur. Au même moment, Jace lui saisit le poignet et lui embrassa les doigts un à un. Elle eut un petit rire et lui dit d'arrêter en remuant les lèvres silencieusement. Il secoua la tête et continua.

— Qu'est-ce qui se passe, Joss ? demanda Kenny. Est-ce que tu fais une sorte de dépression ? Je ne comprends pas.

— Ce qui se passe, Kenny, c'est que j'ai rencontré quelqu'un.

Jace eut un sourire extraordinairement séduisant.

— Quoi ? hurla Kenny.

— J'ai dit : j'ai rencontré quelqu'un. C'est un homme merveilleux, il m'a demandé de l'épouser, et c'est exactement ce que je vais faire.

— Tu ne peux pas faire ça, Joss, c'est complètement insensé !

Peut-être… Mais elle s'en moquait.

— Ton avis n'a plus la moindre importance pour moi, Kenny. Je vais me marier, le 28 à 17 heures, ici, au Thunder Canyon Resort, et je vais m'installer dans cette charmante petite ville avec mon mari. Nous allons acheter un restaurant, que nous dirigerons ensemble.

— Attends… Non ! Tu inventes tout. Rentre à la maison, nous discuterons, nous…

— Tu ne m'écoutes pas, Kenny. Cela fait deux ans

que tu ne m'écoutes pas. Je *suis* à la maison, c'est *ici* que je vis, maintenant. Je ne reviendrai pas en Californie, si ce n'est pour récupérer mes affaires et rendre visite à ma mère, de temps en temps.

— Joss, je t'en prie…

— Non. Ça suffit, laisse-moi tranquille. Ne m'appelle plus. Au revoir.

— Joss, attends, ne…

Elle raccrocha, puis elle se couvrit le visage des deux mains en poussant un gémissement plaintif. Jace lui caressa l'épaule avec douceur.

— Hé…

Elle écarta ses doigts pour le voir.

— C'était horrible… N'essaie même pas de me remonter le moral !

Pour toute réponse, il la prit dans ses bras et la serra contre lui. Elle se laissa aller, appuyant sa tête sur son épaule, et il lui caressa doucement les cheveux. Elle était tellement bien quand elle sentait son corps chaud et musclé tout contre le sien…

— Ça me rappelle qu'il faut que j'appelle ma mère…, fit-elle, brusquement épuisée.

— Tu le feras demain matin.

Elle eut un rire nerveux.

— Ou peut-être jamais…

— Tu es fatiguée… Après une bonne nuit de sommeil, tu te sentiras beaucoup mieux.

— Pourquoi es-tu aussi optimiste, tout à coup ?

Il rit.

— Tout va s'arranger, tu verras.

Vraiment ? Elle l'espérait de tout son cœur, car trois semaines plus tard elle serait mariée à cet homme merveilleux qu'elle venait de rencontrer. Certes, elle fonçait tête baissée. Pourtant, elle n'avait pas du tout l'intention de revenir sur sa décision, et si c'était de la folie, tant pis ! Elle voulait *vraiment* se marier avec Jace.

Elle soupira.

— C'est juste que nous avons tant de choses à faire...

Il prit une mèche de ses cheveux et l'enroula autour de son doigt.

— Nous avons tout le temps...

En dépit des paroles rassurantes de Jace, ses pensées se bousculaient dans sa tête.

— Tu sais, je me disais que nous allions avoir besoin d'un endroit où vivre, en attendant d'avoir trouvé la maison idéale.

— Nous pourrions très bien rester ici...

Sa voix s'était faite un peu rauque, et elle perçut dans ses yeux une lueur de désir. Elle se troubla malgré son anxiété. Renversant la tête en arrière, elle lui déposa un baiser dans le cou.

— Non, nous ne pouvons pas rester ici.

— Pourquoi pas ?

— Parce que c'est horriblement cher ! Et puis, la suite est prise à partir de jeudi, tu te souviens ?

— Nous prendrons une autre chambre...

Elle lui prit le visage au creux des mains.

— Il reste trois semaines d'ici le mariage, Jace, et nous allons peut-être mettre des mois à trouver une maison. Nous n'allons pas passer tout ce temps ici, au prix où sont les chambres !

— Tu mérites ce qu'il y a de mieux.

— J'aime la façon dont tu dis ça, lui murmura-t-elle à l'oreille, mais il doit bien y avoir une autre solution…

— Je vais y réfléchir, d'accord ? Mais pour l'instant tu ferais mieux de m'embrasser.

Elle lui mordilla le lobe de l'oreille.

— Je sais ce que tu veux…

— Embrasse-moi.

— Je croyais que j'avais besoin de sommeil.

— Embrasse-moi, dit-il d'un ton bourru, et après tu pourras dormir.

Elle lui déposa un baiser sur les lèvres, un baiser qui, bien sûr, entraîna d'autres baisers qui, à leur tour, entraînèrent de torrides ébats.

Ils finirent néanmoins par s'endormir. Hélas, à 6 heures du matin, le téléphone se remit à sonner.

— Ne décroche pas, grommela Jace.

Elle décrocha machinalement, encore à moitié endormie.

— Allô ? marmonna-t-elle.

— Je viens de parler à Kenny, dit sa mère sans préambule. Il est bouleversé. Il ne voulait pas me mêler à tout ça, mais que pouvait-il faire d'autre ? Il n'a pas dormi de la nuit après t'avoir eue au téléphone, et il n'a pas pu s'empêcher de m'appeler. Jocelyn Marie, tu as brisé le cœur d'un homme bien ! Comment as-tu pu faire une chose pareille ? Qu'est-ce qui t'arrive ? Tu as perdu la tête ?

Joss se redressa et s'adossa à l'oreiller. Elle devait avoir une expression désemparée, car Jace, maintenant tout à fait réveillé, la regardait d'un air inquiet, les sourcils froncés.

Elle posa une main sur le combiné et chuchota :

— C'est ma mère.

Il soupira.

— Tu veux que je lui parle ?

— Non, surtout pas…

— Allô, Jocelyn ? Tu es là ? lui demanda sa mère. Tu m'entends ?

— Oui, je t'entends.

— Je t'ai posé plusieurs questions, tu n'as répondu à aucune d'entre elles.

— Oui, eh bien, je ne sais pas par où commencer, maman.

— Commence par me rassurer, dis-moi que tout cela n'est qu'un regrettable malentendu. Dis-moi que tu ne vas pas épouser un illustre inconnu.

Le souffle court, Joss accepta avec gratitude la main que Jace lui tendait.

— Jocelyn, tu veux bien me répondre, s'il te plaît ?

— Oui, maman. Non, je ne vais pas épouser un illustre inconnu. Je vais épouser Jason Traub, un homme merveilleux. Nous allons acheter un restaurant ensemble et nous installer ici, dans le Montana.

— Alors tout ce que ce pauvre Kenny m'a dit était vrai ! s'écria sa mère, manifestement outrée. C'est de la folie, tu as complètement perdu la tête ! Maintenant, écoute-moi…

— Maman, je…

— Jocelyn, je t'en supplie. Fais tes valises et rentre à la maison, aujourd'hui, *maintenant*. Appelle-moi dès que tu auras les références de ton vol, je t'attendrai à l'aéroport. Nous pourrons…

— Non ! l'interrompit Joss d'une voix forte.

— Comment ?

— Non, maman. Je vais me marier, ici, à Thunder Canyon, le 28 juillet. J'espère que tu viendras, mais si tu ne viens pas, eh bien, ce sera ta décision.

Sa mère émit un grognement railleur.

— C'est ridicule ! Impossible ! Ça n'a aucun sens…

— Je regrette que ce soit ce que tu penses, maman. Je regrette que nous n'arrivions pas à avoir la moindre conversation constructive, ces derniers temps. Le mariage aura lieu ici, au Thunder Canyon Resort, à 17 heures, et ensuite il y aura une réception au Rib Shack. Je t'aime, et j'espère que tu viendras. Au revoir.

Sans attendre de réponse, elle raccrocha.

— Oh ! mon Dieu…

— Viens, murmura Jace en la serrant contre lui.

Elle se cramponna à lui.

— Pourquoi est-ce que ma mère ne peut pas se comporter normalement ?

Il lui embrassa le front.

— Elle finira par se faire une raison.

— Je l'espère de tout cœur… Elle n'est pas si méchante que ça, tu sais ?

— Je sais, répondit-il avec douceur.

— Elle m'aime, et je pense qu'elle croit sincèrement faire ce qu'il faut. Elle reste persuadée que Kenny est le prince charmant, et que je dois être en train de devenir folle pour l'abandonner. Je ne sais vraiment pas comment lui faire comprendre qu'elle se trompe.

Il lui fit relever la tête et lui déposa un baiser sur les lèvres.

— Je connais un endroit où nous pourrons faire imprimer des cartons d'invitation. Nous nous en occuperons tout à l'heure, et nous en enverrons un à ta mère.

— Tu crois que le simple fait de lui envoyer une invitation changera quoi que ce soit ? Franchement, je ne vois pas comment…

Il l'embrassa de nouveau.

— Je crois seulement que ce serait une bonne chose de lui rappeler que nous espérons la voir à notre mariage. Quand elle recevra l'invitation, elle aura eu quelques jours pour y réfléchir, et elle se sera sans doute rendu compte qu'elle a été un peu dure. Elle sera heureuse pour toi, et elle voudra faire la paix.

— Si seulement tu pouvais avoir raison…

Il lui caressa les cheveux avec tendresse. Un peu rassérénée, elle se blottit tout contre lui, savourant la chaleur qui émanait de son corps, la sensation de ses bras musclés autour d'elle, son parfum enivrant, qui parvenait à la troubler et à la réconforter à la fois…

— Tu veux essayer de te rendormir ?

— Je n'y arriverai jamais, je suis trop chamboulée.

— Très bien, dans ce cas, allons prendre le petit déjeuner.

Tout en se régalant d'œufs et de bacon au Grubstake, ils planifièrent leur journée. Celle-ci s'annonçait chargée.

Ils allèrent d'abord choisir des cartons d'invitation sobres et élégants. Puis ils se rendirent à la boulangerie de Lizzie. Melba en sortait justement. Elle les gronda gentiment de ne pas être allés à l'église, puis les félicita pour leurs fiançailles.

— Lizzie m'a annoncé la nouvelle, je suis très heureuse pour vous !

Elle les embrassa tous les deux, à commencer par Jace.

— Je suis ravie que vous vous installiez à Thunder Canyon ! dit-elle en le serrant contre son imposante poitrine.

— Merci, Melba, répondit Jace quand elle l'eut relâché.

Elle prit ensuite Joss dans ses bras.

— Vous allez être très heureux, ici ! Et nous avons bien besoin de jeunes gens, dans cette ville, ajouta-t-elle en desserrant son étreinte. Après tout, la jeunesse, c'est l'avenir !

— Tout à fait, acquiesça Joss. Vous allez bientôt recevoir une invitation, j'espère que vous serez des nôtres.

— Je ne raterai cet événement pour rien au monde ! conclut-elle en les saluant.

Dans la boutique, ils commandèrent alors deux grands cafés, et choisirent leur gâteau de mariage.

— L'appartement au-dessus de la boulangerie est libre, leur apprit Lizzie. Vous pourriez l'occuper en attendant de trouver une maison. Venez, je vais vous faire visiter.

L'appartement disposait de deux chambres et était charmant, entièrement meublé. Il y avait même du linge de maison, de la vaisselle, et tous les ustensiles de cuisine imaginables.

— J'ai habité ici pendant quelque temps avant d'épouser Ethan, expliqua Lizzie. C'est dans le même état que quand je suis partie ! J'ai pensé faire un vide-grenier pour me débarrasser d'une partie de mes affaires et mettre l'appartement en location, mais j'ai renoncé : c'est pratique d'avoir un pied-à-terre quand des proches viennent nous rendre visite…

— J'adore cet appartement, lui dit Joss, il est parfait !

Jace sortit son chéquier de sa poche, mais elle lui fit signe de le ranger. Il la regarda d'un œil noir.

— Laisse-moi au moins payer ça, dit-elle sans se laisser décontenancer. S'il te plaît.

Il la prit par la taille, et ils échangèrent un rapide baiser.

— Il n'est pas question que vous me payiez, trancha Lizzie. Vous êtes de la famille ! J'ai un commerce qui marche, et un mari très riche, je n'ai pas besoin d'argent. Prenez soin de mon joli petit appartement, c'est tout ce que je vous demande.

Ils lui en firent la promesse. Ils restèrent un moment à discuter, tous les trois, dans le salon lumineux qui donnait sur Main Street. Jace fit part à Lizzie de leur projet de racheter le Hitching Post.

Jace et Joss allèrent ensuite au palais de justice pour faire publier les bans. La procédure était assez simple.

Dans l'après-midi, ils rencontrèrent l'agent immobilier, Milo Quinn. Il était grand, avait les cheveux blancs, et portait un pantalon marron, une veste sport et des santiags. Il leur donna rendez-vous le lendemain pour visiter le Hitching Post, ainsi que plusieurs maisons.

Ils retournèrent ensuite au Thunder Canyon Resort et y trouvèrent Grant, qui les félicita en apprenant leur mariage imminent. D'après lui, Shane Roarke serait ravi de s'occuper du dîner de leur réception. Il les emmena voir le chef qui, effectivement, accepta bien volontiers, et leur donna rendez-vous le mercredi matin pour élaborer un menu.

Le mardi matin, ils se levèrent de bonne heure, prirent un petit déjeuner rapide et retrouvèrent Milo Quinn au Hitching Post.

L'endroit plut à Joss dès qu'elle en eut franchi la porte. Il était aussi rustique à l'intérieur que du dehors, et avait un petit air d'autrefois, avec sa salle de restaurant d'un côté et son bar de l'autre. Il y avait même une piste de danse et une petite scène. Il n'y avait rien d'étonnant à ce que ce soit le lieu de rendez-vous des habitants du coin. Si Jace et elle proposaient un bon menu et si le service était bon, l'affaire ne pourrait que marcher…

Jace sembla soulagé de voir que la photo de Lily Divine était encore accrochée au-dessus du bar, et Milo Quinn leur assura que la photographie et tout le mobilier seraient compris dans le prix, somme toute très raisonnable. Apparemment, la fille de Lance O'Doherty avait hâte de vendre.

La cuisine, bien qu'un peu démodée, était entièrement équipée. A l'arrière du restaurant, il y avait un long couloir, qui donnait sur les toilettes, et sur trois salles plus petites, utilisées pour des soirées privées. Il y aurait de petits travaux de rénovation à faire, dans la cuisine et les toilettes. Le bar et le restaurant auraient, quant à eux, seulement besoin d'être nettoyés à fond. Ils devraient rafraîchir le tout, en préservant le charme désuet du lieu, pour le rendre encore plus accueillant.

Ils déjeunèrent avec Milo Quinn, puis celui-ci les emmena voir trois propriétés entourées de grands terrains. Cependant, aucune ne correspondait vraiment à ce qu'ils recherchaient.

Le soir même, ils dînèrent au Gallatin Room avec

Lizzie et Ethan. Tout en savourant de délicieux filets de bœuf accompagnés de pommes de terre à l'ail et d'épinards au curry, ils discutèrent de leur projet.

Shane Roarke sortit des cuisines, tandis qu'ils mangeaient leur dessert, un succulent gâteau à la carotte accompagné d'une crème glacée aux pois de senteur et nappé d'une sauce au caramel et à la lavande. Il vint les saluer, et Jason lui présenta Lizzie et Ethan.

— Il me rappelle quelqu'un…, fit Ethan quand le chef se fut éloigné.

Joss et Jason échangèrent un regard complice.

— Nous avons eu la même impression quand nous l'avons rencontré, dit-elle, mais nous n'arrivons toujours pas à savoir à *qui* il nous fait penser.

Le lendemain matin, lors de leur rendez-vous avec Shane, ils décidèrent d'opter pour un buffet dînatoire, le soir de la réception.

Ils allèrent ensuite voir Milo Quinn et, après une longue discussion, firent une offre pour le Hitching Post.

Dès qu'ils eurent signé l'offre, ils passèrent prendre les faire-part qu'ils avaient commandés, puis retournèrent à l'hôtel, où ils passèrent plusieurs heures à inscrire les adresses de leurs invités sur des enveloppes et à coller des timbres. Joss ajouta un petit mot à l'invitation qu'elle allait envoyer à sa mère, pour lui dire que Jace et elle avaient trouvé un appartement où ils logeraient en attendant d'acheter une maison. Elle lui donna l'adresse et le numéro de téléphone, même si elle ne s'attendait pas vraiment à ce que sa mère lui donne des nouvelles. A vrai dire, elle ne s'attendait même pas à ce qu'elle vienne au mariage…

Chaque fois qu'elle pensait à sa mère, Joss se sentait

profondément abattue. Une faille s'était creusée entre elles, à cause de cet imbécile de Kenny Donovan. Et, si elle appréciait l'optimisme de Jace, elle doutait que sa mère ait envie de se réconcilier avec elle dans un avenir proche.

— Eh bien, en voilà un soupir triste ! fit Jace en levant les yeux vers elle.

Elle grimaça.

— Je pensais à ma mère…

Il posa sa main sur la sienne.

— Elle finira par changer d'avis, tu verras.

Elle entrelaça ses doigts aux siens et se pencha par-dessus la table pour l'embrasser tendrement.

Plus tard, ils déposèrent tous les faire-part à la réception, et le réceptionniste leur promit qu'ils partiraient avec la levée du matin. De retour dans leur suite, ils appelèrent le garçon d'étage pour demander à ce qu'on leur monte à manger.

C'était leur dernière nuit dans l'immense lit de la suite nuptiale… Ils en profitèrent, passant des heures à faire l'amour voluptueusement.

Comme toujours, ce fut merveilleux… En fait, c'était même de mieux en mieux.

Mieux que jamais, songea Joss, assise sur Jace, les jambes enroulées autour de sa taille. Avant de le rencontrer, elle n'aurait jamais imaginé que cela pût être aussi bon…

Grant leur avait dit qu'ils n'étaient pas obligés de libérer la suite avant midi. Ils restèrent donc au lit un peu plus tard que d'habitude, le jeudi matin.

A 9 h 30, alors qu'ils somnolaient paresseusement, le téléphone sonna.

— Ne décroche pas, dit Jace, comme toujours.

Mais elle fit ce qu'elle faisait toujours.

— Allô ?

— Jocelyn ?

Elle se redressa brusquement. Jace l'imita.

— Qu'est-ce que…

— C'est Milo, chuchota-t-elle, surexcitée.

Elle s'éclaircit la voix.

— Bonjour, Milo, dit-elle aussi calmement que possible. Quelles nouvelles ?

— Vous êtes les heureux propriétaires du Hitching Post !

Elle poussa un cri de joie.

— Passe-le-moi, fit Jace en lui prenant le téléphone des mains. Bonjour, Milo…

L'agent immobilier dit quelque chose à Jace, qui répondit :

— Parfait, nous serons là.

Il reposa le combiné et se tourna vers elle.

— Alors ?

— Nous avons rendez-vous avec lui aujourd'hui même pour signer. Si tout se passe bien, nous devrions avoir les clés aux alentours du 15 août.

— Si tôt que ça !

— Oui… Dans un peu plus d'un mois.

L'espace d'un instant, elle resta bouche bée, le cœur battant la chamade.

— Nous avons réussi, Jace… Nous allons *vraiment* être propriétaires d'un restaurant !

Il rit.

— Sans blague !

Elle se pencha vers lui et lui déposa un baiser sonore sur la joue. Il tenta de la prendre dans ses bras, mais elle se déroba en riant.

— Reviens ici tout de suite, gronda-t-il.

— Non ! Je ne peux pas rester en place dans un moment pareil !

Elle repoussa les couvertures et se leva d'un bond. Il fit un mouvement pour la suivre, mais se ravisa et se laissa aller en arrière sur les oreillers, les mains jointes derrière la tête. Il affichait un grand sourire, vraisemblablement parce qu'elle était toute nue.

— Très bien, comme tu voudras… Ça m'est égal, j'ai une belle vue, d'ici !

Elle poussa un autre cri de joie, prit son peignoir et l'enfila en hâte, puis elle se mit à courir dans la chambre en criant :

— Ça y est, ça y est, nous avons acheté le Hitching Post !

Il continuait à la regarder, rayonnant.

— Bon sang, Joss ! Tu pourrais manifester un peu d'enthousiasme ! fit-il d'un ton empreint d'ironie.

Elle éclata de rire, courut jusqu'au lit, prit un oreiller et lui en donna des coups sur la tête.

— C'est fabuleux ! Je n'arrive pas à y croire…

— Hé ! protesta-t-il en riant. Arrête !

Il lui arracha l'oreiller des mains et essaya de lui en donner un coup, mais elle l'esquiva au dernier moment.

— Tu m'as ratée ! Je suis bien trop rapide pour toi…

Il serra l'oreiller contre son torse musclé pour qu'elle ne le lui reprenne pas.

— C'en est fini de toi, ma jolie ! dit-il d'une voix mélodramatique.

— Ha, ha !

Son air faussement menaçant disparut, et il lui fit les yeux doux.

— Viens ici…

— Certainement pas !

Elle riait, surexcitée, quand, soudain, elle eut l'impression que son cœur s'arrêtait de battre. Le souffle coupé, elle s'immobilisa.

— Ça va, Joss ? demanda Jace, visiblement inquiet.

A vrai dire, cela allait *très bien*. Elle se remit à respirer normalement, son cœur se remit à marteler joyeusement dans sa poitrine. Et soudain tout ce qui les entourait lui parut plus beau, la pièce lui sembla rayonner d'une lueur dorée.

Elle était *heureuse*, merveilleusement, parfaitement heureuse. Elle n'avait jamais ressenti cela…

Des images affluaient à son esprit : son enfance solitaire, avec sa mère, courageuse et déterminée ; son adolescence, au cours de laquelle elle s'était toujours sentie en décalage par rapport aux autres ; plus tard, ses années d'études et son premier emploi dans la restauration, quand elle avait trouvé sa voie ; les années pendant lesquelles elle avait espéré rencontrer un homme bien, avec lequel fonder la famille dont elle avait toujours rêvé ; sa relation avec Kenny, qu'elle avait d'abord cru être l'homme de sa vie…

Elle repensa à sa vie avant de rencontrer Jace. Rien ne pouvait égaler les journées et les nuits passées en sa compagnie, rien n'avait été aussi intense que ce moment qu'elle était en train de vivre, ce moment *parfait*.

Sans réfléchir, elle donna libre cours à ses émotions :

— Je t'aime, Jason. Je t'aime tant ! Je n'aurais jamais cru pouvoir ressentir quelque chose d'aussi fort, je...

Elle s'interrompit, la gorge serrée. Il n'avait pas l'air content. Il paraissait... stupéfait, et *très* mal à l'aise.

Elle sentit ses joues s'empourprer.

— Oh ! fit-elle avec une grimace. Tu n'avais pas besoin d'autant d'informations, hein ?

Il avait été franc avec elle : il ne connaissait rien à l'amour et ne s'y intéressait pas. Il voulait seulement se ranger et fonder une famille, il tenait beaucoup à elle, mais pour lui l'amour n'entrait pas en ligne de compte.

Comment avait-il formulé cela, exactement ? « Je ne sais pas ce que c'est que l'amour, et il vaut bien mieux que je ne prétende pas le contraire... »

Gênée, elle se mordilla les lèvres. Qu'est-ce qui lui avait pris de lui dire qu'elle l'aimait ?

— Eh bien, c'est super, fit-il, affichant un sourire forcé et bien trop éclatant. Merci, Joss.

— *Merci ?*

— Joss...

— Je te dis que je t'aime et tu me réponds *merci* ?

— Joss...

Elle leva une main pour le faire taire.

— D'accord. C'était stupide, *vraiment* stupide.

Elle aurait dû s'attendre à ce qu'il ait cette réaction, elle s'y *serait* attendue si elle avait seulement eu la présence d'esprit de *réfléchir* avant de parler.

— Ecoute, Joss...

Il avait l'air embarrassé, complètement dépassé.

Quant à elle, elle avait la bouche toute sèche et l'impression que son cœur n'était plus qu'une coquille vide dans sa poitrine. Elle s'éclaircit la voix et, prenant sur elle, lui demanda :

— Alors… est-ce que ça a tout gâché, pour toi ? Tu veux faire marche arrière ? Si c'est le cas, j'aimerais le savoir maintenant.

— Faire marche arrière ?

Il semblait médusé, mais hélas il était toujours aussi séduisant. Il était bien trop beau…

— Tu n'as pas compris ma question ? demanda-t-elle prudemment.

Il repoussa les couvertures, s'apprêtant à se lever.

— Joss, je…

— Non, non, l'interrompit-elle, soutenant son regard avec une telle intensité qu'il se laissa retomber sur le lit. Est-ce que tu veux faire marche arrière ? Réponds simplement à cette question.

— Non.

— Non ? répéta-t-elle d'un ton interrogateur.

— Non. C'est ce que j'ai dit.

— *Non*, tu ne veux pas faire marche arrière ? Ou *non*, tu ne veux plus te marier avec moi ? Qu'est-ce que tu essaies de me dire, Jace ? Rends-moi service, sois franc avec moi.

— Je veux toujours me marier avec toi, et non, je ne veux pas faire marche arrière, dit-il, insistant sur chaque mot.

Elle éprouva aussitôt un immense soulagement. Bien sûr, ce sentiment était mêlé de tristesse et de honte, mais tout de même c'était mieux que rien.

— Tu es sincère ? C'est vrai, tu veux toujours te marier avec moi ?

Il hocha la tête.

— Oui. Oui, c'est ce que je veux. Toi et moi, la vie dont nous avons tous les deux envie… je veux tout ça.

Il se tut. Elle attendit et il finit par reprendre, d'une voix hésitante :

— C'est juste que, cette histoire d'amour…

— Arrête. Je ne veux pas l'entendre, honnêtement. Tu comprends ?

Il laissa échapper un long soupir.

— Bon… Eh bien, comme tu veux.

Elle croisa les bras sur sa poitrine, dans l'espoir de trouver en elle-même le réconfort qu'il ne pouvait lui apporter.

— Je n'aurais pas dû aborder le sujet, c'était… une erreur, je m'en rends compte. Je ne sais pas où j'avais la tête… Après tout, je connais ton point de vue sur la question. Ce n'est pas comme si tu ne m'avais pas prévenue dès le début, tu as été très clair.

— Joss…

Elle secoua la tête.

— Je suis sérieuse. Pourrions-nous simplement changer de sujet ?

Il parut soulagé. En fait, ils l'étaient tous les deux : lui parce qu'elle renonçait à parler d'amour, elle parce qu'il voulait toujours l'épouser.

Elle avait le cœur serré, et la chambre luxueuse, baignée d'une lumière dorée quelques instants plus tôt, lui paraissait maintenant beaucoup plus sombre.

— Joss, tu sais que je tiens à toi.

Elle détourna les yeux.

— Je t'en prie, arrête… Je t'ai dit que je comprenais. Il n'y a rien à ajouter.

— Bon sang, Joss…

Soudain, on frappa à la porte. Cette intrusion ne pouvait pas mieux tomber.

— Tu crois que c'est ta mère ? demanda Joss d'un ton morne.

Il se leva.

— J'espère que non, marmonna-t-il. Je vais lui dire de repasser plus tard.

— Non, j'y vais, fit-elle en resserrant la ceinture de son peignoir.

Jace la regarda du coin de l'œil, l'air soucieux. Eh bien, tant pis pour lui ! Elle n'avait pas besoin qu'il s'inquiète pour elle, plus maintenant.

Ils s'entendaient bien et savaient ce qu'ils voulaient… Cela suffisait à Jace, et il faudrait bien que cela lui suffise, à elle aussi.

Pour lui montrer que le chapitre était clos, elle sourit, puis elle tourna les talons et sortit de la chambre, refermant la porte derrière elle.

On frappait de nouveau quand elle arriva dans l'entrée. Elle passa une main dans ses cheveux ébouriffés, et jeta un coup d'œil dans le judas.

Son cœur fit un bond dans sa poitrine. Ce n'était pas la mère de Jace qui se tenait sur le seuil.

C'était sa mère à *elle*.

- 12 -

Joss poussa un gémissement plaintif. Elle n'avait *vraiment* pas envie d'ouvrir… Troublée, elle retourna dans la chambre.

Jace était assis sur le bord du lit, les sourcils légèrement froncés.

— Quoi ? demanda-t-il en se levant d'un bond. Qui est-ce ?

— Tu ferais mieux de t'habiller…

— Qu'est-ce qui se passe ?

— C'est ma mère.

— *Ta mère ?* Ici, à l'hôtel ?

Elle hocha la tête. A ce moment précis, sa mère frappa à la porte pour la troisième fois.

— Ça va aller…, fit Jace en s'approchant d'elle. Ça va aller.

Avant qu'elle n'ait eu le temps de reculer, il lui prit le visage au creux des mains.

— Eh bien, tant mieux, au moins l'un de nous deux le pense.

Elle s'efforça de retenir les larmes qui lui montaient aux yeux. La sensation des mains de Jace sur ses joues était toujours aussi agréable. C'était tellement injuste…

Soudain, il l'embrassa, avec tendresse, effleurant

seulement sa bouche du bout des lèvres. En dépit de tout, cela la réconforta.

— Allez, dit-il d'une voix douce, va lui ouvrir. Je vais m'habiller.

Elle eut un petit rire nerveux.

— Bonne idée ! Hum, que tu t'habilles, je veux dire…

Seigneur ! Elle perdait son sang-froid et parlait pour ne rien dire.

— Tu n'as pas à t'inquiéter. C'est une bonne chose que ta mère soit là.

— *Une bonne chose ?* Pourquoi, au juste ?

— Eh bien, parce que vous allez pouvoir vous expliquer, mettre à plat tout ce qui ne va pas.

— Mais je… Elle… Nous ne pouvons pas…

Elle se tut, incapable de former une phrase cohérente.

— Ça va aller, répéta-t-il. Va lui ouvrir.

Il la prit par les épaules, et la poussa doucement hors de la chambre. Alors, elle traversa le salon comme un automate. Dans l'entrée, elle retira la chaîne de sûreté, tira le verrou et ouvrit la porte.

— Bonjour, maman.

Sa mère avait avec elle deux grosses valises roulantes noires. Apparemment, elle avait l'intention de rester à Thunder Canyon un bon moment.

— Je… Je suis contente de te voir, dit Joss en se penchant pour l'embrasser.

Elle s'écarta ensuite pour la laisser passer. Jetant un coup d'œil méfiant autour d'elle, RaeEllen entra avec l'une de ses valises. Joss prit l'autre et referma la porte.

— C'est… une surprise, ajouta-t-elle.

Sa mère réajusta la lanière de son sac à main marron sur l'épaule de son blazer.

— Tu n'es même pas habillée ? A cette heure-là ? Il est 10 heures !

Joss s'efforça de garder le sourire.

— Viens dans le salon… Nous sommes très occupés. Il y a tant de choses à faire en si peu de temps !

Elle recommençait à parler pour ne rien dire, elle le savait, mais elle ne pouvait s'en empêcher.

— Nous venons d'apprendre que notre offre a été acceptée, nous sommes propriétaires d'un restaurant ! Nous sommes très excités à l'idée que nos projets…

— *Un restaurant ?* Tu as *acheté* un restaurant ?

— Oui ! Nous cherchons aussi une maison, et nous avons trouvé un endroit où nous loger en attendant. Nous avons envoyé les faire-part, et nous nous occupons de tout le reste : choisir le gâteau, élaborer le menu… Il y a une foule de choses à faire. Ce sera encore une journée chargée, aujourd'hui, car nous rendons la suite pour…

— *Nous ?* l'interrompit sa mère, les yeux écarquillés.

— Oui. Jason, mon fiancé, et moi. Nous devons libérer la suite avant midi, et ensuite nous irons nous installer dans un appartement en ville. Je t'ai envoyé un petit mot pour te le dire, avec le faire-part, mais tu ne l'as probablement pas encore reçu. Enfin ! Nous étions tous les deux épuisés à force de courir partout, alors nous avons décidé de nous accorder une petite grasse matinée…

Cramponnée à son sac à main, sa mère cligna les yeux plusieurs fois.

— Il est ici, dans cette suite, avec toi ?

— Oui. Il est dans la chambre, il s'habille.

— Oh ! Il s'habille… Tu essaies de me dire… que vous…

Joss en avait assez entendu.

— Je t'en prie, maman, arrête de te comporter comme la femme du pasteur dans un roman de Jane Austen ! Oui, Jace et moi allons nous marier, et nous vivons déjà ensemble. Tout se passe très bien entre nous.

Enfin, si l'on ne tient pas compte du fait que je l'aime et qu'il ne m'aime pas.

— Tout se passe très bien, répéta RaeEllen d'un ton qui indiquait que rien de tout cela ne lui semblait *bien*.

— Oui, c'est ce que je viens de dire. Nous sommes très heureux ensemble.

— Mais tu viens de le rencontrer, et il y a à peine trois semaines tu t'apprêtais à épouser Kenny, qui est profondément blessé par ton départ et qui veut seulement que tu lui donnes une chance de te rendre heureuse, de…

— Stop, maman dit Joss en levant une main. Nous n'arrêtons pas d'avoir la même conversation en boucle. Est-ce que nous pourrions éviter de ressasser des choses dont nous avons déjà discuté et sur lesquelles nous sommes apparemment incapables de tomber d'accord ?

Sa mère pinça les lèvres.

— Très bien, si tu veux.

Joss essaya d'ignorer son ton désapprobateur, et vibrant de colère.

— Merci.

Alors qu'elle resserrait la ceinture de sa robe de

chambre, sa mère écarquilla soudain les yeux, avant de lui saisir le poignet.

— Elle est magnifique, dit-elle, apparemment sincère, en observant sa bague de fiançailles.

Après tout, la situation n'était peut-être pas désespérée… Sa mère avait peut-être l'intention de faire de son mieux pour s'en accommoder.

— Oui, je l'adore !

RaeEllen leva de nouveau les yeux vers elle.

— On dirait une vraie.

Cette fois, c'en était trop. Joss retira vivement sa main de la sienne.

— Ecoute, maman, je sais que tu as fait une longue route, et j'aimerais pouvoir me réjouir de ta présence ici, mais j'en ai assez.

— Qu'est-ce que ça signifie ?

— Ça signifie que je ne vais pas rester là, sans rien faire, à te laisser me malmener. Je ne suis plus une petite fille, je suis une adulte, et j'ai bien l'intention de vivre ma vie comme je l'entends, ce que tu comprenais, autrefois. Alors, soit tu te comportes poliment et tu recommences à me traiter comme une adulte, soit tu reprends tes valises et tu fais demi-tour.

Sa mère semblait affligée.

— Mais je suis venue jusqu'ici en voiture ! Comme tu l'as dit toi-même, la route a été très longue, et je suis épuisée.

— Dans ce cas, tu ferais mieux d'arrêter tes remarques désobligeantes. Ou tu devras faire la route dans l'autre sens…

Sa mère prit un air offensé.

— Tu ne veux pas de moi ici ? C'est ce que tu essaies de me dire ?

Joss ne répondit pas. La vérité, c'était qu'elle voulait que sa mère reste *uniquement* si elle changeait d'attitude.

— C'est juste que… eh bien, j'ai pensé qu'il fallait que je vienne, reprit sa mère, d'une voix plus douce. J'ai pensé que nous devrions… nous réconcilier.

— C'est tout à ton honneur, maman.

Joss jeta un coup d'œil méfiant aux deux grosses valises et ajouta :

— Alors, tu pensais rester jusqu'au mariage ?

Sa mère hocha la tête.

— Je resterai aussi longtemps que cela prendra, oui. J'ai beaucoup de jours de congé à prendre.

— Aussi longtemps que cela prendra pour *quoi* ?

Sa mère passa une main sur ses cheveux courts pour les lisser.

— Pourrais-je avoir un verre d'eau, s'il te plaît ?

Joss résista à l'envie de lui rappeler à quelles conditions elle pouvait rester. Elle avait été très claire. En abordant de nouveau le sujet, elle n'aurait fait que jeter de l'huile sur le feu.

— Bien sûr, finit-elle par répondre. Viens, allons dans le salon.

— Mes valises…

— Laisse-les là pour le moment.

Elle tourna les talons, et sa mère la suivit.

— Assieds-toi, dit-elle en indiquant le canapé d'un geste vague.

Elle se dirigea vers le minibar, remplit un verre de glaçons et prit une petite bouteille d'eau de source dans le réfrigérateur.

A ce moment-là, Jace fit son apparition. Il portait un jean, une chemise, et ses bottes de cuir. Il se dirigea tout de suite vers sa mère.

— Bonjour, madame Bennings, dit-il d'un ton suave en s'inclinant très légèrement, la main tendue. Je suis ravi de vous rencontrer !

Même sa mère ne put lui résister tout à fait. A son tour, elle lui tendit la main, et il la prit entre les siennes avec un sourire ravageur.

— C'est *Ms.* Bennings, répondit-elle d'un air un peu hautain, libérant délicatement sa main de son étreinte.

Joss s'empressa d'intervenir.

— Mais seulement pour les étrangers…

Jace se redressa et la regarda d'un air interrogateur.

— Tu peux appeler maman par son prénom, bien sûr ! ajouta-t-elle d'un ton enjoué. C'est RaeEllen.

Elle regarda sa mère intensément.

— N'est-ce pas, maman ?

— Eh bien, oui, évidemment, vous pouvez m'appeler RaeEllen. Enchantée…

Joss posa le verre et la bouteille d'eau devant elle.

— Merci, Jocelyn.

Joss reporta son attention sur Jace.

— Maman a l'intention de rester jusqu'au mariage.

— C'est merveilleux !

Son sourire avait un peu vacillé.

Joss sentit son cœur se serrer. Elle l'aimait, mais lui ne voulait rien savoir de l'amour… Et maintenant, pour couronner le tout, sa mère était là, avec une lueur étrangement résolue dans les yeux. Cela n'augurait rien de bon…

Cependant, elle saurait s'occuper de sa mère, si

tout continuait à bien se passer avec Jace. Il lui avait dit qu'il voulait toujours de la vie qu'ils avaient prévu d'avoir ensemble, mais était-ce bien vrai ?

Sa déclaration d'amour passionnée avait-elle tout changé ? Avait-il des doutes, à présent ? Se demandait-il s'il était *vraiment* fait pour se marier, en fin de compte ? Se disait-il que leur relation était une grossière erreur, que tout s'était passé trop vite, alors qu'elle était encore sous le coup d'une déception sentimentale, qu'ils étaient *tous les deux* sous le coup d'une déception sentimentale ? Car il y avait eu Tricia… Il avait beau dire qu'il n'avait jamais été amoureux d'elle, il avait tout de même demandé à cette femme de l'épouser… et elle avait refusé.

Peut-être voyait-il maintenant leurs projets d'avenir comme un piège dont il devait à tout prix s'échapper…

Non. Non, non… Il fallait qu'elle mette tout de suite un terme à ces élucubrations.

Jace lui avait dit sans détour qu'il voulait toujours l'épouser. S'il avait changé d'avis, il le lui aurait dit. Elle lui en avait offert l'occasion, et il ne l'avait pas saisie. S'il voulait revenir sur ses engagements, il le lui ferait savoir.

Elle inspira profondément. Et si c'était elle qui voulait revenir sur ses engagements ? Si elle ne voulait plus d'un mariage sans amour ?

Joss chassa ces questions douloureuses de son esprit. Ce ne serait pas un mariage sans amour, du moins, pas de son côté à *elle*. Et non, elle ne ferait machine arrière pour rien au monde. Elle voulait Jace, elle voulait tout ce qu'il était prêt à lui offrir, elle voulait voir ses rêves se réaliser, comme elle l'avait toujours espéré, surtout maintenant qu'ils incluaient l'homme qu'elle aimait.

Il lui avait dit qu'il voulait partager sa vie avec elle, il aurait fallu qu'elle soit folle pour renoncer à cela.

Elle s'aperçut soudain que sa mère et Jace la regardaient fixement ; lui, nerveusement, et elle, d'un air calme et calculateur.

— Maman, il y a une chambre d'amis à l'appartement où Jace et moi allons habiter en attendant de trouver une maison. Tu peux rester avec nous, si tu veux…

Elle regarda Jace droit dans les yeux et ajouta, d'un ton de défi :

— N'est-ce pas, Jace ?

— Absolument, répondit-il sans sourciller. RaeEllen, vous êtes la bienvenue chez nous.

Quelles qu'aient été ses intentions cachées, sa mère eut la décence d'hésiter.

— Je ne voudrais pas m'imposer, je peux prendre une chambre à l'hôtel…

— Cela ne nous dérange pas du tout, RaeEllen, je vous assure, s'empressa de dire Jace. Après tout, nous faisons partie de la même famille, maintenant !

Le bureau de Milo Quinn n'était qu'à quelques rues de la boulangerie Mountain Bluebell et de leur nouvel appartement. Joss et Jason allèrent donc à leur rendez-vous à pied.

Une heure plus tard environ, ils repartaient, avec les papiers indiquant qu'ils étaient les heureux propriétaires du Hitching Post.

Le ciel était couvert lorsqu'ils sortirent sur Pine Street, et quelques gouttes se mirent bientôt à tomber.

— Nous ferions mieux de nous dépêcher si nous ne voulons pas être trempés ! fit Jace en indiquant les nuages gris qui s'amoncelaient au-dessus de leurs têtes.

Ils remontèrent la rue en courant, tournèrent au coin de Main Street, et entrèrent dans la boulangerie au moment où une pluie torrentielle se mettait à tomber. Ils montèrent à l'étage et trouvèrent la porte de leur appartement fermée à clé.

Joss soupira, exaspérée.

— Ma mère habite en ville, elle a l'habitude de s'enfermer…

Elle leva une main, s'apprêtant à frapper, mais Jace lui attrapa le poignet pour l'en empêcher.

— Il faut qu'on parle.

Sa voix était grave, un peu rauque. Malgré elle, son cœur fit un bond dans sa poitrine. Son regard de braise la captivait, son parfum viril et épicé, électrique, ne cessait de la griser…

— Qu'on parle ? De quoi ?

Elle fut soulagée de constater que sa voix ne trahissait rien de son émotion. Elle ne voulait pas se laisser troubler aussi facilement, alors que ses sentiments n'étaient pas partagés.

— Ce n'est plus pareil, dit-il, les sourcils froncés. Tu es… distante, froide avec moi.

Elle haussa les épaules avec une désinvolture feinte.

— Sois patient, je m'en remettrai.

Ce n'était pas vrai, elle ne s'en *remettrait* pas, mais elle espérait tout au moins se faire à l'idée.

Le regard de Jace s'assombrit.

— Ecoute, tu veux que je te le dise ? Je peux te le dire si c'est ce dont tu as besoin.

— Tu serais prêt à me dire que tu m'aimes, chuchota-t-elle, alors que ce n'est pas vrai ?

— Ce ne sont que des mots.

— Pour toi, peut-être.

Il lui tenait toujours le poignet, et l'attira contre lui.

— Comme tu voudras. Tu n'as qu'un mot à dire, et je le ferai.

Sa poitrine, pressée contre son torse puissant, se gonfla de désir. Elle sentait la chaleur qui émanait de son corps… Elle n'avait peut-être pas son amour, mais il la désirait, de toutes ses forces. C'était déjà bien… Ce n'était pas suffisant, mais tout de même c'était mieux que rien.

— Très bien, Jace. Vas-y, dis-le. Mens-moi.

Il resserra son étreinte sur son poignet et la serra encore plus étroitement contre lui. Elle en eut le souffle coupé.

— Je t'aime, Joss, dit-il d'une voix dure, avec colère.

Son souffle chaud et doux lui caressa la joue. Elle inclina légèrement la tête sur le côté, tandis qu'une lueur intense passait dans les yeux de Jace.

— Hmm… Curieusement, ça ne sonne pas juste, dit-elle avec un sourire moqueur. Tu vois ce que je veux dire ? A quoi pourrait bien me servir un mensonge ? A rien.

— Joss…

Il avait murmuré son prénom dans un souffle, sur un ton d'avertissement, et suppliant à la fois.

— Je ne veux pas te perdre pour ça, d'accord ? reprit-il. Pour trois petits mots… Ce serait vraiment stupide. Non, je ne crois pas à l'*amour*. Soit on veut être avec quelqu'un, partager sa vie avec cette personne, soit on ne veut pas, et ce qui compte, c'est que je veuille faire ma vie avec *toi*, et que tu veuilles faire ta vie avec *moi*.

Elle leva le menton d'un air fier.

— Je n'ai jamais dit le contraire. Nous sommes d'accord.

— Vraiment ?

Il n'avait pas l'air convaincu.

Elle se radoucit malgré elle. Comment aurait-elle pu faire autrement ? Il la maintenait, plaquée contre son torse musclé, comme pour la tenter… Et les mots qu'il lui avait murmurés à l'oreille lui avaient bel et bien rappelé qu'il tenait *vraiment* à elle, qu'il la désirait, qu'il lui avait promis d'être son mari, un mari fidèle… Elle le savait sincère, croyait tout ce qu'il lui avait dit, croyait en lui.

De simples mots d'amour n'auraient pas dû avoir une telle importance. Après tout, ce sont les actes qui importent.

— Oui, répondit-elle d'une voix plus douce. Oui, nous sommes d'accord.

Elle lui caressa la joue, effleurant sa barbe naissante du bout des doigts.

— Nous venons d'acheter un restaurant, nous allons trouver la maison idéale, nous allons nous marier, et avoir plein d'enfants.

— Ça va être génial, dit-il avec ferveur. Tu verras !

— Je sais. Ça va être génial…

Elle eut un sourire, sincère, cette fois-ci, bien qu'un peu tremblant.

— Joss, murmura-t-il tout contre ses lèvres en l'embrassant.

Elle eut aussitôt l'impression que ses genoux se dérobaient sous elle, et elle se laissa aller en arrière contre la porte.

Ses lèvres… Ses baisers étaient divins, doux et torrides à la fois, *parfaits*. Chaque fois qu'il l'embrassait, une vague de désir la submergeait. Elle s'abandonna entre ses bras avec un soupir.

Soudain, alors qu'elle lui passait les bras autour du cou, la porte s'ouvrit derrière elle.

Elle tomba en arrière avec un petit cri de surprise. Jace la rattrapa en grommelant :

— Qu'est-ce que…

Elle fit volte-face et se trouva nez à nez avec sa mère, qui écarquillait les yeux d'un air faussement étonné.

— Oh ! s'écria RaeEllen. Eh bien, je suis désolée, j'avais cru entendre frapper…

— Ce n'est pas grave, mentit Joss en lissant son chemisier.

Jace rit.

— Vous nous avez pris en flagrant délit, RaeEllen !

Sa mère se contenta de pincer les lèvres et de se tapoter les cheveux nerveusement.

— Je suis contente que vous soyez rentrés. J'ai fait une liste des choses dont nous allons avoir impérativement besoin, ici. Jason, je me disais que vous pourriez peut-être aller faire quelques courses au supermarché du coin pendant que Jocelyn et moi finirions de ranger nos affaires.

Joss devinait aisément où sa mère voulait en venir : elle s'efforçait de diviser pour mieux régner, congédiant Jace pour pouvoir s'occuper d'elle. Elle n'allait pas la laisser faire.

— Nous ferons les courses plus tard, maman. Nous sommes invités à dîner chez le cousin de Jace, ce soir.

— Mais il va nous falloir du café et des œufs pour le petit déjeuner, demain matin…

— Non, ce ne sera pas la peine, nous descendrons à la boulangerie et nous prendrons des croissants au jambon. Ils sont absolument délicieux.

— Cela va vite revenir cher…

— Ce n'est que pour une journée, maman. Nous irons faire les courses demain, après le petit déjeuner, à un moment où il ne pleuvra pas des cordes.

— Donnez-moi votre liste, RaeEllen, intervint Jace. Cela ne me dérange pas du tout d'aller faire quelques courses maintenant.

Joss se tourna vivement vers lui.

— Il faut qu'on parle, dit-elle en le prenant par la main. Suis-moi.

Elle jeta à sa mère un regard éloquent et ajouta :

— Je reviens tout de suite, maman.

Sa mère sembla comprendre qu'elle avait tout intérêt à ne pas dire un mot de plus, car elle les regarda s'éloigner en silence, un sourire crispé aux lèvres.

Joss entraîna Jace dans la plus grande chambre, à l'autre bout de l'appartement, puis elle referma la porte derrière eux. Il alla s'asseoir sur le lit, tandis qu'elle restait près de la porte.

— Tu sais ce qu'elle essaie de faire, n'est-ce pas ?

— Elle veut être seule avec toi pour pouvoir te donner toutes les raisons pour lesquelles tu ferais mieux de ne pas te marier avec moi.

— Alors *pourquoi* est-ce que tu la laisses faire ?

— Parce que tu ne pourras pas l'éviter éternellement. Elle va vivre dans cet appartement, avec nous… Autant l'affronter tout de suite, lui montrer que tu n'as pas peur, et lui faire comprendre que, si elle ne change pas de comportement, elle peut repartir pour Sacramento immédiatement.

Il avait raison, bien sûr… mais tout de même.

— Je lui ai *déjà* fait comprendre, cela n'a rien changé.

— Alors dis-lui de s'en aller.

— Je… Je n'en suis pas encore là.

Il se leva, et la prit par les épaules.

— Tu dois lui montrer que ce qu'elle te dit ne t'atteint pas.

— Mais justement ça m'atteint ! Et tu sais *très bien* ce que je ressens, ne me dis pas le contraire. Tu te souviens des circonstances dans lesquelles nous nous sommes rencontrés ? Tu m'as pratiquement suppliée de t'accompagner au Rib Shack et de faire comme si j'étais ta petite amie pour que tes proches arrêtent de jouer les entremetteurs !

Il soupira.

— Tu n'es pas obligée de me le rappeler… Ils me rendaient fou !

— Très bien, alors tu me comprends. Je suis sérieuse, Jace. Ne me laisse pas seule avec elle.

— Joss, tu ne fais que repousser l'inévitable.

— Exactement, et je continue à espérer qu'elle reviendra à la raison et qu'elle arrêtera de se mêler de ce qui ne la regarde pas.

Il secoua la tête, l'air incrédule.

— Elle paraît très déterminée…

— Ça, oui, elle est déterminée, déterminée à nous empêcher de nous marier. Réfléchis un peu… Sur le palier, il y a quelques minutes, tu me disais que tu voulais *vraiment* te marier avec moi.

— C'est vrai, dit-il simplement. Je veux *vraiment* me marier avec toi.

Décidément, il était plein de contradictions : il ne pouvait pas prononcer le mot *amour* sans sourciller, mais il était prêt à passer sa vie entière avec elle.

— Ma mère manigance quelque chose.

— Joss, elle est venue jusqu'ici pour essayer de se réconcilier avec toi.

Elle fit la moue.

— Non, ce n'est pas pour ça qu'elle est ici.

Il prit une mèche de ses cheveux, l'enroula autour de son doigt.

— Parle-lui.

Il pouvait être profondément agaçant, parfois.

— Quand il s'agit de *ta* mère, tu prends tes jambes à ton cou, mais *moi*, je suis censée tenir tête à ma mère et lui parler pour mettre les choses au clair.

— Tu es une femme, les femmes sont plus douées pour ce genre de trucs.

— Ce genre de trucs, marmonna-t-elle.

Il fit glisser sa main sur sa nuque, et lui déposa un baiser sur les lèvres. Une vague de sensations toutes plus délicieuses les unes que les autres la submergea.

— Parle-lui.

Quelques minutes plus tard, il était parti, et Joss se retrouvait seule avec sa mère. Celle-ci la prit par la main et l'entraîna dans la cuisine.

— Assieds-toi, dit-elle d'un ton chaleureux. Nous

avons beaucoup de choses à nous dire si nous voulons rattraper le temps perdu…

Joss s'assit à contrecœur.

— Jason est très bel homme, reprit prudemment sa mère. Il est séduisant et très… charismatique.

— Oui.

— Et j'ai cru comprendre qu'il était riche…

— Oui, il est riche.

— Je comprends pourquoi tu es sous le charme.

RaeEllen s'interrompit, s'attendant vraisemblablement à ce qu'elle acquiesce, mais Joss ne dit rien.

Sa mère reprit :

— Mais, franchement, comment pourrait-il être amoureux de toi, et toi de lui ?

Amoureux. Joss se crispa. Elle n'avait aucune envie de parler d'amour avec sa mère… C'était un sujet bien trop délicat. Cela non plus, elle ne voulait pas le reconnaître.

Sa mère cherchait ses points faibles, et Joss ne voulait lui en montrer aucun. Elle essaya de se détendre et de garder une expression neutre, calme et posée.

RaeEllen continua, énumérant toutes les raisons pour lesquelles le couple que Jace et elle formaient était voué à l'échec.

— Vous vous connaissez à peine. Ce n'est qu'une passade, Jocelyn. Tu es bouleversée, en ce moment, et ce n'est *jamais* une bonne idée d'épouser quelqu'un que l'on a rencontré dans de telles circonstances !

Joss ne put résister à la tentation. A son tour, elle lança une pique à sa mère :

— Est-ce que c'est ce qui s'est passé entre mon père et toi ?

RaeEllen se crispa.

— Je te demande pardon ? Nous ne sommes pas en train de parler de ton père.

— J'essaie simplement de comprendre comment tu es devenue experte en matière de *passades* et de déceptions sentimentales. Il me semble que tu n'as plus fréquenté aucun homme après le départ de papa.

— Il ne s'agit pas de moi, Jocelyn.

Joss poussa un profond soupir.

— Tu te trompes, maman. Je crois qu'il s'agit *uniquement* de toi, de tes peurs, de ton incapacité à aller de l'avant.

Les joues de sa mère s'empourprèrent. Elle porta une main à sa poitrine.

— Non, non, il ne s'agit pas du tout de cela, certainement pas… Il s'agit de *toi*, de l'homme merveilleux qui t'aime, et qui est prêt à te pardonner de l'avoir ridiculisé devant trois cents personnes, le jour de votre mariage !

— Je n'ai pas ridiculisé Kenny, il s'est ridiculisé lui-même en batifolant avec ma cousine dans le vestiaire de l'église.

— Il n'a jamais fait une chose pareille !

— Si, maman. Je l'ai vu de mes propres yeux.

— Ce qui s'est passé, c'est que tu as été prise de panique. Tu avais des doutes, tu me l'as dit toi-même… Tu t'es confiée à moi, tu ne t'en souviens pas ?

— Si, je m'en souviens… très bien, même. Tu m'as dit que *toutes* les futures mariées avaient des doutes, et tu m'as persuadée de me marier quand même. Tu n'as absolument pas tenu compte de ce que je ressentais.

— Non, je n'en ai pas tenu compte, je t'ai aidée à

prendre conscience que tu ne devais pas laisser des craintes infondées t'empêcher d'être heureuse.

Joss secoua la tête.

— On tourne en rond…

— Nous *devons* parler de ça.

— Nous en avons *déjà* parlé. Je ne vois vraiment pas pourquoi tu tiens à tout prix à ce que je reprenne un sale type égocentrique qui m'a trompée le jour de mon mariage, mais je ne veux même plus en discuter. C'est terminé. Je vais me marier avec Jace, et je ne veux plus *jamais* entendre parler de Kenny Donovan, point final.

— Mais tu…

— C'est terminé, maman. Stop.

— Mais je dois…

Joss frappa sur la table du plat de la main. Le son résonna bruyamment dans la petite pièce.

— Ça suffit, j'en ai assez. Je ne veux pas en entendre davantage. Je suis désolée que nous ne nous comprenions pas, mais quoi que tu puisses dire tu ne me feras pas changer d'avis.

— Kenny t'aime, il t'aime tant ! Tu es froide et cruelle envers lui. Comment peux-tu faire ça ? Comment peux-tu avoir un comportement aussi horrible, et ne même pas t'en rendre compte ?

C'était le comble.

— Cette fois, c'est trop, j'en ai assez. Je veux que tu retournes à Sacramento, maman, je veux que tu quittes cet appartement. Il ne reste que deux semaines avant le mariage, Jace et moi allons être très occupés, et je ne supporterai pas que tu me tombes dessus chaque fois que l'occasion se présentera. Tu ne me feras pas céder ; tout ce que tu feras, c'est gâcher ces deux semaines, qui devraient être magiques et enthousiasmantes.

— Tu veux que je m'en aille pour pouvoir être seule avec cet homme.

Joss eut un rire sans joie.

— Tu sais quoi ? Tu as raison. Je veux être seule avec Jace. Cela n'a rien d'étonnant : il est gentil, drôle, intelligent…

Même s'il ne m'aime pas.

— … et il veut m'offrir la vie dont j'ai toujours rêvé. Comment pourrais-je ne pas avoir envie d'être avec lui, maman ?

— Que se passera-t-il quand il se sera lassé de toi ?

La question la blessa profondément, mais elle répondit sans se laisser décontenancer :

— Il veut partager sa vie avec moi, il ne va pas se *lasser* de moi.

— Tu es aveugle… sotte, et aveugle.

Tout comme toi.

— Je suis sérieuse, maman, je veux que tu t'en ailles.

Jace rentra les bras chargés de provisions.

— Il y a d'autres sacs dans la voiture. Où est ta mère ?

— Dans sa chambre, elle boude.

Elle lui prit l'un des sacs des mains et se dirigea vers la cuisine.

— Elle part demain matin.

Il la suivit et posa les sacs sur le plan de travail.

— Tu la mets dehors ? demanda-t-il à voix basse.

— Oui.

— Tu es sûre de toi ?

— Oui. Je lui ferai bien comprendre qu'elle sera toujours la bienvenue au mariage.

Il lui prit la main, entrelaça ses doigts aux siens.

— Ça va ?

Que se passera-t-il quand tu te seras lassé de moi ?

— Ça pourrait aller mieux.

Comme il la serrait contre lui, elle se laissa aller entre ses bras, respirant son parfum enivrant, se répétant que les paroles de sa mère ne l'atteindraient pas.

Cependant, ses mots dansaient dans sa tête. Ils y étaient bien ancrés, tout comme les faits eux-mêmes : elle aimait Jace, mais lui ne l'aimait pas.

Dès le début, il lui avait avoué être un homme à femmes, il lui avait dit qu'il n'avait jamais eu le désir de se ranger, avant d'avoir une aventure passionnée avec Tricia Lavelle. Maintenant, il reproduisait le même schéma, avec elle…

Un homme peut-il *vraiment* changer ? Ou est-ce que ce que Jace ressentait maintenant finirait par lui passer ? Il croyait avoir envie de se ranger, alors il s'était emballé et l'avait demandée en mariage, comme il l'avait fait avec Tricia Lavelle.

Il était le dernier célibataire de sa fratrie. Peut-être que cela lui pesait… Peut-être essayait-il de se conformer à l'idée que sa famille se faisait d'une vie réussie. Peut-être n'était-ce qu'une question de temps avant qu'il s'aperçoive que se marier et avoir une grande maison pleine d'enfants n'était pas fait pour lui, finalement…

Tant de questions se bousculaient dans sa tête ! Elle se força à les ignorer, refusant de les laisser gâcher son bonheur.

Elle serra Jace plus étroitement dans ses bras. Tout allait s'arranger… Il ne se lasserait pas d'elle. Elle croyait en lui et en leur relation.

Tout se passerait bien.

- 13 -

RaeEllen refusa de les accompagner chez Dax et Shandie, le soir même. Elle prétendit être fatiguée et avoir besoin de repos.

— Après tout, dit-elle d'un ton complaisant, une longue route m'attend, demain.

Joss n'essaya pas de la faire changer d'avis. Si sa mère ne voulait pas passer la soirée avec eux, tant pis. A ce stade, elle ne voyait plus quoi faire pour apaiser les tensions entre elles.

La grande maison de Dax et de Shandie était pleine à craquer. La famille était réunie au grand complet : les frères et la sœur de Jace étaient tous là, avec leurs conjoints respectifs, ainsi que trois des sœurs de Laila, Pete et la mère de Jace, DJ et sa famille.

Joss trouva du réconfort dans l'attitude de Claudia, qui se réjouissait de son mariage imminent avec son fils, et qui l'accueillit dans la famille à bras ouverts.

Si seulement sa propre mère avait pu se montrer aussi affable… Si seulement ses sombres pensées cessaient de la tourmenter, si seulement ses doutes se dissipaient !

Plus elle y songeait, plus elle craignait que Jace ne soit pas vraiment prêt pour la vie qu'ils avaient prévu d'avoir ensemble. S'il avait été prêt, il n'aurait pas eu tant de mal à lui dire qu'il l'aimait en toute sincérité.

Il était plus de minuit quand ils retournèrent à l'appartement. Aucune lumière ne filtrait sous la porte de la chambre d'amis.

Ils allèrent se coucher sans faire de bruit, pour ne pas réveiller sa mère. Pour la première fois depuis qu'ils étaient devenus amants, ils ne firent pas l'amour.

Cependant, Jace la prit dans ses bras et la serra étroitement contre lui, l'enveloppant de son corps chaud et puissant. En dépit des doutes qui l'assaillaient, Joss se sentit choyée. Elle poussa un profond soupir et s'endormit rapidement.

Sa mère s'en alla après le petit déjeuner, le lendemain matin. Elles s'embrassèrent sans enthousiasme pour se dire au revoir.

— Je t'ai envoyé un faire-part, dit Joss. J'espère que tu viendras.

Sa mère se crispa.

— Bien sûr, répondit-elle du ton morne de quelqu'un qui s'apprêterait à assister à un enterrement. Je serai là.

Au cours des deux premiers jours de la semaine suivante, Joss et Jace visitèrent plusieurs propriétés. Le mercredi, ils firent une offre pour une maison sur quatre hectares de terrain verdoyant, à deux miles environ du centre-ville.

La maison avait besoin d'être rénovée, mais elle était dotée d'une jolie petite grange et d'un grand pâturage pour les chevaux.

Le vendredi matin, très exactement huit jours avant

leur mariage, ils conclurent l'achat de leur nouvelle maison.

Jace emmena ensuite Joss aux écuries du Thunder Canyon Resort pour faire une promenade à cheval. Elle fut heureuse de voir Cupcake, qui sembla la reconnaître. Il fourra son museau au creux de son cou, et poussa doucement sa main avec sa tête, comme pour l'encourager à le caresser.

Ils prirent le chemin sinueux qui montait dans la montagne et redescendait dans la vallée, jusque sur les terres de Grant Clifton. Là, ils étalèrent une couverture par terre, à l'ombre des peupliers, et se baignèrent dans le ruisseau. Ils s'allongèrent ensuite sur la couverture et firent l'amour avec passion.

C'était une belle journée. Ils restèrent un long moment allongés, côte à côte, à regarder le ciel bleu, pendant que les chevaux paissaient tranquillement non loin de là.

Jace finit par somnoler, mais Joss resta éveillée. Toutes ses pensées étaient tournées, comme c'était si souvent le cas ces derniers temps, vers ce qui lui manquait : l'amour de Jace.

Songeuse, elle regardait un gros nuage floconneux glisser lentement dans le ciel.

— Quelque chose ne va pas ? demanda Jace d'une voix douce, l'arrachant à ses pensées.

— Non, non, tout va bien.

C'était ce qu'elle lui avait répondu chaque fois qu'il lui avait demandé si quelque chose la tracassait, au cours de la semaine qui venait de s'écouler.

Ce n'était pas la peine de revenir sur le sujet. Elle

l'aimait, lui n'avait pas la moindre idée de ce qu'était l'amour… Qu'y avait-il à ajouter ?

Une fois de retour aux écuries, il lui annonça qu'il lui avait acheté Cupcake. Joss se jeta à son cou et l'embrassa avec fougue.

Jace était vraiment un homme merveilleux… le plus merveilleux de tous, même s'il n'était pas amoureux d'elle. Même si elle était rongée d'inquiétude à l'idée qu'un jour il la quitterait, comme son père avait quitté sa mère.

La semaine suivante passa à une vitesse folle.

RaeEllen arriva en fin d'après-midi, la veille du mariage. Elle sourit quand Joss lui ouvrit la porte.

— Bonjour, Jocelyn, dit-elle, les bras tendus.

Joss se força à sourire et l'embrassa.

— Bonjour, maman…

Sa mère entra, tirant derrière elle sa valise à roulettes.

— Où est Jason ?

— Il est chez son frère, il devrait être de retour dans une petite heure pour te dire bonjour, et ensuite il repartira au Thunder Canyon Resort… Ses frères lui ont organisé un enterrement de vie de garçon. Nous serons toutes les deux, ce soir…

Pourvu que la soirée se passe sans histoires !

— Il va dormir chez Jackson, enchaîna-t-elle. Pour respecter la tradition, en quelque sorte… Je ne le reverrai pas avant le mariage, demain. Maman, je voudrais vraiment que nous passions une bonne soirée…

Sa mère lui prit la main.

— J'ai eu le temps de réfléchir à mon comportement,

Jocelyn. Je me suis sentie très seule, ces deux dernières semaines, après être venue ici. Peu à peu, je me suis rendu compte que j'étais en train de te perdre, que je te faisais fuir à force de te dicter ta conduite. J'ai pris conscience de certaines choses. Il n'y a rien de plus important que *toi*, à mes yeux, et je n'aurais jamais dû te houspiller comme je l'ai fait.

Joss n'en croyait pas ses oreilles.

— Tu… Quoi ?

Sa mère posa son autre main sur la sienne.

— Tu avais raison, il s'agissait de moi et de ce que j'ai vécu avec ton père. Après son départ, je n'ai plus fait confiance à aucun homme pendant des années, jusqu'à…

— Kenny ?

Sa mère hocha lentement la tête.

— Oui… Je ne pouvais pas supporter l'idée que je m'étais encore trompée. Je t'ai persuadée de rester avec lui alors que tu avais des doutes, au lieu de t'écouter et d'essayer de comprendre ce qui te tracassait. J'ai refait la même erreur, j'ai refusé d'entendre ce que tu avais à me dire quand tu m'as raconté que Kenny t'avait trompée. J'ai perdu de vue ce qui importait vraiment, j'ai négligé mon rôle de mère… Tu es une adulte, et je t'ai traitée comme une enfant au lieu de respecter tes décisions et de te soutenir.

— Oh ! maman…

— Je vais me rattraper. Je veux que tu saches qu'à partir de maintenant je serai *toujours* de ton côté, Jocelyn. C'est à toi de choisir avec qui tu veux te marier, et Jason a vraiment l'air d'être un homme bien. J'approuve ton choix. J'espère… non, je suis *sûre* que vous serez très heureux ensemble.

Profondément émue, Joss sentit sa gorge se serrer et des larmes lui monter aux yeux. Elle prit sa mère dans ses bras et la serra contre elle avec tendresse.

— Oh ! maman, répéta-t-elle d'une voix légèrement voilée.

— Je t'aime, ma chérie. Je t'aime, et je suis avec toi. Pardonne-moi d'avoir été aussi bête !

Quand Jace entra dans l'appartement, il entendit des rires, qui provenaient de la cuisine. Joss dit quelque chose, et s'esclaffa de nouveau.

Ce son agréable et chaleureux résonna en lui. Personne n'avait un rire comme le sien…

Il entendit alors une autre voix, celle de la mère de Joss. Elle semblait plus légère, plus enjouée qu'avant.

Il se dirigea vers la cuisine et se tint dans l'embrasure de la porte.

— Jace !

Joss vint l'accueillir avec un baiser, puis sa mère l'embrassa.

— Je suis heureuse de vous voir, Jace.

RaeEllen paraissait sincère. Apparemment, elle s'était ralliée à leur cause. C'était une excellente nouvelle !

Cela s'était tellement mal passé la dernière fois qu'elle était venue qu'il avait redouté son arrivée. Joss ne lui avait jamais répété ce que sa mère avait dit la fois où il les avait laissées seules pour s'expliquer, mais il était persuadé que RaeEllen avait eu bien des critiques à faire à son endroit…

Plusieurs fois, au cours des deux semaines qui

venaient de s'écouler, il avait surpris Joss en train de le regarder avec une expression mélancolique. Il en avait conclu que sa mère lui avait mis en tête une foule de pensées négatives, sur lui et sur leur mariage.

Pourtant, chaque fois qu'il lui avait demandé si tout allait bien, elle lui avait répondu par l'affirmative. Il ne l'avait pas crue, mais il n'avait pas insisté, n'avait pas cherché à savoir la vérité.

Il y avait maintenant cette histoire de sentiments, d'*amour*, entre eux, et il ne voulait pas remettre le sujet sur le tapis. Il savait que Joss avait envie, *besoin*, qu'il lui dise qu'il l'aimait.

Il le ferait… Il l'*avait fait*, mais cela n'avait servi à rien, car elle avait vu clair dans son jeu et s'était doutée de son manque de sincérité.

Il lui avait dit ce qu'il pensait de l'amour, il lui avait dit qu'il n'avait pas la moindre idée de ce que c'était vraiment… Cependant, il voulait l'épouser, il la voulait, *elle*. Pourquoi cela ne suffisait-il pas à Joss ?

Une fois qu'ils seraient mariés, tout s'arrangerait, il en était persuadé. Il n'y avait qu'à voir ce qui s'était passé avec RaeEllen… Elle avait eu un peu de temps pour réfléchir, et avait décidé de se réjouir pour sa fille, qui avait rencontré quelqu'un avec qui partager sa vie.

Ce serait la même chose avec Joss : elle verrait que tout se passait merveilleusement bien, et serait heureuse. Il comptait là-dessus.

Il s'assit à la table. RaeEllen lui servit une tasse de café, et il regarda la mère et la fille s'affairer à préparer leur dîner.

Quand il se leva pour partir, Joss l'accompagna jusqu'à la porte.

— Au cas où tu ne l'aurais pas remarqué, chuchota-t-elle, ma mère s'est rangée à notre avis !

— C'est ce que j'avais cru comprendre.

— Je n'arrive toujours pas à y croire… Ça tient du miracle !

Il lui caressa les cheveux avec tendresse.

— Hé ! Ce n'est pas si surprenant.

— Ça l'est pour moi.

— Elle t'aime, dit-il, prononçant le mot dangereux sans réfléchir. Elle a compris qu'elle devait être de ton côté.

— C'est vrai, elle m'aime…

Joss détourna le regard quelques instants, puis elle leva de nouveau les yeux vers lui, avec un grand sourire.

— Amuse-toi bien, fit-elle avant de l'embrasser.

Il s'en alla avec un étrange sentiment de regret, comme s'il aurait dû dire quelque chose, comme s'il avait raté sa chance.

L'enterrement de vie de garçon se poursuivit jusqu'à plus de 2 heures du matin. Jace passa une bonne soirée avec ses frères et ses cousins, et fut heureux de faire connaissance avec les Traub de Rust Creek Falls, Forrest et Clay.

Forrest avait trente et un ans, il avait combattu en Irak et se remettait lentement d'une grave blessure à la jambe. Son frère Clay avait vingt-neuf ans et était père célibataire. Ils paraissaient tous deux avoir les pieds sur terre, ce qui ne les empêcha pas de boire beaucoup trop et d'être passablement ivres à la fin de la soirée.

Jace les observait avec un sourire amusé quand il

croisa le regard de Jackson. Il était sûr de savoir à quoi son frère pensait : comme lui, il se souvenait sans doute de l'enterrement de vie de garçon de Corey, un an plus tôt. Jackson et lui s'étaient soûlés et n'avaient pas dormi de la nuit. Ils avaient recommencé à boire le lendemain, lors de la réception, et Jackson avait même déclenché une bagarre.

Quelque chose lui disait que Clay et Forrest n'iraient pas jusque-là, mais ils allaient certainement avoir très mal à la tête le lendemain…

Jace ne les enviait pas, et la vie de célibataire ne lui manquait pas du tout.

D'ailleurs, en ce moment même, il ne pouvait s'empêcher de se demander ce que Joss et sa mère faisaient. C'était pitoyable, il s'en rendait bien compte : il ne serait séparé d'elle qu'une soirée… Enfin, un peu plus, puisque le mariage n'aurait lieu qu'à 17 heures le lendemain. Il ne retrouverait Joss qu'au moment crucial, où elle s'avancerait vers lui pour l'épouser…

Dans la robe qu'elle avait achetée pour épouser ce sale traître de Kenny !

Cela lui déplaisait souverainement qu'elle porte cette robe. Plus il y pensait, plus l'idée le contrariait. Cependant, il n'avait pas su comment lui dire qu'il aurait préféré qu'elle en choisisse une autre et, maintenant, il était trop tard.

Elle porterait cette maudite robe, point final. Et il ferait abstraction de l'aversion que celle-ci lui inspirait.

Lorsqu'il alla se coucher, Jace se sentit soudain très seul… Joss lui manquait ; la façon dont elle se blottissait contre lui dans son sommeil lui manquait ; l'habitude qu'elle avait de prendre son bras pour l'enrouler autour de sa taille, les petits gémissements qu'elle poussait en dormant lui manquaient.

Parfois, il se demandait s'il perdait la tête, car il en pinçait *vraiment* pour elle. Chaque jour, chaque minute, chaque seconde, il lui était un peu plus… attaché.

Bien sûr, ce n'était pas de l'*amour*, puisqu'il ne savait pas ce que c'était. Il avait simplement trouvé celle qui était faite pour lui.

Il la voulait pour lui tout seul, et il l'aurait… dès le lendemain après-midi.

Vêtu de son plus beau costume, Jace arriva au Thunder Canyon Resort à 16 heures, le lendemain après-midi. Lizzie et Laila s'étaient occupées de la décoration de la salle où la cérémonie aurait lieu.

Tout était magnifique… On aurait dit une petite chapelle. Les chaises étaient ornées de tulle blanc, de rubans de satin et de fleurs, un long tapis de soie recouvrait l'allée centrale, et une arche parée de fleurs blanches se dressait à l'endroit où Joss et lui échangeraient leurs anneaux. Des grands vases pleins de fleurs aux couleurs vives avaient été placés de chaque côté de l'arche, et à l'entrée de la salle.

Jackson serait son seul témoin, et Joss n'aurait pas de demoiselles d'honneur. Ce serait une cérémonie sobre et élégante, assez courte, ce qui lui convenait très bien. Joss et lui se marieraient, puis ils iraient au Rib Shack faire la fête.

Tout se passerait bien entre eux, tout se passerait à merveille.

Il attendit à côté de l'arche blanche avec Jackson et le pasteur de la Thunder Canyon Community Church, saluant d'un hochement de tête ou d'un signe de la main les invités qui entraient peu à peu.

A 17 heures, presque toutes les chaises étaient occupées.

Sa mère et Pete remontèrent l'allée centrale ensemble, bras dessus bras dessous, et vinrent s'asseoir au premier rang. Puis RaeEllen entra à son tour, escortée par Ethan. Il l'accompagna au premier rang, où elle s'assit, entre lui et Lizzie.

Enfin, les premières notes de la marche nuptiale s'élevèrent.

Il y eut un étrange moment de flottement, pendant lequel tout le monde sembla retenir son souffle. L'espace d'un instant, tandis qu'il regardait fixement la double porte, au bout de l'allée, Jace eut l'impression que son son sang se glaçait dans ses veines. Il avait soudain la certitude angoissante que Joss avait changé d'avis, qu'elle était en train de s'enfuir à toutes jambes, alors même qu'il l'attendait pour se marier avec elle…

Cependant, la porte s'ouvrit enfin, et elle apparut, plus belle que jamais, même si elle portait cette satanée robe. Elle avait dans les mains un magnifique bouquet d'orchidées et d'hémérocalles.

Son regard se porta sur lui, qui l'attendait sous l'arche couverte de fleurs, et elle eut un sourire radieux. Puis elle se mit à marcher, faisant une pause à chaque pas, comme le voulait la coutume. Il avait envie qu'elle se hâte, qu'elle soit déjà à son côté…

En admiration devant elle, il se rendit soudain compte que son cœur battait la chamade.

Elle continuait à avancer dans sa direction, lentement, très lentement. Il la regardait s'approcher, s'extasiant devant le moindre de ses mouvements, quand une chose des plus étranges se produisit, une chose imprévisible, insensée…

Joss lui sembla soudain entourée d'un halo de lumière, une lumière dorée et aveuglante dont il ne parvenait pas à détacher son regard.

Il n'aurait d'ailleurs voulu détourner les yeux pour rien au monde… C'était un moment décisif, il le sentait confusément, sans savoir se l'expliquer. Joss approchait, ses grands yeux noisette fixés sur lui, baignée de lumière. Elle était un phare, *son* phare. Tout ce qu'il avait à faire, c'était la chercher du regard, la trouver, suivre cette lumière…

Enfin, elle arriva devant lui. Il eut le sentiment d'être happé par son aura dorée. Aurait-il dû avoir peur ? Probablement… Pourtant, ce n'était pas le cas. Il savait qu'il était exactement là où il devait être.

Joss lui donna la main, et ils se tournèrent ensemble vers le pasteur. Celui-ci prit alors la parole.

C'était un moment magique, parfait. Jace n'aurait jamais pu imaginer cela, il n'aurait jamais osé l'espérer. Tout lui paraissait soudain tellement évident, tellement simple, tellement merveilleux…

Jusqu'à ce que le pasteur dise :

— Si quelqu'un s'oppose à cette union, qu'il parle maintenant ou se taise à jamais.

Brusquement, la porte de la salle claqua bruyamment, et tous les visages se tournèrent dans cette direction.

— Oh ! non, gémit Joss, l'air effaré, pas ça ! Kenny est là… et Kimberly aussi.

Jace se retourna lui aussi et vit un homme grand

et blond, vêtu d'un pantalon en lin et d'une chemise bleu pâle, remonter l'allée dans leur direction.

— Jocelyn, je suis là ! s'écria l'intrus d'un ton héroïque. Ne fais pas ça, n'épouse pas cet homme… Nous pouvons encore arranger les choses, ne gâche pas tout. Je sais que nous avons des problèmes, que je me suis mal conduit, mais c'était il y a des semaines ! Nous devons dépasser tout ça. Il faut que tu saches que je t'aime, que je n'aime que toi. Regarde…

Il indiqua d'un geste la jeune femme en robe jaune qui se tenait près de lui, visiblement mal à l'aise.

— Kimberly est là, elle est venue te dire qu'elle est désolée de nous avoir causé tous ces ennuis.

Il donna un coup de coude à Kimberly.

— Dis-lui, marmonna-t-il. Allez, dépêche-toi…

La jeune femme fondit en larmes.

— Kimberly, qu'est-ce que tu fabriques ? fit Kenny, l'air horrifié. Arrête ça immédiatement !

Dans la salle, tous les invités les regardaient fixement, stupéfaits et, de toute évidence, profondément gênés.

La situation était tellement étrange que Jace n'éprouvait même pas la colère que l'apparition soudaine de Kenny aurait pu éveiller en lui.

— Kimberly, ressaisis-toi ! s'écria Kenny en secouant la jeune femme par les épaules. Tu es ici pour m'aider !

— Je ne peux pas, gémit-elle entre deux sanglots. Je ne peux pas…

Se libérant de l'étreinte de Kenny, elle se tourna vivement vers Joss.

— Je suis désolée, Joss, mais… je ne suis *pas* désolée, tu comprends ? J'ai toujours aimé Kenny, et cela fait maintenant six mois que nous nous voyons en cachette.

Kenny secoua la tête.

— Kimberly…

Il essaya de lui attraper le bras, mais elle s'écarta brusquement.

— Arrête de dire n'importe quoi, voyons ! Ce n'est pas vrai, ajouta-t-il en regardant Joss d'un air affolé. Je ne sais pas ce qui lui prend…

— Si, c'est vrai ! s'écria Kimberly.

— Bien sûr que non ! hurla Kenny.

Il se reprit, baissa la voix et murmura :

— Tu ne m'aides pas… Ce n'est pas pour *ça* que je t'ai fait venir ici.

— Oh ! je sais bien, Kenny, mais j'en ai assez. J'en ai assez des mensonges, j'en ai assez de mon rôle dans cette histoire sordide et humiliante. Je te vois tel que tu es, maintenant, et je me rends compte que tu ne vaux rien. Et tu sais quoi ? Tout est fini, entre nous. Terminé ! Je suis heureuse pour Joss, heureuse qu'elle n'ait pas gâché sa vie en se mariant avec toi !

Les joues de Kenny s'empourprèrent.

— Sale petite…

Il fit un mouvement vers Kimberly, mais elle s'empara du vase le plus proche et le lui lança au visage. Kenny se baissa vivement pour l'éviter, mais le vase continua sa course et alla s'écraser contre Forrest Traub.

— Hé !

Forrest se leva d'un bond, et marcha involontairement sur le pied de l'homme aux santiags assis à côté de lui.

— Fais gaffe, mon pote !

L'homme se leva et donna un coup de poing à Forrest,

qui le lui rendit. Déséquilibré, l'homme tomba sur une dame. Celle-ci poussa un cri, et l'homme assis à côté d'elle se leva pour se battre avec l'homme aux santiags.

Pendant ce temps, Kenny s'était lancé à la poursuite de Kimberly, qui courait à travers toute la salle en pleurant et criant à la fois.

Soudain, Joss poussa un gémissement.

— C'est une catastrophe, murmura-t-elle avec tristesse.

Cela suffit à arracher Jace à l'état de stupeur dans lequel il était plongé. Lui aussi en avait plus qu'assez…

Kimberly avait contourné la dernière rangée de chaises et revenait dans leur direction. Il attendit qu'elle soit passée devant lui, puis il fit un pas de côté pour barrer le passage à Kenny. Celui-ci essaya de le contourner, mais Jace l'en empêcha en se décalant de nouveau.

— Ecarte-toi de mon chemin ! souffla Kenny.

Jace l'envoya au tapis en lui donnant un coup de poing dans la mâchoire, avant de se placer au-dessus de lui.

— Ne bougez pas d'ici, lui dit-il, menaçant.

Kenny grommela quelque chose d'inaudible et lui lança un regard noir, mais il n'essaya pas de se relever.

Entre-temps, la bagarre qui avait éclaté parmi les invités avait pris de l'ampleur, propagée par tous les cow-boys coléreux de l'assemblée. Manifestement, ils étaient nombreux.

La plupart des hommes se battaient, tandis que les femmes leur criaient tour à tour d'arrêter ou de faire attention, et les adjuraient à voix basse de se calmer.

Devant la double porte, Kimberly continuait à pleurer.

Melba Landry s'était approchée d'elle et l'avait prise dans ses bras. La cousine de Joss se cramponnait à elle et, la tête appuyée contre sa poitrine, inondait de larmes sa robe mauve. Melba lui parlait à voix basse et tentait manifestement de la réconforter.

La bagarre générale finit par s'arrêter, aussi brusquement qu'elle avait commencé. Le silence se fit peu à peu. La salle entière était dans le chaos : les chaises étaient retournées, les vases renversés ou cassés, les fleurs éparpillées et déchiquetées, piétinées… Les invités eux-mêmes étaient dépenaillés, ébouriffés, vaguement abasourdis.

Jace se tourna alors vers Joss.

Elle n'était plus là.

— Joss ?

Il l'aperçut soudain. Elle était dans l'allée, à mi-chemin entre lui et la porte.

Lorsqu'il croisa son regard, il eut l'étrange impression que tout disparaissait autour d'eux.

— Ça ne va pas marcher, dit-elle, les yeux brillants de larmes. Je ne peux pas…

— Je comprends, répondit-il avec douceur.

C'était vrai, même si le simple fait de prononcer ces mots lui brisait le cœur.

— Tu as raison, ajouta-t-il, ça ne va pas du tout…

Elle jeta son bouquet, qui passa au-dessus de la tête de plusieurs invités médusés, et atterrit dans les mains d'Annabel Cates, qui l'avait attrapé machinalement pour éviter de le recevoir en plein visage.

Alors, comme il le redoutait secrètement depuis deux semaines, Joss souleva le bas de sa robe, fit volte-face, et s'enfuit.

- 14 -

— Quelle honte, Kenny Donovan ! fit RaeEllen en lui lançant un regard assassin.

Avec un gémissement, Kenny tenta un mouvement pour se lever, mais Jace le foudroya du regard à son tour, et il se laissa aussitôt retomber sur le sol.

— Vous devez aller chercher Jocelyn…, dit-elle à Jace.

— Ça va aller ? demanda-t-il en lui posant une main sur le bras dans un geste réconfortant.

Une lueur d'inquiétude brillait dans ses yeux.

— Oh ! Jason ! Je vous jure que je n'ai rien à voir là-dedans… Je n'ai dit ni à Kenny ni à Kimberly que Jocelyn et vous alliez vous marier.

Il lui tapota gentiment le bras.

— Je sais, ne vous en faites pas. C'est Joss qui l'a dit à Kenny, il y a des semaines, au téléphone… Elle essayait simplement de lui faire comprendre qu'elle avait tourné la page.

RaeEllen porta une main à sa poitrine.

— Oh ! Je me sens tellement coupable…

— Ce n'est pas votre faute. Vous vous êtes réconciliée avec Joss, c'est tout ce qui compte.

Jackson et Laila les avaient rejoints.

— Qu'allons-nous faire, maintenant ? demanda son frère.

C'était une bonne question…

— Ohé, tout le monde ! cria Jace d'une voix suffisamment forte pour être entendu de tous. Apparemment, le mariage n'aura pas lieu… Mais il y a une réception prévue au Rib Shack. Allez-y, et amusez-vous !

Les invités échangèrent des regards inquiets.

— Bonne idée, Jace ! finit par répondre Clay. Allez, tous au Rib Shack !

Jace regarda Kenny d'un air méprisant.

— Vous n'êtes pas invité. Quittez Thunder Canyon sans vous retourner, *maintenant*.

Kenny ne protesta pas. Il se releva et s'en alla d'un pas chancelant.

Les frères de Jace, sa sœur, leurs conjoints respectifs, sa mère et Pete, RaeEllen, Melba et Kimberly restèrent pour l'aider à tout remettre en ordre.

Ce ne fut pas long. Une vingtaine de minutes plus tard, ils prirent tous la direction du Rib Shack… à l'exception de Jace.

Il n'avait pas l'intention d'aller à la réception de son mariage raté… pas sans sa fiancée.

Joss était exactement là où Jace s'était attendu à la trouver : au Lounge, une margarita posée sur le comptoir, devant elle. Elle avait retiré son voile et lâché ses cheveux. Elle lui avait aussi commandé un whisky.

— Tu as vraiment confiance en moi, dit-il, réprimant un sourire.

— Oui, répondit-elle d'une voix douce, les yeux embués de larmes.

Elle tapota le tabouret à côté du sien.

— Assieds-toi…

Il fit ce qu'elle lui demandait, puis ils prirent chacun leur verre, et trinquèrent.

— Tu as quelque chose à me dire ? demanda-t-elle après avoir bu une gorgée de margarita.

— Oui.

Il repensa à ce qu'il avait ressenti quand elle avait remonté l'allée centrale dans sa direction, à ce moment magique…

Troublé, il inspira profondément. Il n'y avait peut-être rien de *magique* là-dedans. C'était sans doute la chose la plus naturelle du monde : il avait ouvert les yeux sur ce qui importait *vraiment*, pour la première fois.

Il avait vu celle qui était faite pour lui, la femme de sa vie, et savait maintenant, sans l'ombre d'un doute, qu'elle était la seule au monde pour lui.

Il savait enfin ce que c'était que l'amour… car il l'aimait.

— Tu me plais, Joss.

Elle haussa les sourcils.

— J'espère *vraiment* que ce n'est pas tout ce que tu as à me dire.

— Non, ce n'est pas tout.

— Je t'écoute.

— Tu me plais, je te veux, tu… illumines ma vie. Tu es la seule femme au monde pour moi. Je veux la vie que nous avons prévu d'avoir ensemble, je veux diriger le Hitching Post avec toi, je veux notre grande maison, nos quatre hectares de terrain, nos chevaux et le chien que nous n'avons pas encore. Je veux que *tes* enfants soient *mes* enfants. Je veux dormir avec toi dans mes bras toutes les nuits, et me réveiller à ton côté tous les matins.

Les lèvres de Joss se mirent à trembler.

— Oh ! Jace…

— Je ne t'ai pas tout dit.

— Continue… s'il te plaît.

— Je ne veux plus te mentir ou, plutôt, me mentir à moi-même… Tu me plais, mais ce n'est pas tout. Je suis amoureux de toi, *je t'aime.* Je t'aime, et je t'aimerai toujours.

— Oh ! Jace, répéta-t-elle dans un souffle, les yeux brillants de larmes.

Il lui effleura la joue du bout des doigts, caressa ses cheveux soyeux.

— Je comprends *enfin* ce que c'est que l'amour, le mariage, ce que c'est que de vouloir partager sa vie avec quelqu'un. Grâce à *toi*, Joss… C'est toi qui m'as fait découvrir tout ça, qui m'as fait découvrir l'amour. Je veux t'épouser, plus que tout au monde, je veux passer le restant de mes jours avec toi. Et il faut que je te dise encore une chose…

— Oui ? Quoi ? Tu peux tout me dire, tu le sais.

— Je ne veux pas que tu portes la robe que tu as achetée pour épouser Kenny Donovan… même si elle te va merveilleusement bien !

— D'accord, dit-elle en riant. Je me marierai avec toi, et je ne porterai pas cette robe.

Emu, il glissa une main sous ses épais cheveux bruns, sur sa nuque, et l'attira doucement vers lui pour l'embrasser.

— Je t'aime, Joss.

— Je t'aime aussi… Je t'aime tant ! Je suis tellement heureuse que tu puisses enfin me le dire.

Il lui caressa la joue avec tendresse.

— Je suis désolé d'avoir été si stupide, de t'avoir blessée…

— Tout va bien, maintenant.

— Je vais te le redire : je t'aime. Je te le répéterai cent fois par jour !

Elle rit de nouveau.

— Je suis tellement heureuse ! Je m'inquiétais un peu…

— Je sais bien.

— Mais je suis rassurée, maintenant. Tu as apaisé mes craintes, Jason. Je t'aime de tout mon cœur, et je suis heureuse de pouvoir enfin te le dire sans t'effrayer, heureuse de savoir que tu m'aimes aussi…

Elle leva son verre pour porter un toast.

— A l'amour !

Il fit tinter son verre contre le sien.

— Pour la vie…

— Au Hitching Post, à notre maison, nos chevaux et notre chien…

— A nos enfants chahuteurs !

— Et à nous, Jace…

— Oui, Joss, à nous.

Peu de temps après, ils rejoignirent leurs invités au Rib Shack, pour ce qui aurait dû être leur réception de mariage.

Ils dansèrent, savourèrent le succulent repas préparé par Shane Roarke et le délicieux gâteau de Lizzie… La soirée fut excellente.

Après le départ de tous leurs invités, ils regagnèrent la suite nuptiale, et passèrent la nuit à faire l'amour passionnément.

Le lendemain matin, quand Joss se réveilla, elle sentit qu'elle était seule dans le lit.

— Jace ?

Elle ouvrit les yeux et le vit, assis sur une chaise à côté du lit, vêtu d'un costume léger, un bouquet de fleurs des champs à la main.

— Epouse-moi, Jocelyn Marie. Epouse-moi aujourd'hui…

Elle n'hésita pas un seul instant. Elle se leva, enfila une robe d'été et prit le bouquet qu'il lui tendait. Ils quittèrent la suite, allèrent chercher Claudia et Pete dans leur chambre d'hôtel et sa mère à l'appartement au-dessus de la boulangerie.

Le pasteur de la Thunder Canyon Community Church accepta de célébrer la cérémonie qui aurait dû avoir lieu la veille et, dans la jolie petite église blanche, en ce dimanche matin ensoleillé, bien avant l'heure de la messe, Jace et Joss échangèrent leurs anneaux.

— Vous pouvez embrasser la mariée, annonça le pasteur.

Jason sourit. Il avait enfin trouvé ce qu'il cherchait. Prenant Joss dans ses bras, il l'embrassa tendrement.

— Je t'aime, Joss…, murmura-t-il. Je t'aimerai toujours.

— Toujours, répéta-t-elle, radieuse.

C'était le plus beau moment de leur vie.

Retrouvez la suite de votre série « Passions dans le Montana » dès le mois de juin dans votre collection Passions.

KATHIE DeNOSKY

Délicieux souvenirs

Passions

éditions HARLEQUIN

Titre original : HIS MARRIAGE TO REMEMBER

*Traduction française de*TANIA CAPRON

83-85, boulevard Vincent-Auriol, 75646 PARIS CEDEX 13.

Service Lectrices — Tél. : 01 45 82 47 47

www.harlequin.fr

Prologue

— Hé ! Sam ! Tu veux bien arrêter de compter les pâquerettes et ouvrir cette porte ? lança quelqu'un depuis le terre-plein, derrière l'enclos.

Sam Rafferty se ressaisit. Se maudissant d'avoir ainsi laissé vagabonder son esprit, il ouvrit grand la porte pour faire passer le taureau qui arrivait entre les barrières d'acier, jusqu'aux glissières antichocs. C'était lui qui faisait venir les bêtes pour les rodéos, et il devait rester concentré sur sa tâche. Et mettre de côté tout le reste, surtout ce sur quoi il n'avait aucune prise. Sans quoi, un accident finirait par arriver.

Nate le rejoignit et tous deux regardèrent un cow-boy. L'homme venait de franchir d'un bond une barrière et s'élançait maintenant sur le dos puissant de Bumblebee, le plus gros et le plus vicieux des quatre brahmas que possédait Sam. Apparemment, le regard de Nate était vissé sur le taureau, mais Sam savait que son jeune frère s'efforçait aussi de jauger son humeur, et soupesait les mots qu'il allait prononcer.

— C'est bien aujourd'hui que vient Bria ? demanda-t-il finalement sans quitter le corral des yeux.

Et comme Sam répondait du bout des lèvres Nate ajouta :

— Tu veux qu'on en parle ?

Sam serra les mâchoires à s'en briser les dents.

— Non.

D'accord, il avait annoncé à ses frères que Bria et lui divorçaient ; mais, jusque-là, il avait gardé pour lui le motif de cette rupture, et ce n'était pas maintenant qu'il allait commencer. Bria avait ses raisons de vouloir partir. Mauvaises, pensait Sam, et cependant suffisamment sérieuses pour que sa femme ait décidé de le quitter, après cinq années de vie commune — dont trois ans de mariage.

Il attendit la suite. Mais rien ne vint. Sentant qu'il avançait sur un fil, Nate se contenta de hocher la tête. Puis, nonchalamment, il s'éloigna en déclarant :

— Content de t'avoir parlé, frangin.

A cet instant, l'homme qui contrôlait les glissières envoya le signal. D'un geste mécanique, Sam rouvrit la porte pour faire entrer l'animal suivant tout en ruminant son divorce. Il s'était rendu compte que Bria voulait en finir au plus vite avec cette procédure afin de prendre un nouveau départ dans la vie. Il respectait sa décision, même s'il ne pensait pas, quant à lui, que le divorce était la seule issue à leurs problèmes. Mais pourquoi avait-il fallu qu'elle choisisse précisément ce week-end-ci pour venir avec ses paperasses à signer ? Bon sang ! Elle savait bien que c'était *aujourd'hui* qu'avait lieu le rodéo à la mémoire d'Hank Calvert, un événement qu'ils organisaient chaque année, lui et ses frères, en hommage à celui qui les avait sortis du ruisseau, qui les avait remis dans le droit chemin, quand la société tout entière avait décrété qu'ils étaient une cause perdue.

En faisant entrer le taureau dans le passage, Sam

pensa à cet homme qui les avait pris en main, tous les six, et les avait sauvés d'une vie passée dans les bars, peut-être même d'une mort prématurée. Champion de rodéo toutes catégories, Hank avait écumé tous les concours, et quand il avait décidé de prendre sa retraite, en pleine force de l'âge, à trente-huit ans, il était à la tête d'une petite fortune. Au lieu de la dépenser à mener la belle vie, il avait fondé le Ranch de la Dernière Chance, un refuge pour les gamins perturbés. Parce que, comme il le répétait sans cesse, « Il n'y a pas de cause perdue quand il est question d'êtres humains. Chacun peut décider de changer, de s'extraire de sa condition, et devenir quelqu'un de bien. »

Hank s'était habilement appuyé sur le travail au ranch et sur le rodéo pour aider les six garçons à surmonter la rage et l'agressivité qu'avaient fait croître en eux les injustices dont ils étaient victimes depuis l'enfance. Il les avait conseillés, guidés, leur avait permis de devenir des membres honorables de la société. Il les avait poussés à retourner à l'école, les avait aidés dans leurs études quand il en était capable, avait payé des gens pour le faire quand il ne l'était pas, il avait même trouvé de l'argent pour les envoyer à l'université. Et soudain…

Sam prit une profonde inspiration. Bien avant l'heure, la vie de Hank avait été brisée net, par une attaque cardiaque foudroyante. Jamais ils ne pourraient honorer sa mémoire à la mesure de tout ce qu'il leur avait donné. Voilà pourquoi Sam était si contrarié que Bria ait jugé que la signature des papiers ne pouvait attendre un jour de plus. Elle savait l'importance que ce rodéo revêtait pour lui, pourtant ! Pour eux tous.

Par tous les diables, était-elle vraiment si pressée de se débarrasser de lui ?

Il scruta l'extrémité des gradins et se tourna une fois de plus vers l'entrée. Et là il eut le souffle coupé. C'était elle, elle était arrivée. Elle montait vers les tribunes réservées aux compagnes et aux petites amies des concurrents et du staff. Même après tout ce qui s'était passé entre eux, les accusations acerbes, les déceptions cruelles, Sam était ébloui chaque fois que Brianna Stanton-Rafferty apparaissait dans son champ de vision. Chaque fois, elle l'affolait. Et il savait que cela ne changerait jamais.

Quand leurs yeux se rencontrèrent, il eut un coup au cœur et sa gorge se noua. Bria et lui étaient dans une impasse et, puisqu'elle avait pris sa décision, il ne lui mettrait pas de bâtons dans les roues. Il était trop soucieux d'elle pour l'obliger à rester alors que la situation la rendait si malheureuse.

Il en était là de sa douloureuse introspection quand des appels alarmés s'élevèrent depuis les glissières.

— Sam !

— Attention !

— Tire-toi de là, Rafferty !

Vite, il se tourna pour voir la cause de leur agitation. Il entendit alors un meuglement furieux. A l'instant même, il découvrit la tonne de viande écumante qui se ruait sur lui comme un train emballé. Seigneur ! Un énorme taureau bringé avait réussi à se libérer de l'étroit passage clôturé et chargeait !

Pas le temps de grimper sur la palissade. Nulle part où aller. La seule chance d'éviter le pire, Sam le savait, était de se projeter sur le côté tout en repoussant la tête de l'animal de ses mains nues. De cette manière, il pouvait s'en sortir. Si seulement l'espace entre les palissades avait été plus large…

Hélas, l'étroitesse du couloir à cet endroit ne lui permit pas d'éviter complètement le passage du taureau. Et, en même temps qu'il entendit une femme pousser un cri horrifié, il sentit que sa tête allait heurter la porte d'acier.

La douleur lui traversa le crâne avec la violence d'un éclair. L'instant d'après, un voile sombre descendait sur lui. Il tenta de lutter, s'efforça de garder les yeux ouverts. Il devait rassurer Bria, lui dire de ne pas se faire de souci pour lui, que tout ce qu'il voulait c'était qu'elle soit heureuse. Mais l'élancement était intolérable, et Sam ne put résister : il ferma les paupières et glissa dans le paisible abîme de l'inconscience.

- 1 -

Debout dans la salle d'attente de l'hôpital, Brianna avait noué ses bras autour de son corps, comme pour contenir les frissons qui la secouaient. En vain. On était au Texas, au début du mois de juin, il faisait déjà très chaud, mais elle grelottait sans pouvoir s'arrêter.

Jamais auparavant, elle n'avait ressenti une terreur semblable à celle qui l'avait saisie quand elle avait vu, impuissante, le taureau en furie lancer Sam contre la barrière, puis s'acharner, à grands coups de tête, sur son corps pantelant. Par miracle, l'animal ne l'avait pas piétiné, et, comme ses cornes étaient coupées, Sam n'avait pas eu besoin de points de suture.

Nate et les frères d'adoption de Sam avaient immédiatement réagi, se précipitant pour détourner l'attention du colosse. Pourtant, elle avait eu l'impression que tous se déplaçaient au ralenti et qu'une éternité avait passé avant que l'équipe soignante ne puisse entrer dans l'enclos et prenne le relai.

Elle laissa échapper un soupir tremblant. Il n'y avait pas à tergiverser, elle était responsable de cet accident. Si elle avait attendu ne serait-ce qu'une journée, juste quelques heures, pour venir avec ses papiers, si elle n'avait pas distrait l'attention de Sam en se montrant, elle ne serait pas là, à attendre dans cette pièce, cependant qu'on examinait Sam pour juger de la gravité de ses blessures.

Mais le rodéo se tenait à deux heures de voiture seulement de son nouvel appartement, à Dallas. Elle avait décroché ce poste de consultante en marketing pour une grande enseigne de magasins, et elle voulait que tout soit en ordre avant de commencer. Si elle ne s'était pas trouvée bloquée dans un embouteillage sur l'autoroute, elle serait arrivée bien plus tôt et aurait pu repartir avant même que les dangereuses festivités n'aient débuté.

Sa respiration se brisa sur un sanglot. Quelle importance de savoir pourquoi elle était arrivée en retard ou de se justifier par sa hâte de passer à autre chose ? C'était Sam, et lui seul, qui payait le prix de son impatience.

— Est-ce qu'on t'a dit quelque chose, Bria ?

C'était la voix de Nate. Bria se retourna et vit les frères de Sam s'avancer vers elle, traversant précipitamment le hall. Grands, beaux dans leur rudesse, ces hommes étaient des cow-boys de la pointe de leurs Stetson à large bord jusqu'aux talons éraflés de leurs camarguaises. Les protégés d'Hank Calvert étaient tous riches, aujourd'hui, mais ils avaient gardé les pieds sur terre, des hommes durs à la tâche qui préféraient aux costumes chic les jeans et les solides chemises en toile Chambray. Seul Nate était le frère biologique de Sam, mais les quatre autres garçons comptaient tout autant pour eux que si le même sang avait coulé dans leurs veines.

— Ils… ils l'ont juste emmené dans la salle de

radiologie. Pour lui faire passer des examens… et un scanner de la tête…

De nouveau, Bria sentit sa voix se briser.

Nate s'avança et la prit dans ses bras, la serrant sur son large torse.

— Il va s'en sortir, Bria.

— Sam est plus coriace qu'une vieille carne, renchérit Lane Donaldson.

Lane avait le même âge que Sam, et détenait un master de psychologie qu'il utilisait avec profit comme joueur de poker professionnel. Mais aujourd'hui il n'était pas bien sûr de lui, songea Bria.

Ryder McClain, le plus enjoué de tous, approuva :

— Sam est probablement déjà en train de leur casser les pieds pour savoir quand il va sortir d'ici.

— J'espère que vous ne vous trompez pas, répondit-elle.

En tout cas, elle, elle se sentait totalement démunie.

— Est-ce que tu veux boire quelque chose, Bria ? Un café, un verre d'eau ? s'enquit T.J. Malloy.

Il était toujours très attentionné, aussi ne fut-elle pas surprise qu'il se préoccupe ainsi d'elle.

— Rapporte du café pour tout le monde, T.J., lança Nate sans attendre qu'elle réponde.

— Je viens avec toi, proposa Jaron Lambert en emboîtant le pas de T.J.

Il s'arrêta et se retourna vers Bria :

— Aimerais-tu autre chose ? Quelque chose à manger, peut-être ?

— Merci, Jaron, je n'ai pas faim. Je ne pense pas que je serai capable d'avaler quoi que ce soit, de toute façon, déclara-t-elle.

En revanche, elle était heureuse que les frères de

Sam soient là avec elle. Ils l'avaient toujours considérée comme une sœur. D'ailleurs, ils allaient lui manquer affreusement quand le divorce serait prononcé et qu'elle ne ferait plus partie de la famille…

— Viens t'asseoir, lui dit Nate en l'entraînant vers un rang de chaises placé le long du mur.

Il attendit qu'elle ait pris place pour demander :

— Est-ce que Sam avait repris connaissance dans l'ambulance, avant d'arriver ici ?

Elle secoua la tête.

— Je crois qu'il revenait à lui au moment où ils l'ont emmené pour l'examiner, mais ils ne m'ont pas laissée l'accompagner. Ils m'ont dit que le médecin viendrait me parler quand ils en sauraient plus.

Ne pouvant abandonner l'organisation du rodéo dont ils avaient la charge, les cinq hommes l'avaient envoyée à l'hôpital, tandis qu'eux-mêmes s'occupaient du transport des bêtes que Sam avait fait venir pour les différentes épreuves et qui devaient repartir pour d'autres rassemblements. Bria savait à quel point ils avaient dû prendre sur eux pour ne pas tout laisser en plan et suivre leur frère ; mais ils avaient accompli leur devoir, qui était en l'occurrence de veiller aux intérêts de Sam quand lui-même était dans l'incapacité de le faire.

— Est-ce que le rodéo est fini ? demanda-t-elle.

Ce concours de monte de taureaux était en principe le dernier de la saison.

— Oui, nous en avons terminé, assura Lane pour la réconforter, tout en pliant sa silhouette longiligne sur l'une des chaises. Tu n'as à te soucier de rien d'autre que de Sam.

— Je voudrais tant que quelqu'un vienne nous dire quelque chose ! s'exclama-t-elle en se levant, incapable de rester plus longtemps sans bouger.

Elle se dirigea vers le hall pour regarder la porte derrière laquelle Sam avait disparu.

Pourquoi leur fallait-il autant de temps ? Plus l'attente se prolongeait, plus son inquiétude grandissait.

Elle vit T.J. et Jaron revenir avec plusieurs tasses.

— Toujours rien ? lança T.J. en s'arrêtant devant elle pour lui tendre un café.

Il n'avait pas plus tôt dit ces mots qu'un homme, portant sous sa blouse blanche une tunique bleue de chirurgien, entra dans la salle d'attente.

— Madame Rafferty ? demanda-t-il en venant vers elle.

Elle eut de nouveau ce geste de serrer ses bras autour de son corps, comme pour se protéger de ce qu'il allait lui annoncer, tandis que les frères de Sam se dressaient d'un bloc à ses côtés.

— En effet. Je suis Brianna Rafferty, répondit-elle, surprise d'entendre sa voix aussi ferme quand ses propres nerfs chancelaient. C'est mon ma… Est-ce que Sam va bien ?

— Je suis le Dr Bailey, le neurologiste de garde ce soir.

L'expression du médecin ne laissait rien paraître de ce qu'il s'apprêtait à leur annoncer.

— Asseyons-nous, je vais vous expliquer l'état de votre mari.

Quand tous furent assis, il tira une chaise pour venir se placer face à eux.

— Sam a repris conscience juste avant qu'on l'emmène au service de radiologie pour lui faire passer une scintigraphie du cerveau et des rayons X, ce qui est bon signe. Et nous n'avons vu aucune fracture.

Sentant qu'elle avait besoin de soutien, Nate prit la main de Bria et dit les mots qu'elle ne parvenait pas à prononcer :

— Est-ce que je me trompe ou est-ce qu'il y a un « mais », docteur ?

— Le scanner montre que Sam a souffert d'une commotion violente. Il n'y a pas de trace d'écoulement sanguin dans le cerveau, ce qui est parfait. Il y a, en revanche, quelques œdèmes.

— Qu'est-ce que ça veut dire ? maugréa Jaron.

Avec ses cheveux noir de jais et son air sombre, il n'était pas le genre d'homme que l'on se risquait à contrarier.

— Cela veut dire qu'il pourrait y avoir des complications…

Devant leurs mines inquiètes, le Dr Bailey se hâta d'ajouter :

— … ou pas. Il est en observation, et nous serons fixés dans les prochaines heures. Si son état s'aggrave, il nous faudra l'opérer et ouvrir afin de soulager la pression intracrânienne.

Brianna étouffa un cri horrifié.

— Je suis presque certain que ce ne sera pas le cas, madame Rafferty, ajouta le médecin précipitamment. J'ai moi-même suivi l'état de votre mari depuis son arrivée dans le service des urgences, et il n'y a aucun signe d'évolution en ce sens. Mais, quoi qu'il en soit, il nous faudra surveiller la survenue d'éventuels problèmes neurologiques qui ne peuvent pas être décelés sur le scanner.

— De quel type de problèmes parlez-vous ? s'écria Ryder sans aménité.

Il semblait prêt à boxer la première personne qui se présenterait. D'ordinaire, c'était un homme qui chevauchait des taureaux, un homme qui n'avait peur de rien. Mais, là, Bria perçut derrière son agressivité la même profonde angoisse qui les agitait tous.

— Dès qu'il s'agit du cerveau, expliqua le médecin, il y a toujours des risques de troubles : de la mémoire, du raisonnement, de l'humeur… Je ne suis pas en train de vous dire que ces troubles se produiront nécessairement, ou que, s'ils apparaissent, ils seront définitifs, mais vous devez savoir que ce risque existe.

— Mon Dieu, comment est-il possible qu'une chose pareille arrive ?

Bria ne pouvait plus retenir ses larmes, à présent. Sam était si fort, si solide… Qui aurait pu imaginer qu'il pourrait se retrouver dans une telle situation ? Le fait que, d'une manière ou d'une autre, elle ait joué un rôle dans l'accident était déjà insupportable ; mais si l'état de Sam venait à empirer elle ne pourrait pas vivre avec la pensée qu'elle était responsable. Tout ça parce qu'elle avait choisi ce jour précis pour conclure le divorce !

Nate la prit par les épaules dans un geste protecteur.

— Quand sera-t-il possible de le voir, docteur ?

Il est actuellement dans l'unité de soins intensifs, il récupère. Deux d'entre vous peuvent aller le voir quelques minutes, et vous pourrez vous y rendre toutes les deux heures, à tour de rôle.

Le praticien se leva, leur serra la main et conclut :

— Je vous en dirai plus quand j'aurai fait le point demain matin. Je vais demander à une infirmière de vous accompagner à la salle d'attente de l'USI, à l'étage.

Tandis qu'il s'éloignait, Jaron s'approcha de Bria et posa la main sur son bras.

— Ça va aller, Bria. Sam va s'en tirer sans encombre.

— Sam est le type le plus costaud que je connaisse, ajouta T.J. Je suis sûr qu'il sera sur pied très vite.

Lane prit une profonde inspiration.

— Vous devriez aller le voir, toi et Nate, dit-il. Nous, on va s'installer dans la salle d'attente.

Quelques secondes plus tard, Bria était avec Nate dans l'ascenseur qui les conduisait au troisième étage. Que savaient les frères de Sam de leur divorce ? se demanda-t-elle alors. Le connaissant, il ne leur avait probablement dit que le strict minimum. Elle soupira. Même si elle était certaine de ne plus vouloir être sa femme, elle désirait rester auprès de lui ce soir, se tenir à ses côtés dans l'épreuve qu'il devait affronter. Mais avait-elle vraiment le droit d'être là ? Le divorce était sur le point d'être prononcé, et elle n'était pas très sûre d'avoir sa place dans tout ça. Elle posa la question d'un ton hésitant :

— Nate, peut-être que je ne devrais pas être ici ?

Son beau-frère la regarda comme si elle avait perdu la tête.

— Qu'est-ce qui te prend de dire une chose pareille, Bria ?

— Sam et moi, nous sommes sur le point de signer le divorce, expliqua-t-elle.

Elle détestait ce mot.

— Je ne suis pas sûre qu'il souhaite ma présence.

Nate secoua la tête.

— Quelle importance ? Pour l'instant, vous n'avez rien signé. Pour autant que je sache, et je pense que l'Etat du Texas partagerait mon point de vue, vous êtes toujours mariés, tous les deux.

— Mais…

— Mais rien du tout. Tu es sa femme et, jusqu'à ce que tout ça soit fini et qu'il soit tiré d'affaire, ta place est avec lui. Après ça, vous ferez ce que vous avez à faire.

Brianna se dit qu'il avait sans doute raison. Tant que leur union n'avait pas été rompue devant la loi, ils étaient toujours mariés. Si des décisions médicales devaient être prises, c'est vers elle qu'on se tournerait. Et, de toute façon, elle voulait être avec lui jusqu'à ce qu'elle soit sûre qu'il était hors de danger.

Enfin, l'ascenseur les déposa à l'étage des soins intensifs. En sortant de la cabine, Bria se mordit la lèvre pour l'empêcher de trembler. Leur histoire avait beau être terminée, elle restait profondément liée à Sam. Simplement, il lui était devenu impossible de vivre avec lui, après tout ce qui s'était passé ces derniers mois. Elle avait eu tellement besoin de lui quand elle avait perdu leur bébé… Et, au lieu de la soutenir, il s'était excusé de ne pas pouvoir laisser ses affaires, à cause d'un rodéo.

Ils arrivèrent au bureau des infirmières, où ils se présentèrent et où on leur indiqua la chambre de Sam. Les yeux de Bria se remplirent de nouveau de larmes quand elle le vit. Sa tempe droite était complètement tuméfiée et une plaie affreuse courait jusqu'à sa mâchoire. Elle constata avec un soulagement extrême qu'il avait les yeux ouverts et vit immédiatement qu'il les reconnaissait, lui et Nate.

— Vous voulez bien dire à ces gens de me rendre mes affaires, que je puisse sortir d'ici ? lança-t-il d'un ton impatient.

— Bien, je vois qu'il y a des choses qui ne changent pas, ironisa Nate.

Son sourire laissait paraître son soulagement.

— Apparemment, même en aussi piteux état, tu n'as pas perdu ton sale caractère…

Bria s'approcha du lit et, incapable de se retenir de toucher Sam, dégagea délicatement une mèche blonde de ses yeux.

— Est-ce que ta tête te fait mal, Sam ?

Il tendit la main vers elle.

— Ne t'inquiète pas, ma chérie, tout va bien. Trouve-moi juste des vêtements, que je m'habille et qu'on rentre à la maison.

— Il faut que tu restes ici un jour ou deux, le temps que nous soyons sûrs que tout est en ordre, dit-elle en lui serrant la main.

Quand leurs paumes se touchèrent, elle fut envahie de tristesse à l'idée de tout ce qui aurait pu être.

Sam insista :

— Je me reposerai mieux à la maison, assura-t-il. Je te laisserai même jouer les infirmières, si c'est la condition pour qu'on me laisse partir.

Bria croisa le regard interrogateur de Nate. Elle avait quitté le ranch trois mois plus tôt. Pourquoi Sam voulait-il absolument qu'ils rentrent ensemble ? Et cette histoire de la laisser jouer les infirmières…

Jamais en temps normal il n'aurait prononcé une phrase pareille. Jamais il ne lui aurait fait sentir qu'il avait besoin d'elle — sauf pour faire l'amour. Il était si orgueilleux et si sûr de lui… C'était une autre des raisons qui l'avaient convaincue que leur mariage était dans une impasse.

Inquiète, elle demanda doucement :

— Sam, sais-tu quel mois nous sommes ?

Il fronça les sourcils comme s'il se disait que c'était elle qui avait un problème.

— Bien sûr que oui, nous sommes en janvier, tu ne te rappelles pas qu'on vient de fêter le nouvel an ? Juste avant que je ne parte emmener ces taureaux dans l'Oklahoma, la semaine dernière. Bon, vas-tu arrêter avec tes questions et me trouver quelque chose à me mettre sur le dos ?

Le cœur de Brianna fit un bond. L'exhibition dont il parlait avait eu lieu six mois plus tôt. Nate intervint, en lui lançant un regard.

— Il est tard, et il y a deux heures de route jusqu'au ranch. Il vaut mieux que tu restes ici ce soir, et on verra demain si tu es en état de rentrer à la maison. D'ici là, Bria et moi nous occupons de récupérer tes vêtements.

— Nate a raison, Sam, renchérit-elle pour appuyer le conseil de son beau-frère.

Cette perte de mémoire manifeste l'alarmait, et elle voulait parler au médecin.

— Essaye de te reposer, à présent. Je suis sûre qu'on pourra arranger tout ça dès demain matin.

Sam eut l'air contrarié, mais il parut comprendre qu'il n'aurait pas le dernier mot, et acquiesça finalement.

— Nate, est-ce que tu peux me laisser une minute avec ma femme ?

— Bien sûr, frangin.

Nate se tourna vers la porte.

— Je vais dans la salle d'attente avec les autres, Bria.

Sitôt que Nate fut sorti, Sam la scruta de son regard bleu.

— Est-ce que tu vas bien ? Tu n'as pas été trop secouée ?

Pourquoi s'inquiétait-il de sa santé, alors que c'était lui qui avait eu un accident ? En pleine confusion, elle répondit :

— Mais oui, je vais bien, pourquoi me demandes-tu ça ?

— C'est à cause de ce bébé qu'on essaye d'avoir, répondit-il en lui serrant doucement la main. Quand j'étais en Oklahoma et que je t'ai téléphoné, l'autre soir, tu m'as dit que tu sortais acheter un test de grossesse à la pharmacie. Est-ce que ça a marché, ma chérie ? Est-ce que tu es enceinte ?

En entendant ces mots, elle se sentit glacée jusqu'aux os. Il ne se souvenait plus que, non seulement elle avait été enceinte, mais avait fait une fausse couche, dans la septième semaine. Cela s'était passé presque six mois plus tôt, et c'est précisément ce qui l'avait finalement décidée à quitter Sam. Apparemment, il ne gardait aucun souvenir des événements houleux de ces derniers mois. Il se passait vraiment quelque chose d'anormal.

— Non. Non, je ne suis pas enceinte, répondit-elle, résolue à parler au plus vite au neurologue. Repose-toi à présent, je reviendrai un peu plus tard voir comment tu vas.

— Ne t'inquiète pas, ma chérie, dit Sam en souriant. Cela ne fait pas si longtemps qu'on essaye. Je suis sûr que tu seras enceinte d'ici à un mois ou deux.

Se sentant incapable de répondre sans éclater en sanglots, ou sans rétorquer qu'il aurait fallu qu'il soit un peu plus présent pour qu'elle puisse espérer une nouvelle grossesse, elle se contenta de hocher la tête et fit un mouvement vers la porte.

— Tu ne m'embrasses pas pour me souhaiter bonne nuit, mon cœur ? demanda-t-il en retenant sa main dans la sienne.

Elle improvisa :

— Je... heu... On ne doit pas toucher à la barrière de sécurité du lit.

Puis elle embrassa le bout de ses doigts et les pressa sur les lèvres de Sam.

— Il faut vraiment que tu prennes du repos, si tu veux qu'ils te laissent sortir demain. Essaye de dormir, Sam.

Il eut ce sourire qui la faisait toujours chavirer.

— Ça va être très dur, sans toi.

Elle dut une fois de plus se mordre les lèvres pour ne pas répliquer que dormir sans elle n'avait pas semblé lui poser le moindre problème, quand il partait avec son cheptel, au gré des rodéos. Mais, en regardant son beau visage, elle se dit que le moment était mal choisi pour lui rappeler combien elle s'était sentie seule, et combien de fois elle lui avait demandé d'en finir avec ces déplacements incessants. N'avait-il pas aujourd'hui largement de quoi vivre confortablement, sans rien devoir à personne ? Rien ne l'obligeait à continuer à travailler autant. A présent, le sourire de Sam lui faisait presque oublier toutes ses résolutions. Il fallait qu'elle prenne un peu de recul, pour recouvrer ses esprits.

— Bonne nuit, Sam.

Certaines choses ne changeront jamais, se dit-elle en descendant les marches pour regagner le hall. Jour après jour, le soleil se lève à l'est, l'océan revient à l'assaut du rivage ; et le sourire de Sam Rafferty suffisait à la faire trembler de la tête aux pieds. Tellement sensuel…

— Je ne vois pas d'autre moyen, Bria, répéta Nate en secouant la tête. Il va falloir que tu reviennes au ranch, le temps que Sam ait recouvré la mémoire.

Quand ils eurent finalement pu s'entretenir avec le neurologue, Bria et les frères de Sam décidèrent que le mieux à faire était de prendre une bonne nuit de repos, avant de se retrouver devant un café pour discuter du parti à adopter. Après quarante-huit heures d'observation, le Dr Bailey leur avait expliqué que Sam était en mesure de rentrer chez lui, mais qu'il souffrait d'un syndrome post-traumatique qui avait effacé de son esprit tout ce qui s'était produit au cours des six derniers mois. Il leur avait assuré que son état était probablement temporaire, et que tout rentrerait naturellement dans l'ordre en quelques semaines. Sam retrouverait sans doute tous ses souvenirs, ou presque. Mais d'ici là il souffrirait vraisemblablement de migraines et d'accès de vertiges, et il faudrait lui éviter au maximum les soucis et le stress. Et c'est pour cela qu'ils étaient tous réunis aujourd'hui. Il était impératif que quelqu'un reste auprès de lui en permanence jusqu'à ce qu'il soit complètement rétabli.

Bria regarda tour à tour chacun des hommes :

— Est-ce que l'un d'entre vous ne pourrait pas s'installer au ranch ? demanda-t-elle. Ou alors on pourrait engager quelqu'un pour veiller sur lui ?

— Engager une infirmière est hors de question, affirma T.J. d'un ton catégorique. Cela ne ferait que le rendre furieux, et la pauvre fille finirait traumatisée. Il est comme un grizzly piqué par les mouches, quand il ne peut pas faire les choses comme il l'entend.

— N'importe lequel d'entre nous serait prêt à se débrouiller pour ne pas le laisser seul. Mais ça ne réglerait pas le problème du stress, déclara Lane, qui paraissait peser chacun de ses mots avec le plus grand soin. Il ne se souvient pas que vous êtes en instance de divorce, Bria, ni même que tu as quitté le ranch. Et je ne pense pas que ce soit le moment de le lui annoncer.

Le poker avait fait de Lane un fin stratège et un maître de la logique, et il déployait à présent tout son art de la persuasion.

— Tu sais bien que nous ferions tout pour Sam, sans hésitation. Mais ce n'est pas nous qu'il souhaite voir à ses côtés en ce moment, ce n'est pas de nous dont il a besoin, reprit Ryder.

Se sentant prise au piège, Bria protesta faiblement :

— Mais toutes mes affaires sont à Dallas. Vous croyez qu'il ne remarquera pas qu'il n'y a plus rien qui m'appartienne au ranch ? Plus un vêtement, plus une photo de ma famille ?

Elle était bien consciente de la faiblesse de cet argument, mais comment allait-elle pouvoir commencer à reconstruire sa vie si elle devait retourner au ranch, retrouver tous ces problèmes qui l'avaient décidée à partir ? Et recommencer à vivre avec un homme qui avait totalement oublié que tout cela était devenu impossible ?

— On a tous des camions, et des reins solides, bougonna T.J. en haussant les épaules.

Jaron acquiesça :

— On peut redéménager tout ça en un clin d'œil.

Bria soupira. Elle savait qu'ils avaient raison, mais elle n'en gardait pas moins un sentiment de défaite. Elle commençait tout juste à s'habituer à l'idée qu'elle ne vivrait pas la vie qu'elle avait imaginée en épousant Sam. Pendant trois ans, elle s'était vue, femme au foyer, mère de la grande famille qu'ils voulaient fonder. Ensuite, après avoir pris la douloureuse décision de se séparer de lui, il avait fallu qu'elle songe à reconstruire une vie professionnelle, et qu'elle retrouve du travail.

Avec le sentiment de faire un grand pas en arrière, et de briser net l'essor qu'elle avait pris depuis trois mois, elle déclara finalement :

— Bon, mais si je le fais, c'est seulement temporaire.

— C'est entendu, déclara Nate.

Elle ajouta fermement :

— Je commence dans quelques semaines comme consultante marketing dans un grand magasin de Dallas, ils veulent lancer une ligne de prêt-à-porter féminin. Je ne peux pas passer à côté d'une opportunité pareille. J'ai déjà de la chance qu'ils m'aient laissé du temps pour conclure le divorce et pour me retourner avant de commencer chez eux. Je ne pourrai pas demander un nouveau délai.

— Je suis sûr que Sam aura recouvré la mémoire d'ici là, assura Lane.

— Et je ne veux pas que vous rapportiez tout au ranch, je vous préviens.

— Dis-nous ce dont tu as besoin et tout sera en place quand tu rentreras au ranch avec Sam, lui répondit gentiment Ryder.

Nate jeta un regard sur sa montre.

— Nous ferions mieux de nous mettre en route. Ils doivent signer l'autorisation de sortie dans quelques heures, dit-il. Ça ne nous laisse pas beaucoup de temps pour faire l'aller-retour jusqu'à Dallas avant votre arrivée.

— Prenez juste les vêtements et les chaussures qui sont dans la penderie, leur précisa Bria. J'irai en ville acheter le reste.

— Tu es sûre que c'est tout ce qu'il te faut ? demanda Ryder en fronçant les sourcils. Des sous-vêtements… ?

— Certaine, coupa-t-elle.

Elle ne souhaitait pas qu'ils lui rapportent quoi que ce soit d'autre. Imaginer ces cinq gaillards en train de farfouiller dans ses tiroirs à la recherche de ses soutiens-gorge et de ses petites culottes était rien moins qu'attrayant. Elle donna l'adresse de son appartement à Nate en lui tendant les clés.

— Quand vous aurez récupéré mes affaires, pourrez-vous aller demander à la concierge de garder mon courrier jusqu'à ce que je puisse faire un saut pour le récupérer, d'ici à une semaine ?

— Comment feras-tu avec Sam ? Il y en a bien pour trois heures pour faire l'aller-retour ? s'enquit Jaron.

— Il aura forcément rendez-vous avec le neurologue dans les quinze jours qui viennent.

Elle leur lança un regard d'avertissement et précisa :

— Je reste avec lui jusqu'à ce qu'il soit remis, mais l'un de vous devra le conduire ici à Waco pendant que j'irai à Dallas.

Avant qu'ils n'aient pu protester, elle ajouta :

— Vous me devez bien ça.

Tous se levèrent en même temps qu'elle, ce qui ne la surprit nullement. Elle les connaissait depuis qu'elle connaissait Sam, ou presque, et dès le premier jour ils l'avaient traitée comme la sœur qu'ils n'avaient jamais eue. Hank Calvert les avait non seulement sortis de leurs problèmes d'adolescence et mis sur le chemin du succès et de la richesse, mais il leur avait inculqué des valeurs de respect et des manières de gentlemen, ainsi qu'un sens profond de la famille.

— Merci de ce que tu fais pour Sam, dit Nate en l'embrassant fraternellement sur la joue. Nous te sommes vraiment reconnaissants, Bria.

L'ayant raccompagnée à l'ascenseur, chacun la serra dans ses bras en lui donnant rendez-vous au ranch. Brianna les regarda gagner l'entrée de l'hôpital. Elle ne put s'empêcher d'envisager avec anxiété les semaines qui allaient suivre. Comment allait-elle réussir à faire comme si de rien n'était ? Sam était toujours le même homme, celui qui avait travaillé sans relâche, incapable de prendre un peu de temps pour leur couple, absent quand elle avait le plus besoin de lui. Elle avait tenté de lui expliquer à maintes reprises ce qui n'allait pas, pourquoi elle était malheureuse depuis qu'ils s'étaient mariés et aurait voulu qu'ils reviennent au temps où ils ne l'étaient pas, à la vie qu'ils menaient alors. En réponse, il n'avait su que dire, inlassablement, que tout ce qu'il faisait il le faisait pour elle, et pour leur avenir. Finalement, elle était parvenue à la conclusion que, quels que soient le succès qu'il rencontrerait, la fortune qu'il amasserait, ce ne serait jamais assez. Le jour où elle avait perdu leur bébé, il avait fallu une journée entière avant que Sam ne puisse venir auprès d'elle. Même dans de tels moments, son travail passait en priorité. Elle avait alors compris qu'elle ne pouvait plus continuer. Et, aujourd'hui, voilà qu'elle allait se retrouver à la case départ.

Elle entra dans l'ascenseur et pressa le bouton du troisième étage. Non, rien ne changerait jamais. Sam serait toujours un forcené du travail. Mais il serait toujours aussi sa plus grande faiblesse, à elle. Et elle commençait à craindre qu'il n'en soit toujours ainsi.

- 2 -

Au moment où elle quittait la route principale pour s'engager sur le chemin qui menait au ranch où elle avait vécu pendant trois ans, Bria jeta un coup d'œil à Sam. Il était resté silencieux depuis leur départ de l'hôpital. Cherchait-il à retrouver des souvenirs de ce qui s'était passé au cours des six derniers mois ?

— Est-ce qu'il y a quelque chose qui ne va pas ? finit-elle par demander.

Il parut réfléchir.

— Je ne me souviens pas de ce SUV Explorer, dit-il après quelques instants. Quand l'avons-nous acheté ?

— Il y a environ trois mois, répondit-elle.

Il lui parut préférable de ne pas préciser qu'elle avait acheté l'Explorer au moment où elle était partie.

Elle n'était pas accoutumée à mentir, et surtout pas à Sam. Sur ce point, leur relation avait toujours été fondée sur l'honnêteté et la confiance ; même s'ils étaient arrivés aujourd'hui au point de rupture, il n'était pas question que cela change. En revanche, dire toute la vérité à Sam n'aiderait pas celui-ci à retrouver la mémoire. Le médecin avait bien insisté : il était préférable de laisser les souvenirs lui revenir d'eux-mêmes, plutôt que de le submerger d'un flot d'informations. Ceci ne ferait que lui occasionner du stress et risquerait au contraire de retarder sa guérison.

On avait expliqué à Sam qu'il souffrait d'une sorte d'amnésie et, jusqu'à présent, il n'avait pas posé beaucoup de questions. Ce qui la soulageait considérablement.

Sam scrutait l'intérieur du véhicule.

— Il a l'air bien, conclut-il finalement.

Elle hocha la tête.

— Oui, je l'aime beaucoup.

Il se retourna pour jeter un coup d'œil à la banquette arrière.

— Il y a de la place pour loger un siège bébé, là derrière. Est-ce que c'est pour ça qu'on a choisi ce modèle ?

Comme la première fois, à l'hôpital, entendre Sam mentionner leur désir d'avoir un enfant blessa cruellement Bria.

— Non, fit-elle d'un ton coupant.

Chaque fois que lui revenait la pensée du bébé qu'elle avait perdu, son ventre se contractait sous l'effet de la douleur, mais aussi de la colère qu'elle ressentait à l'égard de Sam. Comment avait-il pu l'abandonner au moment où elle avait tant besoin de son soutien et de sa force ? Il avait choisi son travail cette fois encore, une fois de trop. Elle ne pourrait jamais lui pardonner de l'avoir laissée ainsi, livrée à elle-même.

Elle sursauta. Sam s'était penché vers elle et avait posé son index sur sa bouche. Elle prit conscience qu'elle se mordait douloureusement les lèvres.

— Ma chérie, si tu continues à faire ça, il ne va plus rien me rester à embrasser.

Bria prit une profonde inspiration, puis s'efforça de changer de sujet.

— Regarde, dit-elle avec un mouvement du menton en direction de la maison. Tes frères sont venus te tenir compagnie. Il faut que j'aille en ville faire quelques courses.

— Je n'ai pas besoin de baby-sitter, protesta Sam d'un air contrarié.

— Ecoute, Sam, inutile de discuter, coupa Bria en hochant la tête avec irritation.

L'orgueil dont il pouvait faire preuve était l'une des choses qui l'horripilait le plus chez lui.

— Ce n'est pas toi qui décides, pour une fois, c'est moi. Le médecin a dit qu'il devait y avoir quelqu'un avec toi en permanence, et on fera exactement ce qu'il a dit. Tu ferais mieux de t'y résoudre tout de suite.

— On verra ça.

Il était évident qu'il n'allait pas lui faciliter la tâche.

Pour preuve, à peine eut-elle garé le SUV qu'il était déjà sorti de voiture, avant même qu'elle ait pu lui dire d'attendre qu'elle vienne près de lui pour s'assurer qu'il tenait bien sur ses jambes.

Confortablement installés sous la véranda, à l'arrière de la maison, les cinq frères buvaient une bière.

— Hé, servez-m'en une ! lança Sam.

— Celui qui fera ça aura affaire à moi, prévint Bria, tandis qu'elle refermait la portière. Le médecin a dit : pas d'alcool.

Elle fit le tour de la voiture pour le rejoindre.

— Comment te sens-tu ? Tu n'as pas la tête qui tourne ?

— Pour l'amour du ciel, Bria, arrête de me traiter

comme si j'étais une plante exotique ! A part le fait que je ne me souviens pas de ce qui s'est passé depuis six mois, tout va bien. J'aurais été parfaitement capable de conduire, et je ne vois pas ce qui m'empêcherait de boire une bière. Il n'y a pratiquement pas d'alcool, là-dedans !

— Ecoute-moi bien, Sam Rafferty, répliqua Bria avec sévérité, tu vas suivre les consignes du médecin à la lettre, ou sinon je t'assure que…

Il l'interrompit en lui touchant la joue d'un geste tendre.

— Est-ce que tu sais à quel point tu es sexy quand tu t'énerves ?

Le geste de Sam et le sourire enjôleur qu'il lui décocha firent à Bria l'effet d'une décharge électrique. Elle était totalement désorientée. Le contact de ses mains, son espièglerie… Bria n'avait guère eu l'occasion d'en profiter depuis que Sam avait créé sa compagnie. Depuis leur mariage, en fait. Tout ça lui avait tellement manqué.

— Dès que mes frangins seront partis, je te montrerai ce que ça me fait, lui chuchota-t-il à l'oreille.

Un désir brutal s'empara de Bria. Elle lutta pour ne pas se laisser envahir. Elle avait toujours adoré faire l'amour avec Sam. C'était là un des aspects les plus épanouissants de leur relation. Ou, du moins, ça l'avait été, avant que Sam ne se mette à passer la majeure partie de son temps sur les routes, se déplaçant au gré des tournois…

Mais que Sam ne se souvienne pas qu'ils s'étaient séparés n'était pas une excuse pour qu'elle l'oublie, elle. Il n'était pas question qu'elle cède à la tentation de se précipiter dans ses bras. Le quitter avait été suffisamment douloureux la première fois. S'ils faisaient l'amour maintenant, cela ne ferait que rendre les choses encore plus difficiles quand Sam aurait recouvré la mémoire, et qu'elle devrait de nouveau s'en aller.

— Tu ne me montreras rien du tout, déclara-t-elle, autant pour lui que pour s'en convaincre elle-même. Tu ne dois rien faire qui puisse t'occasionner du stress ou de l'excitation.

— Voyons mon cœur, faire l'amour n'a absolument rien de stressant, fit-il d'une voix rauque.

Il glissa son bras autour de ses épaules, tandis qu'ils se dirigaient vers la véranda.

— Au contraire, c'est excellent pour chasser les tensions, en plus d'être extrêmement agréable.

Bria sentit qu'elle rougissait.

— Chut ! Tes frères vont t'entendre.

— Je ne pense pas que ça les choquerait, répondit-il d'un air taquin. Je crois qu'ils sont au courant de ce qui se passe au sein d'un couple, tu sais.

Subitement, Sam s'arrêta de marcher et Bria le sentit s'appuyer sur son bras. Elle comprit immédiatement qu'il y avait un problème.

— Nate ! Vite ! Sam ne se sent pas bien !

Les cinq hommes réagirent instantanément. Ils dévalèrent les marches et, en un éclair, ils étaient auprès d'eux.

— On t'emmène à la maison, frangin, dit Nate en passant le bras de Sam autour ses épaules.

D'un coup, Bria fut libérée de son poids.

— Je peux très bien y aller tout seul, protesta Sam.

Les muscles de ses mâchoires saillaient sous l'effet

de la crispation, trahissant l'effort qu'il faisait pour se tenir debout. C'était bien de lui, ces entêtements stupides ! Bria secoua la tête avec découragement.

— Bon, je vous laisse vous occuper de lui pendant que je vais à l'épicerie faire quelques courses.

— Tu reviens, n'est-ce pas ?

C'était Nate. Bria se mordit la lèvre, son beau-frère avait manifestement parlé sans réfléchir.

Sam fronça les sourcils.

— Qu'est-ce que tu racontes ? Bien sûr qu'elle revient. Elle habite ici, où veux-tu qu'elle aille ?

Bria intervint précipitamment.

— Oui, bien sûr, je ne serai pas longue, promit-elle. J'imagine que vous vous êtes occupés de tout pendant que j'étais partie chercher Sam à l'hôpital ?

— Tout est en ordre, sois tranquille, répondit T.J.

Sam les regarda tour à tour.

— Mais qu'est-ce qui se passe, ici ? s'exclama-t-il finalement avec humeur. Si personne ne m'explique ce que vous manigancez, je vais…

— Qu'est-ce que tu peux avoir l'air mauvais quand tu es malade, l'interrompit Nate d'un ton railleur.

— Prends garde ! Si tu ne fais pas gentiment tout ce qu'a dit le médecin, Bria pourrait bien décider de disparaître on ne sait où, renchérit Lane. A ta place, je serais très obéissant…

Sam se détendit, semblant accepter ces explications. Bria poussa un soupir de soulagement. Encore quelques gaffes comme celle que venait de commettre Nate, et ils seraient contraints de tout raconter à Sam avant qu'il ait pu recouvrer la mémoire de lui-même.

— Ne t'inquiète pas, ajouta Ryder, tout en jetant un

coup d'œil à sa montre. Nous nous sommes occupés de récupérer les bêtes et de les faire partir pour le rodéo de Del Rio. D'ailleurs, je vais me mettre en route pour les rejoindre, à présent. Je dois aller à ce rodéo, de toute façon. Ça ne changera pas grand-chose que je m'occupe des bêtes, par la même occasion.

— Merci pour ton aide, Ryder, dit Sam.

Ryder eut un haussement d'épaules.

— Tu n'as pas à me remercier, rétorqua-t-il. Tu en ferais autant pour moi, s'il le fallait.

— Nous te rejoindrons dans deux jours pour te filer un coup de main, lui dit T.J., tandis que Ryder se levait pour regagner son 4x4.

— Bria, est-ce qu'on se retrouve chez vous dimanche pour mon anniversaire ? demanda Jaron d'un ton plein d'espoir. Tu sais que j'adore ta tarte aux pommes.

Ces paroles firent sourire Brianna.

— Bien entendu, répondit-elle.

La perspective de fêter l'anniversaire de Jaron lui fit du bien. Elle aimait beaucoup organiser ces réunions familiales. Les préparatifs du dîner l'occuperaient et l'aideraient à ne pas trop penser à tout ce qui aurait pu se passer autrement, pour elle et Sam. Et puis, toutes ces journées qu'elle allait devoir passer auprès de Sam risquaient de la mettre à rude épreuve. La présence des garçons la soulagerait un peu.

Quant à Sam, il parut rassuré d'apprendre que ses frères avaient pris les choses en main. Il fit un geste de la main en direction du SUV.

— Sois prudente sur la route, ma chérie.

Tandis qu'elle se dirigeait vers sa voiture, Bria se demanda comment elle allait pouvoir passer les prochaines semaines sans devenir folle. Sam avait toujours été extrêmement intuitif. Il remarquerait forcément chaque petite anomalie et comprendrait rapidement que les choses étaient très différentes de ce dont il croyait se souvenir. Ce n'était qu'une question de jours… Mais hélas il était impossible de lui annoncer de but en blanc que leur mariage était rompu et de lui apprendre pour quelles raisons. Cela ne ferait qu'ajouter à l'angoisse qu'il éprouvait déjà certainement à l'idée d'avoir perdu la mémoire.

Tout en manœuvrant pour sortir de la cour du ranch, Bria soupira lourdement. Comment avait-elle bien pu se retrouver dans une situation pareille ? Et surtout, comment allait-elle bien pouvoir s'en sortir, et reprendre la route qu'elle s'était fixée ?

Sam était assis dans le salon, où il regardait distraitement les informations régionales à la télévision. Rosa, la femme de ménage qui, à l'occasion, faisait également office de cuisinière, avait pris quinze jours de congé pour se rendre chez sa sœur à San Antonio, aussi Bria se retrouvait-elle dans la cuisine pour préparer le dîner. Il s'efforçait de se tenir tranquille, car elle avait insisté pour qu'il ne fasse rien. Mais cela ne lui convenait pas du tout. Ce n'était pas l'image qu'il se faisait de ce qu'il devait être. Un homme avait une certaine conduite à tenir : il devait travailler dur pour offrir à sa femme une vie agréable. A sa femme, et à la famille qu'ils allaient fonder.

La pensée de l'affaire qu'il avait mise sur pied l'emplissait d'une profonde satisfaction. Il était fier d'avoir bâti la Compagnie de Rodéo de Sugar Creek, en partant de rien, fier de l'avoir fait prospérer de manière aussi éclatante. Grâce à cette réussite, ils étaient désormais à l'abri du besoin pour le restant de leurs jours. Il aurait même pu cesser de travailler ! Mais il n'en était pas question, bien entendu. Il avait toujours en tête un des leitmotiv de Hank : chacun a besoin de se trouver un but dans la vie. Le but de Sam, c'était de travailler pour que Bria ait toujours tout ce dont elle avait besoin, pour qu'elle n'ait jamais à se préoccuper des questions d'argent. Une chose était sûre : il n'agirait jamais comme son père biologique, qui n'avait jamais fait aucun cas de sa mère. L'épouse de Sam Rafferty aurait toujours tout ce qu'elle pourrait désirer.

Son regard fit le tour de la pièce. Il tenta de se rappeler quand pour la dernière fois il avait passé plus de deux jours de suite à la maison. C'était une sensation terriblement frustrante, de ne pas pouvoir se souvenir même de choses aussi simples. Et c'était terriblement humiliant, aussi. Sam avait toujours mis un point d'honneur à ne montrer aucun signe de faiblesse. Apparaître ainsi diminué aux yeux de Bria blessait cruellement son orgueil. Un homme se devait d'être fort et toujours en pleine possession de ses moyens. C'était lui qui était censé prendre soin de Bria, pas l'inverse.

Sam était persuadé que le voir dans cet état devait être tout aussi pénible à Bria que ça l'était pour lui. Depuis le moment où elle l'avait rejoint, le soir de l'accident, au service des soins intensifs, elle s'était montrée étrangement distante, et les rares échanges qu'ils avaient eus avaient été pour le moins déconcertants. Est-ce qu'elle voyait son mari comme un incapable, parce qu'il avait eu un accident ? Ou avait-elle assisté à la scène et avait-elle été traumatisée par ce qu'elle avait vu ? Il tentait désespérément de rassembler ses souvenirs, mais en vain. Il ne parvenait pas à se rappeler.

— Bria, pourrais-tu venir une minute ?

Elle sortit de la cuisine.

Elle était éblouissante. Quelques mèches auburn s'étaient échappées de sa queue-de-cheval et ses joues étaient toutes roses de la chaleur des fourneaux. En revanche, ses beaux yeux verts étaient obscurcis par l'inquiétude.

— Tout va bien ? demanda-t-elle d'un ton pressant.

Il eut un sourire qui se voulait rassurant.

— Mais oui, je vais parfaitement bien. Je me demandais juste… Etais-tu là, quand l'accident a eu lieu ? Est-ce que tu as vu ce qui s'est passé ?

Elle acquiesça d'un hochement de tête.

— J'étais là, oui. Tu as été… distrait, au moment où le taureau s'est échappé. Je croyais que tes frères t'avaient tout raconté, pendant que je faisais les courses ?

— Oui, oui, ils m'ont expliqué.

Il secoua la tête.

— Je n'arrive pas à croire que j'aie pu commettre une erreur pareille. Je suis toujours très vigilant quand je suis avec les taureaux, et surtout avec celui-là dans les parages ! Il est vicieux comme un serpent à sonnettes. Est-ce que tu sais ce qui a pu détourner mon attention ?

— Tes frères ne t'ont pas dit ?

— Non.

Il la regarda attentivement. Il était préoccupé. Elle avait baissé les yeux et regardait ses mains, serrées au point que ses jointures étaient toutes blanches. Elle prit une profonde inspiration.

— Je venais d'arriver et tu me regardais monter les gradins.

— C'est bizarre. Je ne me laisse jamais distraire quand je travaille.

Il sentait des tensions s'accumuler dans ses vertèbres et tenta de les évacuer en se massant la nuque.

— C'est drôle, d'habitude, quand tu viens assister à un rodéo, tu arrives toujours en avance. Là, c'était presque la fin, non ? Tu étais en retard ?

— Il y avait de gros embouteillages sur l'A35, tu sais comment ça peut être.

Elle se détourna vers la cuisine.

— Il faut que j'aille voir où en sont les spaghettis.

— Bien sûr, on aura le temps de parler de tout ça en mangeant, approuva-t-il.

Mais il était de plus en plus troublé. Pourquoi diable était-il resté à la regarder au lieu de se concentrer sur ce qu'il faisait à ce moment-là ? Et pourquoi, à présent, semblait-elle aussi nerveuse ? Est-ce qu'elle se sentait coupable de ce qui était arrivé ?

C'était absurde. S'il y avait quelqu'un à blâmer pour son imprudence, c'était lui et lui seul. Elle n'avait rien à voir là-dedans.

Soudain, une douleur sourde lui traversa le crâne. Sam grogna et ferma les yeux. Une vision de Bria lui apparut dans un éclair : elle se tenait devant lui, des larmes coulaient sur ses joues. La vision disparut en un instant, faisant place à un violent mal de tête.

Il rouvrit les yeux aussitôt. Ce qu'il venait de voir, était-il possible que cela ait vraiment eu lieu ? Son estomac se noua. Tout au long des années passées ensemble, il n'avait jamais vu Bria si malheureuse. Dans sa vision, elle paraissait dévastée de chagrin. Qu'est-ce qui avait pu la mettre dans un tel état ?

Elle lui avait dit, à de nombreuses reprises, qu'elle aurait voulu qu'il passe plus de temps à ses côtés, qu'il soit plus souvent à la maison. Mais, malgré toutes leurs disputes à ce sujet, il ne se rappelait pas l'avoir jamais vue aussi bouleversée. Est-ce que leurs discussions s'étaient envenimées ?

Ou bien, est-ce qu'il s'était passé quelque chose ? Quelque chose qui avait brisé le cœur de sa femme, et dont il ne gardait aucun souvenir ?

Ces pensées le torturaient. Il sentit une main se poser sur son bras. Il n'avait pas vu Bria s'approcher de lui.

— Sam, es-tu sûr que tout va bien ?

— Je… Oui, ça va, dit-il d'un ton hésitant.

Tout cela était-il le fruit de son imagination, ou au contraire un fragment de souvenir qui refaisait surface ? Il prit Bria par la main pour l'attirer sur ses genoux.

— Je vais très bien.

— Ce n'est pas une bonne idée, Sam, dit Bria, le repoussant doucement en posant la main sur son torse. Sam, il y a quelque chose d'anormal ! Ton cœur bat à toute vitesse.

Il enroula ses bras autour de sa taille, et lui déposa un baiser sur le bout du nez.

— Tu sais bien que ça me fait toujours cet effet quand je suis près de toi, mon amour…

Surtout, ne plus penser à la vision qu'il avait eue.

Le simple fait de se représenter Bria ainsi éperdue de tristesse était plus qu'il ne pouvait endurer pour le moment.

Mais elle évitait son regard.

— Est-ce que tu veux dîner dans la cuisine, ou est-ce que tu préfères que je t'apporte un plateau ici ?

— Qu'est-ce qui se passe, Bria ? s'enquit-il gravement. Et ne me réponds pas qu'il n'y a rien, je te connais trop pour ne pas me rendre compte que quelque chose te tracasse.

— Je… je me fais du souci, je suppose.

Elle parlait lentement, comme si elle choisissait avec précaution chacun de ses mots. D'un geste doux, il écarta une mèche de cheveux qui flottait sur sa joue.

— Je suis là, ma chérie. Je ressens encore quelques courbatures dans les muscles, mais je vais bien. Tout va bien. Dès que j'aurai convaincu le médecin de me laisser reprendre le boulot, tout redeviendra comme avant.

Relevant la tête, il posa sa bouche sur la sienne, mais elle s'écarta brusquement et se dressa devant lui. Elle avait les yeux brillants de colère.

— C'est ça, tout redeviendra comme avant. Bien entendu. Tu reprendras tes allers-retours incessants, de rodéo en rodéo. Tu seras avec tes bêtes, et moi…

Elle se tut d'un coup et respira profondément. Puis elle sourit, ce qui acheva de le dérouter tout à fait.

— Ça va aller, assura-t-elle. Bon, tu ne m'as pas répondu, où veux-tu prendre ton dîner ?

Mais Sam continua à la sonder du regard.

— Bria, je veux que tu me dises ce qui se passe.

Elle n'avait pas pour habitude de lâcher prise aussi

rapidement. S'il ne l'avait pas aussi bien connue, il aurait juré qu'elle lui cachait quelque chose. Mais c'était absurde. Leur relation avait toujours été fondée sur la confiance. Ils se disaient tout. Mises à part les années de sa vie avant qu'il ne soit placé sous la tutelle de Hank, ces années émaillées d'erreurs dont il n'avait nulle envie de parler, ni à elle ni à quiconque, elle savait tout de lui. Ils savaient tout l'un de l'autre. Il ne voyait pas ce qu'elle aurait bien pu avoir à lui dissimuler.

— Ne t'en fais pas. La journée a été longue, et je suis fatiguée, voilà tout.

Et, coupant court, elle retourna dans la cuisine tout en lançant :

— Mais par contre j'ai besoin de savoir où tu veux manger ! Si tu veux continuer à regarder les informations…

— Dans la cuisine, la coupa-t-il en se levant de son fauteuil. Je ne regardais pas, de toute façon. Etant donné que je ne me rappelle rien de ce qui s'est passé depuis six mois, tout ça n'a pas tellement de sens pour moi pour le moment.

Il lui emboîta le pas, et ne put s'empêcher de sourire. Même après trois ans de mariage, il aimait la regarder de dos, observer ce déhanchement sexy quand elle marchait. Cela lui faisait toujours le même effet, accélérant violemment les battements de son cœur. Et ce soir elle était particulièrement attirante, dans sa robe d'été rose vif, avec les bretelles fines qui glissaient sur ses épaules. Le sourire de Sam s'élargit. Finalement, même s'il n'avait pas pour habitude de rester à ne rien faire et considérait chaque jour passé sans travailler comme une perte de temps, ce repos forcé pourrait avoir du bon. Cela faisait plus d'un an que Bria le harcelait pour qu'il ralentisse le rythme. Maintenant qu'il avait une raison de passer du temps avec elle, pourquoi ne pas en profiter ? Qui sait, ce serait peut-être l'occasion rêvée pour faire cet enfant qu'ils désiraient tant.

Quand Sam vint se placer derrière elle, debout devant l'évier, avant même qu'il ne l'ait saisie à la taille pour l'attirer contre son torse robuste, Bria sentit une vague de chaleur la parcourir du sommet du crâne jusqu'à la pointe des orteils. L'alchimie avait toujours fonctionné de cette façon entre eux. Sam n'avait qu'à pénétrer dans la pièce où elle se trouvait pour que tous ses sens se mettent en alerte.

— Pourquoi ne mets-tu pas tout ça dans la machine ? demanda-t-il en désignant du menton la vaisselle qu'elle était en train de laver.

Le souffle chaud de Sam vint caresser sa nuque, et Bria fut saisie d'un désir plein d'attente. Tout ce qu'elle aurait voulu, à ce moment, c'était se retourner vers lui et s'abandonner à ses baisers jusqu'à ce qu'elle ne puisse plus lui résister. Mais non, c'était impossible. Elle ne pouvait pas retomber dans leurs vieilles habitudes. Cela ne ferait que compliquer les choses une fois que Sam serait rétabli. Elle devait absolument garder cela à l'esprit et ne rien faire qu'elle ne pourrait que regretter par la suite.

Elle fixa donc son attention sur l'assiette qu'elle avait entre les mains et haussa les épaules.

— La maison était vide ces derniers jours, cela ne

vaut pas la peine de faire une machine pour si peu. Et d'ailleurs, depuis que Rosa est ici pour faire le ménage et la cuisine, je n'ai plus l'occasion de faire quoi que ce soit à la maison, sauf quand c'est l'anniversaire d'un de tes frères et que je prépare le repas. Ça me manque, de ne plus faire ce genre de choses. Cela me donnait l'impression d'être utile.

— Je pense qu'il y a d'autres moyens de s'occuper après le dîner, qui te feront te sentir tout à fait nécessaire, déclara-t-il de sa voix grave.

Il écarta ses cheveux et commença à l'embrasser, juste derrière l'oreille, descendant lentement le long de son cou jusqu'à son épaule nue.

— Mets la vaisselle dans la machine et viens avec moi là-haut, dit-il. Je ne me souviens pas quand je t'ai fait l'amour pour la dernière fois, mais j'ai l'impression que ça fait une éternité.

Le cœur de Bria se mit à battre à tout rompre. Elle haletait comme si elle venait de se livrer à une course éperdue. Etait-ce l'effet de la tentation de se laisser toucher de nouveau par Sam, ou bien la peur de ne pas pouvoir lui résister ?

— Ecoute, ce ne serait bon ni pour toi ni pour moi, assura-t-elle d'un ton ferme en replaçant la bretelle de sa robe sur son épaule.

A ces mots, il arrêta net ses caresses. Il la prit par les coudes pour l'obliger à se retourner vers lui.

— Ah oui, et peux-tu me dire pour quelle raison, s'il te plaît ?

Son beau visage était assombri par la contrariété, et Bria comprit qu'il lui faudrait trouver une explication qui ne tolérerait pas d'objection.

Elle réfléchit à toute vitesse et lui sourit.

— Le médecin nous a bien dit à tous les deux qu'il fallait que tu te reposes quelques jours encore. Alors je vais veiller à ce que tu fasses exactement ce qu'il a ordonné.

— Pas de problème. Dans ce cas, je vais juste m'allonger, et te laisser me faire l'amour.

Elle leva les yeux vers lui. Il avait ce sourire de voyou qui lui rappela les premiers temps de leur mariage, quand ils jouaient sans cesse l'un avec l'autre, incapables de se retenir de se toucher. Les premiers temps, oui, avant que l'entreprise de Sam ne commence à vraiment marcher, quand il n'était pas encore obsédé par l'idée de la faire croître et prospérer, encore et encore, et surpasser tous ses concurrents.

— J'ai une autre idée, lança-t-elle en se retournant vers l'évier, juste au moment où il inclinait la tête vers elle pour l'embrasser. Je finis la vaisselle et nous allons nous asseoir sous la galerie pour regarder le coucher du soleil.

— Tu es sérieuse ?

La frustration qu'il ressentait était clairement audible dans sa voix. Il n'allait pas renoncer aussi aisément.

— Tu préfères vraiment regarder le coucher de soleil plutôt que de monter avec moi, pour que je te fasse un enfant ?

Un enfant ? Bria sentit une fois encore sa poitrine se serrer douloureusement. C'était terrible, Sam ne se rappelait pas qu'il y avait eu un bébé, et qu'elle l'avait perdu. Et elle ne pouvait pas le lui dire. Pas plus qu'elle ne pouvait lui parler de la solitude dans laquelle elle s'était trouvée alors.

— Ecoute, Sam, ce n'est pas le bon moment…

Bria s'apprêtait à tenter de lui expliquer que le moment était mal choisi pour s'occuper de fonder une famille, alors qu'il commençait tout juste à se remettre du traumatisme dont il avait souffert, mais, semblant soudain comprendre, Sam l'interrompit.

— Tu as tes règles, c'est ça le problème ? s'exclama-t-il. Pourquoi est-ce que tu ne me l'as pas dit tout de suite ? Tu ne fais pas tant de manières, d'habitude.

Au fond, ce malentendu tombait à point nommé. Sans s'en douter, Sam lui donnait une excuse valable qui resterait pendant encore quelques jours. Ne pas le détromper, ce n'était pas mentir, n'est-ce pas ? D'accord, il n'aurait sans doute pas partagé complètement ce point de vue…

— J'avais la tête ailleurs, répondit-elle évasivement.

Il était grand temps de changer de sujet.

— Je n'en ai plus que pour quelques minutes avec la vaisselle. Pourquoi ne vas-tu pas t'installer dans la balancelle ?

— Bon. Puisque c'est apparemment ce que je peux espérer de mieux pour ce soir, allons-y.

Il l'embrassa dans le cou, puis s'éloigna vers la porte de derrière.

— Ne tarde pas trop.

Quand il eut enfin refermé la porte derrière lui, Bria se laissa aller lourdement sur le bord de l'évier. Etre obligée de valser de cette façon autour de la vérité aurait raison de ses forces bien avant que Sam ait recouvré la mémoire. Et aussi devoir batailler ainsi contre la tentation. Quelle que soit la colère qu'elle avait pu ressentir à l'égard de Sam, quelles que soient les désillusions dont elle avait souffert, et toutes ces fois où elle s'était répété qu'elle ne pouvait plus vivre avec cet homme qui n'était jamais là pour elle, son désir pour lui était toujours aussi puissant.

C'était clair à présent, jamais elle ne pourrait faire face à tout cela toute seule. Elle se hâta de ranger la vaisselle et se rendit dans le bureau, où se trouvait le téléphone. Sa sœur répondit dès la deuxième sonnerie.

— Maria, j'ai besoin de toi. Viens au ranch dès que tu pourras. Et prévois de rester quelques jours.

— Je croyais que tu n'en avais que pour quelques minutes, dit Sam quand Bria le rejoignit finalement. J'étais sur le point d'aller te chercher, tu sais.

Au lieu de venir s'asseoir auprès de lui comme il s'y attendait, elle alla s'accouder à la rambarde.

— J'étais au téléphone avec ma sœur.

— Elle va bien ? demanda-t-il.

Les deux sœurs étaient aussi proches qu'il l'était de ses frères, il le savait. En revanche, là aussi, il était incapable de se rappeler quand il avait vu Maria pour la dernière fois. Bria se tourna vers lui en souriant.

— Elle sera là ce week-end, répondit-elle, elle m'a proposé de venir m'aider pour préparer l'anniversaire de Jaron.

Sam ne fut aucunement surpris que Maria fasse le trajet depuis Amarillo pour l'occasion. Elle était de toutes les fêtes qu'organisait Bria et, de plus, les sentiments qu'elle éprouvait à l'égard de Jaron n'étaient un secret pour personne. Et tout le monde savait également que pour Jaron, en revanche, il n'était pas question d'approcher la sœur de sa propre belle-sœur, qui avait dix ans de moins que lui, qui plus est.

— Ça va me faire plaisir de la voir, dit Sam avec chaleur.

Il aimait beaucoup sa belle-sœur et il ne pouvait s'empêcher de penser qu'elle serait parfaite pour Jaron, et qu'être avec elle permettrait à son frère de se fixer enfin. Mais c'était là l'affaire de Jaron, et en aucun cas il ne se serait permis d'intervenir. Un des principes que Hank leur avait inculqués, c'était de ne pas fourrer leur nez dans ce qui ne les regardait pas.

— Pourquoi ne viens-tu pas t'asseoir à côté de moi ? dit-il en voyant que Bria restait appuyée à la rambarde.

Elle hésita un instant, puis vint lentement prendre place dans la balancelle.

— Je ne voulais pas te déranger, tu avais l'air bien installé…

Bien installé ? Furieux, il explosa.

— Bon sang, Bria, cet accrochage avec le bringé ne m'a pas rendu invalide ! Je te l'ai dit : je sens encore quelques courbatures, mais fais-moi confiance, je suis fait d'un bois plus solide que ça.

— Oui, je sais bien, mais…

— Mais rien du tout !

Il déplaça son bras, négligemment étendu sur le dossier de la balancelle, et la prit par les épaules pour l'attirer vers lui.

— Tu es ma femme. Ta place est dans mes bras, et c'est là que je veux que tu sois. Dans mes bras.

Il se pencha sur elle avant qu'elle ait pu trouver une autre piètre excuse pour prendre la fuite, et il posa ses lèvres sur les siennes. Elle se raidit tout d'abord, comme si elle voulait se dégager de son étreinte, mais il la retint, savourant le parfum de cette femme qu'il aimait plus qu'il n'avait jamais pensé pouvoir aimer quelqu'un. Alors, dans un gémissement, elle glissa ses bras autour de ses épaules et lui rendit son baiser, avec la ferveur d'une femme qui accueillerait le retour de son soldat qu'elle croyait perdu.

Bien que surpris par ce revirement inattendu, Sam n'était pas homme à chercher à démêler les mystères de l'âme féminine. Il embrassa Bria avec passion, sans chercher à comprendre pourquoi elle l'embrassait à présent avec un tel désespoir. Il aurait bien le temps plus tard de réfléchir aux changements d'humeur que Bria avait affichés tout au long de cette journée. Son ardeur lui coupait le souffle et, tout ce qui lui importait pour l'instant, c'était qu'elle soit là, dans ses bras. Quand leurs langues se mêlèrent, Bria croisa ses doigts autour de sa nuque, juste à la racine des cheveux, et se rapprocha de lui plus étroitement encore. Le corps de Sam réagit instantanément. C'était prévisible. Il était follement excité. Tout ce qu'il désirait en cet instant était de plonger en elle, sans attendre un instant de plus.

Mais non, ce n'était pas le bon moment. Ni pour elle, ni pour lui, même s'il détestait avoir à l'admettre. A dire vrai, il ne se sentait pas totalement remis sur pied. Et il avait pour habitude d'être en pleine possession de ses moyens quand il faisait l'amour à sa femme. Se faisant violence, il sépara son visage de celui de Bria.

— Ma chérie…, commença-t-il.

Il dut s'interrompre et reprendre sa respiration avant de pouvoir continuer à parler.

— Je crois qu'il faut que l'on calme un tout petit peu le jeu. Tu n'es pas dans la bonne période pour faire l'amour, et l'idée de finir sous une douche froide ne me tente pas vraiment.

Bria cligna les yeux comme si elle sortait d'un état de transe. Soudain, elle s'écarta de lui et, se levant brusquement, elle s'enfuit vers la porte.

— Je ne vais pas pouvoir…

Sa voix se brisa, elle semblait sur le point de fondre en larmes.

— Ça ne marchera pas…

Quoi encore ? Sam se précipita derrière elle pour lui demander ce qui lui arrivait. Mais, à l'instant où il se mettait debout, tout commença à tourner autour de lui. Une douleur aiguë vint lui vriller le crâne. Un râle lui échappa tandis qu'il retombait sur la balancelle. Une image l'avait assailli, une image d'un autre temps : la vision de Bria qui s'écartait de lui en pleurant, et c'étaient les mêmes mots qui sortaient de sa bouche.

Bria revint vers lui précipitamment.

— Sam, que se passe-t-il ? demanda-t-elle avec anxiété.

— J'ai un peu le vertige, expliqua-t-il, tout en continuant de fouiller désespérément sa mémoire.

Pourquoi paraissait-elle lui en vouloir à ce point ?

Mais, aussi vite que l'image était apparue, elle s'était évanouie, dispersée par le tourbillon vertigineux et la douleur.

— Je crois qu'il vaudrait mieux que tu te mettes au lit, déclara Bria en posant délicatement ses doigts sur sa joue. Tu es debout depuis le début de l'après-midi. Tu dois prendre du repos, tu es encore très affaibli…

— Pour l'amour du ciel, Bria, combien de fois va-t-il falloir que je te le redise ? Je ne suis pas une plante d'appartement !

Il voyait bien qu'elle se faisait du souci, mais cela le faisait se sentir encore plus mal.

— S'il te plaît, laisse-moi t'emmener au lit, le supplia-t-elle. Je t'en prie. Si tu ne le fais pas pour toi, fais-le pour moi. Je me sentirai plus tranquille.

Sam comprit qu'elle ne le laisserait pas en paix tant qu'il ne se serait pas soumis à sa volonté. Et d'ailleurs, il avait beau dire, il se sentait épuisé. Ne pouvant se résoudre à admettre sa défaite de vive voix, il se contenta d'acquiescer d'un hochement de tête, et se releva prudemment. Après tout, elle essayait seulement de faire ce qu'elle pensait être le mieux pour lui. Il lui en était reconnaissant, mais il était incapable de faire taire son fichu orgueil. Un homme véritable n'était pas supposé se montrer faible et dépendant devant sa femme. Apparaître ainsi aujourd'hui aux yeux de Bria était l'expérience la plus humiliante qu'il ait jamais eu à endurer. Il se jura sur-le-champ que, si ça ne tenait qu'à lui, plus jamais pareille chose ne se reproduirait.

- 3 -

Bria passa la nuit dans une de leurs chambres d'amis, et se leva bien avant le jour. Elle n'avait presque pas dormi. Le retour à Sugar Creek faisait naître en elle des sentiments confus. Elle aimait cette grande maison sur deux étages que Sam avait bâtie quand ils s'étaient mariés, elle aimait cette galerie où ils avaient l'habitude de s'asseoir pour regarder le coucher du soleil et écouter le bruissement des criquets et, de temps à autre, l'appel d'un coyote à la tombée du jour.

C'est à cause de tout cela qu'elle s'était sentie si bouleversée quand Sam l'avait embrassée. Soudain, elle s'était sentie revenue à l'époque où, chaque fois qu'ils le pouvaient, ils se retrouvaient, lovés dans cette balancelle, à jouir du paysage qui les entourait tout en faisant des projets d'avenir et en se confiant leurs espoirs. Cela aussi, c'était avant que la société de Sam ne prenne son essor et n'exige de lui de plus en plus de disponibilité. Au cours des deux dernières années, Bria avait passé plus de soirées seule qu'avec lui dans cette galerie, regardant le soleil s'abîmer à l'horizon, derrière le ranch. Elle attendait qu'il lui téléphone pour lui souhaiter bonne nuit, et allait ensuite se coucher, dans leur chambre immense, dans leur trop grand lit déserté.

Bien sûr, ne plus avoir à se soucier de la façon dont ils allaient se débrouiller pour payer les factures était formidable, mais cela aurait pu suffire. Ils étaient à présent très à l'aise financièrement, c'est vrai, mais elle aurait préféré, ô combien, avoir auprès d'elle l'homme qu'elle aimait, pouvoir lui raconter le soir la façon dont s'était passée sa journée et l'écouter raconter la sienne, et s'endormir dans ses bras.

Elle soupira et reporta son attention sur la poêle dans laquelle crépitait le bacon. Quand elle était passée voir Sam, un moment plus tôt, il était toujours profondément endormi. Avait-il pu s'éveiller à un moment ou à un autre durant la nuit, et s'être rendu compte qu'elle n'était pas à côté de lui ? se demanda-t-elle. Non, certainement pas. Si ça avait été le cas, il se serait levé pour la chercher, elle en était sûre.

La veille, Sam était dans un tel état d'épuisement qu'il n'avait pas remarqué qu'elle avait quitté la chambre. Mais, quand il aurait repris des forces, il était évident qu'il ne comprendrait pas qu'elle ne passe pas la nuit avec lui. Que pourrait-elle bien répondre à ses questions ?

Elle glissa machinalement le bacon croustillant sur une assiette, y ajouta des œufs brouillés. Elle était préoccupée. Elle n'avait aucune envie de mentir, mais elle ne pouvait pas non plus lui assener la vérité, le fait qu'ils étaient séparés depuis des mois et sur le point de conclure une procédure de divorce. Sans doute possible, ce genre de choses entraient dans la catégorie des facteurs de stress à éviter ! Mais s'évertuer comme elle le faisait à lui épargner toute source de tension était en train de la mettre elle-même à très rude épreuve.

Je dois me secouer, se dit-elle. Elle acheva de préparer le petit déjeuner de Sam. Il serait bien temps de s'inquiéter quand le problème se poserait. Peut-être qu'une idée lui viendrait dans la journée. Et si rien ne venait, eh bien… elle ne voulait pas y penser pour le moment.

En montant à l'étage avec le plateau, elle se doutait que Sam serait agacé de la voir lui servir le petit déjeuner au lit. Il s'imaginerait qu'elle se sentait obligée de le materner ou une bêtise de ce genre. Assurément, elle n'avait jamais observé chez quiconque pareille assurance et pareil orgueil. C'était d'ailleurs une des raisons qui l'avaient convaincue qu'il était définitivement impossible de faire évoluer leur relation.

Pourtant, cet accident était venu tout bouleverser. Pour la première fois depuis cinq ans, depuis qu'ils étaient ensemble, elle avait le sentiment que Sam avait besoin d'elle. Vraiment besoin, pas seulement comme objet de son affection et de son désir. N'était-ce pas ainsi que les choses auraient dû être entre eux depuis le début ? Quel gâchis que tout ait évolué de cette manière.

Mai, de toute façon, ce changement n'était dû qu'aux circonstances et ne serait que passager, malheureusement.

Bria entra dans la chambre et posa le plateau sur la petite table. Elle s'approcha doucement du lit pour réveiller Sam, qui semblait encore endormi.

— Sam ? Est-ce que tu veux te lever ? Je t'ai apporté ton petit déjeuner.

Comme elle finissait de prononcer ces mots, Sam se redressa d'un bond et, l'enlaçant avec force, l'attira contre lui sur le lit. De toute évidence, il était parfaitement réveillé, se dit-elle tandis qu'il la faisait rouler sur le côté pour plonger son regard dans le sien.

— Je suis tout à fait capable de me lever pour aller jusque dans la cuisine, tu sais. Mais ce n'est pas là que je trouverai ce que je veux manger ce matin. Ce que je veux vraiment est juste là, dans mes bras.

Ses yeux étaient teintés d'une douceur voilée, qui la fit chavirer. Le souffle court, elle sentit son ventre palpiter, soudain pleine d'attente.

— Je… Nous avons parlé de ça, hier, je t'ai dit que ce n'est pas…

Il l'interrompit avec un sourire enjôleur.

— Chut, je sais, ce n'est pas le bon moment. Mais il y a d'autres choses que l'on peut faire…

Il effleura sa bouche de ses lèvres.

— S'embrasser…

Il glissa la main sous son T-shirt jaune soleil.

— Se toucher…

Il cessa de parler pour l'embrasser à pleine bouche. Bria sentit la chaleur rude de sa paume qui remontait jusqu'à son sein pour l'envelopper doucement. La chaleur gagna tout son corps, tandis que Sam prolongeait son baiser avec force. Les battements de son cœur se précipitèrent tandis que des pensées contradictoires l'assaillaient. Elle devait faire cesser immédiatement ce jeu dangereux, lui soufflait une voix. Il n'en sortirait que plus de souffrance. Mais n'était-elle pas contrainte de passer par là, puisqu'elle ne pouvait pas dire la vérité à Sam ? disait aussi la petite voix. Et, tout au fond de son âme, Bria savait très bien qu'elle était en train de se mentir à elle-même. En ce moment précis, elle adorait tout simplement ce qu'il était en train de lui faire…

C'est à l'instant où Sam commençait à dégrafer son soutien-gorge que son portable retentit. Il jura et se précipita sur le téléphone pour faire cesser l'exaspérante sonnerie. En hâte, Bria en profita pour se lever du lit. Cet appel tombait à point nommé.

Elle le regarda vérifier l'identité de son correspondant avant de répondre.

— Frérot, tu tombes mal, là, grommela-t-il avec impatience. J'espère que tu as une bonne raison d'appeler.

Tout en allant chercher le plateau, Bria écouta Sam rassurer Nate sur son état, lui expliquant qu'il se sentait parfaitement bien à présent qu'il était rentré chez lui.

— Ton frère est bien matinal, aujourd'hui, remarqua-t-elle quand Sam eut raccroché.

Elle lui présentait son petit déjeuner.

Sam secoua la tête d'un air désapprobateur.

— Je crois plutôt qu'il ne s'est pas encore couché. Combien de fois faudra-t-il que je lui répète d'utiliser son argent pour s'acheter un ranch et se trouver une gentille femme comme je l'ai fait ? Il a gagné suffisamment avec tous ces tournois. Il serait temps qu'il se calme.

Il n'y avait pas grand-chose à répondre à cela. Bria aimait profondément son beau-frère mais, depuis aussi longtemps qu'elle le connaissait, son caractère volage était légendaire. Il aimait les femmes, et celles-ci le lui rendaient bien.

Sam repoussa le plateau pour sortir du lit.

— Je t'ai dit que je pouvais très bien aller dans la cuisine.

— Ton malaise d'hier prouve que tu n'es pas encore bien remis, Sam, répliqua-t-elle en lui tendant le plateau pour l'empêcher de se lever. Et, que ça te plaise ou non, moi, j'aime bien m'occuper de toi.

Ses attitudes de macho recommençaient à lui taper sur les nerfs et elle brûlait d'envie de lui coller le plateau sur les genoux, purement et simplement. Mais il fallait le ménager. Si elle avait accepté de se réinstaller ici avec lui, c'était pour lui procurer le climat de sérénité dont il avait besoin pour se rétablir et guérir de cette amnésie. Plus tôt cela se ferait, plus vite elle pourrait en finir avec tout ça et prendre enfin un nouveau départ. Si elle gardait bien ça à l'esprit, elle devrait pouvoir se retenir de l'étrangler !

— Ce qui s'est passé hier était une coïncidence, ronchonna-t-il, visiblement irrité qu'elle lui ait rappelé l'incident.

Il lui tendit le plateau mais elle l'ignora délibérément.

— Je vais aller prendre une douche et m'habiller, et après…

— Ecoute, Sam, je n'ai pas envie de discuter.

Luttant contre l'agacement qui la gagnait, Bria saisit les oreillers et les replaça méticuleusement contre la tête du lit. Il fallait qu'elle se calme, sans quoi elle allait finir par lui en jeter un à travers la figure !

— Assieds-toi, déjeune tranquillement et, après, tu prendras une douche.

Quand elle le vit poser le plateau sur le bord du lit et se lever, elle sentit la colère et le ressentiment l'envahir. Les mots fusèrent avant qu'elle ait pu s'en empêcher :

— J'aimerais bien que, de temps en temps, tu me laisses me conduire comme ta femme, et que tu me permettes de prendre un peu soin de toi. Cela me changerait de voir que je ne suis pas là que pour faire l'amour et que je peux être utile à autre chose !

Le visage de Sam devint sombre.

— Qu'est-ce que tu racontes ?

Bria s'arrêta net. Il fallait qu'elle s'éloigne un moment, sinon, elle finirait par en dire beaucoup plus qu'elle ne voulait. Elle s'empara du plateau.

— Je remporte ça dans la cuisine. Je te demanderais bien d'attendre que je sois remontée pour te rendre à la salle de bains, au cas où tu serais de nouveau pris de vertiges… Mais je sais que tu ne m'écouteras pas et je suis fatiguée de te supplier de daigner suivre les consignes du médecin.

— Je n'ai pas besoin…

— Arrête, Sam, coupa-t-elle en se dirigeant vers la porte. J'ai déjà entendu ça beaucoup trop souvent.

Debout sous la douche, Sam tentait de comprendre ce qui avait pu contrarier autant Bria. Qu'est-ce qu'elle voulait dire par « se conduire comme sa femme » ? Il se souvenait qu'elle lui avait déjà dit des choses de ce genre dans le passé, mais, pas plus qu'à présent, il n'avait alors compris de quoi elle parlait. Est-ce que le bichonner lui semblait être le rôle d'une femme ?

Est-ce qu'elle aurait souhaité qu'il reste assis à ne rien faire pendant qu'elle s'occupait de tout ?

Si tel était le cas, elle allait au-devant de graves déceptions. Il n'était pas question pour lui de laisser une femme travailler à sa place. Et encore moins sa femme. Depuis le moment où il avait su qu'il voulait épouser Bria, Sam avait travaillé comme un forcené pour être en mesure de lui assurer une vie idéale. Il fallait qu'elle ait tout ce qu'elle désirait. C'était ça, le rôle d'un homme. Qu'est-ce qu'il aurait pu faire de plus ?

Lui aussi, il regrettait les premiers temps de leur vie ensemble, tous ces moments qu'ils pouvaient passer tous les deux… Mais c'était comme ça, on n'y pouvait rien. Il lui avait expliqué des dizaines de fois que tout ce qu'il faisait, c'était pour elle, pour la famille qu'ils allaient fonder… Est-ce que c'était si difficile à comprendre ?

Un brusque élancement dans la tempe l'obligea à fermer les yeux. Il s'appuya contre la paroi carrelée de la douche quand brusquement lui reparut l'image de Bria, les larmes ruisselant sur ses joues.

« J'avais besoin de mon mari quand j'ai perdu notre enfant, Sam, disait-elle d'une voix pleine de détresse. J'avais besoin que tu sois là, que tu me prennes dans tes bras, que tu me dises que tout allait s'arranger… Mais tu n'étais pas là. Tu n'es jamais là. Tu es toujours quelque part sur la route, et moi, je reste toute seule. »

Sam rouvrit les yeux. Il avait l'impression d'avoir reçu un uppercut dans l'estomac. Le souvenir avait été fugace, mais ce n'était pas une hallucination, il en était persuadé. Ce qu'il venait de voir avait vraiment eu lieu. Bria avait été enceinte.

Et elle avait perdu le bébé.

Sa poitrine se comprima. Il dut cesser de bouger et se forcer à respirer de longues minutes, tandis qu'il sentait courir en lui la douleur de la perte. Il avait été papa et, même si l'enfant avait disparu dès les débuts de la grossesse, il avait chéri cette petite vie fragile, née de l'amour que lui et Bria ressentaient l'un pour l'autre.

Sam tenta désespérément de se remémorer ce qui s'était passé précisément. Pourquoi avait-elle fait cette fausse couche ? Où se trouvait-il alors ? Mais plus il fouillait sa mémoire, plus les choses semblaient vouloir lui échapper. Il ne parvenait pas à se rappeler quand Bria s'était trouvée enceinte, combien de temps la grossesse avait duré. Etait-ce quelques semaines plus tôt ? Ou bien quand elle avait acheté ce test, dès la première fois ?

Il prit une profonde inspiration. Qu'il ait été ailleurs au moment où tout cela était arrivé n'avait rien d'étonnant. C'était son travail qui voulait ça, c'était comme ça qu'il gagnait leur vie à tous deux. Ne pouvait-elle pas comprendre ça ?

Mais, tandis qu'il réfléchissait, un sentiment de culpabilité se fit jour en lui. C'était son orgueil, et rien d'autre, qui l'avait empêché de faire ce qu'il aurait dû faire à ce moment-là. Il lui revint qu'il avait alors senti le besoin d'attendre avant de se présenter devant elle. Il avait craint de lui montrer combien il était affecté par ce deuil. Il ne pouvait pas paraître ainsi, faible, inutile. Qu'aurait-elle pensé de lui ? Un homme devait être fort.

Pourtant, il eut soudain honte à l'idée qu'il n'était pas rentré tout de suite auprès de Bria pour la soutenir et sentit qu'il ne pourrait pas se le pardonner.

Il coupa l'eau de la douche et se sécha rapidement. Tout en enfilant son jean, il se demandait comment il allait pouvoir dire à Bria qu'il s'était rappelé ce terrible événement. Ne risquait-il pas de lui faire revivre une fois de plus les tourments qu'elle avait endurés ? Pas étonnant qu'elle se soit comportée de façon si incohérente ces derniers jours. L'accident avec le taureau avait dû ajouter encore à son désarroi.

Revenu dans la chambre, Sam s'assit au bord du lit pour enfiler ses bottes, mais il suspendit brusquement son geste. Dire que, depuis qu'il était sorti de l'hôpital, il n'avait pas cessé de mentionner leurs tentatives pour avoir un enfant. Quel imbécile. Il se maudit pour sa maladresse, et la souffrance qu'elle avait dû procurer à Bria.

Etait-ce pour cela qu'elle avait dit qu'elle n'avait pas l'impression d'être vraiment sa femme ? Avait-elle eu l'impression qu'il ne se souciait pas de la blesser, qu'il était totalement insensible ?

Non, ça ne pouvait pas être ça. Bria était intelligente et réfléchie. Elle savait qu'il avait perdu la mémoire et que, sans cela, jamais il n'aurait parlé ainsi.

Il y avait autre chose, il en était sûr. Il ne savait pas quoi, mais il se jurait de trouver.

Il se redressa, passa une chemise de toile et la boutonna tout en sortant de la chambre. Mais, alors qu'il s'apprêtait à descendre l'escalier, il s'arrêta net.

Le mur du couloir était nu. Où étaient passées toutes les photos qui s'y trouvaient d'habitude ?

Après leur mariage, la première chose que Bria avait faite avait été de décider que ce mur serait celui où ils accrocheraient toutes leurs photos de famille. Les photos de leur mariage, celles de ses frères avec la famille de Bria… Tout avait été enlevé. Fatigué comme il l'était la veille, il ne s'en était pas rendu compte, mais à présent il ne voyait plus que ça. Est-ce que d'autres choses avaient changé ici ces derniers temps, se demanda-t-il en descendant dans la cuisine.

— Bria, que s'est-il passé avec les photos du couloir ? s'enquit-il en entrant.

— Je les ai enlevées, répondit-elle brièvement.

Elle ne donna pas d'autre explication et elle lui tournait le dos, mais il percevait à la tension de ses épaules qu'elle était toujours furieuse contre lui.

Il tira une chaise au bout de la table et prit place devant la collation qu'elle lui avait préparée.

— Quand as-tu fait ça ?

— Il y a un petit moment.

Sam se rembrunit. Allait-il devoir lui tirer les réponses une par une ?

— Et il y avait une raison particulière ?

— J'ai pensé… qu'elles seraient mieux autre part.

Elle lui apporta une grande tasse de café.

— Je monte faire le lit. Déjeune tranquillement, je n'en ai pas pour longtemps.

Mieux valait ne rien lui dire pour le moment, décida-t-il tandis qu'il la regardait quitter la pièce. De toute évidence, Bria n'était pas dans les meilleures dispositions d'esprit, et il ne voulait surtout pas la perturber davantage. Et puis, si la mémoire était en train de lui revenir, il avait tout intérêt à attendre d'en savoir plus sur ce qui s'était réellement passé avant de lui en parler.

Il prit sa fourchette et commença à manger ses œufs brouillés, mais la pensée des reproches qu'elle lui avait faits quand ils se trouvaient dans la chambre lui revint. Qu'est-ce qui avait bien pu lui mettre dans la tête qu'il n'avait besoin d'elle que pour faire l'amour ? D'un coup, il n'eut plus faim et il repoussa son assiette. On aurait dit qu'elle avait envie qu'il soit dépendant d'elle. C'était absurde, quelle femme voudrait une chose pareille ? Il secoua la tête. Ce qui était sûr, c'est qu'il préférait être foudroyé sur place plutôt que de devenir un homme comme l'avait été son père, Joe Rafferty.

Contemplant sa tasse, Sam réalisa qu'il avait rarement repensé à sa vie avant son arrivée au Ranch de la Dernière Chance. Il n'était pas fier de ses origines et de ce qu'il avait dû faire pour survivre après la mort de sa mère. Comme le disait Hank, le passé, c'était le passé. Inutile de perdre son temps à ressasser ce qui ne pouvait pas être changé. Pourtant, de loin en loin, Sam ne pouvait s'empêcher de se demander comment les choses auraient tourné pour lui et son frère Nate, si les autorités n'avaient pas pris les choses en main quand leur minable de père les avait abandonnés.

Tant que leur mère était en vie, les choses n'allaient pas si mal. Ils étaient dans une misère noire, mais Susan Rafferty était toujours parvenue à préserver ses fils. Ils n'avaient jamais manqué de rien. Il lui avait fallu du temps avant de comprendre quel prix elle avait dû payer pour ça. Elle travaillait souvent douze heures par jour, sept jours sur sept, pour qu'ils aient de quoi manger et un toit sur la tête. Elle avait véritablement creusé sa propre tombe, tandis que leur père restait assis à ne rien faire, trouvant toujours une bonne excuse pour justifier qu'il avait quitté son dernier emploi et n'en avait pas trouvé de nouveau.

— Sam, tu m'as entendue ?

La voix de Bria le ramena subitement au présent. Perdu dans ses pensées, il n'avait pas remarqué qu'elle était redescendue.

— Excuse-moi, j'étais distrait.

— Je te demandais si cela te dirait de descendre jusqu'à la crique quand tu auras fini de déjeuner ?

Elle ajouta en souriant :

— Je me suis dit que cela te ferait peut-être plaisir de pêcher un peu pendant que je bouquine ?

— C'est une bonne idée, dit-il en hochant la tête. Tout vaudra mieux que de rester ici à ne rien faire.

Elle semblait rassérénée, constata-t-il avec joie. Autant profiter de ce retour en grâce.

Elle désigna l'assiette pleine :

— Tu ne vas pas manger ?

— Je t'ai dit de quoi j'avais envie tout à l'heure, dit-il avec un petit sourire, après avoir pris une gorgée de café. Mais puisque ce n'est pas au menu du jour je me contenterai de café pour le moment.

Elle hocha la tête.

— C'est là un choix très judicieux, monsieur Rafferty.

*
* *

Bria guettait les signes de fatigue chez Sam, tandis qu'ils parcouraient le court chemin qui menait à la crique, en coupant derrière la grange. Il était évident qu'il allait beaucoup mieux, mais il pouvait à tout moment ressentir des vertiges et elle voyait bien, même s'il n'aurait jamais accepté de l'admettre, qu'il se fatiguait très vite. Il ne s'était pas rendu compte, et elle n'allait certes pas le lui dire, que pendant qu'il prenait sa douche elle était remontée près de la salle de bains pour s'assurer que tout allait bien. Et qu'elle l'avait surveillé tandis qu'il descendait l'escalier. Il voulait croire que, mises à part les petites défaillances de sa mémoire, tout était revenu à la normale, mais elle savait quant à elle qu'il n'en était rien. Jamais il n'admettrait ressentir la moindre faiblesse, même de manière temporaire. C'était là pour lui la pire des humiliations.

Réprimant un soupir, elle repensa à la discussion qu'ils venaient d'avoir. Elle s'en voulait de s'être laissée aller à parler de choses qui leur avaient valu tant de vaines disputes au cours des dernières années. A quoi bon rouvrir ces vieilles querelles ? Il ne comprenait pas ce qu'elle cherchait à lui dire, et, de toute évidence, il ne comprendrait jamais. Mais c'était tellement exaspérant de le voir s'entêter à refuser toute aide de sa part ! C'était plus fort qu'elle, il la faisait sortir de ses gonds… Elle devait absolument éviter ces discussions. Cela faisait déjà plusieurs fois qu'il lui demandait ce qu'elle avait, et elle finirait par ne plus pouvoir lui dissimuler la vérité.

Elle lui jeta un regard. Ce beau profil, à l'expression butée. Certes, il ne lui facilitait pas la tâche. Il y avait des gens entêtés, et il y avait Sam Rafferty. Le plus entêté d'entre tous. Il avait élevé l'obstination à un niveau tel qu'il aurait eu raison du plus patient des apôtres…

— Nous nous installons sous le peuplier ? demanda Bria.

L'arbre était suffisamment proche du rivage, et prodiguait une ombre bienvenue en ce beau début d'été. Elle sortit un plaid de son panier. Posant son matériel de pêche, Sam le lui prit pour l'étaler sur l'herbe. Il désigna la crique d'un mouvement du menton.

— On dirait qu'il va faire chaud, aujourd'hui. Les poissons-chats vont se terrer dans la vase et rester bien au frais.

— Tu ne vas même pas essayer de pêcher un peu ? demanda-t-elle en posant le panier du pique-nique. Je croyais que tu adorais ça.

— J'adore ça. Et je n'ai jamais dit que je n'allais pas essayer. Seulement, ne sois pas surprise si tu m'entends pester que je ne perdrai plus jamais mon temps à aller à la pêche, et si tu me vois balancer ma canne pour aller faire une sieste.

Elle éclata de rire.

— Si je comprends bien, il y a peu de chances que nous mangions du poisson ce soir ?

— J'en ai bien peur, poulette, dit-il en s'asseyant sur un coin du plaid.

Son sourire nonchalant et le ton enjoué de leur échange fit monter une vague de nostalgie chez Bria. Cela faisait si longtemps qu'elle n'avait pas eu l'occasion de voir cette facette de Sam qu'elle aimait tant. Elle le regarda fixer sur son hameçon un insecte monstrueux et s'adossa à l'arbre pour sortir son livre. Mieux valait s'y plonger plutôt que de laisser son esprit vagabonder autour du souvenir de ce que sa relation avec Sam avait été, et ce qu'elle aurait peut-être pu redevenir. Aussitôt que le médecin lui aurait donné le feu vert pour reprendre ses activités, que la mémoire lui soit revenue ou non, Sam se remettrait au travail comme un forcené, elle le savait bien. Il reprendrait ses trajets incessants, et elle se retrouverait de nouveau seule le plus clair de son temps. Il l'avait dit lui-même : « tout redeviendrait comme avant ».

Bria parvint finalement à s'absorber dans sa lecture, et une demi-heure plus tard elle sursauta quand Sam vint s'allonger auprès d'elle, posant sa tête sur ses genoux. Elle ne l'avait pas entendu poser son matériel. Apparemment, il avait renoncé à la pêche et à présent il la dévisageait, une lueur animant ses yeux d'un bleu profond, avec ce regard qui la faisait toujours frissonner.

— Je ne t'ai pas entendu pester ni jeter ta canne à pêche, dit-elle d'une voix sourde.

Elle sentait monter en elle de la colère. Etait-elle donc incapable de se contrôler un tant soit peu ? Sam leva la main pour effleurer doucement la courbe de sa joue.

— Je suppose que je me ramollis avec l'âge, dit-il avec un sourire. J'ai décidé de ficher la paix à ce vieux poisson-chat, aujourd'hui.

Bria lui rendit son sourire.

— Tiens, et pourquoi donc ?

— Je me suis dit tout à coup qu'il était peut-être

bien tranquille dans son trou avec sa chérie, et que ce ne serait vraiment pas gentil de le déranger.

Il lui fit un clin d'œil.

— Je sais bien ce que ça me fait quand on vient nous déranger, nous.

La douceur de ses doigts et de ses paroles firent résonner les sirènes d'alarme chez Bria. Elle ne devait pas se laisser prendre à ces jeux. C'est vrai, quand il était là, Sam avait toujours été ainsi, attentif et tendre, lui exprimant clairement son désir pour elle. Mais le problème, c'est qu'il n'était plus jamais là. Un, deux, quelques jours par mois ? Pour elle, ce n'était pas suffisant. Pourtant, il aurait très bien pu assurer la coordination de ses équipes depuis le ranch. Il avait des employés qui auraient pu faire les déplacements à sa place. Mais plus le succès de sa compagnie augmentait, plus il semblait en vouloir davantage et se donner sans cesse de nouveaux buts à atteindre. Quelque part, sur la route, il avait perdu de vue tous les buts qu'ils s'étaient fixés, tous les rêves qu'ils avaient formés tous les deux autour de leur mariage, de leur vie, de leur avenir…

— Tu as l'air si sérieuse, tout à coup, remarqua-t-il en s'emparant du livre de Bria pour le poser à côté d'elle.

Elle saisit la première idée qui lui passa par la tête.

— C'est que… puisqu'il est clair désormais que nous n'aurons pas de poisson pour ce soir, je me demandais ce que j'allais bien pouvoir faire pour le dîner, dit-elle. Que préfères-tu, du poulet, ou du bœuf ?

Il se mit à rire.

— A ton avis, chérie ? Je suis un Texan !

— O.K., un steak.

Elle espérait qu'il ne remarquerait pas son sourire forcé. Il parut réfléchir un instant.

— J'ai une idée, déclara-t-il. Pourquoi n'irions-nous pas jusqu'à Beaver Dam, on pourrait manger au relais du barrage ?

Bria se demanda si ce ne serait pas une erreur de se rendre là-bas. Il connaissait la plupart des gardes forestiers de la petite ville. Que se passerait-il si quelqu'un avait entendu parler de leur séparation et faisait une remarque à ce sujet ?

Mais c'était peu probable. Sam était un homme très secret, il ne racontait rien de sa vie si ce n'était pas nécessaire. A sa connaissance, seuls les frères de Sam et sa propre sœur étaient au courant de leur divorce. Maria vivait à Amarillo et ne connaissait personne à Beaver Dam. Quant aux cinq garçons, ils se seraient pendus plutôt que de trahir la confiance de leur frère.

— C'est une bonne idée, décida-t-elle finalement, est-ce que tu es sûr que tu te sens suffisamment bien ?

Il eut l'air exaspéré.

— Je t'ai déjà dit…

— Je sais, je sais, soupira-t-elle. Mis à part tes problèmes de mémoire, tu te portes comme un charme…

— Exactement.

Il bâilla, et, allongeant le bras, attrapa son Stetson pour s'en couvrir le visage.

— Je crois que je vais faire une petite sieste avant le déjeuner. Comme ça, je serai en pleine forme pour sortir ce soir !

Pendant qu'il s'endormait, Bria s'efforça de se concentrer sur son livre, le récit par une pionnière de sa vie dans les grandes étendues sauvages. Suivre le voyage de cette femme et tous les aléas qu'elle avait dû affronter lui évitait de trop penser à l'homme qui se reposait près d'elle, la tête sur ses genoux, aussi paisible qu'un nouveau-né. Cet homme qui la mettait aujourd'hui dans la situation la plus inextricable qu'elle ait jamais connue en vingt-huit ans — et qui n'en avait même pas conscience.

- 4 -

Au moment où il posait la main sur la cambrure des reins de Bria, pour la guider vers une table dans le fond de l'auberge, Sam remarqua que plusieurs hommes se retournaient sur elle en lui lançant un regard appréciateur. Rien d'étonnant. Bria était une femme splendide, sans doute la plus jolie qu'il ait été donné de voir à la plupart d'entre eux.

Situé en plein cœur du pays des troupeaux et des cow-boys, le Broken Spoke était une auberge typique du grand Ouest, avec ses tables de formica écaillé, ses chaises chromées au vinyl craquelé, et la musique country qui tournait en boucle sur le juke-box. L'éclairage était sans doute un peu trop tamisé, la musique un peu trop forte, mais l'endroit était propre et accueillant, et on y servait la meilleure viande du comté. Même dans les restaurants cinq étoiles qu'il avait pu lui arriver de fréquenter, Sam n'avait jamais trouvé de steaks comparables à ceux que l'on mangeait ici. Tous les gens du coin s'y sentaient chez eux, aussi bien les propriétaires des ranchs que leurs employés, et, en général, l'endroit était plein de monde. C'était le cas ce soir, beaucoup d'hommes, peu de femmes, comme toujours.

Sam parcourut la salle des yeux.

— Ce n'était peut-être pas une si bonne idée que ça de venir ici, dit-il avec une grimace.

Bria lui jeta un regard interrogateur.

— Ah bon ? Je croyais que tu aimais ce restaurant ?

— Oui, c'est vrai, mais j'avais oublié que la moitié des gars qui viennent là sont des célibataires en quête d'une bonne fortune.

— Et l'autre moitié ? demanda Bria d'un ton léger, en prenant place sur la chaise qu'il lui présentait.

— Des célibataires trop vieux ou trop timides, ils se contentent de lorgner…

Il dévisagea un rouquin au visage de bébé qui regardait Bria depuis un peu trop longtemps à son goût. Comprenant qu'il serait sage de ne pas insister, le jeune homme se plongea dans la contemplation de l'assiette qui était posée devant lui.

— Tiens, ils ont ajouté une piste de danse. Elle n'y était pas la dernière fois que nous sommes venus, constata Bria.

Elle lui montrait l'autre côté de la pièce, près du juke-box.

Sam sourit. Bria adorait danser.

— Il faudra que l'on danse un slow ou deux avant de rentrer.

— Je ne sais pas si ce serait très raisonnable, répondit Bria, préoccupée. La journée a déjà été longue. Il ne faudrait pas que tu te surmènes.

Sam soupira avec irritation.

— Ecoute, je n'ai plus eu un seul vertige, et tu ne m'as pas laissé lever le petit doigt depuis que je suis rentré de l'hôpital.

— C'est-à-dire hier, précisa-t-elle d'un ton ironique.

— Je n'ai pas l'habitude de rester sans rien faire, Bria.

Décidément, elle ne voulait rien comprendre ! C'était une des choses que Hank leur avait apprises : l'oisiveté est mère de tous les vices et rester désœuvré est le plus sûr moyen de retomber dans les ennuis. Depuis que sa vie avait pris un nouveau tournant, à l'âge de quinze ans, Sam s'était fait un devoir d'être en permanence occupé à quelque chose d'utile.

Bria le dévisagea un moment, puis secoua la tête.

— S'il te plaît, Sam, est-ce que l'on pourrait remettre cette discussion à plus tard ? Je n'ai vraiment pas envie que l'on gâche cette soirée par une dispute.

Il lui prit la main en souriant.

— Ça me va, chérie. Mais tiens-le-toi pour dit, tu devras m'accorder un ou deux slows après le dîner. Je t'assure que ça ne me tuera pas.

Il caressait doucement la main de Bria avec son pouce, quand il remarqua quelque chose d'anormal. Prenant sa main pour la regarder, il découvrit qu'elle ne portait plus son alliance, ni sa bague de fiançailles. D'habitude, elle ne les enlevait que pour prendre sa douche, ou les rares fois où elle devait faire la vaisselle. Bizarre. Qu'en avait-elle fait ?

— Où sont tes bagues ? demanda-t-il en touchant l'annulaire de sa main gauche.

Bria se mordit la lèvre, semblant chercher ce qu'elle allait bien pouvoir dire.

— Je les ai… laissées à la maison.

— Ah bon ? Pourquoi ça ?

— J'ai… oublié de les remettre, bredouilla-t-elle en fuyant son regard.

Sentant l'incertitude qui perçait dans sa voix, Sam se demanda si Bria craignait qu'il ne soit fâché de voir qu'elle ne portait pas ses bagues. Cela n'avait aucun sens. Il n'était pas du genre à surveiller ses faits et gestes, bon sang, et il n'avait jamais exigé qu'elle porte ses bagues si elle n'en avait pas envie. Lui-même portait rarement son alliance, d'ailleurs. Quand on faisait un travail comme le sien, il y avait toujours le risque de s'accrocher la main à quelque chose et de se casser un doigt ou, pis encore, de se le faire arracher.

— Ça va, Bria, il n'y a pas de problème, assura-t-il avec un bon sourire. Nous restons mariés, avec ou sans nos anneaux !

Opinant de la tête, elle ouvrit le menu.

— Je suppose qu'il est inutile de te demander ce que tu vas prendre ?

— Exact.

Il s'étira contre le dossier de sa chaise avec une grimace de plaisir anticipé.

— Pour moi, ce sera comme d'habitude, le steak d'une livre avec du coleslaw, des haricots noirs, et quelques frites !

Elle ne put s'empêcher de rire.

— Quelle imagination débordante !

— Je sais, je suis affreusement prévisible.

Le rire de Bria résonna à ses oreilles comme une musique et lui réchauffa le cœur. Il ne l'avait pas entendue rire beaucoup, depuis deux jours.

Trois quarts d'heure plus tard, alors qu'il ramassait les dernières miettes de sa tarte aux noix de pécan, quelqu'un fit passer sur le juke-box une chanson d'amour. Il vit Bria regarder les couples qui ondulaient sur la piste de danse.

— M'accorderais-tu cette danse, mon cœur ? lui dit-il.

Bria lui lança un regard hésitant.

— A la condition que tu promettes de me prévenir si tu ressens le moindre malaise.

— O.K., tu as ma parole, tu seras la première avertie !

Il se leva et la prit par la main.

Elle quitta sa chaise avec un sourire. Quand il sentit sa main fine se poser dans la sienne, le cœur de Sam s'emballa. Il était marié à la femme la plus sexy et la plus désirable qu'il ait jamais connue, et il était l'homme le plus chanceux de la Terre de l'avoir pour lui. La conduisant vers la piste, Sam vit quelques cow-boys suspendre leurs gestes pour la regarder. Il ne pouvait pas les en blâmer. La beauté de Bria était véritablement à couper le souffle. Son jean à la coupe impeccable était adroitement cisaillé en quelques endroits sur les cuisses, laissant apparaître de place en place sa peau soyeuse, et son petit pull noir sans manches, rehaussé de strass, caressait les courbes parfaites de sa taille et de ses seins aussi étroitement que l'aurait fait la main d'un amant.

Une contraction le saisit au bas du ventre tandis qu'il l'enlaçait, et à peine Bria eut-elle enroulé ses bras autour de ses épaules qu'il sentit un désir violent tendre tout son corps.

Plongeant les yeux dans le regard émeraude de Bria, il la serra plus étroitement contre lui. Elle sentit immédiatement son excitation et s'écarta légèrement.

— Sam, nous devrions retourner nous asseoir. Le sang va te monter à la tête…

Il resta collé contre elle.

— Chérie, je vais très bien. Il ne faut pas croire ce que l'on raconte, tu sais…

— De quoi parles-tu ? demanda-t-elle, troublée.

Il eut un petit rire en rapprochant ses lèvres de son oreille.

— Il y a suffisamment de sang dans le corps d'un homme pour irriguer tout ce qu'il faut, murmura-t-il.

— Oh ! je vois…, dit-elle d'un ton bref en rougissant de façon exquise. Je ne pensais pas à ça…

— Et à quoi pensais-tu donc ? demanda-t-il avec légèreté, en lui embrassant le bout du nez.

— Eh bien, tu n'as peut-être pas envie que tout le monde sache que tu te sens… hum, très amoureux…, répondit-elle en chuchotant.

Il regarda autour de lui.

— Vu l'obscurité qui règne ici, je ne pense pas que l'on puisse voir quoi que ce soit.

Repoussant son Stetson vers l'arrière de son crâne, il appuya son front contre celui de Bria.

— Et de toute façon, qu'est-ce que ça peut faire ? Il n'est pas interdit d'avoir envie de sa femme, que je sache ? Surtout quand sa femme est la bombe la plus incendiaire de tout l'Etat du Texas !

— Je me sens un peu fatiguée, déclara-t-elle en le repoussant précipitamment. Je préférerais que l'on s'en aille.

— Comme tu voudras, acquiesça-t-il.

Dérouté par le ton pressant de Bria, Sam la suivit jusqu'à leur table, paya la note en laissant un généreux pourboire, puis, la prenant par la main, il l'entraîna vers la sortie.

Arrivés sur le parking, il tendit la main pour lui demander les clés du SUV.

— Je vais conduire, puisque tu es fatiguée.

— Sam, nous avons déjà parlé de ça aussi, répliqua Bria avec impatience. N'y compte pas, tu ne conduiras pas tant que le médecin ne t'y aura pas autorisé. Allez, va t'asseoir, ou je te jure que je te laisse en plan sur ce parking.

Bria semblait sur le point d'exploser ou de fondre en larmes, et Sam ne voyait absolument pas pourquoi. Il y avait vraiment quelque chose d'étrange dans son comportement, mais il décida de ne pas la pousser dans ses retranchements et s'installa sans mot dire du côté passager.

Une chose était sûre, il éclaircirait tout ça dès qu'ils seraient rentrés au ranch.

Ils ne dirent pas grand-chose pendant qu'ils parcouraient la trentaine de kilomètres qui séparaient Beaver Dam de Sugar Creek. Bria était bien consciente d'avoir agi de manière totalement irrationnelle, mais ses nerfs la trahissaient. Cela faisait deux jours qu'elle prenait sur elle pour se comporter comme s'ils étaient toujours mari et femme et comme si tout était parfaitement normal ! Mais la tension s'accumulait au fil des heures, accrue par les assauts de sensualité répétés de Sam, qui semblait avoir décidé de la rendre complètement folle.

Elle commençait à perdre son sang-froid à devoir ainsi lui dissimuler la vérité, tout en s'ingéniant à ne pas lui mentir. Quand il l'avait questionnée au sujet de ses bagues, par exemple. Elle les avait enlevées trois mois plus tôt, quand elle avait quitté la maison, et les avait rangées dans la petite boîte de velours noir qui se trouvait dans le buffet du salon. Et elle avait dit vrai, elle avait oublié de les remettre en rentrant, purement et simplement. Elle avait eu tant de choses à penser depuis l'accident de Sam. Franchement, c'était déjà un miracle qu'elle parvienne encore à se rappeler son propre nom, alors, ses bagues…

Quand elle eut garé le SUV sur le côté du ranch, elle fut surprise de voir que Sam restait assis dans la voiture.

— Est-ce que quelque chose ne va pas, Sam ? demanda-t-elle, craignant que les vertiges ne l'aient repris.

— C'est à toi de me le dire, Bria, répliqua-t-il en se tournant vers elle.

Il planta ses yeux dans les siens. Jamais auparavant elle n'avait ressenti cette sensation que quelqu'un était ainsi en train de la transpercer du regard et de fouiller jusqu'au plus profond de son âme. C'était précisément ce qu'elle ressentait en ce moment.

Elle retint son souffle. Peut-être des souvenirs lui étaient-ils revenus ? Peut-être se rappelait-il leur séparation ?

— Je ne sais pas de quoi tu parles, Sam.

— Bria, il fut un temps où tu adorais que je te montre combien j'avais envie de toi. Tu adorais voir l'effet que tu me faisais et sentir le pouvoir que tu avais sur moi.

Il secoua la tête.

— A présent, tu sursautes dès que je te touche et tu t'écartes de moi comme si j'étais le diable.

Bien sûr. Il ne pouvait pas comprendre qu'elle repousse ainsi ses avances, elle aurait dû s'en douter.

— Sam, je ne…

Il l'interrompit, avec une voix pleine de tension qu'elle ne lui avait jamais entendue avant cela.

— Est-ce qu'il y a quelqu'un, Bria ? Si c'est ça, je peux t'assurer que ce salopard va devoir vendre chèrement sa peau.

— Non, Sam. Il n'y a jamais eu personne d'autre que toi dans ma vie, répondit-elle avec gravité. Tu es le seul homme avec qui j'aie jamais voulu être.

Elle était parfaitement sincère en prononçant ses mots, et il dut le sentir car il s'adoucit.

— Alors, dis-moi, qu'est-ce ce qui se passe, mon amour ? Tu sais que tu peux tout me dire ?

Bria ferma les paupières, refrénant le désir qui la prenait de se jeter dans ses bras et de le serrer de toutes ses forces, jusqu'à ce que leurs problèmes s'envolent en fumée… Mais à quoi bon ? Rien de ce qu'elle avait tenté n'avait marché jusqu'à présent. Ça ne marcherait pas non plus aujourd'hui. L'accident de Sam n'avait rien changé. Il n'avait fait que venir compliquer encore plus la situation.

— Je suppose que je suis un peu dépassée par les événements, finit-elle par articuler.

Elle ne mentait pas. Depuis qu'elle avait vu ce taureau se précipiter sur Sam, elle se sentait tendue jusqu'au point de rupture, et les choses ne s'étaient pas arrangées avec leur retour au ranch, loin de là. Devoir surveiller chacune de ses paroles et chacun de ses gestes lui donnait le sentiment de marcher au bord d'un précipice, risquant de tomber à tout instant.

Sam se pencha au-dessus du tableau de bord pour l'embrasser, avec une telle tendresse que Bria sentit les larmes lui emplir les yeux.

— Je suis désolé que tu te sois fait tant de souci, dit-il avec douceur. Nous allons nous mettre au lit, et je vais te serrer dans mes bras jusqu'à ce que tu oublies tout ça et que tu n'aies plus peur.

— Je ne crois pas que… ce serait une très bonne idée, dit-elle avec hésitation.

— Et moi, je suis sûr que si.

Il était si calme, si assuré… Les choses pouvaient-elles être aussi simples ? Oh ! elle aurait tant voulu le croire ! La douceur de son baiser, ce serment sincère de la protéger et de la rassurer lui serraient le cœur. Pourquoi n'avait-il pas pu lui parler de cette façon quand elle avait perdu leur bébé ? C'était de ça qu'elle avait besoin à ce moment-là, de sa force et de son assurance. Mais il était ailleurs, quelque part sur la côte Ouest, à s'occuper de ses fichus troupeaux…

Elle aurait voulu lui dire tout cela, combien elle s'était sentie abandonnée, combien elle avait été blessée qu'il ne vienne pas lui apporter son soutien et partager sa peine avec elle. Mais ils avaient déjà eu cette conversation, six mois plus tôt, et il l'avait oubliée, comme tout le reste.

Quelle excuse allait-elle pouvoir trouver cette fois pour ne pas aller se coucher avec lui ? Il s'était reposé, il ne verrait aucune raison à ce qu'elle ne passe pas la nuit à son côté, et ne comprendrait certainement pas qu'elle veuille dormir dans la chambre du rez-de-chaussée.

Tandis qu'elle réfléchissait à ce qu'elle allait bien pouvoir dire, Sam sortit du véhicule pour venir ouvrir la portière de son côté et l'aider à descendre.

— Viens ma chérie, montons nous coucher. Quand tu seras dans mes bras, tu oublieras toutes ces choses qui te tourmentent.

Bria passa beaucoup de temps à se changer pour la nuit et à se brosser les dents, mais, au bout d'une demi-heure, il lui fallut bien se résoudre à sortir de la salle de bains. Sam l'attendait derrière la porte, elle le savait, prêt à la serrer dans ses bras, sans se rendre compte que, loin de la réconforter, il ne faisait qu'ajouter à son trouble et à son malaise.

— Bria ? Tout va bien ? lança-t-il depuis la chambre.

Elle ne pouvait pas s'attarder plus longtemps. Elle devrait attendre patiemment à son côté qu'il s'endorme pour regagner la chambre d'amis, en espérant ne pas le réveiller en sortant du lit.

Prenant une grande inspiration, elle ouvrit la porte.

— Je me brossais les…

Elle stoppa net. Il était là, planté devant elle, un grand sourire aux lèvres. Entièrement nu.

— … Tu vas rester comme ça pour dormir ?

Le sourire de Sam se changea en grimace.

— Tu sais que je n'aime pas être habillé quand je suis au lit.

— La nuit dernière, tu avais gardé tes sous-vêtements.

Mais elle savait bien qu'il était alors tellement épuisé qu'il n'avait même pas eu la force de les ôter.

C'était peut-être ça, la solution à son problème ? Si Sam était suffisamment fatigué chaque soir pour sombrer dans le sommeil à peine couché, elle n'aurait pas à inventer des subterfuges pour qu'il ne se rende pas compte qu'elle ne restait pas dormir avec lui.

Non, l'idée ne tenait pas debout. La seule chose qui aurait pu fatiguer cet homme amoureux, à l'énergie inépuisable, elle la connaissait. Et faire l'amour avec lui était absolument hors de question.

— Tu as l'air tellement perdue.

Sa chaude voix grave la fit frissonner. Elle se sentait fondre devant lui. Il était magnifique. Il avait le corps d'un athlète, grand et mince, tout en muscles, sans un pouce de graisse. Elle ne pouvait s'empêcher de le regarder, incapable de dire un mot. Il était là, paisible, si impressionnant, et il lui avait tellement manqué.

— Viens, dit-il en faisant un pas vers elle.

A l'instant où il l'attira contre son large torse dénudé, une excitation délicieuse parcourut Bria et une vague de chaleur l'envahit. Elle avait toujours aimé le corps de Sam. Le contraste qu'elle sentait, quand sa peau fine et douce entrait en contact avec la chair rude de cet homme, l'affolait. Elle percevait nettement contre elle chacun de ses muscles sculptés et durcis par des années de travail au grand air, et ce contact la faisait respirer plus vite tandis qu'une crispation exquise gagnait les tréfonds de son corps. La différence entre leurs corps était ensorcelante. Et la magie continuait d'opérer. Les sensations qui l'avaient toujours saisie depuis la toute première fois où elle avait connu Sam lui revenaient d'un coup, brutales.

— Tu trembles, dit-il doucement.

Dans une caresse, les mains de Sam descendirent le long de ses bras pour saisir délicatement les siennes.

— Je n'avais pas compris à quel point mon accident a dû être éprouvant pour toi, mon pauvre amour.

Mais ce n'était pas le souvenir terrifiant de ce taureau s'acharnant sur lui qui la faisait frémir à cet instant. C'était l'insoutenable tentation qui l'avait saisie face à l'énergie virile qui émanait de Sam.

— Je... je me demande si je n'ai pas attrapé froid, bredouilla-t-elle, consciente à l'instant où elle les prononçait de la platitude pitoyable de ces mots.

— Peut-être qu'il vaudrait mieux que je dorme dans une des chambres d'amis. Ce n'est pas le moment que tu attrapes quelque chose, si je suis contagieuse.

Il secoua la tête en signe de dénégation, tout en l'entraînant vers le lit.

— Raison de plus pour que tu restes avec moi. Si tu ne te sens pas bien, je pourrai m'occuper de toi.

Son ton catégorique agit comme un chiffon rouge qu'on aurait agité devant un taureau, et fit voler en éclats la bulle de sensualité que Sam avait fait naître autour de Bria. Elle s'écarta de lui.

— C'est vraiment insensé, Sam ! Pourquoi juges-tu normal de t'occuper de moi si je ne vais pas bien, tandis que l'inverse est impossible et que tu refuses que moi, je prenne soin de toi ?

— Parce que je suis ton mari, rétorqua-t-il en fronçant les sourcils. Le jour où je t'ai épousée, j'ai fait serment de m'occuper de toi.

— Oui, et les femmes sont censées faire la même chose pour leur mari, répliqua-t-elle vivement.

La crispation butée de sa mâchoire montrait que Sam ne comprenait pas ce qu'elle voulait dire. Comme toujours.

— J'ai prononcé les mêmes vœux que toi, je te rappelle.

— Bria, ma chérie, tu es en train de t'énerver pour rien.

Mais elle ne pouvait plus s'arrêter.

— Moi aussi, j'ai prêté serment d'être à tes côtés pour le meilleur et pour le pire.

Elle pointa le doigt vers l'hématome qui restait bien visible le long de sa joue.

— Tu souffres d'un syndrome post-traumatique. Je pense que ce genre de choses entrent clairement dans la catégorie « pour le pire ». Mais, depuis la minute où tu es sorti de l'hôpital, tu n'as pas cessé de répéter que tout était parfaitement normal, et de m'interdire de veiller sur toi. Mais je suis ta femme, peux-tu me dire ce que je suis censée faire ?

— Est-ce que c'est tes règles…

— Oh ! par pitié ! explosa Bria. Ça n'a rien à voir avec ça. Voilà bien les hommes ! Si une femme ne partage pas leur point de vue ou est en colère, c'est parce qu'elle est en plein syndrome prémenstruel ou qu'elle a un problème hormonal !

Sam semblait totalement déconcerté devant ce débordement de colère.

— Tu en es sûre ? Franchement, tu es un peu irritable, par moments…

Elle décida de couper court.

— Sam, nous avons déjà eu cette discussion par le passé, je ne sais pas si tu t'en souviens, et je vois que tu n'écoutes pas plus maintenant que tu ne l'avais fait avant que je… — elle se reprit *in extremis* — … à ce moment-là.

Elle avait failli dire : avant que je ne décide de te quitter. Mais bien sûr c'était encore une chose qu'elle ne pouvait pas dire, pour ne pas risquer d'aggraver l'état de Sam et de compliquer encore la situation.

Sam plissa les yeux. Il luttait contre la douleur qui recommençait à lui cisailler le crâne.

— Ecoute, Bria, tu sais très bien que je ne me souviens de rien de ce qui s'est passé depuis le début de l'année, reprit-il. S'il y a quelque chose que tu veux me dire, quelque chose que je dois savoir, je suis tout ouïe.

Bria se sentit soudain accablée par un profond sentiment de défaite. Elle aurait tant voulu lui faire comprendre qu'elle avait besoin d'être son égale dans leur relation, besoin qu'il sache se reposer sur elle, et aussi qu'elle puisse compter sur lui. Pourquoi s'était-il comporté de cette façon quand elle avait perdu leur enfant, comme si de rien n'était, comme si elle n'avait jamais été enceinte ?

Mais à quoi bon ressasser tout cela ? Il ne se souvenait de rien, même pas de leurs disputes à ce sujet… Ce n'était pas sa faute, bien sûr, mais cela ne la consolait absolument pas.

— Va te coucher, Sam, conclut-elle d'un ton las. Peut-être que tu comprendras quand tu auras retrouvé la mémoire.

Elle se détourna et fit un mouvement vers la porte, mais il posa la main sur son bras avant qu'elle ait pu prendre la fuite.

— Reste avec moi, Bria. Ta place est ici.

Le contact de sa main et la sincérité qu'elle perçut

dans ces quelques mots eurent raison d'elle. Elle n'avait plus l'énergie ni même la volonté de lui résister.

— Je ne peux pas…

— Je sais, mon amour, murmura-t-il avec douceur. Je veux juste te tenir dans mes bras.

Elle se laissa tomber sur le lit, du côté qui était jadis le sien, et retint son souffle tandis que Sam s'allongeait à son côté et se collait contre elle. Sentir ses bras puissants autour d'elle, le battement régulier de son cœur juste là, sous sa main, le parfum mâle de sa peau, lui faisait monter les larmes aux yeux. Elle se retrouvait dans ses bras pour la première fois depuis des mois, et c'était comme si elle était de retour chez elle.

Et pourtant elle n'avait plus le droit d'être là, et tout cela prendrait fin dès que Sam aurait recouvré la mémoire.

Quand il se réveilla au matin, Sam ne fut pas très surpris de constater que Bria avait quitté la chambre. Elle était probablement déjà en train de préparer le petit déjeuner. Il espérait qu'une bonne nuit de sommeil l'aurait reposée et mise dans de meilleures dispositions d'esprit.

Le regard fixé sur le plafond, il réfléchit aux paroles qu'elle avait prononcées la veille. Qu'est-ce qui avait bien pu l'amener à penser qu'il n'avait pas besoin d'elle ?

Qu'il veuille faire les choses lui-même ne signifiait pas qu'elle ne jouait pas un rôle essentiel dans sa vie. Elle n'avait pas l'air de comprendre qu'il se mettait en quatre pour qu'elle soit heureuse. Le plus important à ses yeux était qu'elle possède une belle maison, qu'elle puisse s'acheter de beaux vêtements.

Ses besoins à elle passaient avant tout le reste. Serrer les dents et taire ses faiblesses, c'était sa façon à lui de prouver à quel point il l'aimait. Est-ce qu'elle ne voyait pas combien il l'admirait, combien il était fier qu'elle soit sa femme ?

Bria ne savait rien de sa vie avant de rencontrer Hank. Elle n'avait pas la moindre idée des raisons qui les avaient conduits, lui et Nate, au Ranch de la Dernière Chance, et c'était très bien comme ça. Elle ne pouvait pas savoir à quel point il était vital pour lui d'être différent de son père, d'être devenu quelqu'un de bien.

Les rares fois où Bria l'avait questionné sur son enfance, il s'était contenté de répondre qu'il n'y avait rien d'intéressant à en dire, et avait changé de sujet. Il avait honte de son passé et de ses origines et ne voulait pas que l'image que Bria avait de lui soit ternie par ce qu'elle aurait appris au sujet de sa famille et des choses qu'il avait faites. Hank Calvert leur avait toujours assuré que les raisons de leur mise sous tutelle ne regardaient personne. Ce qui comptait, c'était ce qu'ils faisaient aujourd'hui.

Brusquement, la douleur revint s'enrouler autour de son crâne. Sam grogna et ferma les yeux pour tenter d'apaiser la migraine qui enserrait sa tête comme un étau.

« Sam, j'ai essayé de te dire ce qui n'allait pas dans notre mariage, ce qui n'allait pas entre nous. » Une image apparut. Bria pleurait en entassant des piles de vêtements dans une valise. « Mais tu n'écoutes jamais rien, et je ne peux plus vivre de cette façon. » Elle s'arrêta et se tourna vers lui. « Les hommes et les femmes sont censés pouvoir se parler dans un couple, se dire ce qui ne va pas et chercher des solutions, ensemble. Mais ta méthode à toi pour “arranger les choses”, c’est de faire comme si les problèmes n’existaient pas, comme s’ils allaient disparaître par enchantement. Peut-être que je comprendrais mieux pourquoi tu te protèges tellement si je connaissais ton histoire. Mais je ne sais rien de ta vie avant Hank Calvert. Des époux partagent en principe ce genre de choses, mais pas toi. C’est comme si tu n’existais pas avant de venir vivre au ranch. »

La pression du sang dans son crâne faiblit un peu, mais le cœur de Sam cognait contre ses côtes comme un tambour de guerre. Ouvrant les yeux, il repoussa les couvertures et s’assit au bord du lit. Etait-il possible que Bria l’ait quitté à un moment donné ? Elle était là à présent, mais qu’est-ce qui avait bien pu se passer ?

Tout en se massant les tempes, il tentait désespérément de se rappeler. Où Bria était-elle allée ? Mais, comme les fois précédentes, les souvenirs qui lui revenaient étaient flous et restaient hors d’atteinte.

Il se leva et se rendit à la salle de bains. Rester au lit ne l’aiderait pas à trouver les réponses aux questions qui l’assaillaient. Et il avait besoin de réponses, qu’elles soient ou non à son goût.

Ayant pris une douche rapide, Sam s’habilla et descendit dans la cuisine. Il n’avait aucune idée de la façon dont il devait procéder pour assembler les pièces du puzzle, mais en aucun cas il ne questionnerait Bria. Ce dont il se souvenait n’était pas suffisant pour pouvoir en parler. Et puis, gagner du temps l’aiderait peut-être à comprendre par quel bout prendre les choses.

Il était parvenu au milieu de l'escalier quand il s'arrêta net. Lentement, il tourna la tête vers le mur aux photographies. Bria lui avait dit qu'elle les avait retirées pour les mettre ailleurs. Mais il avait regardé dans toutes les pièces et ne les avait pas trouvées. Tandis qu'il descendait le reste des marches, il repensa aux bagues de Bria et à sa gêne quand il lui en avait parlé. Elle avait paru incapable de le regarder dans les yeux tandis qu'elle lui expliquait qu'elle les avait oubliées, et avait rapidement changé de sujet de conversation.

Un nœud commençait à se former dans sa gorge et, tout en prenant place à la lourde table de chêne de la cuisine, Sam se rendit compte qu'il n'avait absolument pas faim. Il fallait qu'il fasse le tour du ranch, afin de voir si des choses manquaient. De toute évidence, Bria ne vivait plus ici. Etait-elle revenue seulement le temps de sa convalescence ?

Bria s'affairait devant la cuisinière.

— Bonjour, Sam, dit-elle en se retournant face à lui. Il y a du bacon et des pommes de terre sautées. Que veux-tu avec ça, des crêpes ou des œufs ?

— Ce qui est le plus simple, répondit-il d'un ton distrait.

Il était préoccupé. Comment allait-il se débrouiller pour fouiller la maison sans qu'elle s'en rende compte ?

— C'est exactement pareil, dit Bria en souriant.

— Alors, deux œufs sur le plat m'iront parfaitement.

Il attendit qu'elle soit allée prendre les œufs au cellier pour lui demander :

— Qu'as-tu prévu de faire aujourd'hui ?

— Eh bien, si cela te dit, je pensais que l'on pourrait aller jusqu'à Stephenville faire les courses pour l'anniversaire de Jaron.

Elle prépara une assiette avec les œufs, le bacon et les pommes de terre et vint la poser devant lui.

— Mais si tu préfères te reposer je pourrai y aller avec Maria. Elle arrive demain, et tes frères aussi, tu pourras rester avec eux.

— Si cela ne t'embête pas, j'aurais voulu jeter un coup d'œil aux registres du ranch, histoire de voir un peu ce qui s'est passé au cours de ces derniers mois, répondit-il en regardant son assiette sans entrain.

La nourriture lui paraissait aussi appétissante qu'un vieux bout de cuir bouilli.

— Ah oui ? tu détestes t'occuper de la paperasse, s'étonna Bria.

Elle s'assit face à lui en fronçant les sourcils.

— On ne sait jamais, peut-être que cela pourrait m'aider à me rappeler quelque chose, expliqua-t-il avec un haussement d'épaules. Mais tu n'as pas besoin de moi pour aller faire des courses. Je resterai dans le bureau la majeure partie de la journée.

Elle secoua la tête.

— Pas question que je te laisse seul. J'irai demain avec Maria.

— Je ne serai pas seul, répliqua-t-il avec un sourire forcé. T.J. a appelé hier pour dire qu'il viendrait un jour plus tôt, et il sera là vers le milieu de la matinée.

Bria eut l'air encore plus surprise.

— Je ne me rappelle pas que tu as reçu un appel hier.

— Tu étais dans la salle de bains, tu te préparais avant qu'on sorte. J'ai dû oublier de te le dire.

Il remuait distraitement ses pommes de terre avec sa fourchette. Bria était perplexe.

— Comment pourrait-il être là dans la matinée ? Il y a huit heures de route depuis Tranquility !

— En fait, il est tout près de Round Rock, il est venu acheter un étalon qu'il voulait pour son troupeau.

Tendant le bras à travers la table, il posa sa main sur celle de Bria. Les bagues manquaient toujours à ses doigts. Ceci le conforta dans l'idée qu'il devait en avoir le cœur net.

— Fais ce que tu as prévu. Si tu te débarrasses des courses aujourd'hui, tu auras plus de temps pour papoter avec Maria.

Elle réfléchit un instant, puis acquiesça.

— C'est plutôt une bonne idée, en effet. Ce serait bien de pouvoir commencer à cuisiner demain, au lieu de devoir tout faire dimanche.

— Et inutile d'attendre T.J., ajouta Sam. Je te donne ma parole d'honneur que je ne ferai rien de plus fatigant que de tenir un stylo et une calculatrice. Et si je sens que je fatigue je ferai une sieste.

— Je ne pense pas qu'il soit sage de te laisser seul. Je vais attendre que T.J. soit arrivé pour partir.

— Je t'assure que tout ira bien, mon cœur.

Il montra le téléphone qui était accroché à son ceinturon.

— Si j'ai besoin de quoi que ce soit, j'ai mon téléphone.

— Non. S'il arrivait quelque chose avant que T.J. ne soit avec toi, je ne me le pardonnerais jamais.

*
* *

Une heure plus tard, après avoir regardé depuis la véranda Bria quitter la cour du ranch au volant de son SUV, Sam se leva pour entrer dans la maison.

— Je vais me chercher un soda, lança-t-il à T.J. Tu veux une bière ?

— Avec plaisir. Mais toi, tu n'en prends pas ?

— Oh non, répondit Sam avec une grimace. Si Bria s'aperçoit que je sens la bière, nous aurons de gros ennuis, toi et moi.

— Ah, non, par pitié ! fit T.J. en éclatant de rire. S'il y a quelque chose dont je n'ai pas besoin, c'est de me mettre mal avec Bria. J'ai eu mon compte d'engueulades ces derniers temps, ça suffit comme ça.

Sam se mit à rire en voyant sa mine exaspérée.

— Tu as toujours des ennuis avec ta voisine ?

— Ne m'en parle pas, grommela son frère. Moins je pense à cette bonne femme, mieux je me porte.

— Je reviens dans une minute avec ta bière, annonça Sam d'un ton enjoué.

Il devait s'assurer de la présence de quelques petites choses. Si elles n'étaient pas là, il saurait que Bria n'était revenue que parce qu'il avait subi cet accident et que le médecin avait recommandé qu'on lui épargne tout motif de stress.

Commençant par la salle à manger, il se dirigea tout droit vers le vaisselier et ouvrit la vitrine au-dessus des tiroirs. Son cœur se mit à cogner dans sa poitrine et le nœud dans sa gorge se resserra au point qu'il se sentit étouffer : la coupe à fruits en porcelaine que Bria tenait de son aïeule et le plateau d'argent qui était dans sa famille depuis trois générations avaient disparu. Sam s'obligea à respirer.

Il était inutile de chercher plus loin. L'horrible vérité, ce qu'il redoutait par-dessus tout, se confirmait. Bria ne vivait plus au ranch de Sugar Creek.

- 5 -

— Bria, est-ce que tu veux que je fasse la pâte pour les tartes ?

Bria, qui avait entrepris de peler les pommes, releva la tête. A la vue de sa sœur, elle éclata de rire.

— Comment as-tu fait ton compte pour te mettre de la farine jusque dans les cheveux ?

— Cet idiot de paquet a explosé quand je l'ai ouvert, répondit Maria avec une grimace. J'ai dû appuyer dessus sans m'en rendre compte…

Du dos de la main, elle repoussa une mèche brune qui s'était échappée de sa queue-de-cheval.

— Pourquoi n'as-tu pas pris la farine qui est déjà dans la boîte ? s'étonna Bria en retournant à l'épluchage des fruits.

— Pourquoi faire simple quand on peut faire compliqué ? rétorqua Maria en riant. Tu sais bien que je suis perdue, moi, dans une cuisine.

— Ah, la pâtisserie peut réserver bien des surprises, conclut Bria avec diplomatie.

Elle posa son couteau et s'essuya les mains sur un torchon.

— Sinon, je peux m'occuper de la pâte pendant que tu finis d'éplucher les pommes ?

Maria eut l'air soulagé.

— Excellente idée, dit-elle en hochant la tête.

Elle s'empara du petit couteau de cuisine.

— Mais j'ai une faveur à te demander.

— Oui ? s'enquit Bria d'un ton distrait, tout en mesurant la farine.

N'entendant pas de réponse, elle s'arrêta pour regarder sa sœur. Maria semblait hésiter.

— Est-ce que tu veux bien m'expliquer comment tu fais, en même temps ? dit-elle avec embarras.

Maria n'avait jamais témoigné le moindre intérêt pour la cuisine, et Bria avait même été étonnée qu'elle propose son aide pour préparer le repas. Le fait qu'il s'agissait du dîner d'anniversaire de Jaron était assurément sa seule motivation. Retenant un sourire, Bria acquiesça d'un signe de tête.

— Oh oh, tu te lances dans la bonne vieille tactique ? Ferrer le mâle par son estomac ?

Maria devint rouge comme une pivoine.

— Heu, eh bien… C'est-à-dire que Jaron préfère tes tartes aux pommes à n'importe quel autre gâteau d'anniversaire, alors je me demande si je serais capable d'en faire une moi-même. Je te promets de faire tout comme tu me diras et…

— Bien sûr que je vais te montrer, la rassura Bria.

Elle passa son bras autour des épaules de sa petite sœur dans un geste affectueux. Maria la serra à son tour dans ses bras.

— Merci, Bria. Tu es la sœur la plus formidable qu'on puisse rêver.

Du jour où elle avait fait sa connaissance, Maria était tombée sous le charme de Jaron Lambert. Mais elle n'avait alors que dix-huit ans et, même à présent qu'elle était âgée de vingt-trois ans, Jaron continuait de voir leurs dix ans d'écart comme un fossé infranchissable. Bria espérait que sa sœur finirait par le comprendre et rencontrerait quelqu'un d'autre.

Bientôt, elles eurent terminé la préparation de quatre gâteaux, qu'il ne resterait plus qu'à faire cuire le lendemain. Bria eut envie de faire une pause.

— Ouf ! Allons nous asseoir un peu sous la véranda avec un bon verre de thé glacé, proposa-t-elle.

— Où sont passés Sam et T.J. ? demanda Maria quand elles furent installées.

— Sam m'a dit qu'il voulait aller voir un taureau, dans l'enclos sud. Mais j'ai l'impression que c'était surtout un prétexte pour s'éloigner un peu de la maison.

Bria soupira en prenant place sur la balancelle.

— Tu n'as pas idée à quel point il est difficile de l'obliger à ne rien faire.

— Mais T.J. veillera à ce qu'il n'en fasse pas trop, n'est-ce pas ? demanda Maria d'un ton soucieux.

Bria but une gorgée de thé, et secoua la tête avec découragement.

— Pour ma part, je ne connais aucun moyen d'arrêter Sam quand il a décidé de faire quelque chose. En tout cas, s'il lui arrive quoi que ce soit, ce sera T.J. le responsable, pas moi.

L'arrivée du frère de Sam, deux jours plus tôt, avait été une véritable bénédiction. Sa présence avait permis de relâcher un peu la pression que Bria endurait depuis que Sam était sorti de l'hôpital. T.J. était vraiment arrivé à point nommé, car elle ne pensait pas qu'elle aurait pu faire bonne figure plus longtemps, et agir comme si toute cette situation était parfaitement normale.

— Sam ne se souvient toujours de rien ?

Bria soupira.

— En tout cas, il ne m'a parlé de rien.

— Peut-être que d'avoir ses frères autour de lui fera revenir certaines choses, suggéra Maria. La dernière fois que nous nous sommes réunis ainsi, c'était juste avant que…

La voix de Maria s'éteignit, et Bria comprit qu'elle s'en voulait de rappeler un événement qui avait été aussi douloureux pour sa sœur.

— Juste avant ma fausse couche, enchaîna-t-elle.

Maria opina de la tête.

— Ça va, assura Bria. Ça a été vraiment dur pendant longtemps, mais à présent je peux en parler sans fondre en larmes.

— Quand est-ce que Rosa revient ? demanda Maria.

Il était manifeste qu'elle voulait changer de sujet. Elle craignait sans doute de bouleverser Bria en s'attardant sur cet épisode éprouvant.

— Elle est censée rentrer dans une semaine, mais je vais l'appeler et lui payer une semaine de congé supplémentaire, répondit Bria. Elle est adorable, mais j'aurais trop peur qu'elle ne laisse échapper certaines choses que Sam n'est pas encore prêt à entendre.

— Ça te tracasse vraiment, hein ? reprit Maria en hochant la tête.

— Oh oui, tout est déjà assez compliqué comme ça, inutile d'en rajouter. Une chance que j'aime cuisiner ! conclut Bria avec humour.

Maria fit la grimace.

— Ah, ça, c'est vraiment une chose qui m'échappe. Je ferais beaucoup de choses plutôt que de devoir rester plantée devant un fourneau pour préparer un repas !

Bria rit.

— Mais tu veux apprendre à faire les tartes aux pommes !

— C'est différent, tu sais très bien pourquoi.

— J'ai une petite idée, en effet, répliqua Bria avec malice.

Elles restèrent silencieuses pendant quelque temps, puis Maria reprit.

— Sais-tu quand Jaron va arriver ?

Bria regarda sa montre avec un sourire amusé.

— Ma foi, il a appelé Sam tôt ce matin pour dire qu'il se mettait en route, donc il devrait être là d'une minute à l'autre.

— Quoi ? s'exclama Maria d'un ton affolé.

Sa panique redoubla quand elle vit Bria hocher la tête avec gravité.

— Pourquoi est-ce que tu ne m'as rien dit ? Je suis plantée là à ne rien faire, je ne ressemble à rien, j'ai de la farine dans les cheveux, je…

— Tu es absolument adorable, coupa Bria en riant. Et les traces de farine et de cannelle sur ton chemisier sont la preuve que tu as fait toi-même les gâteaux.

— Mouais, adorable, c'est bon pour les chatons. Je préférerais nettement avoir l'air sexy et classe. Je monte prendre une douche et me changer.

Quand sa sœur fut partie, Bria resta là, réfléchissant à la conversation qu'elles venaient d'avoir. Si seulement Maria voyait juste, et que la présence de ses frères aidait Sam à retrouver la mémoire. Sans cela, combien de temps pourrait-elle encore supporter de rester ainsi avec lui ? Elle devait commencer son nouveau travail dans deux semaines ! Et, surtout, plus elle passait de temps auprès de Sam, plus elle constatait combien elle tenait encore à lui et combien cette situation mettait en péril le fragile équilibre qu'elle avait trouvé.

Elle aimerait toujours Sam, elle le savait. Mais malheureusement, parfois, aimer quelqu'un ne suffit pas. Il n'avait rien fait pour les aider à surmonter les épreuves qu'ils avaient traversées, il n'était pas possible pour elle de continuer de cette façon.

Avec un soupir, Bria quitta la balancelle pour retourner dans la cuisine et préparer les légumes pour un ragoût. Quitter Sam avait été la décision la plus difficile qu'elle ait eu à prendre de toute son existence, et, sans le terrible épisode du bébé, elle serait sans doute encore avec lui, à tenter de sauver leur union. Se retrouver ici aujourd'hui, c'était tout à la fois l'enfer et le paradis. Ces derniers jours, elle avait goûté à ce que la vie aurait pu être pour eux si seulement il lui avait consacré plus de temps. Oh ! elle aurait tant voulu que les choses puissent se passer ainsi...

Mais ce dont elle avait besoin était précisément ce qu'il ne pouvait lui donner. Et elle refusait de se résigner à y renoncer.

Assis à la table du grand salon, à la place d'honneur, Sam écoutait les conversations de Bria, de sa sœur et de ses propres frères, sentant grandir en lui un désespoir comme il n'en avait jamais connu auparavant. Depuis qu'il avait compris que Bria n'était ici que pour aider à sa guérison, il était incapable de penser à autre chose. Comment faire pour la retenir auprès de lui ? Il n'arrivait même pas à se rappeler les circonstances qui avaient provoqué son départ ; comment avoir la moindre idée de ce qu'il pourrait faire pour réparer les choses ?

De toute façon, même s'il avait eu une idée, il n'aurait rien pu faire dans l'immédiat, avec tous leurs proches autour d'eux. Depuis deux jours, ils ne s'étaient retrouvés en tête à tête qu'au moment où ils étaient allés se coucher, la veille.

— Allô, allô ! La Terre à Sam Rafferty ? Comment se présentent les choses dans l'espace, major Tom ?

Interrompu dans ses pensées, Sam se tourna vers Nate avec contrariété.

— Hmmm ?

— Je te demandais quand tu retournais voir le neurologue ? répéta Nate.

Le ton de sa voix manifestait un certain agacement.

— J'ai rendez-vous jeudi prochain, répondit Sam, se reprenant.

Il devait être un peu plus attentif à ce qui se passait autour de lui. La dernière fois qu'il avait laissé ses pensées vagabonder, il s'était fait renverser par une tonne de hamburger sur pattes.

Sans crier gare, l'image du taureau accourant sur lui envahit son esprit, nette jusqu'au moindre détail. Après quelques instants, Sam prit conscience que ce souvenir avait reparu sans être précédé d'un de ces terribles maux de tête ou de vertiges. La mémoire lui revenait de plus en plus rapidement, désormais. Il était clair pour lui que tout ce qu'il allait redécouvrir ne serait pas de son goût, mais, d'un autre côté, savoir clairement ce qui s'était passé pourrait lui permettre de reprendre les choses en main.

— Alors, avez-vous décidé qui emmènera Sam à son rendez-vous ?

Bria avait posé la question tout en se levant, avec Maria, pour servir le dessert. Immédiatement, Sam oublia les pensées sombres qui l'occupaient.

— Tu ne m'accompagnes pas ? demanda-t-il.

Un silence plein d'embarras s'installa autour de la table. Chacun semblait tout à coup étrangement absorbé dans la contemplation des parts de gâteau que leur servait la sœur de Bria.

Bria secoua la tête avec énergie et s'approcha pour lui présenter une assiette.

— Tes frères se sont concertés et ont décidé que j'avais droit à un jour de congé.

Elle lui adressa un de ces sourires qui faisaient monter sa température de plusieurs degrés d'un coup.

— Je pense que je vais m'offrir une séance au spa, ou aller chez le coiffeur…

Sam avait beau savoir combien ses frères étaient attentionnés à l'égard de Bria, il ne se souvenait pas les avoir jamais vus faire preuve d'une telle prévenance. Mais il ne trouva rien à dire qui n'aurait pas risqué de trahir le fait qu'il commençait à retrouver la mémoire. Et il ne se sentait pas encore prêt à révéler cette information.

— C'est une bonne idée, chérie, approuva-t-il en saisissant sa fourchette.

Ce n'était absolument pas une bonne idée, à son avis, comme tout ce qui l'éloignait de lui, mais il n'avait pas d'autre choix que de s'incliner pour le moment. Il regarda tour à tour chacun des garçons, occupés à engloutir leur part de gâteau, et demanda avec détachement :

— Eh bien ? Qui a tiré la paille la plus courte et a hérité de la corvée ?

Nate prit la parole.

— C'est moi qui m'y colle, Sam, je t'emmènerai à Waco.

Il grimaça un sourire.

— J'ai fait la connaissance d'une gentille petite infirmière, pendant que tu flemmardais à l'hôpital. Ce sera l'occasion d'aller lui dire bonjour...

— Une femme dans chaque port ! Tu es pire qu'un marin, Nate, railla Lane. Je parie à cinq contre un en faveur de ces demoiselles quand tes frasques commenceront à se retourner contre toi...

La taquinerie de Lane détendit instantanément l'atmosphère autour de la table. Quand chacun eut terminé les dernières miettes de son dessert, on aurait pu croire que ce dîner était semblable à tous ceux qui l'avaient précédé dans la demeure de Bria et Sam.

Si ce n'est que Bria avait l'air épuisé, et que cela n'échappa pas à Sam.

— Procédons un peu différemment, pour une fois, annonça-t-il. Les femmes ont passé deux jours en cuisine, je pense que le moins que l'on puisse faire, c'est de nous occuper de débarrasser et de mettre le lave-vaisselle en route.

Bria eut l'air agréablement surpris, et Sam se félicita intérieurement pour avoir eu cette idée.

— Ma foi, si le cœur t'en dit, ce n'est pas moi qui vais t'en empêcher, répondit-elle en souriant.

— Ça me va, dit Ryder en se levant pour rapporter son assiette à la cuisine. Merci aux charmantes dames pour ce délicieux dîner.

— Oui, merci, appuya Lane. C'est le meilleur repas que j'ai fait… depuis notre dernier dîner ici !

Nate se leva à son tour pour venir embrasser Bria et Maria.

— Vous êtes les meilleures, les filles.

Il attrapa son assiette et se dirigea vers la cuisine en lançant à la cantonade :

— Prem's pour le remplissage du lave-vaisselle !

— Mesdames, vous vous êtes surpassées, déclara T.J. en emboîtant le pas à ses frères.

— Exact, approuva Jaron.

Comme il passait devant Maria, il s'arrêta devant elle et lui adressa un sourire.

— Merci pour le gâteau, Maria, ta tarte aux pommes n'a rien à envier à celle de Bria.

Sam vit la surprise sur le visage de Maria, qui se changea aussitôt en un sourire radieux.

— Il en reste deux entières dans la cuisine, au cas où tu voudrais en reprendre un peu plus tard, dit-elle d'une petite voix.

— Je n'oublierai pas la proposition, répondit Jaron en regagnant la cuisine.

Alors qu'il les rejoignait, Sam croisa Bria. Il se pencha pour embrasser ses lèvres avec douceur.

— Merci, mon ange. Je ne te le dis pas assez souvent, mais j'apprécie énormément tout ce que tu fais pour moi et pour mes frères. Vous devriez aller vous asseoir au calme avec Maria.

La surprise se peignit de nouveau sur le joli visage de Bria.

— J'aime beaucoup faire ce genre de choses pour la famille. Mais toi, est-ce que tu es sûr que tu es d'attaque pour le ménage ? demanda-t-elle d'un ton hésitant.

Sam fit oui de la tête.

— Tout va bien. Maintenant, va te reposer un peu avec ta sœur, vous l'avez bien mérité.

Bria se leva avec un grand sourire.

— J'ai envie de descendre à la crique, ça nous permettra de papoter entre filles.

— Bonne balade, lança-t-il avec chaleur.

C'était agréable de faire des choses pour Bria, se dit Sam en entrant dans la cuisine. Cela le faisait se sentir bien. Une pensée lui apparut soudain. C'était peut-être de cela qu'elle parlait, quand elle disait qu'elle avait besoin de s'occuper de lui ? Peut-être que cela lui faisait du bien, à elle aussi.

— Qu'est-ce qu'il y a encore, Sam ? demanda Nate, tout en tendant une assiette à Ryder. Tu regrettes d'avoir proposé de jouer les hommes de maison ?

— Pas le moins du monde, répliqua Sam.

Il réfléchirait à tout ça plus tard, quand il serait seul.

— Je me disais simplement que, si nous voulons profiter plus souvent de ce genre de réunion, ça valait le coup de mettre la main à la pâte nous aussi de temps en temps.

Tous approuvèrent chaudement et les plaisanteries recommencèrent à fuser. En les entendant rire, Sam réalisa que cette atmosphère affectueuse et gaie lui avait manqué. A passer tant de temps sur les routes, il avait brisé ça aussi.

— Sortons des bières et passons dans le salon, proposa-t-il quand tout fut remis en ordre. Les Rangers jouent contre les Yankees aujourd'hui.

— Super ! s'exclama Nate, enthousiaste. Avec ton home cinéma. Ce sera comme si on était dans le stade !

Jaron secoua la tête avec sévérité.

— Ce sera soda ou thé glacé, ordonna-t-il, et n'imagine même pas que je vais te laisser boire une bière, frangin. Je n'ai aucune envie d'avoir des ennuis avec Bria.

Sam se retourna vers lui en éclatant de rire.

— Ne me dis pas que tu as peur de ma femme ? Une brindille d'un mètre soixante-cinq pour cinquante-deux kilos ?

Ryder s'assit sur une chaise en étirant ses longues jambes sur le dossier du canapé.

— Peur n'est pas le terme qui convient, expliqua-t-il avec une grimace affectueuse. Mais nous ne sommes pas stupides : Bria est une des meilleures cuisinières du comté, nous n'allons pas risquer de nous la mettre à dos, pour être privés de repas d'anniversaire !

— Les gâteaux de Maria étaient délicieux aussi, fit remarquer Jaron en prenant place dans un angle du grand canapé de cuir.

Sam et les quatre autres garçons échangèrent des regards amusés. Lane se lança :

— Quand est-ce que tu vas te décider à lui donner une chance ? Invite-la à sortir, elle n'attend que ça !

— C'est une gosse, répliqua Jaron. Je suis bien trop vieux pour elle.

— Au cas où tu n'aurais pas remarqué, Mathusalem, Maria est une grande fille, maintenant, rétorqua Nate. Et même, une sacrée belle femme.

— Toi, garde tes distances, le prévint Jaron. Tu es beaucoup trop vieux toi aussi.

Le ton cassant de Jaron leur fit dresser l'oreille à tous, mais avant que l'un d'eux ait pu réagir le portable de T.J. retentit. A la brièveté de ses réponses, il était clair que les nouvelles n'étaient pas bonnes. T.J. laissa échapper un juron tout en replaçant son téléphone à sa ceinture.

— C'était mon contremaître, expliqua-t-il. L'étalon de la voisine a encore réussi à entrer dans notre enclos, et il a monté deux de mes juments.

T.J. avait un élevage de chevaux de course. Cela faisait un an qu'il avait des problèmes avec l'étalon de sa voisine, qui venait régulièrement conter fleurette à ses juments.

— Il va falloir que cette bonne femme apprenne à tenir son cheval du bon côté de la barrière, sinon…

— Je trouve les râleries de ce monsieur un peu disproportionnées, le coupa Lanc avec un petit rire narquois.

— Allez, T.J., le taquina Nate, avoue que tu es bien content chaque fois que ce cheval vient faire un tour chez toi. Ça te donne l'occasion d'aller voir sa propriétaire, hmmm ?

T.J. en resta bouche bée.

— Cette pimbêche ? Je veux bien être pendu plutôt que d'avoir quoi que ce soit à faire avec elle. Elle me met les nerfs en pelote !

Cependant que les plaisanteries et les taquineries

continuaient de fuser, les pensées de Sam se remirent à vagabonder. Il pensait aux femmes, parties se promener. Bria aimait faire plaisir et prendre soin des autres. Sam se demandait comment il avait pu ne pas s'en rendre compte plus tôt. Pour la première fois depuis qu'ils étaient mariés, il lui semblait comprendre ce dont elle avait tenté de lui parler à maintes reprises. Se sentir utile la rendait heureuse, voilà tout. Mais il était tellement focalisé sur sa hantise de ressembler à son père qu'il n'avait pas voulu recevoir quoi que ce soit d'elle. Accepter ses attentions lui semblait un signe de faiblesse indigne.

Il y avait peut-être là quelque chose à reconsidérer pour tenter de réparer les choses entre eux ? Peut-être que s'il s'appuyait un peu plus sur elle, s'il montrait qu'il appréciait ses gestes et les soins qu'elle prodiguait de manière si généreuse, cela pourrait la ramener à lui ?

Il prit une grande inspiration. Ça n'allait pas être facile, après toutes ces années passées à protéger jalousement son indépendance. Mais, au point où en étaient les choses, cela ne coûtait rien d'essayer.

Plus tard ce soir-là, quand Maria et les frères de Sam eurent fait leurs adieux et repris la route, Bria se retrouva aux prises avec des sentiments mêlés. Quel bonheur d'être de nouveau en famille, de voir la complicité qui unissait Sam et ses frères. Et quelle tristesse de penser que c'était sans doute la dernière fois que Maria et elle avaient l'occasion de partager de tels moments avec eux.

Debout sous le porche, ils regardèrent disparaître dans la nuit la lueur des feux arrière des véhicules.

— Merci, mon amour, lui dit Sam en passant son bras autour de ses épaules.

— Tu n'as pas à me remercier, Sam, répondit Bria avec conviction. J'aime beaucoup me retrouver ainsi en famille, tu le sais bien.

Il l'embrassa sur le haut du front.

— Que dirais-tu d'éteindre les lumières et d'aller au lit ? Tu as l'air éreintée, et je le suis aussi.

Elle était épuisée, en effet, mais ce n'était pas la conséquence de ces deux jours passés à cuisiner et à préparer la fête. Non, ce qui avait raison de ses forces, c'était la présence à ses côtés de cet homme, qui la serrait si étroitement en ce moment. Elle avait passé les deux nuits précédentes dans ses bras, les yeux grands ouverts, à penser à tout ce qu'ils auraient pu vivre ensemble, se faisant violence pour ne pas se tourner vers lui et lui demander de lui faire l'amour, comme lui seul pouvait le faire.

— Je vais rester lire un peu ici, j'ai besoin de me détendre. Mais tu peux aller te mettre au lit sans moi.

Elle espérait qu'il monterait se coucher sans l'attendre. S'il s'endormait, elle pourrait aller directement dans la chambre d'amis et prendre enfin un peu de repos.

Sam n'eut pas l'air enchanté, mais il l'embrassa sans rien dire, et se dirigea vers la porte. A peine eut-il monté deux marches qu'il chancela. Bria courut vers lui.

— Tu as la tête qui tourne, ça recommence ? demanda-t-elle en lui prenant le bras pour le soutenir.

Il ferma les yeux, s'appuya sur ses épaules, puis respira profondément.

— Ça va passer dans un instant.

Le muscle de sa mâchoire battait furieusement, tandis qu'il luttait contre l'étourdissement.

— Je suppose que j'ai dû en faire un peu trop ces jours derniers, murmura-t-il finalement en rouvrant les yeux.

— Est-ce que tu peux marcher jusqu'à la maison ? demanda Bria.

Son inquiétude grandit quand elle vit Sam fermer de nouveau les yeux, apparemment en proie à un nouvel assaut de vertige. Qu'allait-elle faire, s'il s'évanouissait dans l'escalier ?

— Il vaudrait peut-être mieux que tu t'allonges en bas, Sam.

Il secoua la tête en signe de dénégation.

— Ça va aller, chérie.

Elle avait la gorge nouée tandis qu'ils progressaient lentement jusqu'à la chambre. Quand il fut assis au bord du lit, elle défit les boutons de sa chemise et la fit glisser de ses larges épaules.

— Je peux me déshabiller tout seul, gronda-t-il.

— Ne discute pas, Sam.

Elle lui ôta bottes et chaussettes, qu'elle lança dans un coin, puis déboucla d'un geste vif son ceinturon de cuir ouvragé.

— Est-ce que tu penses pouvoir te lever pour que je t'enlève ton jean ?

— Il faudrait avoir un pied dans la tombe pour dire non à une proposition pareille, mon cœur, badina Sam.

Il se releva prudemment et prit appui des deux mains sur ses épaules pour maintenir son équilibre.

Bria secoua la tête.

— Vraiment, Sam, voilà à quoi tu penses alors

que tu tiens à peine debout. Les hommes n'ont donc que ça en tête ?

— C'est un truc de garçon, qu'est-ce que tu veux…

— Oui, on dirait bien, grommela-t-elle en déboutonnant le pantalon.

Elle descendit soigneusement la fermeture Eclair pour faire glisser la toile sur ses cuisses musculeuses. Malgré les efforts de Sam pour plaisanter, qu'il se laisse faire aussi facilement augmentait encore l'inquiétude de Bria. Ç'aurait été quelque chose d'absolument inimaginable en temps normal, sauf pour faire l'amour, bien entendu.

— Est-ce que tu veux que j'appelle Nate ou un autre de tes frères ? s'enquit-elle, espérant qu'ils n'étaient pas déjà tous à des kilomètres.

— Inutile, ça va déjà mieux, dit-il en finissant d'ôter son jean. Il faut juste que je m'allonge un peu.

Mais cet accès de vertige avait été pire que les précédents, elle le voyait bien. Il fallait qu'elle relise les instructions qu'on leur avait données à la sortie de l'hôpital. Peut-être devait-elle appeler le médecin, ou l'emmener aux urgences ?

— Est-ce que je peux te laisser un petit moment pour aller revoir les consignes de l'hôpital ?

Sam prit sa main et la serra.

— Chérie, ne t'en fais pas, j'ai eu un peu le tournis, c'est tout, c'est fini à présent.

Bria le dévisagea attentivement. Ses yeux la fixaient sans se brouiller, et le malaise semblait passé.

— Tu es certain ?

Il hocha la tête.

— Crois-moi. Tant que tu es avec moi, tout va bien.

Elle sentit sa poitrine se serrer et des larmes brûlantes lui monter aux yeux. Pourquoi fallait-il que ce soit seulement maintenant qu'il dise de telles paroles ? Au moment où le divorce était sur le point d'être prononcé ?

L'émotion la submergeait. Elle se détourna.

— Il faut absolument que je me change et que je me brosse les dents. J'en ai juste pour un instant.

Elle se précipita dans le cabinet de toilette et parvint à refermer la porte derrière elle avant de s'effondrer. Les larmes roulaient sur ses joues tandis qu'elle se remémorait avec désespoir toutes les fois où elle avait attendu qu'il lui parle de cette façon.

Elle essuya ses larmes du bout des doigts et s'efforça de respirer calmement. Elle ne devait pas se laisser aller. Certes, il se comportait ainsi en ce moment, mais dès qu'il serait rétabli il reprendrait sa vie d'avant, elle ne devait surtout pas perdre cela de vue. C'était sa survie à elle qui en dépendait.

Ses pensées ainsi raffermies, Bria se rafraîchit le visage et se mit en chemise de nuit, se préparant à affronter une nouvelle nuit sans sommeil, dans les bras de Sam, à lutter contre le désir de se serrer contre lui.

Elle inspira un grand coup et retourna dans la chambre pour aller s'étendre sur le lit.

— Plus de malaise ?

— Pas le moindre.

Il s'allongea et la prit contre lui.

— Je me sens juste fatigué, et j'ai envie de serrer ma femme dans mes bras. Tu ne peux pas savoir comme c'était dur de ne pas pouvoir te toucher de la journée, murmura-t-il en glissant la main sous sa chemise de nuit.

Sa paume râpeuse s'aventura le long de sa cuisse, puis sur son ventre, remontant vers ses côtes jusqu'à ses seins, qu'il saisit avec douceur. Une véritable décharge de désir et de manque parcourut Bria de la tête aux pieds. Hormis le premier matin, quand il l'avait attirée dans leur lit, cela faisait des mois qu'il ne l'avait pas touchée de cette façon, et c'était enivrant.

— Sam, je ne peux pas…

— Tu as toujours tes règles ? demanda-t-il en déposant de légers baisers le long de sa nuque et en revenant vers sa gorge palpitante.

— Heu… ah, non.

Il l'avait prise au dépourvu. Elle avait totalement oublié cette excuse qui lui avait permis de faire face jusqu'alors. Elle sentit ses lèvres glisser vers la peau infiniment sensible de sa clavicule, et esquisser un sourire.

— Je te l'ai déjà dit, Bria, je n'ai pas forcément besoin de te pénétrer pour te faire l'amour.

Son pouls s'accéléra sous la pression de toutes les promesses que contenait sa voix rauque. Et, quand Sam effleura le bout de ses seins avec son pouce tandis que sa bouche glissait jusqu'à ses lèvres pour l'embrasser, elle sentit son cœur s'emballer. Elle savait qu'il pensait chacun des mots qu'il venait de prononcer. Il était près de la mener jusqu'au point de non-retour, et elle n'était pas certaine d'avoir la force de faire cesser cela.

Pourtant, il fallait qu'elle trouve la volonté de l'arrêter avant de perdre tout contrôle d'elle-même.

— J'adore ce que tu… me fais ressentir, Sam.

Elle était totalement honnête en disant cela. Il lui avait toujours donné le sentiment qu'elle était la seule femme qu'il désirait, la seule qu'il pouvait chérir de la sorte.

— Mais je suis vraiment exténuée.

Et ceci aussi était vrai. Elle était à bout. Plus encore qu'elle ne le laissait paraître.

Il la fit basculer délicatement pour la placer face à lui et l'embrassa avec légèreté.

— Je comprends.

Doucement, il pressa son bas-ventre entre ses hanches.

— Je veux juste que tu saches toujours combien tu m'excites et à quel point j'ai envie de toi.

Sentir ainsi le désir de Sam provoqua une flambée douloureuse au creux des reins de Bria, et elle ne put retenir un gémissement.

— Chut, mon amour.

Il la prit par la nuque et attira sa tête vers lui jusqu'à ce que leurs regards se croisent.

— Encore un jour ou deux seulement et je pourrai te prouver à quel point je t'aime. Et quand je t'aurai fait l'amour tu ne pourras plus avoir le moindre doute : tu sauras ce que tu me fais, et combien j'ai besoin de toi.

Il lui donna un autre baiser qui l'électrisa jusqu'à la pointe des pieds.

— Dormons à présent, déclara-t-il. Nous avons eu une longue journée, tous les deux.

Bria le regarda fermer les yeux. Un instant plus tard, sa respiration paisible indiquait qu'il avait glissé dans le sommeil. Ce ne serait pas aussi facile pour elle, hélas.

Blottie dans ses bras, la tête lovée contre son épaule

puissante, elle rassemblait toute sa volonté pour ne pas céder au désir de le réveiller et de se fondre en lui. Ils avaient envie l'un de l'autre, et rien n'aurait pu être plus merveilleux que d'oublier dans ses bras les raisons qui l'avaient conduite à demander le divorce.

Elle ferma les yeux. Il fallait chasser la tentation de donner une nouvelle chance à leur couple. Il aurait été si facile de déchirer les papiers du notaire et d'attendre que Sam soit rétabli pour lui annoncer qu'elle voulait essayer encore une fois, et voir si les choses pouvaient marcher pour tous les deux. Et s'ils échouaient ? Pouvait-elle risquer de voir son cœur brisé une deuxième fois ?

Combien de fois avait-elle cherché à lui faire comprendre ce qu'elle attendait de leur union, ce qu'elle attendait de lui ? Toujours la même réponse : tout ce qu'il faisait, il le faisait pour elle et pour leur future famille, et il n'y avait aucune alternative. Il lui promettait qu'un jour viendrait où il cesserait de voyager. Mais rien ne changeait. Pourrait-elle endurer une nouvelle rupture ?

Couchée là, auprès de l'homme qu'elle avait aimé dès le moment où elle l'avait rencontré, Bria se mordait les lèvres pour les empêcher de trembler. Elle n'était plus sûre de rien. Sauf d'une chose, et il y avait là un mystère qu'elle ne pouvait s'expliquer. Aussi grande qu'avait pu être la désillusion des derniers temps de leur mariage, la violence de son désir pour lui continuait à lui couper le souffle.

- 6 -

Assis à son bureau, Sam tournait et retournait dans sa tête les moyens qui pourraient lui permettre de faire évoluer la situation avec Bria. Il ne serait bientôt plus possible de lui cacher le fait que la mémoire lui revenait jour après jour. Il restait bien quelques zones d'ombre mais, pour l'essentiel, la plupart des événements qui s'étaient produits les mois précédents avaient refait surface après son dernier malaise. Suffisamment en tout cas pour qu'il lui apparaisse clairement que, s'il ne faisait pas quelque chose très vite, il allait de nouveau perdre Bria, et pour toujours.

Certaines choses qu'elle considérait comme un problème entre eux lui échappaient totalement. Mais, s'il voulait l'amener à comprendre sa façon à lui de voir les choses, il faudrait qu'ils trouvent ensemble des compromis. Il avait d'ores et déjà admis qu'il devait lui laisser une certaine liberté de mouvement. Et, à la vérité, lui permettre de s'occuper un peu de lui n'était pas aussi dégradant qu'il l'avait jusqu'alors pensé. En revanche, même s'il adorait passer ainsi du temps avec elle, il devait parvenir à lui faire accepter que son travail comportait des obligations qu'il devait honorer pour que les choses continuent à marcher. Il avait plusieurs fois tenté de le lui expliquer, mais cela n'avait pas suffi. Il devait à présent se résoudre à lui raconter certains éléments de son passé, afin qu'elle puisse comprendre son point de vue.

Mais tout cela deviendrait impossible si le divorce était prononcé et qu'elle partait s'installer à Dallas, à deux heures de route du ranch. Or, pour le moment, c'est ce qu'elle semblait souhaiter par-dessus tout.

Le temps jouait contre lui. Il ne lui restait qu'une semaine, deux tout au plus, pour convaincre Bria qu'ils étaient faits l'un pour l'autre. Si elle repartait, il n'aurait pas de seconde chance.

Il entendit Bria l'interpeller depuis le porche.

— Sam, il fait merveilleusement beau ! Est-ce que cela te dirait de descendre avec moi jusqu'à la crique ?

Il leva la tête vers elle et, à sa vue, son cœur s'arrêta de battre. Il ne voulait même pas imaginer ce que serait la vie sans elle. Il devait absolument regagner son cœur. C'était maintenant ou jamais.

— Bien sûr, lança-t-il d'un ton joyeux.

Il n'était pas surpris qu'elle veuille retourner à la crique. S'asseoir pour lire à l'ombre du grand peuplier avait toujours été l'une de ses occupations favorites lors de leurs tranquilles après-midi d'été.

— Tu as envie de manger du poisson ce soir ?

— Ah ? Tu as finalement décidé de déranger le poisson-chat et sa belle ? répliqua-t-elle en riant.

— Hmmm, peut-être que je devrais prévoir autre chose, dit-il en éteignant son ordinateur. L'idée de gâcher leur belle journée ne me plaît guère.

Tandis qu'ils quittaient la maison pour gagner le sentier qui descendait derrière l'enclos, Sam se rapprocha de Bria pour prendre sa main. Il aimait tant la toucher. Penser qu'il risquait de ne plus pouvoir le faire était tout simplement insoutenable. Un jour, il l'avait vue partir loin de lui, et il avait cru en mourir. Il ne laisserait pas cela se produire une seconde fois.

Mais comment la retenir ? Lui demander pourquoi elle avait décidé de divorcer serait admettre que la mémoire lui était revenue. Il ne pouvait pas s'y risquer : le voyant guéri, elle ferait immédiatement ses valises et ç'en serait fini. Et puis, comme la première fois qu'elle était partie, elle voudrait savoir pourquoi il n'était pas venu la retrouver quand elle avait perdu leur enfant. Et cela, il n'était pas encore prêt à en parler. Peut-être d'ailleurs ne serait-il jamais prêt.

Non, il fallait lui prouver que sa place était avec lui, que sa présence était pour lui vitale, tout autant que l'air qu'il respirait. Elle tenait encore à lui, il en était convaincu, sinon elle ne serait pas restée ainsi à ses côtés le temps de sa convalescence. Et il le voyait aussi à la façon dont elle réagissait à ses baisers, à ses caresses. Tout cela lui donnait des raisons d'espérer, il était certain de ne pas se battre pour une cause perdue. Passer du temps avec elle comme il le faisait en ce moment était sans doute un bon début, et il allait trouver d'autres raisons de la persuader de revenir vers lui.

— Sais-tu comme tu es jolie dans ta robe blanche ? demanda-t-il en portant sa main fine jusqu'à ses lèvres pour y déposer un baiser.

Le tissu vaporeux du vêtement flottait sous l'effet de la brise estivale, corolle qui, en se soulevant, dévoilait ses chevilles. Bria paraissait voleter au-dessus du sol.

— Tu as l'air d'un ange. Tu es mon ange.

Bria parut déconcertée, et secoua la tête en souriant.

— Oh ? Merci, mais à vrai dire je n'ai pas vraiment eu la tête à m'occuper de mon apparence, ces jours-ci.

Elle lui tendit le plaid pour qu'il l'aide à l'étendre sous le peuplier. L'étonnement qu'elle avait témoigné affectait Sam. Ne savait-elle pas à quel point il admirait sa beauté ? Mais, en réalité, il était incapable de se rappeler la dernière fois qu'il le lui avait dit. Il avait toujours pensé qu'elle était la plus belle femme qu'il ait rencontrée, et il lui disait souvent qu'il la trouvait sexy, mais ce n'était pas tout à fait pareil qu'un vrai compliment.

— Alors, que vas-tu faire pendant que je lis ? demanda-t-elle en ôtant ses sandales et en s'installant sur le plaid.

Il s'étendit à son côté et, s'accoudant nonchalamment, menton dans la paume, leva les yeux vers elle.

— Je n'en sais rien.

Il tendit le bras et, du bout du doigt, dessina un cœur invisible sur le dos de la main de Bria. Il sourit en entendant sa respiration s'accélérer.

— Peut-être que je vais faire une petite sieste, ou juste rester là, à te regarder.

L'expression de Bria devint plus grave.

— Est-ce bien toi qui es en face de moi en ce moment ? Le Sam Rafferty que je connais trouverait n'importe quoi pour s'occuper plutôt que de rester à ne rien faire pendant plus de cinq minutes.

Sam lui prit la main pour l'attirer près de lui.

— Qui te dit que je n'ai rien à faire ? répliqua-t-il en l'enlaçant.

Il la coucha sur le dos, puis, ôtant son chapeau, il se pencha sur elle pour effleurer ses lèvres.

— Je dois embrasser ma femme et lui montrer comme j'ai envie d'elle.

Avant qu'elle ait pu protester, Sam avait collé sa bouche sur la sienne et savourait la douceur de ce baiser. Bria resta tout d'abord comme pétrifiée mais, quand il glissa sa langue entre ses lèvres, elle enroula ses bras autour de ses épaules et lui rendit son baiser en l'enlaçant étroitement.

Il explorait l'intimité de sa bouche avec délicatesse, l'invitant à le rejoindre dans la chaleur de cet attouchement, et quand elle répondit finalement à ses sollicitations il sentit la brûlure familière lui parcourir les reins. Aucune femme ne l'avait jamais excité comme le faisait Bria. Son sexe s'était durci instantanément, et son désir de joindre son corps à celui de sa femme devenait presque douloureux.

Il glissa ses mains sous la base de sa jupe, effleura ses genoux et remonta pour caresser la chair si douce de ses cuisses. Sentir sa peau satinée sous ses doigts l'enflammait. Bria était ce qui lui était arrivé de meilleur dans la vie. Elle était à lui, et il ne pouvait pas se résoudre à la perdre.

Il la sentit frémir. Elle pressa ses jambes entre les siennes, se colla plus près encore à lui. Sam voyait que son excitation était aussi violente que celle qu'il éprouvait, mais, malgré son désir, il sentait qu'elle n'était pas encore prête à se donner à lui. Il la connaissait : aussi sûr que le soleil se levait chaque matin, il savait qu'elle regretterait ce moment de faiblesse. Pour lui, il était tout naturel qu'ils aient ainsi envie de se fondre l'un en l'autre. Mais pas pour elle, pas pour le moment. Et qu'elle puisse regretter d'avoir fait l'amour avec lui était la dernière chose qu'il souhaitait.

Il écarta son visage du sien.

— Je ne te dis pas assez souvent combien je suis fier d'être ton mari, Bria, chuchota-t-il.

Il déposa une série de petits baisers le long de sa joue, remontant jusqu'à son oreille.

— Ni que je trouve que je suis le type le plus chanceux du monde de t'avoir, ajouta-t-il dans un souffle.

Il vit une larme briller au coin de ses yeux clos et glisser lentement vers sa tempe. Il l'effaça d'un baiser, se maudissant de la faire pleurer, se maudissant de n'avoir pas prononcé ces mots plus tôt, plus souvent. Elle ne serait sans doute pas aujourd'hui dans un tel désarroi.

— Tu sais, je me dis que ce repos forcé n'est pas une mauvaise chose, après tout, reprit-il.

Elle ouvrit les yeux, il lui souriait avec chaleur.

— Est-ce que ça va, Sam ?

— Hm hm, je suis heureux de passer du temps avec ma chérie.

Bria avait un air préoccupé.

— Sérieusement, Sam, est-ce que tu es sûr que tu te sens bien ?

Elle doutait de ses paroles. Il ne pouvait pas l'en blâmer. A dire vrai, il était lui-même un peu surpris de ses réactions, ces jours derniers. Il déposa un petit baiser sur son menton.

— Tout va bien. Tu sais ce que nous devrions faire ?

— Eh bien, il ne faut pas être grand clerc pour

deviner ce que tu as dans la tête en ce moment…, dit-elle en se redressant.

— Nous devrions passer une soirée ensemble, poursuivit-il.

— Qu'est-ce que tu racontes ? De quoi parles-tu ?

Elle avait l'air vraiment interloquée, à présent.

— Tu voudrais qu'on passe plus de temps en amoureux, expliqua-t-il. Pourquoi ne prendrions-nous pas rendez-vous, comme avant notre mariage ? Tu te rappelles ? On s'amusait bien, non ?

— Oui, je me rappelle, dit-elle d'un ton hésitant. Je n'aurais pas cru que tu t'en souvenais, toi.

— Rester avec toi à la maison m'a rappelé tout ça. Accepterais-tu de sortir avec moi ce soir, madame Rafferty ?

Bria sourit. Apparemment, l'idée lui plaisait.

— Eh bien, cela dépend. Que proposes-tu ?

— J'ai vu qu'ils repassaient un vieux classique que tu voulais voir.

Il réfléchissait tout en parlant.

— On pourrait se faire du pop-corn et le regarder. Bon, peut-être que nous l'avons déjà vu récemment, et que je ne m'en souviens plus ?

— De quel film s'agit-il ?

Elle semblait reprendre de l'assurance, à présent.

— C'est un film avec Clark Gable, il se retrouve coincé dans un hôtel avec une fille, le titre m'échappe…

Il secoua la tête en s'allongeant sur la couverture.

— *New York-Miami*, lança Bria d'un ton joyeux. C'est un film hilarant, et j'adorerais le revoir.

— On dirait que nous sommes sur le point de conclure, ma biche, dit-il avec un clin d'œil.

— Un rendez-vous devant la télévision, dans notre salon ? murmura-t-elle.

Il acquiesça.

— Mais oui. Rappelle-toi quand on se retrouvait chez toi, et qu'on regardait des films sur cette vieille télé que tu avais récupérée !

Elle acquiesça et il croisa les bras sous sa tête, levant les yeux vers la cime de l'arbre.

— Lis un peu. Je crois que je vais faire une sieste et prendre des forces pour ce soir.

— Tu as besoin de prendre des forces pour rester à la maison devant la télé ?

Il sentit une légère panique dans sa voix, et comprit qu'elle pensait à la façon dont finissaient immanquablement leurs rendez-vous chez elle. A l'époque, il passait la nuit à lui faire l'amour.

— Le film ne passe qu'après le journal de la nuit, dit-il posément. J'aimerais autant ne pas m'endormir en plein milieu.

Avant qu'elle ait pu ajouter quoi que ce soit, il avait repris son chapeau pour s'en couvrir les yeux. Elle se plongea dans son livre tandis qu'il restait immobile, songeant à la manière dont il devrait agir ensuite. Il ne voulait pas se lancer dans une manœuvre de séduction. Bria était convaincue de la nécessité de ce divorce, il ne voulait pas la forcer à lui tomber dans les bras.

Non, la meilleure chose à entreprendre était de lui faire la cour, comme aux premiers temps de leur rencontre. Comme il aurait sans doute dû le faire avant qu'elle ne le quitte. Regarder des films ensemble, aller danser, passer des heures à parler de ce qu'ils voulaient faire de leur vie. C'étaient tous ces petits riens qui l'avaient amenée à lui dire oui, quand il lui avait demandé sa main. Peut-être que cela fonctionnerait de nouveau, pour la convaincre de rester sa femme.

Bria sortit le sachet de pop-corn du four à micro-ondes et le vida dans un bol. Elle se demandait ce qui avait bien pu rappeler ainsi à Sam les débuts de leur relation. Combien de fois lui avait-elle dit qu'elle voulait qu'ils passent plus de temps tous les deux, comme ils le faisaient alors ? Il n'avait jamais eu l'air de l'entendre.

— Ça va commencer, chérie ! lança Sam depuis le salon.

— Installe-toi, répondit-elle en plaçant le bol sur un plateau avec deux verres de jus de fruits. J'arrive tout de suite.

En déposant le plateau sur la table basse, elle vit que Sam avait pris place au beau milieu du canapé, une jambe posée sur l'accoudoir. Elle savait ce que cela signifiait : il attendait qu'elle vienne s'asseoir entre ses jambes, le dos calé contre son torse, comme ils avaient coutume de se tenir jadis, quand ils avaient commencé à sortir ensemble.

Bria se dirigea vers le fauteuil qui jouxtait le canapé.

— Eh, où vas-tu ? demanda-t-il en l'attrapant par la main. Ce ne sera pas un rendez-vous, si on est assis chacun de son côté !

— Ce sera plus confortable pour toi…

— Chérie, je crois tu t'es suffisamment souciée de mon confort, ces derniers temps.

Une fois de plus, il lui décocha un de ces sourires qui la troublaient tant.

— Promis, je te dirai si je m'engourdis ou si j'ai mal quelque part, assura-t-il.

Qu'il s'engourdisse n'était pas véritablement ce qui la préoccupait, mais plutôt qu'il soit un peu trop… alerte, au contraire. Mais comment justifier le fait qu'elle ne voulait pas se blottir contre lui sur le canapé ? Avec un soupir résigné, elle prit place entre ses jambes et s'adossa précautionneusement à sa poitrine. Sam l'emprisonna aussitôt dans ses bras et la serra contre lui.

— Tu as l'air nerveuse, dit-il en lui embrassant la nuque. Pose ta tête sur mon épaule et détends-toi, mon ange.

Bria fit ce qu'il lui disait et sentit instantanément la chaleur de Sam l'envelopper de toutes parts. Elle tenta de combattre les sensations que cela lui procurait, mais c'était inutile. Elle se sentait bien dans les bras de Sam, elle ne pouvait le nier. Elle s'y sentait toujours à sa place.

Elle devait se lever, elle devait fuir la tentation qu'il faisait naître en elle. Mais c'était comme si elle n'en trouvait pas la force. Depuis qu'elle était revenue au ranch avec lui, sa résolution faiblissait un peu plus chaque fois que Sam la touchait, chaque fois qu'il l'enlaçait. Il était l'homme dont elle était tombée amoureuse, son homme à elle. Leurs jeux lui avaient manqué, leurs rituels complices, le contact de son corps. Tout ça avait pratiquement disparu depuis deux ans. Elle était convaincue que, s'ils avaient pu préserver cet aspect de leur relation, les choses auraient tourné autrement à la mort du bébé.

Pour ne pas céder à l'impulsion de se jeter dans ses bras, Bria se pencha pour attraper le pop-corn et se mit à grignoter. Mais quand ses doigts rencontrèrent ceux de Sam dans le bol elle sentit dc nouveau une décharge électrique la parcourir de haut en bas.

— Je crois que celui-ci est à toi, chuchota-t-il en amenant un pop-corn sur sa bouche.

Elle tressaillit en sentant son souffle chaud contre son oreille et, quand il glissa le flocon sur sa langue, ses doigts caressant ses lèvres provoquèrent un pincement au plus profond de son ventre. Elle s'efforça de fixer son attention sur le film et d'oublier l'homme qui se trouvait derrière elle.

Mais, quand il la renversa en arrière et prit sa bouche, elle sut que le combat était perdu d'avance. Son corps tout entier s'enflamma tandis que Sam forçait ses lèvres à s'ouvrir pour livrer passage à sa langue et la fouillait fiévreusement. Le manque et le désir la brûlaient, et, à ce moment, elle n'était plus capable de ne pas lui rendre son baiser.

Elle avait envie de lui. Elle n'avait jamais cessé de le désirer, et il était le seul homme qu'elle désirerait jamais, elle en était certaine. Que leur mariage prenne fin un jour était la dernière chose qu'elle aurait pu imaginer. Elle n'avait pas voulu ça, mais elle s'était retrouvée si seule et si malheureuse. La panique la prenait à l'idée que tout pourrait recommencer comme avant. Elle ne pouvait pas passer le reste de sa vie comme ils avaient passé ces dernières années, elle reléguée dans l'ombre du ranch de Sugar Creek !

Quand il écarta un peu son visage et releva la tête, elle croisa ses yeux. La chaleur de son regard lui coupa le souffle.

— Sam, il ne faut pas…

— Chut, mon amour, souffla-t-il en souriant. Tu vas rater la meilleure scène du film.

Tandis qu'il l'aidait à se relever pour se replacer contre lui, la sensation de son sexe dressé contre son dos raviva son désir de s'ouvrir tout entière à lui. Comment aurait-elle pu se concentrer sur autre chose, avec lui qui l'enlaçait si étroitement ? Ou bien, était-ce la conscience de faire une folie qui augmentait à ce point son désir ?

— Je suis trop fatiguée, dit-elle avec un bâillement feint. Je vais monter me coucher, mais toi, reste regarder la fin du film.

— Non, je monte avec toi, je me sens assez fatigué, moi aussi.

Il prit la télécommande pour éteindre la télévision, et lui lança un regard qui embrasa tout son corps, avant de lui emboîter le pas.

Tandis qu'elle enfilait sa chemise de nuit, Bria s'efforçait de respirer avec calme. Il devenait vraiment difficile de trouver une excuse plausible pour ne pas faire l'amour. Inutile d'espérer le convaincre qu'il était préférable qu'elle aille dormir dans une autre pièce pour qu'il se repose tranquillement. Mais, surtout, inutile d'espérer résister longtemps encore à la pulsion qui la poussait avec une telle force dans ses bras…

Elle essayait de ne pas perdre de vue que tout ceci n'arrivait que parce que le médecin avait ordonné un repos strict à Sam. Mais il était douloureux de revivre ainsi la familiarité complice qui existait entre eux au début de leur relation et dans les premiers temps de leur mariage, et qu'elle aurait tant voulu garder.

Ils avaient partagé une parfaite intimité durant des années, et cela lui manquait affreusement.

Sa nervosité grandissait de minute en minute et, quand ils furent finalement couchés et que Sam la prit dans ses bras, Bria sentit qu'elle était sur le point de craquer.

Sam la fit basculer délicatement de telle sorte qu'elle se retrouva dos à lui.

— Tu es tellement tendue, ma chérie, dit-il.

Il entreprit de masser doucement ses épaules et sa nuque. La sensation de ses mains fortes était un enchantement et, avec les tensions, Bria sentait s'envoler peu à peu ses dernières vélléités de résistance.

— Sam, je…

— Tout va bien, dit-il en l'embrassant dans le cou. Je sais que tu es épuisée.

Il la tourna vers lui pour plonger ses yeux dans les siens.

— Nous ferons l'amour plus tard, quand tu seras reposée.

Il l'enlaça en la serrant contre lui. Bria laissa échapper un soupir, mais, à ce moment-là, elle ne savait plus si c'était de soulagement, ou de frustration.

Réconfortée par ses caresses apaisantes, en sécurité dans ses bras, Bria n'avait pas envie de résister au sommeil qui la gagnait. Il serait temps demain de réfléchir aux contradictions qu'elle constatait entre ce que sa tête lui commandait de faire et les aspirations de son cœur. Pour le moment, elle voulait jouir de la paix qu'elle ressentait enfin.

*
* *

En revenant vers le ranch, le lendemain après-midi, Sam affichait un large sourire à la pensée de la soirée de la veille. Il voyait clairement la bataille qui se livrait en Bria, et il sentait que la part d'elle-même qui l'aimait encore était en train de gagner. Ceci l'encourageait dans ses résolutions.

Il allait faire tomber une à une toutes les raisons qui avaient poussé Bria à fuir Sugar Creek. Il y avait réfléchi intensément, et il lui était venu une idée qui allait lui plaire. Le matin même, il s'était éclipsé discrètement pour descendre à la crique. A présent, il était impatient de lui annoncer la surprise qu'il préparait.

Il l'appela en entrant sous la véranda :

— Bria, ma chérie, pourrais-tu venir une minute ?

— Sam ! Est-ce que tout va bien ?

En la voyant surgir de la cuisine et traverser le salon en trombe, il comprit qu'elle s'était fait du souci. Il lui avait dit qu'il allait à la grange discuter avec le contremaître, mais elle avait dû lui téléphoner pour prendre des nouvelles.

— Tout va pour le mieux, assura-t-il.

— Mais où étais-tu donc ? dit-elle quand elle fut près de lui. J'ai appelé à la grange il y a quelques minutes, et Roy m'a dit qu'il ne t'avait pas vu.

Sam lut l'anxiété dans ses yeux, et la prit dans ses bras en un geste de réconfort. Il ne pouvait s'empêcher de se réjouir de la voir ainsi bouleversée. Cela lui prouvait qu'il avait raison de se battre. Son humeur s'éclaira encore quand il sentit Bria lui rendre son étreinte.

— Je vais très bien, Bria, je suis désolé, je ne voulais pas t'inquiéter, j'étais à la crique.

Elle se pencha en arrière pour le dévisager avec désapprobation.

— Qu'est-ce que tu es allé faire là-bas ? Tu sais très bien que tu es censé avoir toujours quelqu'un avec toi, surtout si tu t'éloignes !

— Bria, je n'ai pas eu le moindre symptôme ces jours derniers, je n'ai pas besoin d'une nounou. Mais je n'ai pas envie de discuter de ça maintenant.

Il la prit par la main en souriant et l'attira vers la porte.

— Je veux te montrer quelque chose.

— A la crique ? demanda-t-elle en le suivant. Qu'est-ce que c'est ?

— Ah, c'est une surprise ! répliqua-t-il gaiement.

Ils parcoururent rapidement le sentier. Quand ils arrivèrent devant le peuplier, Bria s'arrêta et regarda autour d'elle d'un air intrigué.

— Je ne vois rien.

— Regarde mieux, insista-t-il.

Du doigt, il désigna des pieux entre lesquels étaient tendus d'épais cordages.

— C'est bien ici que tu disais qu'il faudrait installer une pergola avec une balancelle ?

L'expression de Bria passa de la surprise au ravissement.

— Tu as l'intention d'en construire une ?

Il vint se placer derrière elle et l'enlaça tendrement.

— Tu disais que ce serait bien, non ?

— C'est vrai. Mais c'était il y a longtemps… quand on s'est mariés. Je pensais que tu avais oublié…

— Je n'avais pas oublié, dit-il en déposant de légers

baisers au creux de son oreille. Mais je n'ai jamais eu le temps de m'occuper de lancer les travaux.

Il comprit au moment où il disait ces mots qu'il touchait un point sensible, en la sentant se raidir contre lui.

— Ce n'est pas que tu n'avais pas le temps, Sam, reprit-elle d'un ton sec, c'est que tu n'as jamais *pris* le temps.

Elle se dégagea de son étreinte.

— Ce n'est pas tout à fait pareil.

— Eh bien, à présent, je prends le temps, insista-t-il devant son air furieux, consterné de voir que les choses avaient pu tourner aussi vite à l'orage. Tu n'en as plus envie ?

— D'abord, je n'ai jamais dit que je *voulais* une pergola, seulement que ce serait un endroit idéal pour en mettre une. Mais la question n'est pas là.

Elle ferma les yeux, prenant sur elle pour garder patience. Elle les rouvrit finalement en secouant la tête.

— Nous savons parfaitement toi et moi que, si tu as fait une pause ces jours-ci, c'est uniquement parce que tu y as été contraint. Ce n'est pas comme si tu avais décidé toi-même de prendre un congé. La seule raison qui te pousse à lancer ce projet aujourd'hui, c'est que tu t'ennuies à rester sans rien faire. Tu n'y penseras plus dès que tu auras repris ton travail au ranch.

Sam fourra ses poings dans les poches de son jean en haussant les épaules.

— Qu'est-ce que ça peut faire, que j'aie été forcé à m'arrêter ou non ? J'ai envie de prendre le temps de m'occuper de ça, maintenant.

Il s'avança et, du bout de l'index, il l'obligea à relever la tête pour le regarder.

— C'est quelque chose qui te ferait plaisir, et je vais le faire, Bria. J'ai toujours fait en sorte que tu aies tout ce que tu désirais, et j'entends bien continuer.

Elle le regarda un long moment avant de détourner la tête, puis se dirigea vers le chemin qui menait à la maison.

— Comme tu voudras.

En lui emboîtant le pas, Sam décida prudemment de laisser passer l'orage. Bria était convaincue de ce qu'elle avançait, et rien de ce qu'il dirait ne pourrait la faire changer d'avis. Mais elle serait bien obligée de reconnaître qu'elle se trompait quand elle verrait les travaux commencer.

Pourtant, il était contrarié qu'elle doute de sa volonté de mener ce projet à bien. Il s'était toujours plié en quatre pour exaucer, parfois même devancer, le moindre de ses désirs. Elle s'était plainte de ne pas avoir le temps de lire ? Il avait embauché Rosa pour faire le ménage et la cuisine. La route qui menait chez eux était impraticable ? Il faisait venir des terrassiers pour la faire couvrir de bitume, presque un kilomètre jusqu'à l'autoroute ! Elle voyait un collier et des boucles d'oreilles qui lui plaisaient dans un magazine ? Elle les arborait deux jours plus tard ! Que diable pouvait-il bien faire de plus ?

Il hésita un moment à lui rappeler toutes ces choses, tous ces signes qui prouvaient à quel point elle comptait pour lui, mais ce n'était pas dans sa nature de se livrer à ce genre de comptabilité. Et puis, elle savait tout cela, et cela n'avait pas empêché qu'elle le quitte, trois mois plus tôt. Pourquoi cela changerait-il quelque chose aujourd'hui ?

A mi-chemin, il bifurqua sur le sentier qui allait vers la grange.

— Je pense que je vais aller voir Roy Lee au sujet de ces nouveaux étalons. Ils devraient être arrivés d'ici à ce que je reprenne le travail.

— Tu fais ce que tu veux, Sam, dit-elle sans se retourner, le regard fixé droit devant elle.

Il la regarda s'éloigner sur le sentier. Il n'arrivait pas à comprendre les raisons de sa mauvaise humeur. Peut-être devait-il la laisser un peu tranquille, le temps qu'elle se calme, et qu'il puisse imaginer d'autres stratagèmes pour la ramener à de meilleures dispositions ?

- 7 -

Tout en s'affairant dans la cuisine, Bria ne pouvait cesser de retourner les mêmes questions dans sa tête. Pourquoi diable Sam repensait-il si subitement à cette pergola ? Pour autant qu'elle s'en souvienne, cela faisait bien trois ans qu'elle n'en avait plus reparlé.

Elle alla chercher dans le cellier des pommes de terre pour le ragoût de bœuf qu'elle était en train de préparer, puis quelques carottes au bas du réfrigérateur, et les passa sous l'eau. Elle agissait de façon mécanique. Franchement, elle n'était pas très fière de s'être emportée quand Sam l'avait emmenée à la crique pour lui montrer sa surprise. Il avait voulu lui faire plaisir, elle le savait bien, mais elle n'avait rien demandé de tel. Mais voilà, tout ce qu'elle voulait, c'était un peu de son temps. Pourquoi ne comprenait-il pas que le reste lui importait peu ?

Quand elle l'entendit entrer par l'arrière de la maison, elle prit une grande inspiration avant de se tourner vers la porte. Elle lui devait des excuses. Ces derniers jours, il s'était vraiment comporté comme l'époux dont elle rêvait. Ce n'était pas sa faute si elle continuait de lui en vouloir. Il n'avait pas compris par le passé ce qu'elle attendait de lui, il était absurde d'espérer qu'il comprenne aujourd'hui, comme par magie !

— Sam, je…

— Bria, je ne voulais pas…

Ils s'interrompirent tous deux et se dévisagèrent dans un silence embarrassé. Sam se lança finalement.

— Je suis désolé pour tout à l'heure. Je pensais que cette pergola te ferait plaisir, je ne voulais pas te faire de la peine.

Il tendit le bras vers elle, et Bria se rendit compte alors qu'il tenait, caché derrière son dos, un ravissant bouquet de fleurs sauvages aux mille couleurs.

— Comme tu ne veux pas que je prenne la voiture, je n'ai pas pu aller chez le fleuriste de Stephenville. Mais je me suis dit que celles-ci te plairaient peut-être.

A ces mots, Bria sentit les larmes lui venir aux yeux. Il y avait tant de sincérité dans la voix de Sam et tant d'espoir dans son regard.

— Sam, tu n'as pas à t'excuser, dit-elle en prenant les fleurs. C'est moi qui n'aurais pas dû…

— N'y pensons plus, coupa-t-il en la serrant dans ses bras. Je sais que tout a été très difficile pour toi depuis mon accident, et que tu as subi beaucoup de stress.

Ces paroles la firent se sentir plus misérable encore, et elle ne put retenir ses larmes.

— C'est ma faute, Sam… je ne devais pas …

Il la serra plus étroitement contre son torse rassurant.

— Ne pleure pas, mon amour, je t'en prie.

Il détestait la voir pleurer, elle le savait bien et, à l'idée qu'elle le rendait malheureux, elle fut prise d'une crise de larmes. Sam était un homme bon. Il avait été l'amour de sa vie. Le quitter était-il vraiment ce qu'elle désirait ? Etait-elle bien sûre de pouvoir vivre sans lui ?

Non. Seulement, d'un autre côté, elle savait qu'elle ne pourrait pas supporter que les choses reprennent comme par le passé. Il allait falloir qu'elle y réfléchisse vraiment sérieusement. Mais à tête reposée. Pas dans les bras de Sam, alors que cette étreinte lui obscurcissait complètement le jugement. Une décision aussi grave réclamait qu'elle prenne de la distance.

— Je suis désolée, dit-elle en s'essuyant les yeux. Je ne voulais pas me mettre à pleurnicher, je sais que cela te rend triste.

Il s'écarta légèrement pour prendre son visage entre ses mains, et sourit avec une telle bienveillance que Bria dut se faire violence pour ne pas de nouveau fondre en larmes.

— Ça va, Bria, assura-t-il. Je me fiche pas mal d'être triste. Tout ce que je voudrais, c'est que tu sois heureuse, toi.

Sans attendre sa réponse, il prit le bouquet et alla ouvrir l'un des placards.

— Où est le vase vert que tu ranges ici, d'habitude ? demanda-t-il.

— Je ne sais plus, dit-elle d'un ton évasif.

Comment lui dire que le vase était à Dallas, avec le reste de ses affaires ?

— Il faudra qu'on t'en trouve un autre, lança-t-il en remplissant d'eau un grand verre pour y disposer les fleurs.

Quand il l'eut placé au centre de la table, il se retourna vers Bria pour lui demander :

— Qu'est-ce que je peux faire pour t'aider pour le dîner ?

Bria en resta muette de surprise. L'aider pour le dîner ? Pas une fois depuis qu'ils étaient mariés, Sam ne lui avait proposé son aide dans la cuisine. Par la suite, il avait engagé Rosa, et Bria n'avait plus eu l'occasion ni de se faire aider, ni même de cuisiner. Elle aimait cela, pourtant.

— Eh bien… il faut éplucher quelques carottes et des pommes de terre pour le ragoût, répondit-elle en allant à l'évier pour finir de laver les légumes. Est-ce que tu veux t'en charger pendant que je m'occupe des oignons ?

— Donne-moi un couteau, répondit-il d'un ton enjoué.

— A ce propos, j'ai appelé Rosa pour lui donner une semaine de congé supplémentaire, ajouta Bria incidemment.

Elle n'avait pas eu le choix. Quelles que soient la gentillesse de Rosa, et l'affection que Bria lui portait, la vieille dame était une incorrigible bavarde, et aurait à coup sûr fini par révéler à Sam des souvenirs qu'il devait retrouver de lui-même.

Le sourire qu'il lui lança la fit fondre.

— Très bonne idée. Comme ça, je n'aurais pas à vérifier qu'il n'y a personne dans les environs chaque fois que je voudrais te toucher ou t'embrasser !

— Tu es vraiment désespérant, dit-elle, le souffle un peu court.

— Je n'y peux rien si tu me fais autant d'effet, poupée ! répliqua-t-il avec sourire canaille.

Tandis qu'ils travaillaient ainsi, côte à côte, Bria se

sentait en proie à une bataille féroce. Quelle conduite adopter ? Tant que Sam n'avait aucun souvenir des problèmes qui avaient ébranlé leur mariage, elle ne pouvait toujours pas en discuter avec lui.

Le bruit d'un couteau qui tombait sur la table, accompagné d'un juron très imagé, vint interrompre le cours de ses pensées.

— Qu'est-ce qui t'arrive ?

— Rien de grave. Je me suis juste un peu coupé.

Il alla passer sa main sous l'eau. A la vue du sang qui coulait de son pouce, Bria comprit que la blessure était plus sérieuse qu'il ne le disait.

— Laisse-moi regarder, ordonna-t-elle en prenant un torchon propre pour éponger la plaie.

Elle le vit hésiter un instant, puis, à sa grande surprise, il tendit la main pour qu'elle puisse regarder ce qu'il en était. Jamais auparavant il ne l'aurait laissée s'en mêler ; il se serait contenté de s'envelopper le doigt dans le premier chiffon venu, puis serait retourné vaquer à ses affaires sans autre forme de procès.

— J'ai bien l'impression qu'il va falloir un point de suture ou deux, annonça Bria après avoir examiné son pouce avec attention.

Il commença par secouer la tête, puis se ravisa et acquiesça.

— Bon, je suppose que cela ne peut pas me faire de mal d'aller avec toi à la clinique de Beaver Dam.

Encore un comportement inattendu… Bria préféra ne pas s'y attarder. Il y avait plus urgent, pour l'instant. Elle éteignit donc le feu sous la cocotte, attrapa son sac à main, et ils se mirent en route.

Tout de même, elle avait peine à croire qu'il ait pu

accepter sans renâcler de se ranger à son avis et d'aller consulter… C'était quelque chose qui n'aurait jamais pu se produire par le passé. Sam faisait partie de ces hommes qui détestent avoir affaire aux médecins, sauf à s'être évanouis ou se sentir tellement souffrants qu'ils ne peuvent plus tenir debout ! Et la seule fois où elle l'avait vu dans cet état, c'était deux semaines plus tôt, immédiatement après son accident.

Deux heures plus tard, ils ressortaient de la clinique, Sam avec quatre points de suture dans le gras du pouce. Bria désigna la route qui menait au barrage :

— Il est déjà tard. Veux-tu que nous allions manger quelque chose au Broken Spoke avant de rentrer ?

Sam secoua la tête.

— Je préfère rentrer à la maison, dit-il en lui prenant la main tandis qu'ils se dirigeaient vers le parking. J'ai envie d'être seul avec toi, plutôt que de passer la soirée à regarder des cow-boys chauffés à blanc te dévorer des yeux.

Bria sentit les battements de son cœur s'accélérer sous le regard ardent qu'il lui lançait.

— Tu ne crois pas que tu en rajoutes un peu ?

— Pas le moins du monde, mon cœur.

Il lui ouvrit la portière côté conducteur et l'aida galamment à prendre place dans le véhicule.

— Je sais comment les hommes te regardent, et je ne suis pas d'humeur partageuse, ce soir, avoua-t-il avant de lui donner un baiser qui l'électrisa jusqu'à la pointe des orteils. Ce soir, c'est comme dans James Bond : rien que pour mes yeux !

Ils firent la route en silence jusqu'au ranch. Bria

aurait dû se réjouir de la gaieté de Sam. Mais en fait elle était préoccupée : comment les choses allaient-elles se passer quand ils seraient arrivés à la maison… ? Elle avait vu cette chaleur de braise trop souvent dans les yeux de Sam pour ne pas être parfaitement consciente qu'il avait follement envie d'elle. Et elle devait bien admettre qu'elle avait envie de lui tout aussi violemment.

Tout oublier et faire l'amour avec Sam. Cela semblait si facile… Mais était-elle vraiment prête à prendre ce risque ? Rien ne serait réglé pour autant. Comment pourrait-elle endurer la douleur et les regrets si tout recommençait comme avant, une vie passée à attendre le retour de son époux, quelques pauvres journées par mois ? Elle n'avait pas de réponse à toutes ces questions, et elle ne se sentait pas le droit de relâcher la garde et de risquer de les faire replonger dans le désastre d'une nouvelle rupture.

Le quitter, trois mois plus tôt, l'avait presque détruite. Elle savait qu'elle serait dévastée par une deuxième séparation.

Assis dans le salon, après le dîner, Sam attendait impatiemment que Bria le rejoigne. Dire qu'il avait passé l'après-midi à chercher un moyen de lui faire plaisir ! Finalement, il la tenait, son idée de génie ! Elle lui était venue… en se coupant. Ou plutôt en sortant de la clinique, quand Bria lui avait proposé d'aller au Broken Spoke. Danser, il allait l'emmener danser. Mais à *sa* façon.

Bria adorait danser. La première fois qu'il l'avait vue, autrefois, ils se trouvaient tous deux à une soirée qu'on donnait à Amarillo, après un rodéo. Bria n'avait pas cessé de danser, avec sa sœur et quelques amies. Ce soir-là, dès le moment où ses yeux s'étaient posés sur elle, Sam avait su qu'elle était la femme qu'il attendait.

En sortant de la clinique, tout à l'heure, ils auraient pu aller profiter de la piste de danse du Broken Spoke. Seulement, la perspective de tous ces types qui seraient là à déshabiller sa femme du regard avait dissuadé Sam. Et perdre ensuite une demi-heure pour rentrer à la maison ne s'accommodait pas avec ses plans.

Aussi avait-il préféré rentrer directement. Et maintenant, ayant glissé le CD préféré de Bria dans la chaîne, écarté les chaises et allumé des bougies, il trépignait et la guettait.

Aussitôt qu'il l'entendit quitter la cuisine, il appuya sur la touche « play » de la télécommande. Tandis que les premières notes de la ballade romantique s'élevaient, il se leva de son fauteuil et la regarda s'avancer vers lui…

Elle était vraiment somptueuse, et son désir devenait un peu plus vif chaque jour passé auprès d'elle. Il prit une profonde inspiration. Il fallait que son plan marche. C'était une question de vie ou de mort.

— Est-ce que nous fêtons quelque chose ? demanda-t-elle en regardant les bougies, puis les meubles qu'il avait déplacés.

Sam marcha à sa rencontre et, tout en l'amenant jusqu'à la piste de danse qu'il avait aménagée, prit ses mains pour les amener sur ses épaules. Puis il se colla contre elle en l'enlaçant.

— Oui, j'ai envie de danser avec ma femme, répondit-il.

A sa grande satisfaction, elle lui sourit et commença à se balancer en rythme avec lui.

— Qu'est-ce qui t'a donné envie de danser ? murmura-t-elle, blottie dans le creux de son épaule.

— Tu aimes danser, et moi, j'aime faire les choses que tu aimes, dit-il en posant un baiser sur ses cheveux.

Il entendit qu'elle cherchait son souffle, puis elle renversa la tête pour le regarder. L'indécision qu'il lut au fond de ses beaux yeux verts lui serra le cœur. Alors, sans plus réfléchir, il s'inclina vers sa bouche et l'embrassa avec fougue. Il voulait effacer tous les doutes de Bria : elle devait rester avec lui, devait se rappeler qu'ils vivaient l'un pour l'autre !

Tandis que son baiser devenait plus fiévreux encore, Bria eut un léger soupir et se plaqua contre son torse. Il s'enflamma. La sentir si réceptive — ajouté au fait qu'ils n'avaient pas fait l'amour depuis des mois — le rendait brûlant de désir. Mais son désir attendrait. Ce soir, il ne voulait s'occuper que d'elle, lui faire comprendre que, en dépit des problèmes qu'ils avaient pu connaître, ce qui les liait valait la peine d'être sauvé.

Il aurait dû s'y prendre trois mois plus tôt, avant qu'elle ne le quitte. Mais il était resté absent plus d'une semaine et, quand il était rentré au ranch, c'était déjà trop tard. Bria était tellement bouleversée et si pressée de partir qu'elle ne l'aurait pas écouté une seconde, il le savait. Toutes les explications, toutes les tentatives pour lui dire combien elle comptait pour lui, elle les aurait interprétées comme des manipulations et du chantage. Peut-être, un peu plus tard, aurait-elle été moins braquée, mais c'est lui, alors, qui ne s'était plus senti capable de lui parler, étouffé par son amour-propre. Depuis tout petit, il avait appris à ne jamais rien demander à personne, et même s'il avait pensé mourir quand Bria l'avait quitté il n'aurait jamais pu s'abaisser à la supplier de rester.

Mais ce soir rien ne pourrait l'empêcher de lui dire et de lui montrer tout ce qu'elle représentait pour lui.

Il se détacha d'elle pour la regarder :

— Te souviens-tu du soir où nous nous sommes rencontrés, Bria ? dit-il dans un sourire.

— Comment pourrais-je ne pas m'en souvenir ? Tu avais soudoyé l'orchestre pour qu'ils ne jouent que des slows pendant toute la dernière partie de la soirée.

— Hé ! Ça me donnait un prétexte pour me serrer contre toi, comme je suis en train de le faire maintenant. Tu n'avais pas l'air de t'en plaindre, d'ailleurs.

Le sourire qu'elle lui adressa vint encore attiser le désir de Sam.

— Non, en effet, je ne m'en plaignais pas.

— Et tous les hommes étaient verts de jalousie, lui susurra-t-il à l'oreille.

Il la sentit trembler de tout son corps. Comme lui, elle se rappelait la magie qui les entourait à ce moment-là…

— Et ça n'a pas changé, d'ailleurs. Chaque fois qu'on se rend quelque part, tous les hommes m'envient.

Ils demeurèrent silencieux quelque temps, à se laisser aller sur la ballade rêveuse qui flottait dans la pièce. Sam se contenait de toutes ses forces. Son désir grandissait d'instant en instant, mais il voulait attendre que Bria vienne vers lui.

Quand le morceau prit fin, le regard qu'elle posa sur lui lui envoya une flèche de feu dans les reins.

— Sam, veux-tu m'embrasser comme tu l'avais fait ce soir-là ?

— Je n'attendais qu'un mot de toi, mon amour.

Il se pencha sur elle et, dès que leurs lèvres s'effleurèrent, son corps tout entier se tendit, le besoin de posséder Bria l'enflamma. Il la voulait, il voulait surtout qu'elle s'offre à lui, cette fois encore, et qu'elle comprenne qu'ils appartenaient l'un à l'autre, qu'ensemble ils formaient quelque chose de grand et de plus fort que tout.

Il se colla à elle plus étroitement encore, la serrant de toutes ses forces en s'emparant de ses lèvres, de sa bouche, de sa langue. La réponse de Bria fut celle qu'il attendait, et il la sentit s'abandonner, accrochée à lui comme une naufragée.

Dès lors, il ne pensa plus à rien et ne fut plus que sensations. Il glissa les mains sous le petit pull vert pâle et caressa son ventre. Sous ses paumes calleuses, la peau de Bria était aussi douce que du satin et il aurait voulu en explorer chaque centimètre. Quand ses doigts trouvèrent ses seins, il pressa son sexe contre elle, avide de lui faire sentir combien elle l'excitait, et il fut comblé. Car, loin de se soustraire à son étreinte, elle gémissait doucement en ondulant contre lui en retour, l'invitant à aller plus loin.

Il plongea ses yeux dans les siens, ému de la passion qu'il y lisait, et de la fièvre qui teintait de rose ses joues pâles. Elle était sa femme, l'autre moitié de lui-même, il ne pouvait pas vivre sans elle et, cette fois, elle ne pourrait plus jamais l'oublier.

— Allons dans la chambre, mon amour.

Elle le regarda longuement… Sam sentit son cœur

battre, mais de panique. Bria hésitait-elle ? Allait-elle finalement lui dire non ?

— Il y a des choses dont nous devrions parler, d'abord, Sam, dit-elle d'une voix rauque.

— Est-ce que tu as envie de moi, Bria ?

Elle ferma les yeux comme pour mieux reprendre le contrôle d'elle-même, puis hocha la tête en les rouvrant.

— Oui, Sam. Mais il y a des choses que je dois te dire…

Il posa son index sur ses lèvres :

— Chut… Rien de ce que nous avons à nous dire ne peut attendre demain. Ce soir, nous ne devons penser qu'à nous deux.

Sur ce, ne lui laissant pas le loisir de répondre, il se leva pour éteindre les bougies, puis prit Bria par les épaules et l'entraîna vers l'escalier. Ils montèrent ainsi, silencieux et enlacés, jusqu'à leur chambre. L'heure n'était plus aux paroles mais à l'amour qu'ils allaient partager. Cet amour si précieux qu'il fallait préserver coûte que coûte.

En entrant dans la chambre, Bria savait qu'elle jouait très gros. Mais elle ne pouvait plus rester sourde à ce que lui dictaient son cœur et son corps. Elle l'avait compris à l'instant où elle avait vu le taureau se précipiter sur Sam. Il était son âme sœur, l'homme qu'elle avait toujours appelé de ses vœux, et s'il existait la plus infime chance de sauver ce qui les unissait elle devait la saisir.

Après tout, peut-être ce repos forcé avait-il permis à Sam de mesurer combien il était bon de se retrouver tous les deux, et d'imaginer à quoi leur vie pourrait ressembler s'il passait juste un peu plus de temps à la maison ?

Peut-être comprendrait-il désormais ce que cela signifiait pour elle de partager de petites choses avec lui ? Elle n'aspirait à rien d'autre qu'à être à ses côtés…

Elle tressaillit, pleine d'attente, quand Sam la guida jusqu'à leur lit. Il alluma la petite lampe de chevet, puis s'agenouilla pour la déchausser et se déchausser à son tour. Quand il leva les yeux vers elle, elle vit brûler dans ses prunelles un désir à lui couper le souffle.

— Je veux t'aimer, sans perdre un instant de plus, dit-il, et la langueur de sa voix fit vibrer tout le corps de Bria.

Il prit son visage entre ses mains pour l'embrasser, et ce baiser fut si tendre qu'elle se sentit fondre.

— Et quand j'en aurai fini, je recommencerai, encore et encore.

Tant de promesses, tant d'intensité dans son regard brûlant… Comment Bria aurait-elle pu douter de la sincérité de Sam en cet instant ? Et, que le ciel lui pardonne, elle ne désirait rien de plus.

Il caressa doucement ses épaules, puis laissa ses mains descendre. Leurs doigts se mêlèrent doucement, puis il sourit.

— Il me semble que nous sommes un peu trop habillés pour ce genre d'occasion, madame Rafferty.

— Et que devrions-nous faire pour y remédier, monsieur ? répliqua-t-elle sur le même ton badin.

— Je me demande si vous ne seriez pas plus à l'aise une fois débarrassée de ceci, chère madame, dit-il en retroussant l'ourlet de son pull.

Bria leva les bras au-dessus de sa tête et se laissa

dévêtir. Sam rivait ses yeux aux siens. Il dégrafa son soutien-gorge. Ecarta la soie et la dentelle, fit glisser les bretelles le long de ses bras. Le contact de ses mains un peu rudes sur la peau fine de ses seins quand il les saisit la fit frémir. Une vague brûlante déferla en elle. Et, quand il commença à effleurer la pointe de ses seins avec ses pouces, elle ferma les yeux pour mieux savourer sa caresse et le plaisir qu'elle faisait monter en elle. Puis, incapable de demeurer plus longtemps passive, elle attrapa les pans de sa chemise.

— Je crois que ce serait mieux si tu enlevais cela.

Elle glissa ses doigts fins par l'encolure entrouverte et, effleurant au passage les poils doux du torse de Sam, entreprit de défaire un à un les boutons de sa chemise, avec une lenteur calculée, le soumettant à son tour à la torture exquise de l'attente. Elle le sentit frémir et, levant les yeux, le vit serrer les dents quand elle atteignit la dernière boutonnière, juste au-dessus de sa ceinture.

— Est-ce que c'est bon, Sam ?

— Meilleur que cela, dit-il en tirant impatiemment sur sa chemise pour la sortir de son jean.

Elle dégagea ses larges épaules, puis ses bras puissants, avant de laisser le vêtement tomber au pied du lit. Sam avait un corps magnifique : solide, musclé… Parcourant du bout des doigts les muscles qui se dessinaient sur son abdomen, elle descendit peu à peu jusqu'à la ligne de poils sombres, juste au-dessus de son nombril. Quand elle défit le bouton de sa ceinture, il retint son souffle. Encouragée par sa réaction, elle se mit à jouer avec l'attache de sa braguette.

— Veux-tu que je continue, Sam ? demanda-t-elle en plantant ses yeux dans les siens.

Il hocha la tête.

— Si tu t'arrêtes maintenant, je crois que je vais devenir fou.

Très lentement, elle fit glisser la fermeture Eclair. Sous sa main, elle le sentait dur, prêt pour elle.

— Il semblerait que vous ayez un petit problème, monsieur Rafferty.

Il laissa échapper un rire sourd qui l'électrisa.

— Petit ? répliqua-t-il. Tu as de la chance que je ne sois pas susceptible, mon cœur !

— Ma foi, petit n'est peut-être pas le terme adéquat, en effet, dit-elle en lui rendant son sourire.

A ces mots, elle toucha son sexe, et le sourire de Sam s'effaça d'un coup. Il laissa échapper un léger râle puis, fiévreusement, il se dégagea pour se débarrasser d'un geste de son jean et de son caleçon.

Bria cessa de respirer. Décidément, son époux était à ses yeux l'incarnation de la perfection masculine… Les épaules larges, les muscles secs et dessinés, les hanches étroites… Il avait le physique d'un athlète. Elle baissa les yeux et son cœur battit plus vite. Depuis cinq ans qu'ils étaient ensemble, voir son sexe bandé lui faisait toujours l'effet d'une brûlure lancinante au plus profond du ventre.

— A mon tour, murmura Sam.

En silence, il déboucla la ceinture de Bria, puis fit lentement glisser son jean et la petite culotte de soie qu'elle portait, libérant ses longues jambes.

— Tu es si belle, dit-il d'une voix rauque en l'enlaçant.

Ce corps dur et viril contre elle… Bria reçut une

décharge dans tout le corps. Les yeux clos, elle se délecta du contact et vibra à l'unisson avec Sam.

— Chérie, nous devrions nous mettre au lit tant que nous en avons encore la force, murmura-t-il dans un souffle en lui couvrant l'oreille et l'épaule de baisers.

Un peu chancelante, Bria repoussa la couette et se glissa dans le lit, tandis que Sam venait se coller contre elle.

— C'est si bon de sentir ton corps contre moi, dit-il d'une voix sourde. Je ne suis pas certain de pouvoir me retenir aussi longtemps que je le voudrais, Bria.

Se retenir ? Mais elle ne voulait plus qu'il se retienne !

— Fais-moi l'amour, Sam, je t'en prie, supplia-t-elle.

— Pas avant d'être sûr que c'est vraiment ce que tu veux…

Ces mots firent naître des frissons partout sur sa peau. Des mots auxquels succédèrent d'excitantes caresses.

Il effleura ses hanches, puis le haut de sa cuisse, et cette caresse délicate enflamma Bria. Quand il prit sa bouche, tout en continuant à la toucher, Bria crut devenir folle. A son tour, elle ressentait le besoin d'explorer le corps de Sam dans tous ses secrets, mais quand elle posa la main sur son sexe, et qu'elle éprouva la violence de son excitation, elle n'eut plus qu'une envie : l'attirer en elle. Qu'il la prenne, que leurs corps s'unissent enfin.

— Je suis désolé, mon amour, je ne vais pas pouvoir tenir plus longtemps si tu continues comme ça, dit-il, pantelant.

— Je t'en prie, Sam, viens, maintenant.

Elle retint son souffle alors qu'il s'étendait sur elle

et forçait doucement ses cuisses avec son genou. Capturant son regard, il eut un sourire qui ne laissait aucun doute sur ce qu'il éprouvait en ce moment.

— Montre-moi ce que tu veux, Bria.

Sans hésitation, elle le guida en elle. Puis elle ferma les yeux et l'emprisonna dans ses bras, comme si elle voulait le voir se perdre tout au fond de son corps.

Enfin, il fut en elle. Un feu d'artifice s'alluma dans ses reins, devant ses yeux. La seule idée que cela puisse finir… Non, elle ne voulait pas y penser…

— Ouvre les yeux, mon amour.

Elle fit ce qu'il lui commandait. La passion brillait dans les pupilles assombries de Sam. Elle lui appartenait. Il avait conquis son corps, son âme, et elle sut en le regardant qu'elle voulait qu'il en soit ainsi pour la vie. Oui, elle l'aimait. Oui, elle l'avait toujours aimé, et elle leur devait, à tous les deux, d'essayer, une fois encore, de changer les choses.

Les yeux plantés dans les siens, Sam commença à se balancer légèrement, et elle se mit à bouger avec lui, accompagnant les sensations exquises qui grandissaient en elle. Très vite, elle perdit le contrôle, ensorcelée par la magie de l'instant. Et, très vite aussi, elle sentit arriver la délivrance à laquelle tous deux aspiraient si ardemment. Sam la suivit. Il accéléra le rythme de sa puissante étreinte.

Soudain, Bria s'embrasa tout entière. Elle s'agrippa à Sam, comme une naufragée. Cette étreinte fut le signal. A son tour, il se libéra, et la chaleur de la jouissance vint la remplir, enfin.

Sam s'abattit sur elle. Toutes ses forces semblaient l'avoir abandonné… Eperdue, épuisée, Bria accueillit avec volupté le poids de son corps et le serra passionnément dans ses bras.

Puis, brusquement, la réalité la frappa. Un éclair fulgurant de panique la traversa : ils n'avaient pris aucune précaution !

Mais la panique s'envola aussi vite qu'elle était venue. Pas de précaution ? Qu'importe ! Ils voulaient un enfant, tous les deux, depuis longtemps déjà. Si un bébé devait être conçu ainsi, de cet amour retrouvé et de nouveau partagé, elle ne le regretterait jamais.

Sam reprenait ses esprits et fit un mouvement pour la dégager de son poids, mais elle le retint sur elle. Encore un peu… C'était si bon, ce contact si intime. Elle aurait voulu rester ainsi pour l'éternité, fusionnée avec lui.

— Bria, mon amour, je vais t'écraser, dit-il en la faisant rouler avec lui sur le côté.

— J'adore me sentir aussi proche de toi.

Et elle l'embrassa, jusqu'à ce qu'ils soient tous deux à bout de souffle.

Un rire sourd monta de la gorge de Sam. Elle sentit son sexe palpiter de nouveau en elle, et eut l'impression que, de nouveau, tout son être le réclamait.

— Tu vas me sentir de nouveau tout proche de toi dans très peu de temps, chérie, dit-il avec un sourire. Vraiment très peu de temps.

- 8 -

Sam s'étira langoureusement et tendit la main pour toucher Bria. Il ouvrit les yeux, pris d'une soudaine appréhension — pourquoi n'était-elle plus dans le lit à son côté… ?

Puis, rassuré, il entendit le ruissellement de l'eau dans la douche, et son anxiété se mua en intense satisfaction. Après cette nuit merveilleuse passée à faire l'amour à sa femme, il n'aurait pas pu se sentir mieux… Et il connaissait suffisamment Bria pour être certain qu'elle ne se serait jamais laissée aller dans ses bras si elle avait toujours eu l'intention de conclure le divorce.

Il avait donc su lui montrer combien il la chérissait et ce qu'elle représentait pour lui. Oui, elle savait désormais qu'il était prêt à faire n'importe quoi pour elle, et sans doute comprendrait-elle mieux, maintenant, qu'il travaille avec un tel acharnement.

Sans faire de bruit, il entra dans la salle de bains, et savoura un moment le spectacle du corps nu superbe de Bria à travers le verre dépoli de la cabine, puis fit glisser la porte pour entrer à son tour.

— Bonjour, mon cœur.

Elle poussa un petit cri de surprise, auquel succéda aussitôt un ronronnement de tigresse quand leurs corps ruisselants glissèrent l'un contre l'autre. Se tournant pour lui faire face, elle lui enserra la taille et déposa un baiser sur son torse.

— Bonjour, monsieur Rafferty.

Elle baissa les yeux et ajouta avec malice :

— Je vois que vous avez toujours le même problème.

Le sourire de Sam s'élargit.

— Je crois que j'ai ce problème chaque fois que vous êtes dans les parages, madame Rafferty.

— Je suis donc bien coupable ?

Le pouls de Sam s'accéléra devant son air mutin.

— Ma foi, qu'est-ce que vous comptez faire à ce sujet ? s'enquit-il.

— Avez-vous une suggestion ? répondit-elle en faisant courir le bout de ses doigts de sa poitrine jusqu'à son nombril.

L'agacement léger que provoquaient ses ongles fit rugir le sang dans les veines de Sam. Elle poussa le jeu et, quand elle s'empara doucement de son sexe, il crut exploser.

— Je pense que ce que vous êtes en train de faire est un excellent début, dit-il, déjà à bout de souffle, entre ses dents serrées.

— Et puis-je faire autre chose ? demanda-t-elle en l'effleurant plus doucement.

Sam chavirait. Les caresses de Bria lui donnaient le vertige. Bon sang, qu'il aimait qu'elle le touche ! Il adorait sa hardiesse à lui montrer ce qu'elle voulait.

— Je pense que je ne vais pas pouvoir endurer ça très longtemps, dit-il en lui emprisonnant les mains.

Sur ce, il lui fit nouer les bras autour de son cou, la souleva dans ses bras et la hissa sur ses hanches.

Répondant aussitôt à son initiative, elle s'enroula à lui. Sam sentit ses seins s'écraser contre son torse, leurs pointes dressées qui venaient irriter sa peau, la chaleur de son ventre qui l'appelait… Une grande vague brûlante prit de nouveau possession de tout son corps. Il resserra son étreinte, puis embrassa Bria pour se fondre totalement en elle. Elle gémit de bonheur, et un immense élan d'amour emporta Sam sur les nuages.

Cette femme si belle, si désirable… Bria était aussi éperdue de désir que lui, il le voyait bien, et il eut, un instant, l'impression qu'il allait mourir de reconnaissance à l'idée qu'elle était à lui et le resterait.

— J'ai besoin de toi, Bria, j'ai envie de toi.

— J'ai envie de toi moi aussi, Sam, répondit-elle, haletante.

Alors, la serrant dans ses bras puissants, Sam prit appui fermement sur le mur carrelé et la pénétra doucement. La joie et la passion qu'il lisait sur le beau visage de Bria, la sensation de son corps qui l'accueillait, le conduisirent aussitôt aux limites de la jouissance.

— Ne bouge plus, mon amour, murmura-t-il.

Il se contint de toutes ses forces, concentra toute son énergie pour reprendre le contrôle de lui-même.

— Ce serait dommage que ça finisse avant même d'avoir commencé, non ?

— C'est tellement bon, Sam, dit-elle en se blottissant dans le creux de son épaule. Je t'en prie, viens.

— Tu n'as pas besoin de me prier, mon ange, tu crois que je pourrais résister ?

De nouveau, il bougea en elle, s'efforçant de retenir

ses assauts, d'en ralentir l'élan… Il aurait tant voulu faire durer ce moment… Mais, impossible — le désir était trop fort. Et décidément insatiable, malgré la nuit d'amour qu'ils venaient de partager.

Alors, chassant tout espoir de se contrôler, il cessa de penser, et ne se soucia plus que de leur plaisir. Il connaissait le corps de Bria mieux que son propre corps, et il la sentait tout près de l'extase.

Lorsqu'elle s'accrocha plus fort à lui, il sut que le moment était venu. Uni à elle au plus intime, il bascula à son tour.

Puis, pendant un moment qui lui parut une éternité, il demeura sans forces, immobile, incapable de se résoudre à se détacher d'elle, comme Bria avait tenu elle-même à le garder en elle cette même nuit.

Elle leva les yeux sur lui :

— Allons-nous rester là comme ça ? dit-elle finalement dans un sourire.

Il sourit en retour.

— Ma foi, je suis très bien ainsi.

— Moi aussi, mais nous risquons de rater l'heure du petit déjeuner, conclut-elle en riant.

Elle déposa un baiser sur son menton.

— Là, tu marques un point, dit-il tandis qu'il la relâchait à regret et la reposait délicatement sur le sol. Je ne sais pas ce qui m'arrive, je suis absolument mort de faim, ce matin.

— Aurais-tu par hasard dépensé un peu trop d'énergie cette nuit ?

— Petite coquine… J'imagine que c'est quelque chose comme ça, admit-il en riant.

— Prends ta douche, dans ce cas, je vais descendre

voir ce que je peux faire pour t'aider à reprendre des forces, dit-elle en sortant de la cabine.

Tandis que Bria quittait la pièce pour aller s'habiller, Sam se doucha rapidement, puis noua une serviette autour de ses hanches et s'installa face au miroir pour se raser. *Tu souris comme un ravi de la crèche*, dit-il en découvrant son reflet. Comment aurait-il pu en être autrement, cela dit ? Bria allait renoncer au divorce ! Le neurologue qu'il allait voir aujourd'hui ne manquerait pas de lui donner son aval pour reprendre le travail ! Et, qui sait, peut-être que cette nuit-même ils avaient conçu ce bébé qu'ils désiraient tant ? Bref, il était aux anges.

— La vie est formidable, dit-il à son reflet, se souriant de plus belle dans le miroir.

Il se hâta de s'habiller et de descendre dans la cuisine. Désormais, il voulait profiter de chaque instant auprès de Bria, d'autant que, aujourd'hui, il allait devoir la quitter quelques heures pour se rendre chez le neurologue à Waco avec Nate.

Quand il entra dans la pièce, elle avait déjà fini de préparer des toasts avec des pommes sautées, des oignons frits et du bacon.

— Veux-tu aussi des œufs brouillés ? demanda-t-elle avec un beau sourire, en lui apportant une assiette et une tasse de café bien chaud.

— Ce sera déjà bien si je viens à bout de tout ça, dit-il tandis qu'il prenait une chaise.

Elle prit un air interrogateur.

— Je croyais que tu mourais de faim ?

Il l'attrapa par la main et la tira vers lui pour l'installer sur ses genoux, puis se mit à mordiller le lobe délicat de son oreille.

— Hmm, hmm, ma douce, je suis affamé, mais c'est plutôt toi que j'ai envie de manger.

Elle noua les bras autour de son cou et il lui vola un baiser.

— Tu es vraiment insatiable, dit-elle.

— Je n'y peux rien, c'est toi qui me rends comme ça.

— A quelle heure Nate arrive-t-il pour t'emmener au rendez-vous ? demanda-t-elle en se lovant contre sa poitrine.

— Dans le milieu de la matinée.

Caressant sa cuisse sous la toile épaisse du jean, il ajouta :

— Que vas-tu faire, pendant que nous serons là-bas ?

— Je pense que je vais aller jusqu'à Dallas, pour… heu… faire quelques courses et deux ou trois petites choses.

Elle l'embrassa au creux du cou, là où pulsait le sang.

— Mais je serai rentrée largement à temps pour préparer le dîner.

A Dallas ? Autant dire qu'elle se rendrait certainement à l'appartement qu'elle louait là-bas. Pourvu qu'elle en profite pour aller donner son congé à son loueur, c'était tout ce qu'il souhaitait. Seulement voilà, comme il ne lui avait toujours pas avoué qu'il avait retrouvé toute sa mémoire, il ne pouvait lui parler de rien… Et impossible de lui annoncer la vérité maintenant, de but en blanc. Elle serait bouleversée, certaine qu'il avait profité de la situation pour la manipuler et ne voudrait pas croire qu'il avait agi en toute bonne foi.

Par prudence, il préféra changer de sujet.

— Tu sais que nous n'avons utilisé aucune protection, cette nuit ? Vu le nombre de fois où nous avons fait l'amour, je me dis que tu pourrais bien être de nouveau enceinte.

A peine les mots avaient-ils franchi ses lèvres que Bria sembla soudain se pétrifier dans ses bras. Seigneur… il venait de se trahir.

Bria ne manqua pas de relever.

— De nouveau ? reprit-elle en s'écartant pour le dévisager. Tu sais donc que… j'ai déjà été enceinte ?

Il la fixa pendant quelques secondes, puis se résigna. Inutile de chercher à nier. Certes, il lui avait caché le fait qu'il avait peu à peu recouvré la mémoire, mais cela mis à part il avait toujours été absolument honnête avec elle, non ? Alors, cela n'aurait eu aucun sens de lui mentir maintenant. Quelles que soient les conséquences que cela n'allait pas manquer d'entraîner.

Bria quitta vivement ses genoux. Droite comme un i, elle se campa à quelques pas de lui.

— De quoi te souviens-tu, exactement ? lança-t-elle.

— De… pratiquement tout, je crois.

— Donc, tu te souviens que j'ai perdu notre bébé, que tu étais absent à ce moment-là, et que j'ai quitté le ranch et demandé le divorce ?

Sa voix était étrangement neutre, comme si elle ne ressentait plus aucune émotion.

— Oui, je m'en souviens.

Elle prit une profonde inspiration, puis interrogea avec brusquerie :

— Quand ? Quand as-tu retrouvé la mémoire, Sam ?

Se levant à son tour, il s'avança vers elle. Mais, quand

il tendit la main vers elle, elle fit un pas de côté pour se dérober à son contact. Il laissa retomber son bras.

— J'ai commencé à avoir des espèces de flashs un jour avant l'anniversaire de Jaron.

Il eut un soupir oppressé et se résolut à tout dire.

— Et puis, le soir, quand tout le monde était parti… quand j'ai eu ce malaise, tu as dû m'aider à aller jusqu'au lit… tout le reste est revenu.

— Bon sang ! Sam, dit Bria, horrifiée. C'était il y a quatre jours. Pourquoi est-ce que tu…

Sur son visage, la stupeur se mua en défiance. Puis céda devant un absolu désenchantement.

— Comment as-tu pu me faire une chose pareille ? Comment as-tu pu me manipuler ainsi ?

— Bria, chérie, je ne t'ai pas…

— Ça suffit, Sam, coupa-t-elle d'un ton définitif. N'essaye même pas de te justifier.

Les larmes affluèrent dans ses yeux et dévalèrent sur ses joues.

— Tu étais là, à me faire danser, à m'offrir des fleurs, à jouer les maris parfaits ! Tout ça pour que je reste, n'est-ce pas ? Et tu te disais qu'une fois que le médecin t'aurait donné son accord tu reprendrais le travail, tout comme avant, et voilà tout ! Tu rentrerais à la maison quelques jours dans le mois, et je reprendrais ma vie, comme avant, toute seule !

Tendu à bloc, Sam se massa la nuque. Pourquoi ne le comprenait-elle donc pas ?

— Tu sais bien que je dois travailler, Bria. Comment faire sinon pour te donner la vie dont tu as besoin ?

— Ce n'est pas de cette vie que j'ai besoin, je n'ai

besoin de rien du tout ! Tout ce que j'ai toujours voulu, c'est être avec toi.

Que faire, que dire ? Sam ne l'avait jamais vue à ce point hors d'elle. Ses yeux verts étincelaient de fureur.

— Et tu n'as pas *besoin* de travailler, tu le sais pertinemment ! Avec tout l'argent que tu as amassé depuis des années, tu pourrais très bien ne plus travailler jusqu'à la fin de tes jours ! Et d'ailleurs je ne t'ai jamais demandé de tout arrêter ! Tout ce que je voulais, c'est que tu mettes fin à ces déplacements incessants, et que tu laisses ça à tes employés. Tu pourrais parfaitement diriger la compagnie depuis le ranch, tu le sais aussi bien que moi.

Elle secoua la tête, reprit son souffle avant de conclure avec force

— Mais tout ça… tout ça… ce n'est rien… Le pire, ce sont tes mensonges.

— Bria, je ne t'ai pas menti ! se récria Sam. La seule chose dont je suis coupable, c'est de ne pas t'avoir dit *immédiatement* que j'étais en train de retrouver la mémoire.

— Tu joues sur les mots, tu le sais très bien, répliqua Bria. Ne pas dire que tu te rappelais ce qui s'était passé ces derniers mois, c'est exactement mentir.

Furieuse, les yeux pleins de larme, elle alla décrocher son sac du portemanteau, dans l'angle de la porte, et y fouilla un moment avec agitation, avant d'en retirer finalement les clés de sa voiture.

— Je repars à Dallas, Sam. Les papiers pour le divorce sont en haut, dans la chambre d'amis, avec d'autres choses à moi. Signe-les et renvoie-les-moi par la poste le plus tôt possible.

Sam demeura muet. Une impression de déjà-vu s'était emparée de lui. Il regardait Bria le quitter, et il n'y avait rien qu'il puisse dire ou faire pour arrêter cela. La seule chose qui était différente, c'est que, cette fois, il n'y aurait plus de deuxième chance.

— Quant à mes vêtements, reprit Bria, fais-en ce que tu veux, envoie-les-moi ou flanque-les à la poubelle. Cela n'a aucune importance.

— Bria, tu es ma femme, nous devons parler.

Elle stoppa net, abasourdie.

— Tu n'as jamais véritablement parlé avec moi, Sam, pourquoi commencerais-tu maintenant ?

— Je ne comprends pas…

— Cela fait cinq ans que nous sommes ensemble, trois ans que nous sommes mariés, soupira-t-elle. Toutes ces années, tu ne m'as jamais *parlé* — ni de ton enfance, ni de tes parents, ni des raisons qui t'ont conduit au ranch de Hank…

Elle eut un sourire triste.

— Je t'aimais tellement, Sam. Il n'y avait rien que tu aurais pu dire que je n'aurais pas compris. Mais tu ne m'as jamais fait confiance, tu n'as jamais été assez sûr de mes sentiments pour toi pour t'ouvrir à moi.

Ses lèvres tremblaient à présent.

— Tu n'as même pas voulu parler de la mort du bébé. Alors, pourquoi est-ce que tu aurais envie maintenant de parler de notre séparation ?

Sur ces mots, avant même que Sam ait pu se ressaisir et trouver quelque chose à répondre, elle ouvrit la porte et disparut de sa vue. Elle quittait la maison, et elle quittait sa vie. Et, cette fois, elle ne reviendrait pas.

*
* *

Sam fixait le fond de sa tasse de café — ce même café que Bria lui avait servi, et qui était à présent froid. Aussi froid que la peur atroce qui l'avait envahi tandis qu'il la regardait s'en aller. Comment leur réconciliation avait-elle pu aussi soudainement tourner à une deuxième rupture, plus cruelle encore que la précédente ? Et comment allait-il survivre à pareil supplice ?

Il en était là de ses réflexions quand Nate entra en coup de vent dans la cuisine.

— Hé ! lança-t-il, je n'ai pas vu le 4x4 de Bria, dehors, elle est déjà partie en ville, faire du shopping ou je ne sais quoi ?

— Je n'en sais pas plus que toi, marmonna Sam. Je n'ai pas la moindre idée de ce qu'elle fait en ce moment.

— Je vois que tu es d'une humeur exquise, remarqua son frère d'un ton sarcastique. Alors ? Quel est le problème, aujourd'hui ? Tu fais ta tête de pioche parce qu'on va chez le neurologue ?

Sam se tourna vers son frère, qu'il foudroya du regard, puis balança, les dents serrées de colère :

— Dis-moi un peu, combien de temps vous a-t-il fallu pour convaincre Bria de rester avec moi jusqu'à ce que j'aie retrouvé la mémoire ?

Le sourire bonhomme de Nate s'envola. Il ne fit même pas mine de ne pas comprendre. Très calmement, il prit une chaise et vint se placer face à Sam, de l'autre côté de la table,

— A dire vrai, vieux, très peu de temps. Elle était

prête à faire tout ce qu'elle pouvait pour t'aider, avoua-t-il dans un soupir.

Sam lança à son frère un regard de reproche.

— Eh bien, cela aurait été beaucoup mieux pour tout le monde qu'elle s'en moque et qu'elle s'occupe de sa nouvelle vie. Beaucoup mieux et plus simple à tout point de vue.

— Ah oui ? Et comment, tu peux m'expliquer ? répliqua Nate avec impatience. Tu n'avais aucun souvenir de votre séparation, tu n'aurais cru personne, si on te l'avait dit.

— En tout cas, je n'en serais pas mort ! rétorqua Sam, fou de rage. Ce n'était pas juste de lui demander ça. Elle avait décidé de partir, et vous l'avez obligée à suspendre ses projets en attendant que je daigne me rappeler que tout était fini.

— Justement parce que le divorce n'était pas ton idée, expliqua Nate. D'ailleurs, je ne crois pas que Bria voulait vraiment de ce divorce, au fond. Tu ne l'as pas vue pendant la nuit que nous avons passée à l'hôpital, quand on attendait de connaître la vérité sur ton état. Elle était totalement bouleversée.

— Ce n'est pas le problème ! Elle le veut, le divorce, maintenant, conclut Sam, se levant pour mettre à la poubelle son petit déjeuner et vider sa tasse dans l'évier.

— Elle est partie ? Vraiment ? demanda Nate.

— Ouais, vraiment !

— Eh bien, cours-lui après et parle-lui, suggéra Nate avec une pressante sollicitude.

— Que je lui parle ! s'exclama Sam. C'est bien le problème, elle veut que je lui *parle*. Que je lui raconte toutes mes histoires du passé.

Nate s'étonna.

— Elle ne sait rien ? Maman qui est morte, et l'administration qui a décidé de nous sortir du trou quand papa a commencé à débloquer ?

— Non.

— Bon sang, Sam, c'était il y a dix-huit ans !

Nate avait l'air sidéré.

— Je pensais que tu lui avais tout raconté en ce qui nous concernait. Par exemple, la fois où tu t'étais arrangé pour porter le chapeau, quand j'avais essayé de cambrioler cette épicerie…

— Et pour quoi faire ? demanda Sam avec ressentiment.

— Et quel mal cela aurait-il fait ? rétorqua Nate. On était des gosses, Sam, et je suis absolument certain que Bria comprendrait ça. Par ailleurs, c'est ta femme, tête de bois ! Pour autant que je sache, on partage ce genre de choses entre mari et femme. Mais bon sang, pourquoi tu ne lui as rien dit ?

Sam considéra son frère de longues minutes. Puis il lança :

— Qu'est-ce que tu sais du mariage ?

— Beaucoup plus long que toi, on dirait.

Puis, jetant un coup d'œil à sa montre, Nate se leva.

— Bon, je crois qu'il est temps d'y aller, frangin, dit-il en se dirigeant vers la porte. Tu as un médecin à voir, et moi, j'ai rendez-vous pour un déjeuner et quelques câlins avec une gentille petite infirmière.

Il se retourna pour s'assurer que Sam le suivait.

— Et pendant que nous roulerons vers Waco je crois que tu ferais bien d'envisager sérieusement de faire un saut à Dallas, histoire de dire à ta femme ce que tu aurais dû lui dire il y a des années…

Puisqu'il n'avait pas le choix… Sam saisit son chapeau, accroché derrière la porte. Il s'en coiffa et, tout en marchant vers la voiture de son frère, il ne put s'empêcher de penser à ce que celui-ci venait de lui dire. Etait-il possible que Nate ait raison ? Est-ce que Bria pourrait vraiment comprendre que les deux frères aient été confiés à Hank Calvert à cause de leurs démêlés avec la justice, et qu'il leur ait fallu apprendre à s'extraire de leur milieu d'origine ?

Elle lui avait dit que rien de ce qu'il pourrait lui révéler ne l'empêcherait de l'aimer. Le pensait-elle vraiment ? Aurait-il le cran de lui révéler tous les sales secrets enfouis de son passé ?

Concentré, la corde fermement enroulée autour de son poignet solide, Sam attendait devant le portillon que le cow-boy ait enfourché le dos poussiéreux de Black Mamba et soit prêt à faire son entrée sur la piste. La bête était aussi vicieuse que le serpent dont on lui avait donné le nom, et n'avait encore jamais été montée. Selon toute vraisemblance, le cavalier ne serait que le premier d'une longue liste à tenter sa chance avec ce taureau. Les cow-boys qui parviendraient à tenir pendant les huit longues secondes réglementaires risquaient d'être très rares, ce qui augmenterait la probabilité de voir l'animal qualifié pour les finales nationales.

Ryder vint le rejoindre.

— Alors, tout va bien ?

Cela faisait deux semaines que Sam avait repris

les tournées et ses frères venaient régulièrement aux nouvelles.

— Pose-moi cette question une fois de plus et je te promets que tu vas le sentir passer ; te faire talonner par un taureau de compétition te paraîtra de la rigolade, à côté, lui répondit Sam.

Ryder éclata de rire.

— O.K., je vois que tu es en pleine forme. Nate me l'avait dit : aussi aimable qu'un grizzli qui a une épine dans la patte.

Son rire se transforma en grimace.

— Tu sais quoi ? Tu devrais vraiment faire quelque chose à ce sujet aussi, frangin.

Sam détestait l'idée que ses frères puissent parler de lui et de ses humeurs derrière son dos. Il savait très bien ce qu'ils avaient en tête. Tous étaient au courant que Bria l'avait quitté de nouveau mais, au lieu de ne pas s'en mêler, comme ils l'avaient fait la première fois, ils semblaient tous éprouver le besoin de lui lancer des piques, sur un ton plus ou moins provocateur. Bien entendu, aucun d'eux n'était assez bête pour se risquer à faire des commentaires de façon explicite, mais leurs allusions suffisaient. Tous s'accordaient à juger qu'il devrait aller voir Bria et tout faire pour la convaincre de revenir auprès de lui.

— Occupe-toi de tes affaires, et laisse-moi m'occuper des miennes, le prévint Sam en regardant sa montre.

En fait, aucun d'eux ne le savait, et il était hors de question qu'il les mette au courant, mais il avait prévu de se rendre à Dallas dès la fin du tournoi, ce jour même, pour remettre à Bria les papiers signés. Il avait longuement tergiversé avant de s'y résoudre, la mort dans l'âme. Il était nécessaire à présent que chacun puisse refaire sa vie.

Le cow-boy lui adressa un signe de tête, indiquant qu'il était prêt, et Sam défit la corde pour ouvrir la porte. Il regarda Black Mamba se débarrasser en un clin d'œil de l'homme, comme il l'aurait fait d'une mouche, et Ryder s'élancer immédiatement pour détourner l'attention du taureau et permettre au candidat malheureux de courir se mettre à l'abri.

Habituellement, Sam aimait regarder son frère jouer à cache-cache avec les taureaux furieux, mais, il ne savait pourquoi, les singeries acrobatiques de Ryder le laissaient aujourd'hui indifférent. En fait, Sam devait se rendre à l'évidence : depuis qu'il avait repris le travail, il n'éprouvait plus de plaisir à partir sur les routes comme c'était le cas autrefois. Il ne comprenait pas ce qui lui arrivait. Est-ce que son repos forcé l'avait changé à ce point ? Il pensait avec regret aux moments qu'il avait passés avec Bria à la maison. Elle avait raison, il aurait dû prendre plus de temps pour être avec elle. Et elle avait raison également quand elle disait qu'il n'avait plus besoin de travailler de cette façon. Le succès de la compagnie était bien installé, et reposait en grande partie sur les hommes qu'il avait engagés pour s'occuper des bêtes. Tous étaient des professionnels compétents, et n'importe lequel d'entre eux était capable de s'occuper de superviser les tournois. De plus, dans pratiquement tous les cas, il y avait au moins un de ses frères qui participait aux tournois pour lesquels il fournissait le cheptel. Et tous auraient été parfaitement d'accord pour veiller à ce que tout se passe bien.

Sam se força à respirer. Il lui semblait comprendre enfin ce que Bria avait tenté de lui dire si souvent. Il avait cru lui donner tout ce qu'elle désirait, mais il n'avait pas su voir que ce qu'elle désirait avant tout c'était qu'il partage sa vie avec elle, tout simplement.

Il s'était conduit comme un imbécile, et cela le désespérait. Il se rendait compte que le seul endroit où il avait vraiment envie d'être, en ce moment, c'était le ranch de Sugar Creek. Mais, hélas, la raison pour laquelle il voulait être là-bas — sa raison de vivre, purement et simplement —, elle, n'y était plus…

Il regarda de nouveau sa montre, et alla voir T.J.

— Tu peux prendre le relais ?

— Où vas-tu ? demanda T.J. en fronçant les sourcils d'un air soucieux. Ça va ? C'est bien la première fois que je te vois quitter un rodéo en cours de route. Enfin, je ne parle pas de la fois où tu es sorti sur une civière, après t'être pris un bon coup dans les fesses !

— J'ai quelque chose à faire, répondit Sam brièvement, en lui tendant la corde qui commandait le portillon.

— Ce ne serait pas quelque chose à faire à Dallas, par hasard ? glissa T.J. avec une grimace narquoise. Allez, ne fais pas tant de mystères.

— Dis à Bria qu'on l'embrasse ! lança Ryder en allant se placer au côté de T.J.

Les ignorant, Sam quitta rapidement l'arène par la sortie du staff, pour regagner son 4x4. Ce qu'il allait bien pouvoir dire à Bria ? Pas la moindre idée. Ni ce ce que cela pourrait bien changer. Mais ce qu'il savait ave certitude, c'est que s'il ne faisait rien, maintenant, il passerait sa vie entière à le regretter.

- 9 -

— Est-ce que tu es sûre que ça va aller ? demanda Maria d'un air soucieux.

— Ça va aller parfaitement bien, répondit Bria. J'ai juste besoin d'un peu de temps pour en finir avec tout ça et me remettre en selle.

Maria prit l'air sceptique.

— Tu es sûre ? Depuis que tu es revenue à Dallas, tout ce que tu fais, c'est dormir.

— Il est parfois plus facile de dormir que de réfléchir, dit Bria avec un sourire qui se voulait rassurant. Mais tu ne t'es pas arrêtée en route pour te faire du souci pour moi ? Alors, raconte-moi, ton nouveau travail et ton déménagement à Shady Grove ?

Le visage de Maria s'éclaira instantanément. Bria l'écouta parler avec animation de son nouveau poste, la direction administrative d'une clinique rurale, mais son esprit vagabondait. Cela faisait deux semaines qu'elle avait quitté Sugar Creek, et, c'est vrai, elle ne faisait rien d'autre que pleurer et dormir. Elle avait mis son état sur le compte du choc émotionnel que le mensonge de Sam lui avait occasionné. Mais le médecin qu'elle avait vu le matin même lui en avait donné une explication un peu différente.

Elle était enceinte.

Le praticien avait beau lui avoir assuré que cela n'avait rien d'exceptionnel, qu'il soit possible de ressentir aussi tôt les symptômes d'une grossesse constituait un vrai mystère pour elle. Mais aucun doute possible, l'analyse de sang avait confirmé le diagnostic. De cette nuit passée avec Sam allait naître un enfant… L'enfant de Sam.

Elle s'était sentie pleine de joie à l'annonce de cette nouvelle, pourtant, son bonheur était assombri par le souvenir de la trahison de Sam. Il ne lui avait pas réellement menti, elle devait l'admettre. Mais, en lui dissimulant sa guérison, il n'avait pas été honnête envers elle.

— Bria, est-ce que tu m'écoutes ? demanda Maria d'un ton pressant.

Bria reporta son attention sur sa sœur.

— Excuse-moi, Maria, qu'est-ce que tu disais ?

Maria se pencha à travers la table pour prendre la main de sa sœur.

— Je te demandais si tu avais des nouvelles de Sam.

— Non. Nous n'avons pas du tout été en contact depuis que j'ai quitté le ranch.

Bria sentit sa poitrine se serrer et s'efforça de respirer calmement.

— Nate a appelé pour prendre de mes nouvelles, et pour me dire que le neurologue a jugé que tout allait bien et qu'il a autorisé Sam à reprendre le travail. C'est tout ce que je sais.

— Je suis certaine qu'il va chercher à te joindre très bientôt, assura Maria d'un ton réconfortant. Sam n'est pas quelqu'un qui renonce aussi facilement, et j'ai bien vu la façon dont il te regardait, à l'anniversaire de Jaron. Il est évident pour tout le monde que Sam est toujours aussi fou de toi, Bria.

Des larmes surgirent des yeux de Bria, irrépressibles Elle secoua la tête avec abattement.

— Il n'y a jamais eu aucun doute sur le fait que nous nous aimons, Maria. Mais être mariés, ce n'est pas seulement s'aimer. C'est s'engager avec quelqu'un pour toute la vie, tout partager, le bon et le mauvais.

Du revers de la main, elle essuya ses larmes.

— Mais ça, Sam n'a jamais su le faire. Peut-être que s'il avait su se confier j'aurais compris pourquoi il était si excessif, et pourquoi il a toujours fait passer son travail avant notre vie de couple.

— Je suis tellement désolée, Bria, dit Maria en s'approchant de sa sœur pour la prendre dans ses bras, je ne voulais pas te bouleverser comme ça.

— Tu n'y es pour rien, répondit Bria qui la serra dans ses bras à son tour. Ça a été une période très éprouvante, ces derniers temps, j'imagine qu'il va me falloir un peu de temps pour reprendre pied.

Maria hocha la tête et se rassit.

— Je comprends parfaitement. Tu as déjà dû endurer une rupture une première fois, et voilà que tu es obligée de repasser par les mêmes épreuves…

Maria avait elle aussi les yeux brillants et dut chasser une larme.

— J'imagine que ça doit être encore plus dur cette fois…

— Ne t'en fais pas, répondit Bria en s'efforçant d'esquisser un sourire, je sais que ça va être douloureux pendant un moment, mais je m'en sortirai. Il le faudra bien.

Bria ne dit pas à sa sœur qu'elle devrait faire face quoi qu'il advienne, pour le bien-être de son bébé. Elle ne voulait parler à personne de cette grossesse ; malgré la colère et la déception qu'elle ressentait à l'égard de Sam, elle considérait qu'il devrait être le premier à apprendre qu'elle était enceinte.

La pensée que leur enfant allait devoir grandir en faisant la navette entre ses deux parents l'affligeait profondément, mais c'était ainsi. Sam avait fait ses choix, elle avait fait les siens, la seule chose à entreprendre à présent était d'avancer du mieux possible, dans l'intérêt de leur bébé.

— Je crois qu'il faut que je me remette en route, à présent, déclara Maria en se relevant. J'aimerais vraiment arriver avant la nuit, et pouvoir décharger la voiture tant qu'on y voit encore quelque chose.

— La maison que tu loues est grande ? demanda Bria tandis qu'elle raccompagnait sa sœur à la porte.

— Il faudra que tu viennes passer un week-end, tu verras, répondit Maria, s'animant de nouveau. C'est une adorable petite villa avec deux chambres, juste à la limite de la ville, avec une courette et une jolie barrière blanche, et dans le patio, derrière la maison, une piscine et un Jacuzzi !

Bria embrassa sa sœur avec chaleur.

— Ça a l'air paradisiaque. Dis-moi quand tu seras prête pour me recevoir, je viendrai te rendre visite.

— Tu as intérêt.

Maria ouvrit la porte, et s'arrêta net.

— Oh ! mon Dieu.

— Qu'y a-t-il ? demanda Bria. Elle regarda par-dessus l'épaule de Maria avec appréhension.

Son cœur s'arrêta de battre. Puis il se mit à cogner furieusement, comme si elle venait de courir à perdre haleine. Sam était dans l'escalier et montait vers son appartement. Il était vêtu d'une de ses éternelles chemises de toile, d'un vieux jean usé jusqu'à la trame, et de son Stetson noir, mais il lui parut plus beau et sexy encore qu'à l'accoutumée.

— Est-ce que ça va aller, Bria ? murmura Maria. Je peux rester, si tu veux…

— Ne t'inquiète pas, ça va aller, répondit Bria. Il faut que nous parlions de quelques petites choses, de toute façon, alors autant le faire maintenant.

— Heu, bonjour, Sam, dit Maria d'un ton hésitant.

— Bonjour, Maria.

Sam fit un petit signe de la tête à l'intention de Maria, mais il ne pouvait détacher ses yeux de Bria, qui se tenait, toute raide, juste devant lui.

— Eh bien, heu… je dois y aller.

Sam vit Maria regarder Bria avec un air incertain. Celle-ci lui répondit avec le plus grand calme.

— Sois prudente sur la route, et appelle-moi ou envoie-moi un texto en arrivant.

— Promis, assura Maria.

« Bonne chance, Sam », articula-t-elle silencieusement quand elle passa devant son beau-frère en s'engageant dans l'escalier.

Il esquissa un sourire et adressa un signe entendu à la jolie jeune femme brune, puis reporta aussitôt le regard sur Bria. Elle était belle. Superbe, en fait. La voir enfin, après ces deux semaines d'absence, était pour lui comme boire à une source fraîche.

— Excuse-moi de ne pas avoir téléphoné, dit-il quand il fut devant elle.

Ils se regardèrent un long moment, avant qu'il ne se décide à rompre le silence.

— Est-ce que tu as quelques minutes ?

Elle n'avait pas bougé du pas de la porte, et il se demandait si elle allait l'inviter à entrer. Elle le regarda encore pendant plusieurs secondes, une éternité, lui sembla-t-il, et, au moment où il pensait qu'elle allait lui refermer la porte au nez, elle fit un pas de côté pour lui laisser le passage. Il entra avec elle dans le petit appartement et elle le précéda dans le salon.

— J'ai besoin de te parler de quelques modifications qu'il faut faire dans les termes du divorce, déclara-t-elle.

Sam regarda atour de lui. Les photographies qui avaient jusqu'alors été accrochées dans l'escalier près de leur chambre..., elles étaient toutes là, des photos de sa famille à elle, de ses frères à lui... Toutes, à l'exception des photos de leur mariage, qui semblaient avoir été scrupuleusement écartées. Où avait-elle bien pu les mettre ?

Mais cela n'avait plus guère d'importance. Tout ce qui importait aujourd'hui, c'était qu'il trouve les mots pour la convaincre de lui laisser une dernière chance. Il était résolu à tout faire pour ça.

— Ça a l'air bien ici, observa-t-il.

Il n'en pensait pas un mot, bien sûr. Le seul endroit qui puisse être « bien », c'était chez eux, au ranch !

— Oui, c'est un peu petit, mais au fond je n'ai pas besoin de tellement de place, dit-elle. Assieds-toi donc.

Elle lui indiqua le canapé. Sam sortit alors de sa poche une grande enveloppe pliée en deux et s'assit, tandis que Bria prenait place sur une chaise, de l'autre côté de la table basse. Un silence gêné s'installa, qui devint vite insupportable pour Sam. A bout, il posa finalement l'enveloppe sur la table.

— J'ai signé les papiers, dit-il.

Puis il inspira un grand coup avant d'ajouter :

— Je ne veux pas divorcer, Bria, pas plus aujourd'hui qu'il y a trois mois. Mais je t'aime trop pour me mettre en travers de ton chemin, si tu es sûre que c'est ce qui est bon pour toi.

Il planta ses yeux dans les siens, et pria pour qu'elle sente combien il était sincère.

— Je te le jure, Bria, tout ce que j'ai toujours voulu, tout ce que je veux, c'est que tu sois heureuse.

— Mais je n'étais pas heureuse, Sam.

Elle mordit ses lèvres pour les empêcher de trembler, avant de pouvoir continuer :

— Tu m'as donné tout ce que tu pensais que je voulais, des vêtements, des bijoux, une maison… Je te suis reconnaissante de tout ça, mais ce n'est pas ce dont j'avais besoin. Tout ce que je désirais, je te l'ai dit assez souvent, c'était t'avoir à mes côtés, toi. Il ne m'était plus possible de continuer à vivre de cette manière, si seule.

Sans aucun doute. Cependant, elle n'avait même pas regardé les papiers qu'il avait rapportés, et cela lui sembla de bon augure. Peut-être n'était-elle pas aussi pressée de se débarrasser de lui qu'il l'avait craint ?

Il baissa la tête et posa ses avant-bras sur ses genoux.

— J'ai fini par comprendre combien ça avait dû être dur pour toi de rester seule pendant tous ces moments, Bria. Et je le regrette.

— Oui, ça a été très dur, reconnut-elle. J'aurais voulu que mon mari ait envie d'être avec moi, et pas avec ses taureaux.

Sam savait que le temps était venu à présent d'expliquer à Bria pourquoi la réussite de son entreprise revêtait une telle importance pour lui, pourquoi l'idée de lâcher prise avec son travail le paniquait. Mais c'était une véritable épreuve pour lui. Quand Nate et lui avaient été pris en charge par l'administration, il avait décidé de tourner la page et de ne plus jamais regarder en arrière. Et c'était il y a dix-huit ans.

Sam n'avait jamais été un émotif. Pourtant, il lui semblait aujourd'hui que sa vie tout entière dépendait de ce qu'il allait dire. Il avait l'impression de n'être plus qu'un paquet de nœuds.

Il se lança avec l'impression de se jeter dans le vide.

— Ma mère est morte d'une congestion cérébrale quand j'avais douze ans. Nate avait dix ans, commença-t-il avec hésitation.

Etait-ce bien par là qu'il fallait commencer ?

— Oh Sam, c'est horrible..., murmura Bria avec compassion. Cela a dû être atroce pour vous deux ?

Pour la première fois de sa vie, Sam s'autorisa à penser à la douleur qu'il avait ressentie, et au sentiment d'abandon qui l'avait envahi à la mort de sa mère. L'émotion lui serra la gorge, et il se fit violence pour la repousser, afin de pouvoir continuer à parler. Il s'éclaircit la gorge.

— En fait, elle menait de front deux boulots, pour nous assurer un toit, et à manger, dit-il.

Et si seulement il avait été un peu plus vieux à cette

époque, il aurait pu l'aider. Il s'était tellement souvent fait ce reproche...

— Où était... ton père ? demanda Bria avec douceur.

Sam serra les dents à s'en faire mal.

— Ce salopard restait là à ne rien faire de la journée, et à la regarder se tuer à la tâche.

Bria eut un sursaut de surprise. Etait-elle... choquée de ce qu'elle venait d'entendre ? Ou bien était-ce de la hargne que trahissait sa voix ?

— C'est pour ça que tu travailles comme un forcené et que tu ne prends jamais de repos, n'est-ce pas, Sam ? avança-t-elle avec délicatesse.

Sam hocha la tête pour acquiescer, puis, n'y tenant plus, il se mit debout.

— J'avais décidé de ne jamais me comporter comme mon père. Jamais. Il aurait été impossible que je reste à ne rien faire, à regarder ma femme travailler. Je devais tout faire pour vous assurer la meilleure vie, à toi et à notre famille.

Bria avait l'air perdue.

— Mais pourquoi ne m'as-tu jamais parlé de tout ça ? Est-ce que tu pensais que je ne serais pas capable de comprendre ?

Elle secouait la tête d'un air navré.

— Tout ce que tu étais capable de me dire, c'est : je travaille pour assurer notre avenir et t'offrir de jolies choses.

Et, soudain, Sam réalisa tous les désaccords et les tourments qui leur auraient été épargnés s'il lui avait raconté tout cela dès le début. Mais il lui était tellement insupportable de se repencher sur cette époque de sa vie !

— J'imagine que je me disais que, si je te racontais tout ça, tu saurais que tu avais épousé un homme qui ne te méritait pas…

— Sam Rafferty, ne redis plus jamais une chose pareille devant moi, répliqua Bria avec force. Tu es quelqu'un de bien, travailleur, tenace. Personne ne mérite plus ton succès que toi.

Il haussa les épaules.

— Tu ne diras plus ça quand je t'aurais expliqué pourquoi Nate et moi avons été mis sous tutelle.

— Je sais que rien ne pourra changer l'opinion que j'ai de toi, assura-t-elle. Mais continue, je t'écoute.

— Tout allait à peu près bien tant que maman était en vie. Nous ne roulions pas sur l'or, mais elle se débrouillait toujours pour que nous ne manquions de rien. Mais après sa mort, quand on rentrait de l'école, c'était pour trouver la plupart du temps une maison vide. Rien à manger, et pas trace du vieux.

Il prit une profonde inspiration, comme on prend son élan.

— Alors on a commencé à voler de la nourriture dans une épicerie du quartier.

— Tu avais douze ans, et tu avais faim, Sam, glissa doucement Bria. Tu as fait la seule chose que tu pouvais faire pour survivre.

— Peut-être, mais ce n'était pas bien.

Abattu, il secoua la tête.

— Mais il y a plus grave.

Les tensions qui s'accumulaient dans son crâne devenaient violentes, et il se frotta longuement la nuque pour tenter de les dissiper.

— Un jour, nous sommes tombés sur un revolver

que le vieux avait planqué dans un placard... Au début, on le prenait comme ça, au cas où quelqu'un aurait voulu faire des histoires. On se disait qu'on n'aurait qu'à le montrer et le pointer sur les gens pour qu'ils nous laissent filer. Mais, quand j'ai eu quinze ans, le vieux a disparu pour de bon. Et là, on s'est mis à attaquer des magasins, à main armée, pour voler de quoi payer le loyer et ne pas se retrouver à la rue.

— Oh mon Dieu, Sam !

Le choc que Sam lut sur le joli visage de Bria l'anéantit. C'était cela qu'il avait toujours redouté de voir sur le visage de sa femme et, même s'il s'y était préparé, cela lui brisa le cœur.

— Est-ce que c'est à cause de ça que vous avez été placés au ranch de Hank Calvert ?

Il acquiesça.

— Pour finir, Nate a tenté d'attaquer tout seul une petite boutique du quartier, mais ça a mal tourné. Il a pu s'enfuir, mais la police nous avait à l'œil depuis un moment, et ils nous ont retrouvés. Quand ils sont venus, je leur ai dit que c'était moi qui avais fait le coup.

— Pourquoi as-tu fait ça ?

— A quinze ans, on ne réfléchit pas, rétorqua Sam, avec une grimace désabusée. Je m'étais mis dans la tête que si les flics pensaient que j'avais agi seul ils laisseraient Nate tranquille.

— Mais ils savaient que vous étiez tous les deux impliqués ? suggéra Bria.

Sam acquiesça une nouvelle fois.

— Oui, ils avaient des preuves pour d'autres vols. Il est clair que, si nous n'avions pas été si jeunes, on nous aurait envoyés en prison et oubliés là pour longtemps.

— Qu'est-ce qui vous a évité la maison de redressement ? demanda-t-elle sans chercher à cacher sa surprise.

— Nous avons été mis entre les mains d'une avocate qui a pris le temps de faire des recherches sur notre passé, la mort de maman, et tout ça… Elle nous a pris en pitié, ou bien elle était simplement convaincue que nous n'avions fait tout ça que parce que nous n'avions pas le choix… Je ne sais pas, mais en tout cas elle a fait des miracles. J'ignore comment, elle a obtenu du juge pour enfants que nous soyons envoyés au ranch.

Sam avait toujours gardé une reconnaissance sans bornes à l'endroit de cette fonctionnaire de l'Etat, commise d'office, surchargée de dossiers, sous-payée… Elle leur avait évité le pire : se retrouver dans un environnement qui les aurait sans doute conduits au point de non-retour. Elle les avait sauvés d'eux-mêmes.

— Tu as peut-être été sur la mauvaise pente un moment, mais Hank vous a permis de reprendre pied, à toi et à Nate, souligna Bria.

— Hank nous a fait comprendre que la vie que nous menions n'était pas celle que notre mère aurait voulue pour nous.

— Sam, qu'est-ce qui t'a laissé penser que je ne pourrais pas comprendre tout ça ?

— Je ne sais pas, l'orgueil, je suppose…

Bria comprenait que Sam ait honte de son passé et qu'il ait voulu l'oublier à toute force. Mais il devait comprendre, lui, que c'était aussi ce passé qui avait fait de lui l'homme qu'il était aujourd'hui.

Elle se mit à parler, en choisissant avec soin chacun de ses mots.

— Toi et Nate, vous êtes parviez fait quand vous étiez jeunes, vous avez grandi, et vous êtes devenus des hommes honnêtes, et travailleurs, des hommes formidables.

Elle le regarda reprendre son souffle.

— Ce n'est pas facile à dire, Bria, mais je pense que j'ai toujours été terrifié à l'idée que je pourrais devenir comme mon père, si je me laissais aller une seule seconde.

— Mon Dieu, Sam, jamais tu n'aurais pu devenir comme ça ! protesta Bria. Ce n'est tout simplement pas toi.

Elle brûlait d'envie de se lever pour aller le prendre dans ses bras, pour effacer toutes les souffrances et les blessures qu'il lui avait fallu endurer pendant toutes ces années. Elle comprenait à présent pourquoi il était aussi dur à la tâche. Est-ce qu'il lui serait possible d'être autrement ?

— Il y a autre chose que tu dois savoir, poursuivit Sam, en retournant s'asseoir.

— Dis-moi, Sam, insista-t-elle, pleine d'inquiétude à l'idée que d'autres injustices avaient pu le frapper.

— C'est… la raison pour laquelle je ne veux jamais que tu fasses quoi que ce soit pour moi. Je ne supporte pas l'idée que tu me voies comme un type faible ou un minable, dit-il d'un ton incertain. J'ai besoin que tu me voies toujours comme un homme fort, capable de s'occuper de toi…

— Mais, Sam, pour l'amour du ciel, comment est-ce que je pourrais te voir autrement ? demanda-t-elle.

Elle était déroutée.

— Je… J'imagine que, quand c'est tout ce que tu

as entendu pendant des années, que tu es un minable, tu t'es habitué à y croire, dit-il avec un mouvement d'épaules très las.

Bria s'efforça de respirer avec calme, tandis que la vérité commençait à se faire jour dans son esprit.

— Ton père… il vous maltraitait.

Il leva les yeux et, rencontrant les siens, approuva du regard.

— Il ne nous battait pas, mais il nous insultait, en permanence. La plupart du temps, il nous ignorait, Nate et moi. C'était comme si on n'existait même pas. Mais chaque fois qu'il nous parlait c'était pour nous dire des choses négatives. Combien de fois a-t-il répété que nous étions des minables totalement inutiles. C'était comme s'il était jaloux de la moindre attention que nous prodiguait notre mère.

Bria se sentit submergée par la colère à l'idée que l'on puisse s'adresser ainsi à un enfant. Il lui était intolérable que son père ait pu traiter Sam de cette façon.

— C'est ton père qui était un minable, Sam. Il tentait de se grandir en vous détruisant.

— Je sais ça, maintenant, répondit-il avec un sourire accablé. Mais, quand c'est tout ce que tu as entendu depuis que tu es en âge de comprendre ce qu'on te dit, tu ne t'en convaincs pas si facilement.

Il avait de nouveau baissé les yeux, et sembla se plonger un long moment dans la contemplation de ses bottes, avant de pouvoir de nouveau affronter son regard.

— C'est à cause de ça que je n'ai pas réussi à être avec toi, au moment où tu en avais le plus besoin, mon amour.

Bria retint son souffle.

— Tu veux dire, quand j'ai perdu notre bébé ?

Pour la première fois depuis qu'elle le connaissait, elle voyait le chagrin et la douleur transparaître dans ses yeux bleu de nuit.

— Je ne suis pas rentré à la maison… parce que je n'y arrivais pas, poursuivit-il. J'étais trop malheureux, et je ne pouvais pas te laisser voir ça.

Les larmes montèrent dans les yeux de Bria.

— Mais j'avais tant besoin de toi, Sam. Tellement besoin de partager avec toi la douleur et le deuil. J'avais besoin que l'on surmonte ça ensemble.

Il ferma les paupières, et Bria vit une larme glisser lentement sur sa joue anguleuse. Cette vision lui déchira le cœur. Ainsi, Sam avait été aussi bouleversé qu'elle à ce moment, mais il lui avait été tout simplement impossible de le lui montrer. Et c'était pour cela qu'il s'était comporté de manière si distante, comme si rien n'était arrivé.

Elle s'apprêtait à se lever pour aller près de lui, mais, déjà, il était debout et se dirigeait vers la porte.

— Je suis désolé d'avoir ainsi manqué à tout, Bria. S'il y a des choses que tu souhaites modifier dans les papiers, dis à l'avocat de faire le nécessaire, je signerai tout ce que tu voudras.

— Non.

Il s'arrêta net et se retourna vers elle. Elle ne lui avait jamais vu une expression aussi misérable.

— Qu'est-ce que tu veux dire ? demanda-t-il d'une voix rauque.

Bria sauta sur ses pieds et se précipita vers lui.

— Non, tu n'as manqué à rien du tout, Sam.

— Qu'est-ce que tu veux dire ? répéta-t-il sans comprendre. Je n'étais pas là, j'ai agi comme un lâche, j'ai manqué à tout.

Elle posa doucement la main sur son avant-bras.

— Sam, je crois que nous avons tous les deux manqué à nos devoirs.

— Tu ne peux pas dire ça, ma chérie, tu es la femme la plus parfaite que j'aurais jamais pu rêver.

— Non, ce n'est pas vrai.

Elle essuya les larmes qui inondaient à présent son visage.

— Je savais que tu avais eu des problèmes quand tu étais jeune. J'aurais dû comprendre que tu avais dû construire des murailles tout autour de toi pour te protéger. Au lieu de me plaindre et de me lamenter parce que tu ne t'occupais pas de moi, j'aurais dû comprendre tout ce qu'il t'en coûtait.

— Ce n'est pas une excuse, Bria, j'aurais dû te raconter tout ça bien plus tôt, et j'aurais dû être là quand le bébé est mort. Je ne me pardonnerai jamais de n'avoir pas fait ce que j'avais à faire, dit-il avec entêtement.

— Oh ! Sam, je t'en prie, tais-toi, et prends-moi dans tes bras, s'exclama Bria en se serrant contre lui et en laissant tomber sa tête sur sa poitrine.

Si seulement elle pouvait le convaincre qu'elle lui avait pardonné, peut-être parviendrait-il un jour à se pardonner à lui-même ?

Mais il ne lui rendit pas son étreinte, et elle s'écarta pour le regarder avec anxiété.

— Sam, qu'y a-t-il ?

— Je ne peux pas faire ça, Bria.

— Et pourquoi pas ?

— Parce que si je te touche maintenant…

Il cessa de parler, et s'éclaircit de nouveau la gorge, luttant de toutes ses forces contre l'émotion qui le submergeait.

— … je ne pourrai plus jamais te laisser partir.

Ils avaient atteint la croisée des chemins. C'était à Bria de décider si elle allait jusqu'au bout de ce divorce, et si elle était prête à vivre toute sa vie misérablement, loin de l'homme qu'elle aimait. Ou si elle acceptait de laisser derrière eux tout ce qui s'était passé, et de construire sa vie avec cet homme qui avait volé son cœur, dès le premier instant où elle avait posé ses yeux sur lui. Et elle sut aussitôt quel était son choix.

— Je ne veux pas que tu me laisses partir, Sam. Je veux que tu me gardes avec toi pour toujours.

Il l'enlaça et la serra de toutes ses forces.

— Je ne te mérite pas, Bria. Mais je te fais la promesse que, chaque minute de chaque jour qu'il me reste à vivre, je ferai tout pour te prouver à quel point je t'aime, à quel point je suis comblé de t'avoir pour femme.

Quand il pencha la tête vers elle pour l'embrasser, Bria sentit son cœur chavirer. Il y avait tant d'amour et tant d'ivresse dans son baiser qu'elle crut ne plus pouvoir reprendre son souffle.

— J'ai quelque chose à te dire, moi aussi, Sam, dédclara-t-elle quand leurs lèvres se séparèrent finalement.

— Tout ce que tu veux, mon amour.

Il baisa son front avec fièvre.

— Tu sais tout de moi désormais. Je te promets

qu'il n'y aura plus jamais rien entre nous qui ne sera pas dit.

— J'ai un secret à te dire, répéta-t-elle en le fixant droit dans les yeux. Il semble que ton vœu a été exaucé.

La perplexité se peignit sur le beau visage de Sam.

— De quoi veux-tu parler ?

— Avant que je ne quitte le ranch, le dernier matin, tu avais dit que peut-être que j'étais déjà enceinte, dit-elle en levant les yeux vers lui. Eh bien, tu as été exaucé.

L'expression de Sam passa de la confusion à la béatitude.

— Pour de vrai ?

Bria hocha la tête.

— Je suis allée voir le médecin ce matin, car je ne me sentais pas bien du tout.

— Que se passe-t-il, est-ce qu'il y a un problème ?

Son empressement était touchant.

— Il n'y a aucun problème, lui certifia-t-elle. Simplement que je ne fais que dormir et que je passe d'une humeur à une autre de manière totalement chaotique.

— Mais tu vas bien ?

— Parfaitement bien, assura-t-elle en lui déposant un baiser sur le menton. Sam, j'attends un bébé ! Notre bébé !

Elle laissa échapper un petit cri quand il l'enleva dans ses bras pour la porter jusqu'au canapé. Il la prit sur ses genoux en la serrant dans ses bras de toutes ses forces.

— Nous commençons une nouvelle vie, Bria. On reprend tout de zéro.

Le sourire qu'il lui adressait lui réchauffa tout le corps.

— Je pense que nous devons faire quelque chose pour fêter ça.

— Tu as une idée en particulier ? demanda Bria.

Il lui semblait qu'à chaque seconde qui passait son amour pour lui devenait plus grand.

— Eh bien, nous pourrions faire une de ces cérémonies anniversaire, renouveler nos vœux de mariage, commença-t-il d'un ton songeur. Et puis nous donnerions une grande fête pour que tout le monde puisse se réjouir avec nous.

— C'est une merveilleuse idée, approuva Bria avec chaleur. Mais nous avons intérêt à bien tout prévoir à l'avance. Tu serais capable de rater la fête parce que tu devras être à un de tes rodéos !

— Nous n'aurons plus à nous soucier de ça.

L'amour qu'elle lisait dans son regard bleu la comblait de chaleur et d'espoir.

— J'ai beaucoup réfléchi, ces dernières semaines, et je me suis rendu compte que je n'avais plus aucune envie d'être sans arrêt loin de chez moi, loin de toi. J'arrête les voyages et je dirigerai l'affaire depuis le ranch, désormais.

Il eut un petit sourire.

— Je serai tout le temps là, tu en auras vite assez de m'avoir constamment dans les pattes.

— Jamais. Oh Sam, je t'aime tellement, dit Bria en enroulant ses bras autour de son cou.

— Moi aussi je t'aime, mon amour.

Ils s'embrassèrent jusqu'à être au bord de l'asphyxie.

— Et maintenant, réfléchissons à une date pour notre grande fête. Je veux que tu sois à moi.

— Je suis déjà à toi, assura-t-elle. Et tu es à moi, toi.

— Pour toute la vie, conclut Sam.

Epilogue

Au milieu de ses frères, Sam regardait Bria et leurs invités se placer en ligne pour le *boot scootin*, tandis que l'orchestre entonnait un morceau de country particulièrement entraînant des Brooks and Dunn. Il adorait la regarder danser, adorait voir son corps bouger, en parfaite harmonie avec le rythme de la musique… En fait, il adorait tout, chez elle…

— Sam, il faut que tu arrêtes, avec ce sourire niais, ça fait des semaines que ça dure, railla T.J. en volant à son frère une gorgée de sa bière.

— Oui, à te voir, on dirait que tu viens de toucher le jackpot, mon gars, ajouta Lane en riant.

— Je n'y peux rien, rétorqua Sam avec un haussement d'épaules. Je suis un homme heureux, voilà tout.

Il adressa un clin d'œil à Bria.

— Mais vraiment, demanda Jaron avec un léger doute dans la voix, ça ne te manque pas, les rodéos ?

— Pas le moins du monde, figure-toi. J'ai tout ce que je désire à la maison.

Un moment plus tard, la *line dance* avait pris fin, et Bria et Maria vinrent les rejoindre. Sam passa le bras autour des épaules de Bria et l'attira contre lui.

— Tu ne crois pas que c'est le moment d'annoncer la nouvelle, chérie ? lui murmura-t-il à l'oreille.

Ils étaient convenus d'attendre que le premier trimestre de la grossesse soit passé pour en parler, et, à présent, Sam brûlait d'envie de faire savoir à ses frères qu'il allait être papa.

— Vas-y, dit-elle avec un sourire.

— Bien. Alors, les gars, il va falloir vous préparer à jouer les baby-sitters dans six petits mois ! lança Sam, en adressant à ses frères un regard éloquent.

— Pas possible ! s'exclama Nate, dont le visage se fendit d'un sourire jusqu'aux oreilles. Je vais être tonton ?

— Toutes mes félicitations, Bria, dit Ryder.

Il embrassa sa belle-sœur.

— Mais j'espère que tu es bien consciente que tu vas avoir désormais deux gosses à gérer à la maison, et plus seulement ce grand dadais ?

— Si j'ai le moindre problème avec l'un ou avec l'autre, je t'appellerai, Ryder, promis, répliqua Bria.

Sam ne l'avait jamais vue aussi radieuse…

— Je comprends mieux ce petit air satisfait, railla Lane en donnant une bourrade à son frère. Tu as la combinaison gagnante, frérot !

— Je me réserve le droit de gâter-pourrir mon neveu, déclara Jaron.

— Ma nièce, tu veux dire. Ce sera ma princesse à moi, rétorqua Maria.

— Impossible, ce sera un garçon, j'en suis certain, insista Jaron.

Maria leva les yeux vers lui.

— Tu te trompes complètement, monsieur Lambert. Et puis, qu'est-ce que tu y connais en grossesse et en bébé, tu peux me le dire ?

Tandis que les deux jeunes gens continuaient à se chamailler au sujet du sexe du bébé, T.J. vint à son tour féliciter Bria et Sam.

— Fille ou garçon, ce que je peux vous dire, c'est que nous allons tous être complètement toqués de ce gosse…

— Et donc, qui sera le prochain à faire le grand saut dans les délices de la vie à deux ? demanda Sam.

— Inutile de me regarder, répondit Nate en secouant énergiquement la tête, je suis très bien comme ça, à papillonner…

— Ce ne sera pas moi non plus, déclara Lane. Je n'ai pas vraiment le temps de caser une femme dans ma vie, pour le moment.

Il se tourna vers T.J.

— Et que devient ta voisine ? Son étalon continue de te rendre visite régulièrement ? s'enquit-il d'un ton taquin.

Le visage de T.J. vira au rouge cramoisi.

— Heu, oui, mais ne va pas t'imaginer que j'ai l'intention de quoi que ce soit avec une bonne femme pareille ! Plutôt me jeter dans un tonneau de serpents venimeux !

Tous s'arrêtèrent de parler pour observer Maria et Jaron, qui continuaient à se disputer. Ils secouèrent la tête d'un même mouvement et reportèrent leur attention sur Ryder.

— Oh ! certainement pas ! Ne comptez pas sur moi pour ce genre de plongeon ! s'exclama celui-ci.

— Pourtant, tu es le seul à avoir décroché un rendez-vous galant, ce soir, lui fit remarquer Nate.

Ryder en resta bouche bée.

— Mais ce n'est absolument pas un rendez-vous galant !

Lane s'esclaffa :

— Si vous gobez une chose pareille, les gars, j'ai aussi un superterrain au bord de la mer pour vous… dans la vallée de la Mort.

— Summer est juste une amie, objecta Ryder.

— Donc, tu ne vois aucun inconvénient à ce que je l'invite à sortir avec moi ? demanda Nate.

— Elle ne voudra pas, répliqua Ryder.

— Bien, ça risque de durer un moment, coupa Sam en riant. Bria, est-ce que tu veux bien que je demande un slow à l'orchestre, histoire d'avoir un prétexte pour te serrer un peu dans mes bras ?

— Ma foi, ça me va, répondit-elle en se dirigeant avec lui vers la piste de danse.

Tandis qu'ils commençaient à chalouper sur une jolie mélodie romantique, Sam dévorait Bria du regard. Elle était tout pour lui, sa raison de vivre, et il avait le sentiment qu'il ne pourrait jamais assez remercier le ciel de lui avoir permis de l'aimer, envers et contre tout.

— Je t'aime, madame Rafferty.

— Moi aussi, je t'aime, monsieur Rafferty, pour les siècles des siècles…

Passions

— Le 1er mai —

Passions n°394

Dans les bras d'un Irlandais - Maureen Child

Le jour où elle s'est engagée dans une aventure sans lendemain avec Ronan Connolly, son sublime Irlandais, Laura a commis une erreur fatale. Loin de maîtriser la situation, elle est tombée follement amoureuse de lui, avant qu'il ne la quitte brutalement. Aussi, lorsque Ronan vient la retrouver, visiblement décidé à la reconquérir, Laura est-elle sur ses gardes. Il représente un danger pour elle – celui de la tentation. Car si elle brûle d'envie d'accepter son invitation en Irlande, elle redoute aussi de retomber sous son emprise...

Retour à Little Rock - Gina Wilkins

Depuis qu'Evan Daugherty est revenu à Little Rock, Arkansas, Renae est en proie à une vive émotion. En effet, malgré les sept années qui sont écoulées, elle n'a jamais pu oublier l'étreinte torride qu'ils ont échangée autrefois. Or, elle le sait, lâcher la bride aux fantasmes qu'Evan fait naître en elle est un petit jeu auquel elle n'a pas le droit de se livrer. Aujourd'hui maman de jumeaux de six ans, elle n'a pas de temps à consacrer aux hommes. Et encore moins à Evan, celui-là même qu'il lui est interdit d'aimer...

Passions n°395

Le secret de Kergallen - Nora Roberts

Il est fougueux, impétueux, provocateur, incroyablement arrogant... et il semble déterminé à ce qu'elle quitte le château familial au plus vite. Et pourtant, Serenity tombe immédiatement sous le charme viril de Christophe, comte de Kergallen. Pas question qu'elle se laisse pour autant dicter sa conduite par cet aristocrate qui la considère comme une intrigante. Si Serenity se trouve aujourd'hui en Bretagne, c'est pour renouer avec ses racines et lever des secrets trop longtemps enfouis. Personne ne la détournera de ses projets – pas même le plus envoûtant des hommes...

Si près de toi - Nora Roberts

Depuis que Mitch Dempsey, son nouveau voisin, a débarqué chez elle à l'improviste, Hester ne cesse de penser à lui, ce qui est parfaitement absurde. Non seulement elle n'a pas de temps à consacrer aux hommes, mais elle n'a rien de commun avec *lui* ! Elle est sérieuse, il est frivole. Elle est consciencieuse, il est désordonné. Elle travaille dans une banque, il est dessinateur ! Alors pourquoi l'attire-t-il autant ? Pourquoi perd-elle tous ses moyens en sa présence ? Et, surtout, pourquoi Mitch est-il devenu, en quelques minutes à peine, le héros de son petit garçon ?

Passions n°396

Un rêve à t'offrir - Jules Bennett

Anthony tenant un bébé dans les bras – Charlotte a fait ce rêve de fois... Mais parce que son mari lui refusait le foyer dont elle voulait tant, elle a dû le quitter, le cœur serré. Aujourd'hui, alors qu'ils viennent d'être tous les deux nommés tuteurs d'une petite fille de huit mois, Charlotte ne sait plus que penser. Bien sûr, elle ne peut abandonner cet enfant qui a tant besoin d'elle, mais peut-elle s'installer de nouveau sous le toit d'Anthony sans revenir dans son lit ? Une chose est sûre : loin de lui paraître impensable, cette simple idée lui apparaît soudain comme follement excitante...

Dans la chaleur du Montana - Victoria Pade

Si Lacey s'est aventurée au fin fond du Montana, non loin de la petite ville de Northbridge, c'est qu'elle doit à tout prix rencontrer Seth Camden. Mais arrivée au ranch, elle reste un moment sous le choc. Loin de l'homme d'affaires qu'elle attendait, l'aîné des Camden a tout du cow-boy – et de quoi affoler son cœur. Grand, musclé, incroyablement viril, il est, à n'en pas douter, l'homme le plus sexy qu'elle ait jamais rencontré. Dès lors, Lacey tente de se ressaisir : elle n'est pas là pour succomber au charme de son regard bleu glacier, mais bien pour faire affaire avec cet homme réputé intraitable...

Passions n°397

La fiancée de Blake Fortune - Marie Ferrarella

Série «Le destin des Fortune»

J'ai besoin de toi. Lorsque Katie entend cette voix suave au téléphone, elle prend le premier avion pour Red Rock. Enfin, Blake Fortune la réclame auprès de lui ! Enfin, son patron s'est rendu compte, à la faveur de la tornade qui a dévasté la petite ville, qu'elle n'est pas uniquement son efficace assistante, mais la femme de sa vie. C'est en tout cas ce qu'elle espère, avant de déchanter. En effet, Katie découvre vite que si Blake l'a fait venir, c'est qu'il compte sur elle pour l'aider à mettre au point une stratégie. Une stratégie pour conquérir une autre femme...

Le fruit du scandale - Karen Rose Smith

Après avoir passé une nuit torride avec Brenna McDougall, Riley O'Rourke pensait pouvoir oublier celle qui, depuis l'adolescence, s'insinue sans cesse dans ses pensées. Mais quelques mois plus tard, lorsqu'elle débarque chez lui avec un bébé dans les bras, il comprend que la flamme qui les unit depuis toujours est loin d'être éteinte. Désemparé, Riley n'en est pas moins résolu à assumer ses responsabilités. Rien ne l'empêchera d'être le père du petit Derek. Pas même la querelle qui a fait des O'Rourke et des McDougall des familles ennemies...

Passions n°398

Troublante attraction - Linda Winstead Jones

Très occupée par l'écriture de son premier livre, Lauren voit d'un mauvais œil l'arrivée de ses nouveaux voisins, un père célibataire doté de trois enfants aussi agités que bruyants. Pourtant, lorsqu'elle fait plus ample connaissance avec Cole Donovan, ses sentiments à son égard prennent un tour inattendu. Si Cole n'est pas du tout son type d'homme – trop grand, trop beau –, elle se sent irrésistiblement attirée par lui. Or, elle le sait, céder à la tentation qu'il incarne serait pure folie. Car, elle se l'est juré, sa carrière doit absolument passer avant tout le reste...

Le lien du destin - Tessa Radley

Le choc. Victoria vient d'être nommée tutrice du petit Dylan. Bien sûr, elle adore le bébé, mais l'élever est une responsabilité qu'elle ne s'attendait pas à devoir endosser du jour au lendemain. Pis, elle doit partager la garde avec Connor North, l'homme le plus autoritaire – et le plus dangereusement attirant – qu'elle ait rencontré. Alors qu'elle se demande comment ils vont seulement pouvoir se supporter, Connor lui fait une proposition stupéfiante : l'épouser, pour offrir un foyer stable à l'enfant. Troublée par les sentiments contradictoires que cette idée font naître en elle, elle finit par accepter – à la condition qu'ils ne consomment pas leur union...

Passions n°399

Escapade sensuelle - Kate Hoffmann

Série «Le défi des frères Quinn»

Epuisée par d'interminables tournées, Maddie décide de mettre sa carrière de chanteuse entre parenthèses et de s'offrir quelques jours de vacances incognito. Au programme : profiter enfin de la vie et s'amuser un peu ! Et de ce côté-là, son voyage commence plutôt bien car dès sa première étape, elle fait la connaissance de Kieran Quinn, un homme au charme troublant, à la fois sombre et sexy. Un homme qui d'un seul regard est capable d'éveiller en elle le plus puissant des désirs. Exactement ce dont elle avait besoin !

Le frisson du désir - Cathy Yardley

Lorsque son patron lui demande de surveiller secrètement son fils, Finn Macalister, afin de l'empêcher de dilapider la fortune familiale et de le ramener dans le droit chemin, Diana est folle de rage. Elle n'a tout de même pas été engagée pour jouer les nounous auprès d'un play-boy immature et irresponsable ! Mais quand elle réussit enfin à approcher Finn, elle comprend que le pire est encore à venir... Cet homme représente peut-être tout ce qu'elle déteste, mais le frisson qui la traverse soudain, alors qu'il la dévore de son regard brûlant n'a plus rien à voir avec le mépris et la colère...

A paraître le 1er mars

Best-Sellers n°551 • suspense

La demeure maudite - Heather Graham

Comme chaque année, Ashley se réjouit d'accueillir dans sa superbe et majestueuse demeure de Louisiane — la plantation Donegal, au cœur du bayou — un festival historique qui rend hommage au passé de sa famille. Mais cette fois, rien ne se passe comme prévu : la fête tourne au cauchemar lorsqu'un cadavre est découvert, suspendu à l'ange de pierre qui surplombe le mausolée familial. Profondément choquée, et inquiète face à l'inaction de la police locale, Ashley décide de faire appel à une équipe d'enquêteurs du FBI, des spécialistes réputés pour avoir résolu les affaires les plus étranges. Une unité à laquelle appartient Jake Mallory, son premier amour, un homme atypique et pourvu d'un talent troublant pour communiquer avec l'au-delà. Mais aussi celui qui lui donnera le courage de dévoiler des secrets de famille que même la mort n'a pu ensevelir…

Best-Sellers n°552 • suspense

Ciel de feu - Karen Harper

Quand elle découvre que l'une des granges de la communauté Amish où elle vit vient de brûler, Sarah Kauffman est bouleversée. Non seulement elle est profondément touchée par la détresse des propriétaires, dont elle est proche, mais elle avait récemment obtenu d'eux l'autorisation de peindre une fresque sur le mur de la maison : tout le travail qu'elle a réalisé avec passion a été consumé dans les flammes. Mais lorsqu'un second, puis un troisième incendie se déclarent dans d'autres bâtiments également ornés de ses peintures, Sarah, stupéfaite, comprend qu'il s'agit bel et bien d'incendies criminels. Et que ces incendies ont un lien avec son propre travail. Décidée à découvrir la vérité, elle accepte alors sans hésiter de collaborer avec le troublant et charismatique Nate MacKenzie, l'inspecteur chargé de l'enquête. Très vite, les langues se délient, les secrets de familles se dévoilent, tandis que ses propres convictions commencent à vaciller. Se pourrait-il qu'elle soit la cible, la seule et unique cible, d'un criminel dépourvu de tous scrupules ?

Best-Sellers n°553 • suspense

Epiée - Leslie Tentler

« Je n'ai pas l'intention de vous tuer. A moins, bien sûr, que vous ne m'y forciez… »
Psychologue et animatrice d'une émission de radio, Rain Sommers a l'habitude des déséquilibrés qui l'appellent depuis les quartiers sombres de La Nouvelle-Orléans, pour donner libre cours à leurs fantasmes. Mais lorsqu'un auditeur commence à témoigner d'une obsession terrifiante pour elle et pour sa mère — une chanteuse emblématique assassinée trente ans plus tôt —, Rain prend peur. Qui peut bien être cet homme à la fois cynique et malsain qui semble très bien la connaître ? Près de basculer dans la panique, Rain n'a d'autre choix que d'accorder sa confiance à Trevor Rivette, un agent du FBI apparemment convaincu que l'auteur des coups de fil et le tueur en série sur lequel il enquête en ce moment ne sont qu'une seule et même personne. Mais en se plongeant dans l'enquête aux côtés de Trevor, Rain ignore encore qu'elle va se retrouver entraînée dans une spirale infernale où les secrets du passé et les événements récents sont inextricablement liés…

Best-Sellers n°554 • thriller

La signature écarlate - Andrea Ellison

A Nashville, personne n'a oublié la série de crimes qui ont terrifié la ville : dix jeunes femmes victimes d'un meurtrier sadique. Dix jeunes femmes au teint d'albâtre et aux cheveux de jais, aux lèvres outrageusement maquillées de rouge.

Vingt ans plus tard, la ville est de nouveau plongée dans la peur tandis que quatre nouvelles victimes sont découvertes, tuées exactement selon le même rituel. Pour les enquêteurs, il n'y a aucun doute : ces crimes portent la signature sanglante du même tueur. Mais pour Taylor Jackson, le lieutenant chargé de l'enquête, l'affaire va prendre une tournure plus personnelle : un détail dans le profil de l'assassin a en effet réveillé des souvenirs enfouis au plus profond d'elle-même. Des souvenirs qui lui font croire qu'elle a fréquenté de près le tueur. Pire encore : le portrait du suspect correspond point pour point à celui d'un notable de Nashville. Un homme qu'elle connaît bien…

Best-Sellers n°555 • suspense

N'oublie pas que je t'attends - Amanda Stevens

« Maman, je reviens bientôt. » Quand ce message est découvert sur le pare-brise d'une voiture garée devant chez elle, Tess Campbell reprend espoir. Car l'enfant qui a écrit ces mots ne peut être que sa petite Emily, kidnappée trois semaines plus tôt, et qui, elle en a la certitude, est toujours vivante. Mais à Eden, petite ville tranquille du Mississippi, Tess n'est pas seule à vivre dans l'angoisse de ne plus jamais revoir son enfant. Tout près d'elle, une autre mère, Naomi, endure ce calvaire depuis dix ans déjà. Depuis que sa fille Sadie a été enlevée dix ans plus tôt, dans la même école qu'Emily, et dans des circonstances étrangement similaires. Y a-t-il un lien entre ces deux enlèvements ? Et si oui, quels sont les mobiles des ravisseurs, qui n'ont fait aucune demande de rançon ?

Devant l'inertie de la police, Tess et Naomi décident d'unir leurs forces et de continuer à se battre. C'est alors qu'un nouveau drame se produit, qui vient relancer l'enquête : dans la petite école d'Emilie et de Sadie, une troisième fillette, Sara Beth, manque à l'appel…

Best-Sellers n°556 • roman

La fille du New Hampshire - Shannon Stacey

Quand sa rédactrice en chef découvre qu'elle a autrefois été la petite amie de Joe Kowalski, un auteur de bestsellers jaloux de son intimité, Keri Daniels se retrouve confrontée à un ultimatum : obtenir une interview exclusive avec Joe ou trouver un nouvel emploi. Furieuse mais désireuse de promouvoir sa carrière de journaliste qu'elle adore, Keri accepte de tenter sa chance auprès de Joe, quelle n'a pas revu depuis dix ans. Mais elle n'est pas au bout de ses surprises, car Joe lui propose bientôt un marché aussi surprenant qu'audacieux : si elle vient camper avec lui dans le New Hampshire, elle aura le droit de lui poser chaque jour une question pour son interview. Si c'est le prix à payer pour rédiger l'article de sa vie, qu'à cela ne tienne ! En revanche, pas question de céder à nouveau au charme ravageur de son ancien amant. Même si Keri a bien remarqué l'étincelle de désir qui illumine le regard de Joe quand il pose ses yeux d'azur sur elle…

Best-Sellers n°557 • historique

L'héritage scandaleux - Nicola Cornick

Londres, 1811

Après la disparition de son cruel époux, lady Joanna Ware est bouleversée par l'ultime humiliation que lui réserve le testament de celui-ci. En effet, non content de la déposséder de tous ses biens, son mari a fait d'elle la tutrice d'une petite Nina, fruit de l'une de ses innombrables liaisons. Pis encore : il a abandonné la fillette dans un monastère à l'autre bout du monde et exige que Joanna la récupère en personne. Malgré sa colère, Joanna est déterminée à sauver l'enfant, même s'il lui faut pour cela partir à l'autre bout du monde. Mais sa détermination vacille lorsqu'elle découvre qu'elle devra partager la garde de Nina avec le meilleur ami de son époux, Alex Grant. Car entre l'arrogant Alex et elle, la haine est palpable… tout autant que le désir.

Best-Sellers n°558 • historique

La fausse mariée - Margaret Moore

Midlands, 1204.

Pour remercier l'ombrageux inconnu qui lui a sauvé la vie alors qu'elle était attaquée par une bande de brigands, lady Elizabeth d'Averette est prête à tout… ou presque. Car lorsque le prétendu sir Oliver lui demande son aide pour infiltrer le château de Wimarc, l'une des forteresses les mieux gardées de la région, Elizabeth hésite. Certes, Oliver défend une noble cause : il veut libérer son frère retenu prisonnier injustement par le cruel Wimarc, mais son plan est aussi risqué qu'indécent. Comment pourraient-ils se faire passer pour mari et femme alors qu'ils se connaissent à peine ? D'autant qu'un tel mensonge les obligerait à une intimité intolérable pour une lady de son rang…

Composé et édité par les
éditions HARLEQUIN
Achevé d'imprimer en France (Malesherbes)
par Maury-Imprimeur
en mars 2013

Dépôt légal en avril 2013
N° d'imprimeur : 179667